我们阅读
WOMENYUEDU
花火
魅丽文化
花火工作室

我意浓浓

江苏凤凰文艺出版社
JIANGSU PHOENIX LITERATURE AND ART PUBLISHING, LTD

图书在版编目（CIP）数据

我意浓浓 / 云拿月著. -- 南京 : 江苏凤凰文艺出版社, 2018.5

ISBN 978-7-5594-1959-0

Ⅰ. ①我… Ⅱ. ①云… Ⅲ. ①长篇小说－中国－当代 Ⅳ. ① I247.5

中国版本图书馆CIP数据核字(2018)第081255号

书　　名	我意浓浓
作　　者	云拿月
出版统筹	黄小初 邹立勋
选题策划	朵　爷
责任编辑	胡小河 姚　丽
文字编辑	肖云梦
责任监制	刘　巍 江伟明
封面设计	苏　荼
出版发行	江苏凤凰文艺出版社
印　　刷	湖南新华精品印务有限公司
开　　本	880×1230毫米　1/32
字　　数	307千字
印　　张	10
版　　次	2018年5月第1版，2018年5月第1次印刷
标准书号	ISBN 978-7-5594-1959-0
定　　价	36.80元

（江苏凤凰文艺版图书凡印刷、装订错误可随时向承印厂调换）

目录

CONTENTS

目录 >>>

CONTENTS

即使是我，我这样的人。
也有过意切情真，午夜梦回。
也曾手捧爱情，亲吻玫瑰。

第一章

遇见肖砚

方明曦打完晚饭回宿舍的一路上，身旁经过的校友不论哪一级，不论是否打过交道，都忍不住朝她行注目礼。他们一边偷瞄，一边跟同行的人嘀咕。所聊的内容无疑和她有关，但她没什么兴趣听。

三分钟脚程就到女生宿舍楼外，早年修建时外墙应该也是锃亮的，但多年风吹日晒下来，墙体浸了一层泛旧的黄。方明曦住在这栋楼第三层左边拐角的第一间，推开宿舍门时，床铺上的周娣听见动静伸头："明曦？"

"嗯。"方明曦淡淡应声，反手关上门。

宿舍一共六张床，每张床下有张书桌和一个小橱柜。方明曦坐到自己桌前，动手解开绑着结的塑料袋，开始吃饭。

周娣趴在床铺边盯着她的背影看了半天，随后一把掀掉被子，踩着床梯下地，扯过椅子挤到她身边坐下。

方明曦被看得不自在，周娣凑得又实在是近，她只得往后倾了倾身体，拉开点距离："我脸上有脏东西？"

脏东西倒没有，眼睛、鼻子、嘴巴和正常人一样都有，只不过她生来占便宜，比别人要好看而已。这会儿瞅着她却不是因为这个，周娣略焦急："你怎么这么淡定？连我们学校都传开了，你一点儿都不担心啊？邓扬他受伤住院还没醒吧？不仅他们立大的知道这件事，现在连我们学校的也都知道了。我看学校论坛那帖子回复数多得吓人，你……"

"嗯。"方明曦回了简简单单一个字，一下堵住了周娣后头一连串的话。

周娣微噎，苦口婆心道："你别不当回事，平时那些你不理还成，这样的事，这样……"

"哪样？"

"就这种关系到名声的事，你若也置之不理任由发酵，那以后指指点点就少不了了！"

"现在少吗？"

"……啊？"周娣一顿。

方明曦停下筷子，侧眸看向周娣，眼神认真，嘴角却扯起一丝漫不经心的笑："我有名声吗？以前被人指指点点得还少吗？"

两个问题，将周娣问得哑口无言。

筷子尖儿在饭粒中戳了戳，眼中盛着窗外折射进来的傍晚天光，方明曦稍敛笑意，轻飘飘地扔下第三个教周娣无言以对的问题。

"况且，他们骂错了吗？"

邓扬确实是因为方明曦受的伤。前天凌晨在小吃街上吃夜宵，隔壁那桌坐着她的另一个追求者，那人挑衅邓扬，邓扬更是看他不爽，于是两个追求者就为她这么一个红颜祸水打了起来。

桌子掀了，酒瓶砸在脑袋上，邓扬头上缝了五针，轻微脑震荡，现在人还在医院躺着。

那条街离她和邓扬的学校都近，去的不是他们学校的人就是立大的学生，不少当时在场的人目睹了事发经过，没多久两所学校的论坛都有帖子开聊这桩八卦。

周娣愣愣地看着方明曦吃完半盒饭又起身收拾桌面，忍不住问："邓扬在医院，你要不去看看？”

方明曦没答，只道：“再说吧。”

说完她利落地把三个餐盒收进塑料袋，又扯了一张纸巾擦干净桌子，然后背起挂在旁边的包：“我有东西落家里了，回去一趟。”

周娣仰头追问：“你真的不……”

方明曦已经走到门边，留下一个摆手的背影。

出了宿舍，在楼梯拐弯处，几个刚从外面回来的女生手挽手有说有笑，光顾着说话没看路，迎面和方明曦撞到一块。

“对不……”几个女生抬头看清人，脸色稍变，最后一个字自然也没扔给她了。

“抱歉。”方明曦略颔首，敛神走自己的路。

错身而过，她踩下第二阶楼梯时，身后传来不轻不重的轻蔑声——

“嘁，贱人。”

下过雨的地面返潮，尤其是老城区，一整片统统旧得不成样，多多少少都被湿气侵袭。

这座城市在京杭大运河的末端，巷落是旧城特色。方明曦穿过弯绕曲折的巷道到家时，金落霞正要出去。

“你怎么回来了？”金落霞见到她有些意外，低头一瞥，“手里拎的什么？”

“有东西落家里了，回来拿。”方明曦进屋，对第二个问题答得随意，“买了一点儿排骨。”把排骨放下，她给自己倒了一杯水，润过喉，眼角余光淡淡瞥了金落霞一眼，“你去哪儿？”

“青菜不够了，我再去市场买点儿，省得等会儿出摊东西不足。”

方明曦看了一眼天色：“这个点？”

“这也没办法，早知道你去买排骨，我就打电话给你……”金落霞在围裙上拭净水迹，一边念叨，一边拿上钱和菜篮出门去晚市。

屋里一时安静下来，昏暗光线映出空中飘浮的灰尘。

正堂不大，平时炒菜煮饭都在这儿。旁边门内是个更小的厅，一分为二，后半部分是金落霞的卧室，前半部分被当作客厅，除了一台能收到十八个频道的电视机和一张快掉光漆的木茶几，几乎没什么大件。

方明曦的房间在阁楼上，原本那里是储存杂物的，金落霞怕吵到她看书，便单独给她收拾出来。

方明曦先上楼把落下的资料塞包里，再下来将排骨洗净，又从勉强维持运转的淡绿色老冰箱中拿出冬瓜，都处理好后放进高压锅，加水熬汤。

做完这些，她端着小凳子坐在门槛边安安静静地择豆芽，闻着空气中挥之不去的湿腥味，听草叶间虫的低鸣。

等到金落霞买完菜回来，方明曦已经将豆芽全部择完，足够明后两天摆摊用。

冬瓜排骨也熬好了，方明曦用保温盒装上，背包走人。

金落霞问："你不在家吃饭？"

"不了。"

"你那排骨汤带去哪儿……"

方明曦没答。

她走出巷子，到最近的公交车站台搭上公交车。车上人不多，但没有空位，她一只手抓住扶手，另一只手提着不轻的保温盒。

脚下摇摇晃晃，耳边隔一会儿便钻入机械的报站声。头顶的公交车路线示意图显示，十三站之后就是市人民医院。

手机振动，方明曦改扶座椅靠背，费劲地掏出手机。

周娣发来消息："立大校园论坛上的那个帖子又聊开了，听说邓扬那边有人帮他请假，估计三五天之内他都不会去学校。"

第二条消息内容短些："好吧，我知道你不会去，就跟你说一下。"

方明曦浏览完，默然收起手机。

瑞城市人民医院正门朝东，从大门进，左边是门诊楼，住院部在右边。邓扬的病房在四楼，不大，却是单独的一间。当时出事，方明曦跟他那一大群朋友把他送来医院，缝过针后仍旧昏迷的他转到病房，时间太晚，她便打车回学校，没有跟他们一块留下守着。

走廊灯光白惨惨地照下来，浓重的药水味蹿入鼻腔，一下下挑拨着神经，让人想放松也放松不得。

按记忆找到病房，因是单人病房的缘故，门上没有嵌透明玻璃，看不见里面。正好出来一个护士，她看见方明曦顺口一问："探病的？"

方明曦点头。

“看里面43床的病人？”

方明曦还是点头。

护士“哦”了声，注意到她手里的保温盒，道：“你带的东西病人暂时吃不了。”

“……不能吃？”

“昏昏醒醒的还没全睁眼，没法进食。”护士走之前提醒道，“你们安静点儿，这么多人。”

方明曦一顿，稍站几秒，拧门把进去。病房里灯光明亮，邓扬的几个朋友在病床边或坐或站。除了他们，另一侧茶几后的沙发上也坐着几个人。

方明曦不经意地和坐在沙发中间的男人对上视线，怔了怔，下意识避开——那个男人体格精硕，简单的黑色T恤隐约勾勒出肌肉线条，眼神幽沉，莫名教人背脊生寒。

邓扬的几个朋友一见是她，目光“唰”的一下就变了。方明曦微垂头，朝病床上看了一眼，走到床头将保温盒放到桌上。

睿子平时和邓扬关系最好，他一直坐在床边，从方明曦进门眼睛就死死盯住她，眼神像刀片似的凉凉剜她。她刚把保温盒放下，睿子嗤声，“有劳您大驾光临，我们还琢磨着得怎么求您大小姐，您才肯来看邓扬一眼！”

方明曦不接话，只道：“邓扬今晚要是醒了，就让他喝。”她转身朝门口走。

“你又去哪儿？”睿子拦住她。

方明曦退后一步：“我回学校，明天上午还有……”

“咚”的一声，睿子拎起保温盒扔进垃圾桶：“邓扬像狗一样跟在你背后哄你开心，现在更是为了你躺在这儿半死不活，你还有点儿良心吗？！”

病房里一片死寂。方明曦抿唇，“你们看着他，我先走了。”说罢，绕开睿子往外走。

睿子彻底怒了，扯得她一个趔趄，又重重一推。“方明曦，你到底有没有心肝！”

方明曦摔倒在墙根边，睿子又要冲到她面前，旁边几个人纷纷上前拉住他。

“够了。”吵嚷间，沙发上传来平静的制止声。简单的两个字，让恨不得一脚踢到方明曦脸上的睿子一滞，僵硬着收敛。

方明曦手撑着地，皱眉咬牙，痛得起不来。稳健的脚步声朝她靠近，一个身影停在她面前，蹲下。

“你没拒绝邓扬，也没拒绝和他打架的那个。”男人粗粝的声线，沉沉的，听不出情绪。

方明曦强撑着发颤的眼皮朝他看去，蹲在面前的是，刚刚那个坐在沙发正中的男人。她不知道他想干什么，只是本能地感到危险。

男人突然伸出大掌，一把揪住她头发。

“啊——”

方明曦惊叫出声，挣扎着去抓他的手。她痛得皱眉，被迫仰起头，眼角沁出泪花。可他的手臂像铁一样硬，她用指甲死死掐他，却未留下半点痕迹。

男人离方明曦的脸近了些，声音低沉：“我不管你想怎么玩，这一套别用在邓扬身上。懂吗？”

公交车站台前人不多，一场小雨刚停，水滴顺着遮檐落下，在地面的小水洼里荡开圈儿。方明曦吸吸鼻子，身上萦绕着从斜后方医院带出来的药水味。

“小姑娘……”旁边传来略沙哑的声音。

她闻声转头，不远处一个腰背佝偻的老太太，正看着她。“您叫我？”

老太太颤颤巍巍地递来一张纸巾，手背布满皱纹：“擦擦头上的水。”

“……谢谢。”她稍作犹豫才接过。

对方又指指她的头发：“乱了。”

她只抿唇，笑得很浅，默默用纸巾吸净水迹，再扒顺凌乱的发丝。一辆公交车缓缓驶来停下，老太太走下站台，方明曦见势，上前搀扶将人送上车。尾气随着车远去的声音消散在空气中，她站回原先的位置，整个站台除她以外再无等车的人。在这里上下车的并非全都出入医院，附近街道的居民也常常在这儿等车，只是天色已晚，又是雨夜，人自然比往常少。

方明曦站在原地，垂下眼睑，用过的纸巾被越捏越紧。理顺的头发下，一直隐隐作痛，她深呼吸几个回合，半天才将情绪压下去。

回到宿舍已近九点，宿舍其他人或约会或出去找乐子了，只有周娣一个人在。周娣从床铺伸出头来："回来了？你怎么回一趟家这么久？"

"出去逛了下。"方明曦放好东西，换鞋进卫生间。她进去洗漱，周娣在外面和她说话，闲话扯了一堆，临了又绕回她和邓扬的事上。

方明曦从卫生间出来，一边应着，一边爬床梯躺进被窝。

"你有没有在听我说话？"

她合眼平躺，似应非应，溢出一声不轻不重的呢喃哼声。周娣对她的表现不满，重重拍着床铺，"你都不晓得那些人怎么编排你的，什么难听骂什么，太过分了！"

方明曦还是没反应，准确地说，是没有周娣期望的气愤或是其他，她只是翻了个身，呼吸平稳绵长。"……知道了。"

平静的声音和她散于脑后柔顺乌黑的发，还有发丝间若隐若现的纤白脖颈，一同被屋里并不明亮的灯光笼罩。

周娣望着那道面朝墙壁的身影，想到她白天说的几句话，动动唇，没再出声。

上午排的课不多，方明曦收拾完准备去市中心。出校门往右拐，没走几步便到奶茶店前，一个半满水瓶忽地朝她扔来，擦着她身体侧砸在地上。

"噘，没中。"扔得不够准，搬了张凳子坐在奶茶店前的唐隔玉撇撇嘴角。如果可以，她是想砸在方明曦脸上的。

方明曦没说话，一双眼睛定定瞧来，活像个安静的狐狸精。唐隔玉讨厌她，尤其是那张脸，眼神不善地睇她："邓扬醒了。"

方明曦站着没动："哦。"

"我早就说过你会害死他。"唐隔玉眼神带着狠厉，"他现在躺在病床上，你照旧没事人一样，他看上哪一个不比看上你强！"

“这话你得和他说。”方明曦并不想和她深入交流，提步就走。

袅娜背影看得唐隔玉更窝火，她特意从前面拐角的立大校区跑来堵方明曦，后者不仅无动于衷，还仍然端着那副高傲架子，简直令人作呕。

奶茶店里几个坐着喝东西打发时间的女生见她们谈完，走出来：“她就这么走了？”

唐隔玉不爽，“嗯”了声。

“脸色这么难看，说什么了？”一个女生问道。

唐隔玉没答。几个朋友宽慰她：“哎哟，跟那样的人生气值得吗？！”

“我气她？我要气也是气邓扬那个丢人现眼的，为她要死要活的，瞎了眼！”

几人笑着附和，连声说是。有个穿粉色衣服的女生吸了口奶茶，抬肘碰碰唐隔玉：“哎，实在气不过，找点人让她吃吃苦头啊。”

唐隔玉一顿，皱眉：“不行，邓扬要是知道得跟我拼命。”

“现在邓扬在医院哪顾得上这些！”粉衣女生笑着压低声音，“再说，找方明曦的麻烦，不一定要盯着她本人啊。”

唐隔玉抬头和她相视，眉头一跳。

周末，方明曦没待在宿舍，拣拾了几样随身物品回了家。邓扬已经醒了，差不多可以出院了，这几天他不停地打她电话，她一直没接。帮着洗青菜的空当，搁在案板边的手机又响了，方明曦腾出手拈起一看，扔回原位，任它响到自动挂断。

金落霞问：“怎么不接？”

方明曦用指节拨鬓发，两手重新浸入水里，一心一意清洗红盆里的青菜，头也不抬：“没事，垃圾电话。”

晚上，金落霞推小吃车去出夜宵摊，方明曦跟去帮忙。

摊位不在闹市，就在这老城区离她们住处不远的一个巷口处。顾客大多是时常来往这条街巷的人，归家前吃点东西饱肚，摆开的小桌虽不曾坐满过，但也陆陆续续有人来。生意马虎，靠这辆煮水煮的简易小吃车勉强能糊口。

十二点多，周围几个做饼、卖粥的小摊都撤了，金落霞还在锅边忙碌。酱油不够，擦桌的方明曦帮着跑腿去路口还没关门的小店里买。回来的途中，方明曦拎着酱油瓶嘴里念念有词，背着急救的一些内容。金落霞惊慌失措的声音陡然响起，她猛地抬头。

瞳孔微扩，她厉声喊道："你们干什么——"

摊子被一帮人砸了个稀巴烂，买酱油前还在的两桌客人也跑光了，桌子、椅子掀倒在地，锅里热腾腾的汤和掉在地上的半熟食材都沾了泥沙，糟蹋得不能吃。

方明曦冲过去护住金落霞。金落霞紧紧抓着她的手，像找到了主心骨，颤声说："他们要吃牛骨面，我们没有牛骨面，我说没有，他们就动手……"

"少废话！"领头的人恶声恶气，"摆个破摊子，要什么没什么，老子给你脸，你别不要脸！"

方明曦将金落霞揽到身后："我们家没有牛骨面卖，你们可以去别家……"

"老子就不去！"

面前几个满脸横肉的男人摆明要跟她们娘俩较劲，没说几句话就开始上手。推搡间，方明曦被推开，金落霞也被推倒在地，背撞上翻倒的小吃车哀号连连。找碴的几个人还不肯罢休，骂骂咧咧，踢桌踹椅。

见有个人走向金落霞，方明曦顾不上别的，抄起一旁的椅子冲过去狠狠砸在他背后。男人被砸得趔趄，一个同伙骂了句脏话，一脚踹在方明曦腿上。方明曦被踹倒，顾不上摔疼的地方，下意识跪行到金落霞身边护住她。

"走开！"她抱住痛得打战的金落霞，跪坐在地冲他们喊，"你们别过来！别过来——"

深夜的街很安静，她的声音绕了两圈。有两三家小店还开着，老板们听到动静探头出来看，却没人敢过来。那帮找碴的被方明曦吼得愣了愣，半晌又提步朝她们靠近。

方明曦眼睛都红了，犹如困兽。

没等他们做什么，一辆黑色路虎从摊前驶过，开出去两百米，突然急停。轮胎摩擦地面的动静瞬间夺取了那几个流氓的注意，一个留寸头的男人带着两个同样体格健壮的男人下车走来。瞧一眼方明曦，寸头踢了踢掀翻的锅，看向那几个流氓："大晚上的这么粗暴，脾气挺大哈？"

领头的流氓瞪眼："关你屁事，识相的赶紧走！"

寸头笑了："我要是不走呢？"

那帮人眼一横，还没说话，寸头突发制人上前就是一脚。双方就这么突然打了起来。

找碴的蛮横凶狠，寸头仨人同样人高马大，肌肉紧实力量雄厚，过招时落在对方脸上、身上各处的拳头，拳拳结实，一下一下砸出闷声。且他们的架势不像是乱来，左右上下招式熟练，一看就是练家子。

方明曦抱着金落霞，死死盯着打起来的两帮人，神经紧绷。那辆停着的车又有了动静，一个穿黑 T 恤的男人从车上下来，指间夹根烟，不紧不慢地朝这边走来。

看清男人的脸，方明曦一下就愣了，是几天前在医院的那个……抓她头发的男人。旁边打得正激烈的寸头当时也在病房里，难怪眼熟。

方明曦对上男人的眼睛，头皮突然又痛了，那天被他抓住头发的痛感，电流般噌的一下窜过神经。

那边三对五很快打完，找碴的那帮人鼻青脸肿狼狈逃窜。寸头仨人麻溜地奔过来，顿了顿："砚哥，你怎么下来了？"

肖砚没答，他站在那儿，垂眸睇地上瞪着自己的方明曦："看什么？"

方明曦眼皮一颤，刚回神怀中的金落霞就"哎哟"叫起疼来，她越发用力地将人揽紧。收回目光不理会他们，方明曦低声对金落霞说："我们去医院，我带你去。"

她扶着金落霞起身，寸头提步要过来帮忙，她猛地瞪他："别过来！"态度和对之前那些人没有区别，同样都是防备。

寸头一顿："喂喂，我们好心好意帮你，你……"

"走开——"

寸头无法，只好止步。

方明曦扛起金落霞一条胳膊，扶住金落霞往狼藉的摊位里走，她低着头，满身狼狈。一滴眼泪从眼眶掉进脚下的尘灰中，那张脸掩在阴影下，一眼也没有看他们。

她们拿好装钱的腰包，搀扶着慢慢走远。

寸头侧眸："砚哥，这……"

肖砚看着那两道背影消失的方向拧了下眉，旋即松开。他把烟扔在地上，碾灭："走吧。"

周末过完，周一上午，方明曦早早赶回学校。作为一周的开端，课表排得满当，上午两节病理生理课、两节药理学课，下午则是儿科护理，晚上才得闲。

因为被人找碴砸坏摊子的事，金落霞弄伤了脚，这两天都是方明曦在照顾她。好在伤得不重，只是一只脚暂时不能太过用力，别的问题不大。

讲课的老师略带瑞城本地口音，手捏一支粉笔不时在黑板上龙飞凤舞。方明曦记着笔记，后背突然被尖尖的东西扎了一下。她回头，周娣压低声音问她，“你妈妈怎么样了？”

方明曦微压嘴角：“就那样。”平时会和她联系的，整个学校大概只有周娣。前两天周娣打电话约她出去玩，被拒绝的同时顺带知道了金落霞受伤的事。

周娣就快趴在桌上了，小声问：“要紧吗？”

“还好。”

“你……”周娣还未说完，方明曦嘘声打断：“等会儿再讲，听课。”言毕脸转过去，身子坐得端正，背脊笔直。

熬到下午最后一节课上完，周娣提议要去方明曦家探望，却被拒绝了。周娣一顿，转而问：“那你妈妈的伤，医生怎么说？会不会影响到日常生活？谁照顾她？你……”

方明曦一一答了，没什么特别的语气，目光落在脚下，一阶一阶顺着楼梯下去。

“那些流氓呢？”周娣又问，“抓到人没有？”

“去报案了，等消息。”说着到了花坛边，方明曦道，“我还有事不回宿舍，你回去吧。”

没了周娣在耳边念叨清净不少，谁知出了校门，方明曦又被另一个不安静的人拦住。

“为什么不接我电话？”邓扬梗着脖子问。

方明曦的目光扫过他的脸，缓缓收回，不答却说：“我赶时间。”

她要绕路，邓扬扯住她的手腕：“你为什么不接我电话？躲我干什么？”他抿紧唇盯着她，不松手也不做其他动作，大有她不回答就不让她走的架势。

周围已经有进出的校友在议论，方明曦深知他的脾气，叹了声气："我妈受伤了，我得赶回去给她做饭。"

邓扬一愣，神色稍缓："阿姨受伤了？我跟你一起……"

"不用。"方明曦顺势从他掌中抽回手腕，在他又要变脸之际，抬眸和他对视，"我妈的夜宵摊被人砸了，就在前天晚上。"

邓扬微怔。

"讨厌我的人不少，但我得罪的人不多。"方明曦笑了下，"这么有路子的，我也不认识几个。"

这话细究起来很有意思。他们学校不入流，有钱人家根本不会让孩子读这样的大学，学校里的人讨不讨厌她跟这事儿不搭边。至于和邓扬打架的那个，家里不是本地的，听说那人打伤邓扬之后就躲起来了，忙着躲邓扬家还来不及，根本没有搞事情迁怒她的精力。

而隔了一个路口的立大，家里条件好的却很多。比如邓扬，还有他身边的那一堆朋友。来瑞城差不多三年，方明曦妈妈的夜宵摊也摆了大约三年，从没遇到找事的。唯独这一次，就在邓扬受伤之后。

邓扬听出方明曦的意思，脸沉下来："你是说我……"

"没说你。"

方明曦笑起来很好看，只是她很少笑，这会儿连连弯唇，邓扬却没了欣赏的心情，只觉得一阵不爽。

"不说了。"她的声音轻轻淡淡，弯着眉眼跟他道别，"我先走了。"

"明曦——"走出两步，邓扬在背后叫她。她站定，缓缓转身，唇边的浅浅笑意并没透进眼里。

"……对不起。"邓扬声音有点儿低，手垂在身侧无意识地搓了搓，"那天晚上那孙子喝醉酒上头，神志不清，我应该听你的不跟他较真。你拦我的时候，我就该冷静一点，只是……我只是……"

"事情都结束了。"方明曦出言安慰，话里仿佛意有所指，"希望能结束。"

邓扬望着她走开的背影，叫住她的话却说不出口。

金落霞脚伤还没全好，中午自己随便煮了些东西吃。方明曦赶回家，放下东西就开始忙活晚饭。两个小炒加一道汤，快捷简便，味道还不错。在小客厅的木茶几上摆好菜，方明曦回身去外头关上敞着散油烟的大门，盛了两碗饭端进去。

金落霞吃了几口饭忍不住停筷："如果麻烦的话就不要赶回来了，我自己能煮饭，你回家给我弄一顿晚饭公交车要坐几十分钟，第二天上课又要一大早起……"

"没事，来得及。"方明曦舀汤低头喝，放在一旁的手机突然响了。是去警局报案做笔录时留的号码，她瞥了一眼接起，"喂，您好？"

金落霞看着她，她却一直没再说话，大约半分钟后，她只在挂电话前礼貌道了句："好的，我知道了，麻烦你们了。"

金落霞问："谁？"

方明曦重新拿起筷子："警局打来的电话，说调了监控，那几天那边的摄像头正好坏了在维修，三条街都没有录像保存。"砸她们摊子的人怕是找不到了。

"那怎么办？他们要是再来找麻烦……"金落霞一脸后怕。

其实方明曦早有心理准备，即使有监控，瑞城这么大找几个人也不容易，除非他们再犯事自己撞上去。"他们挨了打，这种情况猜也猜得到我们会报警，肯定不敢再来了。等你脚好了，把小吃车修好，以后每天早点儿收摊不摆到太晚就是了。旁边有别的摊子，遇到事也能有搭把手的。"

方明曦让金落霞别怕，岔开话题指着左边那道菜："你多吃几口，我吃不下了，吃不完明天坏了要浪费的。"

"这就饱了？哎哟，每次都只吃这么点……"金落霞成功被她转移注意力。

饭毕，方明曦收拾碗筷，洗刷两遍沥干净碗里的水，调到静音的手机嗡嗡振动。

她看一眼屋里，金落霞正在看电视，她打开大门到外面去接。"刘姐。"

电话那端的人中气十足地应了声，接着就连珠炮似的扔来一串："明曦啊，你怎么还没来？这边包间订了一大半，人都开始来了，再晚赶不及推销了噢。我跟你讲，你只做一两天，本来就不是长期的，数量不达标钱要减两成的，还有抽成……”

方明曦赶忙应：“我马上就到，马上。”

一通电话打完，她在原地静站三秒，在傍晚西沉的光线下长舒一口气。

她回屋拿了东西就准备走。吃完晚饭还出门，金落霞自然要问，她随口扯了个理由：“我同学让我陪她买东西，我过去一下，晚点儿回来。”

金落霞不疑有他：“那你注意些，别太晚。”

“知道了。”方明曦拎包出门，很快小跑远去。

随着客人出入包间开门或关门的间隙，里面传出一阵一阵的音乐声，喧闹且嘈杂。刘姐四十岁左右，人很干练，红色的文绣眉毛是几年前的美容手艺，在她说话时微微轻挑：“先从606号那边过去，那几个包厢人多，酒水肯定要得多，重点推我们自己的几个牌子——”她压低声音对方明曦说道，“酒柜上绿色标志的那瓶是新来的品牌，给的抽成高，可以多推一推。”

“好的。”方明曦换上不合身的工作装，理着衣摆点头。

去年假期，她给刘姐打过短工，在别的夜场做酒水推销员，硬酒和酒精含量低的软饮果酒都经手卖过。她长得好，别人乐意多看她，销售业绩水涨船高，赚得也不少。只是这种地方乱，金落霞打一开始就有意见，尚未满一个假期，方明曦就没继续干了。

方明曦拎起两瓶酒，抓起酒水单朝包间走去。刘姐拍拍她的肩，一副寄予厚望的模样。

她果然没让刘姐失望，端起比平时热情得多的笑，挨个包间地询问，即使客人要的不是她主推的酒，她开口推荐多半也不会拒绝。

一个多小时后，大厅和卡座早都坐满，满场热唱，包厢基本也全去了一遍。方明曦把该送的酒水送到，找了个角落休息。谁知气还没喘匀，服务员就急吼吼跑来找她：“快，快去……613的客人发脾气，在骂酒难喝！”

方明曦心中一凛，连忙过去。一到613包间外就听见里头骂人的声音，她推开门，姿态小心翼翼：“您好，是酒有什么问题吗？”

“你自己喝喝看这是什么玩意儿！就这也敢拿出来卖——”应声的男音粗沉，说完他就抓起桌上的酒杯一砸，嘭地碎在她脚边。

方明曦吓了一跳，忍着没往后退：“这个酒味道是稍微苦一点儿，但口感和……”

“少废话，难喝就难喝！”

方明曦被噎得一顿，脸上聚起笑：“如果您实在觉得这个酒味道不好，我给您换成其他牌子等价的酒，另外我再额外送您三瓶新上的软饮，您尝尝味道，可以吗？”

她说着欲蹲下抱走开了纸封的大半箱酒，一只脚却踩在箱面上。

“谁答应了？”

她抬头一看，这帮客人中的“大哥”人物端着酒杯，脚踩住箱子不放，一条盘龙花臂青黑，他挑眉笑：“我看你也没什么经验怪年轻的，这样，你坐下，把这箱酒喝掉一半，其他的我就不追究了。”

方明曦反应过来，立即抽身要溜：“这个问题我们先跟厂商反映，您稍等一下。”

“别走啊——”大哥没给她开溜的机会，一把拽住她的手腕，“让你喝两口酒扭扭捏捏的，怎么卖酒的？”他一边说一边作势要灌。

他劲儿大，方明曦手腕挣出了红印，心里越着急，挣扎得越强烈。大哥变了脸色：“给脸不要脸是吧？”

他伸手过来就要抓她的肩膀和胳膊。方明曦猛地一挣，手不小心扬到他脸上，清脆的巴掌声令四下空气一静。这种情况绝不是一句对不起能解决的。下一刻，方明曦扭头夺路而逃。身后的人稍稍愣怔，很快骂咧声追来。

方明曦朝大厅跑，刘姐在那一块推酒，她一个人不顶用，刘姐好歹在夜场代理酒这么长时间，能说上两句话。她跑得急，大厅里灯光昏暗，只有飞快闪动的灯柱光线晃得人眼花。一连撞上好几个人，她不敢停，一直朝大厅另一边冲。

跑至末座区域，快到通道走廊，脚下冷不防被一个无人处理的装着空酒瓶的塑料筐绊倒，方明曦踉跄两步，摔得跪在地上。

手撑地板，还没来得及站起来，她抬头就和卡座上最靠边的人打了个照面。

她愣住。

——又是他。

肖砚没什么情绪地垂眸和她对视，一桌几个男人，上次帮她和金落霞赶跑流氓的都在。她的头皮非常不合时宜地再度泛疼。

就这么短短两秒，几个男人沿着过道追来了，方明曦脸色惨白。

肖砚扫一眼那些人，视线淡淡地落到她身上。“站起来。”

方明曦循着头顶声音朝肖砚看去，他重复：“站起来。”

心怦怦跳得极快，又慌又紧张，有些微痛感。短得无法计量的一刹，方明曦内心历经一番天人交战，最终还是站起了身。已经来不及跑了，那些文身男人直奔而来。

没等方明曦作何反应，肖砚突然伸手扯她手腕，把她拉到腿上。

那大哥带着几个文身男在卡座边放缓脚步，客套地笑了下：“哟，肖老板怎么在这儿？”

方明曦被肖砚摁在怀中，他的手先是搂着她的腰，又缓缓上移停在她的肩头，姿态随意又亲昵。方明曦脸贴着他的胸膛，不敢抬头，一动不敢动。

“出来喝两杯。”肖砚接过寸头递来的烟，不点燃，两指搓着，烟嘴轻轻磕在玻璃桌面上。

“您怀里这是……”文身大哥双眼跟冒火似的，皮笑肉不笑地睇着埋头在肖砚怀中的方明曦。

肖砚只笑，不答。方明曦窝在他怀中，揪着他的衣摆微微用力。他身上有一种很清爽干净的男人气息，像股热浪将她包围，隔着衣料，他坚实的胸膛触感清晰。她听到自己的心跳声，有些慌乱。

文身大哥又道：“没听说肖老板身边有人哪，再者，她穿这一身我看着怎么是卖酒的衣服，肖老板别是认错了人吧？”

方明曦的心蓦地揪起。

肖砚微微弯了下嘴角：“没办法，小姑娘家脾气大，非闹着要自己挣零花体验一把。”

话圆得随意，脸上也全无半分不适之色。肖砚微微低下头，大掌拍了拍方明曦的臀：“怎么，你又捅什么娄子了，把张老板气成这样？”

方明曦被肖砚的动作弄得浑身一颤，脊椎骨中仿佛嵌入异物，一节一节卡住，整个人都僵了。抬头和他目光对上，半秒不到又猛地收回，她不说话，只安安静静躲在他怀中。

肖砚摆出了这番姿态，看架势是没打算让他们把她怎么样，至少这会儿在他面前不行。

张老板并非没有眼色的人，心下不悦，但碍于面子也不能全表现在脸上。

“算不上得罪。”张老板两只眼睛眯成不一样大，道，“就是年轻姑娘脾气有点儿太冲。既然是肖老板的人，那就算了。”

“张老板大人有大量。”肖砚淡笑，冲卡座空位抬下巴，“坐下喝两杯？”

“不了，我那边还有一堆人，呼啦啦都来了，你这儿挤不下。”张老板呵呵笑了两声，“改天有空再喝，回见。”

肖砚颔首。

一堆人怒冲冲而来，铩羽而归。

大厅里仍旧放着喧闹的音乐，但没了危险追在后头，方明曦一颗心总算放下。

“我身上坐得舒服吗？”头顶上方传来的声音让方明曦一顿，下一刻，脸贴着的胸腔轻震，比方才低了几个度的声音传入耳中，“你还要坐多久？”

她触电般回神，弹簧似的飞快地从他腿上跳下地。

满座人都在打量她，方明曦扯扯衣摆将褶皱拉平，心里多少有些不自在。

“通道在后面，没事就走。”肖砚变了副神色，刚刚应付那帮人的零星笑意烟消云散，冷硬脸庞浮上淡漠，同片刻前仿佛两个人。

——就像在医院初见那次，他揪着她的头发，动作、表情、语气，全无半点怜悯与温度。

方明曦缓慢动了动喉咙：“……谢谢。”

无论如何这次他救了她。

肖砚端起酒杯喝了口，橙黄液体面上漂着一层白沫，碎冰随之摇晃，在透明杯身中哗哗作响。他放下杯子，抬眸睇她，“没什么好谢的，我只是看在邓扬的面子上。”

方明曦抿唇，垂头视线朝下，踌躇道：“邓扬、邓扬他……”

“邓扬出院了。这次运气好，头上只是留了疤，没大碍。”

方明曦默然。肖砚瞥她，说：“他经不起你折腾。你要是真想谢我，那就离他远点。”

言毕，他不再看她，自顾自喝酒，好似桌边没这个人。方明曦没说话，站了几秒，扭头就走。她走进后边通道，在狭仄昏暗的通道里走了几步，而后提步狂奔。

“砚哥。”寸头给自己满了一杯，笑嘻嘻地捏着杯沿同肖砚的碰了碰，他挑眉问，“你刚刚为什么帮那个丫头片子？”

肖砚把没抽的烟扔还给他：“你耳朵不好？耳朵不好去治。”

寸头撇嘴。

他哪里是耳朵不好，刚刚砚哥的那番说辞他听得一清二楚，他不就是想再问问吗？

肖砚没空陪他废话，方才的小插曲过去即是过去，在自己这儿转瞬就翻了篇。

“周六去陂县那厂看一看。”他说，“马上要到交单的时候，都是训练用的东西，材质要过关。”

寸头听他说正事，也收了玩笑神色：“周六去？可是周六关教练就到了，要不周日？”

肖砚稍作考虑，道：“没事。周六等关教练到了，给他接完风，晚一点可以让他一块下去看看。”

那个厂说是在陂县，实际在来往陂县和瑞城的路上。“行，那就……”

“算了。”肖砚皱眉，改了主意，“接完风我们自己去，让关教练适应适应，早点休息。”

“好嘞！”寸头没异议，仰头一口气将杯中酒喝完。

白天课业结束，没有晚自习，方明曦和周娣吃过饭就从食堂回了宿舍。她看书，周娣玩手机。周娣是嘴闲不住的性子，看到什么好玩的都要转述给方明曦听，一个嘴皮子不停，一个注意力停在书本上偶尔应一声，只有她俩在的宿舍显得分外安宁。

周娣上网翻了会儿八卦，朝空的几张床铺看了眼："她们几个今天又出去了？你在食堂看到她们没？"

方明曦的声音跟在翻书的动静后："没。"

周娣啧声："夜生活忒丰富。"想到什么，她又略不爽道，"这都什么事儿，学校里那么多人，一个比一个过得多姿多彩，一到周末学校附近的小宾馆都住满了，那些人什么事儿都没有。倒是你天天窝在宿舍，放假约你玩也不见人，编排你的比谁都多。"

方明曦似应非应"嗯"了声，比前几次话多些："别管人家的事。"

"我也不想管啊，谁想管。"周娣朝天翻白眼，"就说咱们宿舍这几个，回来得晚了，又要我们开门，大半夜的折腾，吵死了。"

方明曦没答，专注写着，笔尖在书上沙沙摩擦。

手机振动了下，屏幕亮起跳出一条新消息。

瞥见刘姐的名字，她一顿，点开一看，内容不少："在忙吗，明曦？我刘姐。前天的单算完了，卖得还不错，只是你差点儿就把场搅和了，我们这边也有点儿难做。这样，原先说好九十的底薪我给你七十，抽成也扣一点，总共算一百二十块钱。要是行，你周日过来拿，中午我在莘街茶叶店这边。"

手指悬在键盘上，方明曦打下两行又全数删掉，重新编辑回复，只有两个字："好的。"

周娣在上铺问："我听到你手机响，你在弄什么？"

"没什么。"方明曦把手机推到书桌角落，继续提笔。

周娣扒着床栏杆往下瞧了眼，见她安安静静写作业，缩回了脑袋。

上铺周娣一直说个不停，方明曦一一应着，天渐渐变黑。

七点不到，她暂时停笔，起身倒水喝。接了一杯，没等她坐回桌前，保温瓶刚塞上，手机就响了。来电显示写着邓扬的名字。

铃声炸耳，周娣奇怪："怎么不接？"

方明曦静静看着，直至响到快结束才摁下接听。

瑞城医药专科学校的大门建得不丑，但和不远处的立大相比，气势上却差了不止一个等级。邓扬等在校门右边过道第一个路灯下。

方明曦本来已经换好睡衣，因他这通电话，只能把白天的衣服穿上才出来。

“找我什么事？”她直接开门见山。

邓扬皱眉，展平后问：“这两天给你发消息为什么不回？”

“有事在忙。”

“忙到连回消息的时间都没有？”

方明曦默了默：“你找我到底有什么事，没事我回去了。”

“等……”邓扬一听就要拉她，手伸出去却看她并没动，只能尴尬往回收，“这周六晚上有流星雨，我们计划周六吃完晚饭开车去陂山。到时候我来接你。”

“不了，我没时间。”方明曦扭头就走，“没别的事我回去了。”

邓扬伸手拉住她：“你是不是还在气我那天没听你的跟人打架？我不是故意的，你知道我那天也喝了点酒，我……”

“跟这个没关系。”方明曦轻轻挣开他，回身同他对视，“你还记不记得刚认识的时候，我们是怎么说的？”

邓扬脸微僵，表情不甚好看。方明曦不再跟他多说，往校内走。

三步工夫，邓扬突然从背后冲过来，再度挡在她面前：“你妈妈夜宵摊被砸的事……”

听他提起这个，方明曦脸色略沉。

“我已经知道是谁干的。”邓扬看她，顿了顿，“只要……你周六跟我们一起去陂山，我保证以后绝对不会再出这种事，不会有人再敢用这种馊办法自作主张地替我出劳什子的气。”

方明曦稍默，淡淡地问：“你现在是威胁我吗？”

“不是！”邓扬着急，“我怎么可能……我只是……”他词穷，显出些许心虚。

“是睿子，还是唐隔玉？”方明曦问得直白。他说得已经够清楚——自作主张地替他出气，那必定就是他身边那几个。

他那帮朋友里，跟他最铁的是睿子，在医院时差点儿没忍住动手揍她。而唐隔玉是他发小，打从邓扬追她开始，就没有一天看她顺眼过。

邓扬眼神闪躲，避而不答：“以后不会再发生同样的事，我已经跟他们说过了，再有下次我亲手废了他们。真的，你没必要问……”

“告诉我。”方明曦打断他，“你告诉我，周六我就答应去陂山。”

“事情到底还是怪我，如果不是那天我没忍住动手……”

邓扬将整件事叙述一遍，然而最后几句没说完就被唐隔玉截去：“你有病吧？！怪你，怪你什么？你能不能别一天到晚伏低做小？”她眼尾朝方明曦一斜，哼声，“恶不恶心。”

“你能不能少说两句？”邓扬被气着，“我让你来是道歉的，你不会说话闭嘴成不？！”

方明曦不吭声，面前的咖啡一口未动。

唐隔玉不爽：“还要怎么道歉，我来都来了，是不是非得我给她下跪才满意啊？”

两人声音都不低，引得服务员朝这边看了好几次，好在咖啡店里没什么人，不影响生意。

“砸摊子的人是你找的？”方明曦看着唐隔玉，眼神专注得吓人。

“是，就是我。”唐隔玉没好气。

邓扬踢她，眼神冷下来：“道歉。”

唐隔玉抿紧唇，对着邓扬和方明曦两个人，莫名窝火。那火烧得快，不多时窜遍全身，气息都急了。

“道歉！”邓扬瞪她。

唐隔玉深吸几口气，忽地站起来：“好好好，道歉！我道就是了！”她从背包里拿出钱包，抽出一小沓钱扔在方明曦面前，“砸坏的摊子我赔，真是对不住了，还差多少我明天给你补上！”

邓扬气得咬牙：“你——”

方明曦站了起来。

“明曦……”邓扬微愣，他怕方明曦受不了这个激。不想她却笑了，随即，她扬手一巴掌狠狠打在唐隔玉脸上。“啪”的一声脆响，将唐隔玉和邓扬两个人都打蒙了。

唐隔玉回神，作势就要朝方明曦冲去。邓扬眼疾手快扯住她，死死拉着她不让她碰方明曦：“——你要是打她，以后就别联系了！”

唐隔玉一僵，扭头不可置信地看着邓扬。

5

“周六下午四点之后再打我电话，晚上十点前我要回家。”方明曦打完那一巴掌，就好似完成了来这里的目的，拿起手机对邓扬讲明周末去陂山的条件。邓扬拽着唐隔玉，愣愣点头。方明曦不再和他们纠缠，径直出了店门。后头似有争吵，她没回头。

一路阔步，方明曦走得很快，气息越发加重，她凝着前方，脚下上了发条般不停歇，直至被一通电话拉住。

周娣打来问：“没事吧？那个唐隔玉有没有把你怎么样？”

“没事。”方明曦深呼吸，“邓扬也在。”

“那就好。”周娣松了口气。

前一天傍晚方明曦被邓扬一通电话叫出去，见她回来后情绪低落，周娣追问了几句，结果得知她妈妈夜宵摊被砸的事和邓扬身边的唐隔玉有关，又听说方明曦要跟唐隔玉见面，周娣为她担心了一晚。

周娣又问：“怎么处理的？她道歉了吗？”

“嗯。”

“以后不会再……”

“我打了她一巴掌。”方明曦说。

“……谁？”周娣一怔，“你说唐隔玉，还是邓扬？”

“唐隔玉。”

周娣默了好一会儿：“你不怕她记恨，以后再找你们麻烦？”

“怕，我真的怕。”方明曦喉头无声哽了哽，“可是我咽不下这口气。”

周娣听出她语气中的复杂，长叹一声：“算了，好歹还有邓扬在，左右他撇不开责任，他要是真喜欢你，总不会再看着他朋友闹事不管。”

方明曦垂眸，半晌低声道：“便宜她了。”

她稍作停顿，声音中隐约透出疲惫：“周六下午我得去陂山，没法去图书馆了。”

邓扬话里的意思很明白，他不会去找她妈妈的麻烦，但他若是不拦着，他那帮朋友会做什么，谁都不知道。他现在拦了，她想一下子甩开他，那就没那么容易。

周娣安慰她：“没事，下个学期才考呢，还有时间。”

方明曦轻扯嘴角，想笑却笑不出来，声音很轻：“这是最后一年。”

周娣不知该说什么开解她。

“算了，你去吃饭吧。”方明曦不想拉着她陪自己一同低沉，吐出郁气，“我回家一趟，不用等我。”

周六下午四点半，邓扬接到了方明曦。他们开了一辆三排座的车，能装下一帮人。这车是邓扬管他表哥借的，拿他爸新给他买的代步车做交换，互相换着开。

虽不是什么名贵豪车，但在普通大学生中算是极有牌面，尤其是对比方明曦这种条件。

上陂山前，一帮人嚷嚷着先吃晚饭，开车的是个眯眯眼的男生，他冲后视镜挑眉，问坐第二排的邓扬：“往哪儿开，扬哥？”

“鸿翠轩吧。”邓扬报了个名字，眯眯眼应了句“好”，正要打方向盘，邓扬突然又道，“等等。”他扭头看右边靠车窗的方明曦，“想去哪里吃？有没有喜欢的地方？”

方明曦不挑：“哪儿都可以。”

“可不是哪儿都可以嘛。”邓扬左边的唐隔玉嗤声，嘀咕，“吃惯了夜宵摊的，还指望能有什么品得出味的舌头。”

“你不说话是不是会变哑巴？！”邓扬瞪她。她不看邓扬，玩着粉色美甲上的水钻满不在意。

方明曦垂下眼不做反应，避开了开车的眯眯眼从后视镜中投来的打量目光，也忽略了副驾驶座睿子嘴角一闪而过的弧度。

邓扬想说什么，临了看着唐隔玉又没能骂出口，低低爆了句粗口，脚踹驾驶座椅背：“开快点，去鸿翠轩！”

晚饭后天色渐暗，一行人开车出了瑞城郊区，朝陂县的方向开，陂山就在那附近。

开了几十分钟，几个男生中途停车小解。车靠在野田边，这个时节一天冷过一天，溪沟里的小虫也在鸣着寒意。

“扬哥对那个方明曦真是上了心，这回怕是费力哄了好一通吧。”开车的眯眯眼尿完在沟边抽烟，嘴角斜斜地笑，“长得也是漂亮，难怪扬哥晕头。”

睿子和他站在一起，深吸一口还剩半截的烟，吊着眉呵气，脸上带着些许不以为意的表情：“就那样吧。”

“就那样？”眯眯眼问，“你是说那方明曦就那样，还是邓扬对她就那样？”问完不等回答便道，“我看邓扬对她可不只是就那样，他和唐隔玉这两天不就因为这个女的吵了一架？闹得多凶。”

“邓扬说，唐隔玉弄伤了方明曦的妈，她伤了人不占理，错在她。”眯眯眼复述一遍，好笑道，“你听听这话，不占理的事以前邓扬干得还少吗？怎么这会儿开始讲道理要公道了？”

睿子没接话，把抽得差不多的烟往地上一丢，沉吟间不知在想什么。他忽地抬腿踢了一脚石块，小碎石骨碌滚到烟旁。他拍干净裤子上的灰，见不远处的车门边，邓扬殷勤地给方明曦拧矿泉水。他盯着看了会儿，眉头皱起，沉沉道：“那个女的，就不是什么好东西。”

八点多钟，晚风略微有些凉，车窗关得严严实实，将寒气隔挡在外。方明曦拒绝了邓扬开暖空调的提议，车轮碾过将长路压平，她被困倦侵袭，头禁不住一点一点歪靠车窗。

开过不平地带，车身蓦地一震，方明曦头磕在玻璃上，吃痛得清醒了。

“搞什么——”邓扬的头差点儿撞上车顶，“往哪儿开？”

眯眯眼却没空答，瞪着眼狠打几圈方向盘，车歪扭两米，车前盖下传出一声闷响，戛然急停。

“好像出问题了。”眯眯眼爆粗口，赶忙解开安全带，“我下去看看。”

邓扬皱眉，侧头问方明曦：“碰伤了没？”

方明曦摇头，正好对上唐隔玉斜来的眼神，她微抿唇，不闪躲地直视回去，这回倒是唐隔玉先避开。

一帮人在路边停下，折腾半天，车死活没动静。邓扬帮着搭手捣鼓一通，不见半点儿成效。他没了耐心：“你们谁会修车动手修一下，搞什么玩意儿！”

方明曦站在几步外，手插在外套口袋里，安静地等。

邓扬怕她急，过来找她，音量小了："估计一会儿就好了。"

方明曦点头。

……

车一修就修了两个小时，时间越接近十点，邓扬越暴躁，他看似一眼都没瞥方明曦，实际一边催他们，一边频频暗暗瞟她。

说好十点前她要回家，刚熄火时还抱点希望，想着车修好了开快点赶上看流星，再抄近路回去，差不多能成。谁知道会遇上这种事。

晚上十点半，野外的风吹得人表情都僵住了，邓扬丧气地去跟方明曦解释："我没想到会这样，这车竟然这么不禁开，半道给我来熄火这一出……"

方明曦站在小道边的路灯下，弯了下唇："没事。"瞥一眼天，黑漆漆一片之中只有一轮银月，十点前是回不去了。

邓扬问她冷不冷："要不要我拿件外套给你穿？"

方明曦说不用："我在这儿站着就行，不用管我，冷了我会说。"

邓扬无法："那你不舒服记得叫我。"见她点头，他走回车边和想办法修车的几个人凑一块。

方明曦站着不动，久了有些出神。邓扬和其他人互相爆粗的对话不时传入耳中，不知过了几分钟或是十几分钟，车头朝着的方向照来两束不太亮的光——一辆车放慢速度开过来，似是想让他们往边上挪。

他们的车已经挡了三分之二的道，人再往路中间站，别人就过不去了。

邓扬正烦，扭头一扫，恰好瞥见对方挡风玻璃后一张熟悉的脸，把烟一丢，眼睛亮了。

"停车停车——"他过去拦，连连挥手。开车的也看清了他，当即停下。

寸头打开车门弯身出来，笑骂一句："我当是谁呢！小扬哥在这儿干吗？"

邓扬年纪比寸头小，哪当得起一声哥，笑呵呵地给他递了根烟，打了声招呼就去扒后座的车窗。"砚哥？砚哥你在里面不？！"

邓扬刚要敲第二下，车窗玻璃就降下来了。

一张不辨喜怒的正经脸显现，肖砚扫过那辆熄火的车和围着想办法的人，眼神缓缓落到邓扬脸上："大晚上的你不好好待在学校，在这儿干什么？"

邓扬趴在车窗上和他说话："今天周末啊！周末我还不能出来玩儿了？"说完往后一指，叹了声气，"这不是开到半路车坏了吗，不然我早就到山上看流星去了！"嘴上虽说着丧气事，却一改先前的躁郁，满面乐呵。

肖砚道："打电话让人来维修了吗？"

"打了，没人接！"邓扬不等肖砚再说，摆手，"先不说这个，你等等！"他转头就往路灯下跑。

方明曦听到动静，知道大约是肖砚那些人路过，因和自己无关便没打算过去。哪想到邓扬说着竟然跑到自己面前，一把拽起她就往肖砚车前拉。

她愣了片刻，回过神时已经被邓扬拉到了肖砚车窗边。

"砚哥，我车坏了现在没法走，这前不着村后不着店的，都快十一点了，她一个姑娘家要是冻坏了不好，你能不能帮我把她送回去？"邓扬嘿嘿笑，"砚哥你会答应的吧？"

方明曦看了看邓扬的侧脸，又看向肖砚。肖砚似是看了她，又似乎没有，只跟邓扬说话："既然怕冻，大晚上就别跑到这种地方来。"

方明曦眼皮颤了颤，视线移开，停在车门上。

"本来说好十点前送她回家的，车坏了没办法……"邓扬求他，"砚哥你就跟我亲哥一样，真的，跟亲哥一样亲！"

肖砚没说话。

方明曦莫名觉得不自在，明明肖砚看都没有看她，她却总觉得他的眼神让她万分不适。

"没事，我不冷。"方明曦轻声说，"我在这儿等你们把车修好。"

"别逗。"邓扬啧声，"你脸都吹白了，让你回去就回去。"

"我……"

"上车。"车里的肖砚突然开口。

方明曦一怔，和他四目相接。她愣愣地看着肖砚的眼睛，没到三秒，他轻轻别开了头。

第二章
着迷

邓扬决定了的事，哪管方明曦愿不愿意，一听肖砚同意立马拽着她去另一边开车门。

“我真的……”方明曦回神，“不用”两个字还没说，邓扬就不由分说地把她塞进车里。

“上去上去。”邓扬将她摁在肖砚身边坐好，“跟着我砚哥你就放心，绝对平安到家。”说着，他冲肖砚笑，“对吧哥，人就交给你了啊。”

肖砚瞥他一眼，没应答，只说旁的：“你准备怎么办？”

“没事。我再打两个电话，要真没有修车厂的人来拖车，这车就搁这儿。我让我朋友开车来接我们，明天再找人拖车。”邓扬答完爽快地将车门关上，“行了，你们去吧，我自己能对付。”

他话音刚落，不远处站着的唐隔玉沉默好半天，忍不住出声，又是一贯的刻薄：“多金贵呀，这儿就她一个女的？”

邓扬回头，气不打一处来：“有完没完，你又想干吗？”

唐隔玉背靠路灯铁柱，双手环抱在胸前，不甘示弱地瞪他：“我说错了？我站在这儿大半天，你管过我没？哦，就她一个人是女的，我不是？”

当着这么些人和她吵架又被她不留情地抢白，邓扬因无法反驳而略显尴尬，顿了顿，声音硬邦邦的：“好好好，你也回，要上车就上车，多你一个人坐不下似的！”

这一番对话，换作平时方明曦或许都不会入耳，听过就算了，可这会儿她坐在后座和肖砚之间只隔了一个人的距离，车里气氛又分外安静，弄得她也有些不自在。肖砚目视前方置身事外的模样，甚至比拉开驾驶座车门坐进来的寸头顺势打量的视线更磨人。

车窗外，唐隔玉冲邓扬翻了个白眼，音量低下来：“我才不坐，让她坐个够。”

“那你就别吵吵！”邓扬还她一个白眼。他就烦她这样，总是没事找事。

她和他从小玩到大，一直是他朋友圈的一分子，他的朋友几乎也都是她的朋友，往常四处玩，再闹再疯的时候都有，这次不过是车坏了，要在原地多待一会儿，对她来说完全不算事儿。她根本就没打算先回去，非要刺他两句，就是纯粹找方明曦的不痛快。

邓扬不再理唐隔玉，手撑在车窗上，俯身和后座的两人说话。

“有什么事儿就和砚哥说，他跟我亲哥一样，没什么不能讲的，别跟他客套见外！”他先跟方明曦说完，又对肖砚道，“开慢点啊，砚哥。”

肖砚颔首，算是应过。

拖拉这许久，寸头终于开车。城郊小道上的路灯光影被拉得很长，车轮沙沙碾过，车里明一阵暗一阵。

方明曦靠着车背，坐得有些僵。许久，她将头转向车窗，说：“有些原因，所以今天才和邓扬出来。”

寸头因她突然的解释备感诧异，透过后视镜看了她好几眼，她的表情模糊不清，只能看见侧脸柔媚的弧度。方明曦保持着看窗外的姿势。车内安静了十多秒直至半分钟，肖砚才出声：“你不必和我解释。”

“没想解释。”方明曦说，“你帮过我一次，我欠你一个人情，你那天说的话我听到了，没忘。”

早从第一次在医院病房里见面，他对她和邓扬就十足的不赞成。更别提她欠他人情那天他说的话，已经很清楚明白。

他让她离邓扬远点。

玻璃反光将他的侧影映得越发清晰，方明曦不想看，微垂眼睑抿唇不语。寸头的视线从方明曦身上转到肖砚那儿，看一眼这个，再看一眼那个，在他们之间来来回回。

肖砚没管他在琢磨什么，也未再接方明曦的话。一路安静，瑞城渐渐映入视野中。

开了二十分钟，寸头跟肖砚说：“砚哥，我是先送她回去，再找个地方把你放下，还是……”

肖砚说：“你不是要去找郭刀？直接开去。”

“那等下这车？”

“我开。”

寸头似是想说什么，想想这样最省事，便照办。

他们说话间方明曦没插话，随后寸头问她：“你去哪儿？”言毕马上把话吞回去，“哦对，邓扬说你回家——你家在哪儿？等会儿我有事，砚哥开车送你。”他怕肖砚忘了问，得拖拉。

方明曦报了个地址。寸头重复一遍，道：“好嘞，记得了。”这话是说给肖砚听的，提醒他。

又过了十分钟不到，寸头把车开到一个方明曦不认识的地方，边解安全带边叹气：“唉，突然接到电话从县里回来也来不及准备，就这么空手去看郭刀他爸爸……”

手机和烟装上，他下车前扭头：“砚哥我先走了，你们小心点。”

肖砚点头。寸头下车，奔进一栋居民楼里，消失不见。

肖砚下车，绕到前面坐进驾驶座，没跟方明曦说一句，直接开车。两人全程无交流，一路往方明曦说的地址开。到地方一看，肖砚默了两秒：“这就是你家？”

“有余网吧”四个硕大的字映入眼帘，旁边是一家名叫“迎客来”的小宾馆，年岁不轻的灯牌亮着光。

“我家里人睡了，宿舍锁了门，这里离学校不远。”方明曦随意答了两句，拉开车门下去。一只脚踏出去，她顿了顿，“……谢谢。”说完倾身出去，迈开脚步并不回头看。

方明曦朝有余网吧走，上楼前在网吧隔壁的小店买喝的。手伸向碳酸饮料，半路停住，换了一瓶一元的矿泉水。付过钱，她边走边拧瓶盖，站在网吧楼梯下仰脖喝水。

身后骤然亮起来，将她的影子深深映在楼梯上。方明曦捏着水瓶转身，被刺眼的车灯照得眯眼，不得不抬胳膊去挡。

亮着灯的车缓缓朝她开来，驾驶座的肖砚单手握方向盘，将车停在方明曦面前。

房间装潢粗糙简陋，除了几件家具没其他摆设，空气中飘着一股淡淡的异味。大体一看，这家叫“迎客来”的宾馆，和它名字的美好寓意并不相符。

方明曦进屋环视一周，掀开被子在床头坐下。她玩了会儿手机，回头朝浴室的磨砂玻璃看，隐约透出一个高大人影。肖砚给她开完房，陪着上来后没走，进了浴室抽烟。她稍看了看，收回视线，低头玩自己的手机。

浴室里传来手机铃声。

肖砚站在洗手台边抽了半根烟，寸头打电话来问：“砚哥你在哪儿？我看过郭刀他爸了，还好，伤得不是很严重，我过去找你。”

肖砚说了地址，问道：“用不用我来接你？”

“不用。”那边寸头一听还是方明曦先前报的地方，道，“我自己过去就行。我跟郭刀说了，明天会和你一起去他们家看两个老人家。”

郭刀和寸头关系铁，两人好得从小穿同一条裤衩长大，寸头跟在肖砚身边以后，连带着肖砚也认识了郭刀。但铁还是比不过他们铁，今晚去陂县厂里，郭刀突然打电话给寸头说他爸弄伤脚，从医院打了石膏回家。大半夜的，寸头可以去郭家，肖砚却不好这时候登门。

寸头道：“砚哥你就在那儿等我，我拦到了车，马上到。”

他坚持，肖砚也没多说。

挂了电话，肖砚弹弹烟灰，重新叼起抽了一半的烟。深吸一口，长呵出的烟气将他的半张脸蒙住，他看到镜子里的自己眯起眼。而后，把烟摁灭在并不太干净的洗手池里，肖砚又将扭曲的烟丢进垃圾桶。刚要出去，忽地听到奇怪的声音，他一顿，微微拧眉。

推开浴室门出去，那古怪的声音霎时变得清楚刺耳。隔壁的叫床声穿透单薄的墙板，灌满了整个房间。肖砚的注意力却落在方明曦和她摆在面前的手机上。

“你在干什么？”除了隔壁的动静，还有一道声音，来源于她的手机。

——隔壁真人实战的声音和她手机播放的娇媚音频交织在一起，较劲般纠缠。

盘腿坐在床上的方明曦听到他的问话，抬头看向他，无所谓地耸耸肩，笑了笑。

“网上搜的。”

这家宾馆的房间都不大，梁顶又低，肖砚站在床尾和浴室门之间的位置，高大的身躯衬得整个屋子越发狭窄。方明曦的手机摆在床上，肖砚压低视线看她，她却只看着屏幕。音频约有几分钟时长，快到尾声时，她调到前面从头继续放。

安静的房间里回荡着娇吟，肖砚蹙了蹙眉。

隔壁的动静忽然断了，停顿好一会儿之后，再开始时收敛了不止一点半点。不多时彻底结束，没了声响。

方明曦关掉音频，收好手机，腿盘久了发麻，从床上下来时颤颤踉跄了一步。

她打开桌上的老电视机，让电视声音接替先前的音频，房间里听起来一点都不冷清。去浴室时经过肖砚身边，她听到他忽地道：“你对邓扬，用的就是这一套？”

方明曦脚下一顿。

“你觉得是就是吧。”她笑。谁都没看谁，她从他旁边擦肩走过。

方明曦把浴室门关上，功率极低的排气扇嗡嗡运转，浴室里的烟还没完全消散。

她拧开水龙头，两手接了一捧水低头洗脸。将镜子擦得锃亮，她看着镜中自己的脸，一滴水从眉尾淌下。

外面有开门和关门的声音，她没去管，拆开牙具洗漱。

瑞城这地界，对方明曦这么个十足的外来客而言，陌生感比亲切更甚。毕竟她生在隔壁省，也长在那儿，上大学的那年才带着金落霞搬到这里。

原先在老家租住的房子一住就是十多年，从她有记忆开始就没搬过家，那一片也是老家的旧城区。

很多时候，晚上都是她一个人在家，她会将门窗关得严严实实，再打开电视把音量调大，制造家里有人看电视的假象，这样能让她安心看书写作业，不去想门外是不是有什么奇怪的动静。习惯养成就难改，后来大了，独自出门在外她总免不了留个心眼。

从浴室出去，外头已经没有肖砚的身影。

方明曦没在意，她把唯一的一把椅子拖到门边顶住，确认门锁反锁了两圈才回到床上。

早上睡醒，方明曦睁眼摸出放在枕下的手机，已是七点，上面的七八条未读消息均来自邓扬一个人。内容无非是问她到家没，大概是见她没回猜她已经睡着，邓扬就没打电话来。

方明曦回了条信息，洗漱拾掇好去学校。

宾馆在学校附近，她步行回去，路上给金落霞打电话。金落霞问她："昨晚怎么没回来？"

"昨天到朋友家玩，在她家睡的。"方明曦说，"现在在回学校的路上，不用担心我，我一会儿会回家。"

金落霞一听，如往常一样信了，她没多问，说了声"那就好"，叮嘱："要吃早饭啊，记得吃早饭，不吃早饭对胃不好。"

方明曦连声应好，快到校门时挂了电话，到早点摊买了几个包子。她吃了一个，剩下两个带回宿舍。

因是周末，平素学习日就爱出去玩的舍友自然不在，只有周娣一如既往地留在宿舍。

周娣还坐在床上醒神，方明曦一通折腾，换好衣服已准备离开宿舍。

周娣问："去哪儿？"

"去拿东西。"方明曦没细说。

周娣忙不迭邀约："那晚上跟我一起吃饭吧，我请你吃烤鱼。"

方明曦想了想，说好：“不过我晚上还有事，要早点吃。”她背上包朝外走，又道，“你把包子吃了垫肚子，早餐不吃不好。”说完人也到了门外。

莘街离学校不近，方明曦搭公交车到的时候，刘姐正在她老公的茶叶店里指挥员工打扫卫生。这个门脸开在街头第三家，生意尚可。见着方明曦，刘姐还算亲热，没说几句就把她那天卖酒赚的钱给了她。一百二十块钱，拿在手里就两张。

她半个小时后回到家。因先前的电话方明曦说会回去，金落霞便一边在厅里烤火一边等她。自己烤还不够，见她回来硬要拉她一起。

方明曦有点儿无奈：“这天气还没这么冷，我哪里用得着这个，你烤就是了。”

“开始降温了，你得多穿点，学校里衣服不够回家来拿，千万别冻着。”金落霞见方明曦不肯，最后倒也没强求。她最是怕冷，这么些年住的地方从来没有过空调什么的，火笼必不可少。

方明曦和她聊了会儿，在家时间过得很快，吃过午饭，转眼就到傍晚。

出门前，她告诉金落霞不回来吃晚饭，顿了顿又说：“晚上我也不回来住了，和朋友约好去玩，到时候直接回学校，明天上课。”

金落霞应好。

方明曦和周娣电话联系，约在小吃街入口碰面。

一个人闲逛了一天，周娣无聊得快发霉，一见方明曦就小跑着迎上去。

周娣挑了家味道出名的烤鱼店，应方明曦的要求，挑了最角落的位置。草鱼口感稍硬，黑鱼肉质鲜嫩，但一个刺少，一个相对来说刺多，各有优劣。方明曦不挑，周娣喜欢吃肉糙些的，便点了一条三斤多的草鱼。两个人胃口都不大，只另外加了两个小碟凉菜就罢了。

十多分钟后，先上一道凉拌木耳，周娣和方明曦边吃边小声说话，就着热过的甜奶，吃得浑身舒畅。正聊着，从外头进来一行人。

“老板，点菜——”几个人鱼贯而入，嗓门大剌剌响起。

周娣回头，就听有人道：“扬哥，喝什么酒？”原本专注吃菜的方明曦闻声看去。

邓扬走在最前头，进店本想找个位置坐下，却发现方明曦也在。

“明曦！”他当即一脸意外之喜，桌子也不找了，直奔她俩而来，眼睛直勾勾盯着方明曦，“我打你电话没人接，你怎么不告诉我你也来这儿？早知道一起过来多好。”

“……啊。”方明曦轻应一声，“在家里，不方便接电话。”

邓扬瞧她们桌上只刚上了一道凉菜，回头对后边的朋友道：“搬两张桌子过来并在一起，就坐一块吃吧，不用挑了。”

方明曦抿抿唇，瞥一眼他身后，睿子和唐隔玉都在，道：“我们这边坐不下，这里靠墙角，会有点儿挤。”

“是啊。”这次唐隔玉难得没有和她唱反调，皱眉嫌弃，“这么挤，坐外面多宽敞。”

“没事，拼桌就不挤了，人多热闹。”邓扬完全不给方明曦继续反对的机会，回头斥唐隔玉一句“就你话多”，当即自己动手搬桌子。

周娣其实有些怕他们，虽然平时话多得不行，这时候也说不出拒绝的话。她俩就这么和他们成了一桌，前几分钟两人还话题不断，尽管方明曦惜字如金，说得比周娣少得多，但好歹也是自在有话讲的，邓扬他们一加入，周娣和方明曦都不开口了。

邓扬一帮人点了一大堆菜，一盘盘陆续上桌，他们经常混在一起，说说闹闹别提多有劲。

见方明曦插不上嘴，邓扬和她说话，你一问我一答，勉强算聊天。

提到昨晚方明曦坐肖砚的车先回去，邓扬问：“怎么样，砚哥靠得住吧？他办事牢靠绝对不会有问题，说了保你安全到家就一定安全到家。”

方明曦听他话里话外的意思，知道肖砚并没有告诉他送到的是宾馆不是她家，默了默，便也就不打算说。她顺着他的话答：“嗯。很谢谢他。”

邓扬笑：“没事，不用跟他客气。他虽然不是我亲哥，但也没差了。我哥就是你哥，跟自己哥客气什么。”

方明曦低头吃菜，听到最后一句，不着痕迹地皱了皱眉。邓扬见她吃得少，往她碗里夹菜。夹第二筷子的时候，方明曦说：“不用了，我不爱吃这个。”

“是吗？”邓扬问她喜欢吃什么，要给她夹。

方明曦摇头：“我够得着。”

邓扬只好作罢。

周娣在一旁默默地看，没说话。邓扬夹给方明曦的是一块炒熟的莴苣，周娣经常跟方明曦一块吃午饭，知道方明曦不挑食，食堂菜单出什么就吃什么。

方明曦没有特别讨厌的，也没有特别喜欢的。但若说有什么比较对口味的……大约就是两样青菜——凉拌空心菜、炒莴苣。

吃完饭，邓扬想叫方明曦一块去兜风，方明曦说有事，和周娣先走了。

方明曦是真的有事，早上就跟周娣说过，否则周娣怎么也要拉她一起逛街。

陪方明曦去公交车站搭车，周娣不想说沉重的事情，挑一些无关的问："刚才吃饭听他们一直在聊，邓扬说的那个砚哥是谁啊？我听他们好像都很服那个人，你昨晚见过他？"

方明曦道："见过。"

周娣来了兴趣："他长什么样？好看吗？"

好看吗？

方明曦脑海里浮现肖砚的脸——正经，严肃，棱角分明。如邓扬所说，那一身严谨气质，的确很靠得住。

他眉眼英俊，剑眉星目，而那几次不愉快的接触，行事间又有些和外表不符的痞气。

周娣见她出神，晃她的胳膊："想什么？问你呢，那个砚哥长得好看吗？"

方明曦略微垂眸，良久轻轻出声："嗯。"

周娣在旁边咋呼，追问着有多好看，方明曦答得心不在焉，蓦地想起他那双黑沉的眼睛。

她见过很多人，尤其是这几年，形形色色各怀心思的男生、男人都见过。

对她完全没有感觉的，最明显的就是这一个。

——肖砚。

3 一

方明曦被周娣一连串和肖砚有关的问题问得头昏脑涨，到了公交车站和周娣分开后，在站台上还出神了好一会儿。

要搭乘的公交车驶入视野中，她堪堪敛神，二十六分钟后到达目的地。

这条街的尽头处，傍晚就早早亮起的招牌灯箱上的店名和她手机备忘录里记下的几个字一样：艾菲面包店。方明曦提步走去，她来这里做一日店员。面包店里盈满甜腻香气，宛如少女闺房的粉色装修风格十分浪漫，如梦似幻。

一日店员就是块砖，哪里需要往哪里搬，方明曦一会儿在前面忙活，一会儿被叫到后头去，实习面包师、裱花师在开着冷气的蛋糕间练习，她给他们搭手。

晚上有一个时段是客流高峰期，直至十一点多人终于少了，门口的感应铃不再响，玻璃橱柜里的面包、点心也所剩无几。其他班次的全职店员陆续下班，店长清点一天的账，方明曦和上晚班的两个姑娘留下打扫卫生。

“你去卫生间接桶水。”工号牌上写着 27 的姑娘指挥方明曦。方明曦道好，二话不说拎着空桶进去，接了半桶水出来，两个人一起拖地。

卫生打扫到一半，门口的感应铃突然“叮咚”响了一声。

“不好意思，我们店……”

27 号姑娘话未说完，一个染着红发、面色潮红、身上飘着些许酒气的女人踉跄进来，谁也不理，直接往玻璃窗边的位置上一坐，头歪歪地靠着玻璃，望着外面的马路发呆。

两个全职店员互相对视，最后冲方明曦招手：“你，来——”

方明曦依言过去，27 号姑娘道：“你去跟她说我们要打烊了。”意思是要她把那个疑似喝醉的女人赶走。

方明曦没多话，走到女人面前，微微低头：“这位客人您好，我们店已经准备要打烊了。”

女人没理她。方明曦默了默又出声：“不好意思，我们……”

“一个面包，一块蛋糕，一杯奶茶。我点了东西，你走开。”女人头靠着玻璃，动也不动一下。

方明曦道："不好意思，我们要打烊了。您……"

女人不爽，头依然靠着玻璃皱眉："你们店里剩下多少面包，我全买了行了吧，别烦！"

方明曦扭头看向两个全职店员，她们冲她做口型：打、包。

方明曦会意，道："您好，您要买面包的话可以打包，我们准备打烊了，店里卡座无法接待，非常不好意思。"

"你话怎么这么多！给你做生意你就做，什么服务态度——"女人终于转过头来，仔细一听，沾着酒意的声音其实很年轻，再一看脸，年岁确实不大，应该和方明曦相当。

方明曦却是一顿。

"我买面包还不行吗，你这店里怎么招待客人的？"女人一通训斥，而后才斜了方明曦一眼——这一瞥，她也愣了愣。

四目相对，女人缓缓坐直身子，眸色渐浓："……方明曦？"

方明曦抿唇不语。女人慢慢笑了，视线上下打量她身上的咖啡色制服。

"我当是谁呢，老同学啊。怎么，考不上好大学，在这儿打工卖面包？"

"托你的福。"方明曦静静看她，"……我大学念得很好。"

周娣和方明曦分开之后一个人去逛街，想买两件新衣服穿，奈何没有人陪同交换意见，意兴阑珊地逛了几家服装店，最后还是什么都没买。她捧着杯奶茶在街上晃到九点多钟，想起笔记本键盘坏了两个键，拐道往电子城去，打算买个外接键盘凑合先用着。

看了三家店终于找到喜欢的，奶绿底色清新淡雅，周娣扔了喝空的奶茶杯，和店员谈起价钱。谈定后，店员去里头给她找未拆封的存货，旁边一道男声响起："周……你是周那个什么……"

周娣转头一看，就见邓扬盯着她皱眉苦想。她吓了一跳，往旁边缩了缩，小声道："……周娣。"

"哦，对，周娣。"邓扬展平眉头，"你是明曦的朋友，晚上还一起吃过饭，对吧。"

周娣说是。邓扬瞥她空无一人的身后，问："明曦不是说和你有事先走吗，人呢？"

周娣说："明曦确实有事，不过不方便和我一起，所以一个人走了。"

"她去哪儿了？有什么事？"

周娣摇头。邓扬见从她这儿问不出什么，一下子失了大半谈话兴趣。周娣莫名怕他，拘谨得不行，巴不得他走开，谁知他却没动。

邓扬抬头看面前货架上和他要的游戏键盘不一样的普通款式，突然和周娣聊起来："唐隔玉的事，明曦有没有和你说过？"

方明曦朋友不多，可以说是少得可怜，身边除了一个周娣，基本没有其他人。听邓扬提起这个，周娣点头："说过。"

"她很生气吧？"

周娣想了想，不知该怎么说，只好道："还好。"

"也是。"邓扬笑了下，"她不爱说话，脾气也好得不行，别人说什么她一般都不往心里去，那些人背后那么议论她，她也只当没听到。"

周娣一顿，想说不是的。方明曦不是脾气好，她的脾气一点儿都不软和，甚至很拧，她不理会那些非议不是因为她温顺，而是因为……

具体的周娣也不知该怎么形容，只是忽然想起很久之前方明曦说过的一句话。她说，有时候，弱者的反抗并不能带来更好的境遇。这句话很丧，周娣当时听着也觉得悲观，却意外地没有反驳。

不管理由是什么，反正都不会是邓扬认为的这样。周娣想开口，动了动唇，到底还是什么都没说。

邓扬话题一转："对了，你帮我个忙。"

周娣看见他从口袋里掏出几张卡塞过来："这些会员卡你拿给明曦，我给她办的。市图书馆的，还有南城北城的几家读书沙龙和书吧，可以免费看书借书，喝喝咖啡下午茶什么的。"

周娣犹疑："你自己拿给明曦吧……"

邓扬不给她拒绝的机会："你拿给她吧，你不是跟她一个宿舍嘛。谢了啊。"言毕头也不回地走了。

周娣看着手里的几张卡，面露难色。

方明曦晚上十二点半才回到宿舍，周娣等她等得睡着了，直到第二天醒了才有机会说会员卡的事。

周娣为难道："我拒绝过了，他硬塞我手里就走了。"

方明曦说知道了，进卫生间给邓扬打电话。那边接通，方明曦才提会员卡的事，邓扬就道："先别说这个。这周我过生日，订了位置吃饭，晚上唱歌，我来接你。"

方明曦拒绝得毫不犹豫："我没空，没法去。"

那边沉默了，方明曦又说："你把会员卡拿回去，我用不上。"

"你用不上？你不是天天一得空就往图书馆跑吗？"邓扬有些生气。

方明曦沉吟，而后坚持："我用不上，你拿回去吧。"

"我不来，要还你就自己来还。"

"那我中午去你学校门口……"

"我不在学校。"他故意要和她对着干。

方明曦道："那我放到保安室，你去拿。"

邓扬赌气："你不当面拿给我，我明天再寄给你，寄到你班上，让快递员到你班门口敲门。"

"……"方明曦垂眸看着卫生间地面，声音微低，"邓扬，你别这样。我们一开始就说好的。"

那边沉默了很长时间。

"是。一开始我追你，你就告诉了我，你不喜欢我。我帮你挡乱七八糟的男人，你偶尔跟我和朋友吃饭，在人前给我面子……但就是可能永远都不会喜欢我。"邓扬似乎想笑，却又笑不出来，"你说得多明白啊，是我自己非要上赶着贴上去。"

方明曦没吭声。

"你现在是不需要我帮你挡什么了，也不想跟我来往了是吧。"

她还是没应，握着手机微微用力。

"你当我邓扬是什么人？"邓扬说，"你想断联系断得干净就来当面和我说，这种方式我不接受。"

他呵了口气："生日那天我不接你，你自己来。你要是想带上会员卡还我也行，随你。"

邓扬生日的当天晚上，方明曦没有去吃晚饭，八点过半的时候打的到天城 KTV 外。

门口停了很多车，"天城 KTV"的字样闪着光，大门内隐隐传出嘈杂声。

方明曦在门前空地站了很久，直至风吹得浑身战栗才收回视线。喉咙发干，方明曦转身想去便利店买瓶水润润嗓，顺便给邓扬打个电话问问他们到了 KTV 没有。

她才走几步，迎面就遇上一行人。

都是高大的男人，为首那个身形尤其健硕，面容严肃、一丝不苟。

——肖砚。

方明曦怔了一瞬，垂眸移开视线。没等她继续迈步，他们已经走到面前，错身的瞬间，肖砚突然停了脚步。

他和她手臂间只隔着些微距离，方明曦听到他浑厚微沉的声音：“这次，又是有原因的？”

方明曦一僵，头压低，没有回答肖砚的话，径直走向便利店。没多久，身后再次响起的脚步声朝着相反方向渐行渐远，被裹挟进 KTV 大厅，湮没在喧闹之中。

买了一瓶水，方明曦在便利店外的塑料长凳上坐下，手无意识地捏着小票。前几日低温侵袭全城，朗月泛开的一圈圈白光似也带着凉意，进入十二月的天气已算得上冷。

路面车来车往，行人足下踩碾过的细砂，和这一边灯红酒绿的霓虹晃影像是两个世界。

方明曦坐了近二十分钟，手机来电显示邓扬的名字。接了他的电话后，又继续坐了十多分钟，方明曦才动身入内。厅前的服务员问清包厢号后给她领路，引到门前鞠躬离开。

平心而论，邓扬长得不赖，家里条件优渥，外形又好，性格阳光开朗，是那种在球场上能引得女生围在旁边尖叫送水的类型，除了睿子他们，在学校里亦朋友众多。来的人很多，小包厢不够坐，邓扬开了俩，一大一小委实热闹。

玻璃矮几上摆满酒瓶子，有一口未动的，也有喝了一半的，见底的空瓶都被不时收拾杂物的包厢服务员收走。

包厢里弥漫着浓郁的酒味和烟气，曾经给刘姐打假期工的时候闻得够多，方明曦不喜欢这种味道。她径直去找邓扬，会员卡揣在口袋里，脚下有倒出的酒水，还有被踩扁的烟头。

邓扬和一个男生在角落里说话，顺着男生瞥向她的视线回头，略带酒意的脸上浮现笑容，刹那又顿住，消散。

“来了。”他沉沉说道。

方明曦点头。男生识趣地走开，把空间让给他们俩。

邓扬道：“怎么这么晚？”

方明曦道：“刚出来。”

“哦。”他说，“你想吃点什么？我叫人来点，喝……对，你不喝酒来着，点杯饮料？”

方明曦摇头：“不用了。”她从口袋掏出他让周娣转交的一堆卡，“这些还你，我……”

“我现在不想谈这个，晚点再说。”邓扬眼一翻就要走人。

“邓扬——”

他停住，方明曦绕到他面前，递给他。他不肯接，眼睛朝上看都不看。

方明曦和他僵持。邓扬皱了下眉：“等晚点结束了，我再跟你谈。”他不给她拒绝的机会，拿话堵她，“我过个生日你也不让我开心，非要往我心上捅刀吗？”

她无言。见她神色缓和，邓扬放缓口气，多了点哀求意味：“你坐下吧，就当给我庆祝生日，我连礼物都没要，这样也不行？”

趁着她斟酌时，他道：“晚点结束了，我们再好好谈。”停顿了下，他又自嘲一句，“我知道你肯定没有给我准备生日礼物。”

“就那儿吧，坐一会儿。”他指了个位置让她坐，头也不回地甩开她，不肯再谈。

……

方明曦最后还是在角落坐下，邓扬在两个包厢间来回窜，忙着周旋接待，酒一杯接一杯下肚。她谁也不熟，一个人安静窝着，面前是一杯管服务员要的白开水。

鬼哭狼嚎的歌声、玩闹起哄的动静，震得人耳朵发疼。闷热的空调暖气熏得人昏昏欲睡，在这样的环境下却又不可能睡得着。

方明曦靠在沙发上，和热闹的那一边大相径庭。闭合的门突然被推开，原本垂眸发呆的她抬眸随意一瞥，微顿。四目相对，被邓扬领进门的肖砚似乎也看到了她，不到两秒移开视线，对视的那一刹那快得像是她的错觉。

肖砚和邓扬两人在另一边沙发上坐下，跟在后面进门的那些，无非都是方才在大门外碰上的那几个肖砚的人。方明曦转开头，没再看他们。

不知待了多久，屋里进进出出，沙发上坐着的人换了好几拨。

没见肖砚，也没见邓扬，方明曦等得实在有些闷，包厢里的厕所一直有人，她干脆出去，往走廊尽头的洗手间走，一路顺便透气。

走廊尽头的蹲厕不分男女，有三间，共用一个洗手台。

左边两间都紧闭着，最右边那间没关，方明曦拍拍热红的脸，低头推门进去。

反手关上门，走了两步一抬头，她愣住了。

站在蹲式便池旁、单手系皮带扣的肖砚扭头瞥来，见是她，眉头微蹙一瞬又展平。

方明曦想出去，他提步从稍高的便池边下来，她只得硬着头皮向前，低声道："抱歉，我以为没人。"

本以为会就这样错身走开，他出去，她用厕所。不想，他皮衣外套上手臂处的扣子将她的针织衣挂住，毛线扯开，两个人皆是一顿。彼此对视一眼，方明曦先低头，拼命去解和扣子缠在一起的毛线，可越是焦急就越解不开。

她正忙活发愁，隔壁洗手间响起冲水的声音，有好几个人，结伴的女生似是在洗手台边洗手，叽喳说话。第二句就提到了她——

"哎，你们看到没？那个方明曦也来了。邓扬为她受那么严重的伤，她一点都不内疚，还有脸天天吊着人家。"

方明曦的手不禁顿住。这几间洗手间的隔音效果差，一字一句全都清清楚楚传了进来。

"就是。"水流声哗哗响着，另一道女声接话，"邓扬也不知道喝了什么迷魂汤，被她迷得晕头转向。"

"谁知道呢，你看她长那个样，一看就不是什么好人，指不定有什么'过人之处'呗！"

"哈哈，也是。哎，你们说，邓扬和她有没有……"

“那肯定啊，就她那种人，看着就随便得很！”

“……”

说话声渐远，没多久就听不到了。

“你还要解多久？”头顶上方肖砚的声音令方明曦乍然回神。

抿唇吸了口气，她垂下眼皮，没有去看他的表情或是任何眼神。她抬手揪住扣子和毛线缠在一块的地方，直接用力扯了下来。“……我没有。”

她回答的这三个字，和他问的问题完全扯不上关系。

——我没有。

肖砚的扣子挂在她针织衣的缝隙中，被她抠出来。方明曦摊掌递还给他。

肖砚第一次认真地看她的脸，每一处都细致掠过，丝毫不漏。但看完他也只是垂眼扫了扫她掌心的东西，没接，迈步出去。

洗手间的门开了又关，余下冗长寂静。

方明曦站在那儿，掌心还摊着。她缓缓合拢五指，手掌握紧。

……

一帮人玩得嗨，唱歌唱到挺晚。邓扬酒量不错，即使被追着灌酒也没醉。只是撑了一晚上，所有高昂情绪都在结尾时烟消云散。

方明曦把一沓会员卡还给了他。他瞠着眼问她：“你打定主意不想跟我来往了？”

她沉默几秒，点头。邓扬睁着半是被酒意醺腾半是因怒气涨红的眼睛，想踢凳、想砸东西，但碍于在别无他物的角落里无法发泄。

方明曦是真的累了，一晚上耗费的精力比上一天的课还多。

东西给了他，虽没说什么，但意思到了，他喝得半醉怕是也不能好好沟通，方明曦留下一句：“你早点休息。”便离开荒唐散尽满是狼藉的 KTV。

她走后，邓扬开始发酒疯，包厢里除了几个跟他关系最亲近的人，还有特意来给他庆生捧场的肖砚那群人。

邓扬往沙发上一坐，不要命似的开始喝酒。睿子等人本来已经准备走，也是邓扬先前说的，他们去续下一摊，吃点夜宵饱肚，见这架势个个面面相觑。

唐隔玉知道情况，当场夺了他的酒瓶开骂：“你有没有出息？为了一个女的至于吗？！”

“你别管我。”邓扬不理会她，伸手要抢酒。

她不给，他便抓起旁边的酒瓶，开了继续喝。

“邓扬——”唐隔玉着急，两人抢着酒瓶拉扯起来。推搡间，邓扬跌坐在地上，他也不管，干脆懒得起来，直接坐在地上喝。

睿子几人搞明白事情原委，不爽全写在脸上，过去帮忙拉他。

肖砚定定站着，将他发疯的模样尽数看在眼里，低沉地道：“过去，让他起来。”

寸头颔首，大步走到邓扬面前，一只手捏着他肩头，一只手握住他手臂，没费太多的力，一把将他从地上拎起。肖砚脸色沉凝：“你照照镜子，看看自己像什么样。”

包厢被一帮人闹腾了一整晚，地上脏得不行，鞋印泥痕一块一块凝固，还未干透的地方，湿迹散发着挥之不去的酒味。邓扬的衣角和裤腿被弄脏，那一身邋遢模样配上酒意醺腾的丧气脸，看着就教人气不打一处来。

寸头拎起他后也不松手，让他半倚半靠站住。肖砚甚少情绪外露，此刻脸色难看，刀刻眉峰凝起寒意。睿子等人吓得大气不敢出，连先前一直和邓扬拉扯的唐隔玉都站到一边，不敢再插手。只有全心买醉的邓扬无视气氛，身形摇晃没个样子，站了不多会儿又要跟寸头拉扯起来。

“邓扬！”寸头死死捉住他的手臂，手上一边禁锢他，一边不禁压低声音，“清醒点，别再闹了……”

“我要酒——

“给我酒！

“松开……”

邓扬听不进去，摇晃着脑袋只发酒疯。肖砚睇他，无言地从茶几上拿起一瓶酒，“嘭”地将瓶口砸在桌沿上，上半截瓶身被磕断，玻璃碎片哗啦掉落在地。肖砚两步过去，左手捏住邓扬的下颌迫使他抬头，将剩下的酒哗啦啦全倒在他脸上。

“唔——咳咳——”邓扬被呛到，拼命甩头挣扎。

肖砚的手用了力，捏得邓扬下巴发红疼得都快碎了，再者邓扬原本就被寸头钳住，根本挣脱不了，生生受了这三分之二瓶酒的浇灌，好好洗了一通脸。

"清醒了没？"肖砚居高临下地看着寸头松手后跌坐在地的邓扬。

邓扬的衣襟湿透，酒从他脸上淌进领口，胸膛湿腻一片，发红的眼睛和下颌被捏出的红指印，颜色清晰分明。他颓然坐在地上，狠狠喘气。

肖砚还是那副没什么表情的模样："清醒了，就滚去把脸洗干净。"

他率先走出气味难闻的包厢，寸头等人旋即跟上。

门闭合后，唐隔玉和睿子立刻冲上前，搀扶着邓扬站起来。

从天城 KTV 出来，两车人开去吃夜宵。唐隔玉和睿子几人一辆车，邓扬被拎到肖砚车上。窗外沉沉一片，昏暗路灯照不开那一团又一团的黑。

邓扬头靠窗户看着外头："砚哥——"

"有事就说。"肖砚直挺坐着，冷凝脸庞没有半点要配合他伤春悲秋的意思。

邓扬道："……我是真的喜欢她。"

过了好一会儿，肖砚才开金口，语气却很平淡："哦。喜欢她什么？"

"喜欢……"邓扬蓦地出神，良久低下头，"很多。"

肖砚不置可否。

"喜欢她漂亮，喜欢她努力，喜欢她认真。"邓扬顿了顿，看向他，"砚哥你还记得你以前跟我说我哥吗？你说我哥活得认真，不管做什么事情都是。我那个时候听不明白，后来认识了明曦，我就懂了。"

"这种时候倒是记得你哥了。"肖砚撇开头看窗外，指间夹着的烟一直没点。

"我没骗你，我说的都是真的。"邓扬有些急，"我……"蓦地又停住，自证真心的话说不出口。

真不真又如何，方明曦不喜欢他，一切都白搭。

不多时车开到吃夜宵的地方，一条街上各家摊子大摆长龙。肖砚下车，郭刀过来递给他一根烟。肖砚拒绝："不用了。"他抬起夹在指间的烟，"我习惯抽这个。"

"砚哥我这个更……"好字没说完，郭刀被赶来的寸头扯住。

恰时，邓扬从车上下来，走至肖砚身边说话，两人去桌前落座。郭刀在后头疑惑不解，把手里的烟给寸头看：“这个不好吗？我老瞅砚哥抽那个便宜的，有什么滋味？”

“少管。”寸头乜斜他，顿了顿小声说，“……以前在部队的时候，邓扬他哥喜欢抽那个。”

郭刀一愣，点点头不再言语。

训练的时候不能抽，一到休假，邓扬他哥就会可劲儿抽上几口。寸头是听肖砚说的，以前喝酒饮茶时提起旧事，肖砚偶尔会说上几句，纵使时日久远，他眼里仍或多或少总会出现那么些光彩。

其他人开始点菜，喊他们快些，寸头扬声应：“来了！”应完他们朝那边走去。

邓扬身边的肖砚在听他说着什么，沉黑双眼默然无波，不时点头，凝着的眉心像是打了结，仔细看却又并无痕迹。唯独他指间乍然亮起的猩红一点夺目，呵出的淡淡烟草苦味潜入空气中，转瞬就被夜风卷走吹散。

……

点完菜，睿子起身接了个电话，坐下后挪到邓扬旁边，悄声说：“那个，我有个朋友会过来……”

“谁？”

“郑磊。”

见邓扬皱眉想不起来，睿子说：“就之前我和你提过的那个，爸妈很早就离婚各自做生意，他现在跟人搞电子零件的那个。”

邓扬想了想，终于记起来，那人之前在外面跑，现在回瑞城来捣鼓生意。

邓扬“哦”了声，睿子便招手喊老板在这张足够大的圆桌旁加了两张凳子。

菜开始上桌的时候，睿子的朋友到了。睿子给邓扬几人介绍，也挨个把在座的谁是谁讲给郑磊听。轮到肖砚，郑磊大概是从睿子那儿听说过他一些事，表现得比较敬重，态度也更小心。

郑磊坐下，他带来的红发女人位置挨着他。

睿子问：“你女朋友？”

郑磊点头。方才男人们介绍说话套近乎的时候，红发女人一直没吭声，脸上怏怏的，虽不算太明显，但是实在不是什么高兴神色。此时话头到她这儿，她敷衍地扯了下嘴角，点个头，这就算打招呼。

郑磊暗暗瞪她，小声道："一天到晚半死不活的给谁看？不乐意出来就滚回去！"

红发女人冲他翻白眼，对着在座人抿出一个三秒的笑容："何巧巧。"

睿子知道郑磊新交了个女朋友，谈了大半年，是从隔壁省到这儿来读书的，在一所破学校里混日子。这是他第一次见，这女的样貌中等清秀，脸上都是妆，到底长什么样看不真切，他随便一瞧就收了眼神。

菜一道一道上，摆满圆桌，邓扬愁劲上来，要了一箱酒放在脚边，又开始猛喝，这次肖砚没拦他。

这厢邓扬六七瓶酒下肚，唐隔玉看着不免不爽："别喝这么多酒！"

邓扬充耳不闻不理她，唐隔玉闷闷吃了几筷子菜，低头玩手机。校园论坛里又有和方明曦有关的帖子。

"……你认识方明曦？"旁边响起一道稍低的询问。

唐隔玉抬头，话是何巧巧问的，边说着，眼睛边瞄她手里亮着的手机屏幕。唐隔玉下意识要避开，然而被陌生人看手机的不悦，抵不过对她提及的那个名字的兴趣。

"啊……认识。"唐隔玉说，"你也认识？"

"她是不是长得很白，眼尾有点儿挑？"

唐隔玉点头，点开论坛里模糊的偷拍照给她看："这个。你认识？"

何巧巧嘴角一抽："认识，熟得很。"

……

郑磊和睿子碰杯喝酒，回头看她们聊得热火朝天，随意问了句："聊什么呢，聊得这么起劲？"

何巧巧没答，郑磊问了几遍，她才转头："你还记得我以前跟你说我念高中的时候认识的那个女的不？"

郑磊皱眉，端起酒杯："你说了那么多，我哪知道你说的哪个。"

"就那个，抢我男朋友的那个！我前两天不是还跟你说，我在面包店里遇见她了？"

"你讲话注意点。"郑磊有点儿尴尬，瞄了瞄肖砚等人，在家说什么都行，跑到外边来当着这么多人的面，不像话。

何巧巧来劲了：“注意什么注意！她不要脸，为什么不能说……”

“行了行了，你那些破事要说多少遍！”郑磊呵斥她，不想当着这么多人的面聊那些屁大点的事情。

唐隔玉瞥邓扬，见他听到方明曦的名字朝这边看来，碰碰何巧巧的手臂：“巧巧，你刚刚说，读高中的时候抢你男朋友的那个……方明曦，是怎么回事啊？”

何巧巧指了下唐隔玉的手机：“不就是你看的论坛里那些人在骂的这个人呗。一天到晚看到谁都勾，有男朋友的也勾，生怕别人不知道！你都不晓得，高中时我和我男朋友谈得好好的，就是方明曦，勾得我男朋友围着她转，天天跟在她屁股后面献殷勤，我真的……”

“砰——”啤酒瓶砸在地上，碎裂的声音吓了何巧巧和唐隔玉一跳。

“说够了没？”邓扬满面酒意，瞪着何巧巧的表情很是骇人。空气静滞两秒，他站起来，猛地一脚把桌子踹翻。

“啊——”何巧巧和唐隔玉两个女生受惊跳开。

菜盘子、碗筷、酒杯摔了一地，一桌人都站起来，寸头第一时间去搀肖砚，肖砚抬手示意无事。邓扬赤红着醉眼，转身摇摇晃晃往马路上走。唐隔玉喊他的名字，马上去追。

肖砚把车钥匙扔给郭刀：“送他回去，我和寸头在这儿等你。”后者接过钥匙，应声赶去。

“这……”变故太快，郑磊吓得说不出话。

“那个女的，邓扬正在追。”睿子小声说了一句，解释清缘由。郑磊脸色更难看了，睿子顾不上他，看向肖砚，“砚哥，邓扬他……”

肖砚点头：“你也去吧。”

“哎！”睿子眼睛一亮，扔给郑磊一句“回头联系”，立即拔腿去追他们。

何巧巧这下真的吓到了，郑磊狠狠瞪她：“滚回车上去！”她手足无措地走了。

郑磊赶忙到肖砚面前，想握手，伸出去又缩回来，半是拘谨半是尴尬：“砚哥，您看这……不好意思，真的真的对不住，我没想到会搞成这样，您别往心里去。”

肖砚点点头，一边随意应付，一边让寸头去和店家结账。

“我先前不知道，要是知道，怎么也不能这样。”郑磊想和他们交好，主要是想结交肖砚，不然也不会在听睿子说他们一桌人聚在一块吃夜宵的时候说要过来。

“我女朋友她跟邓扬对象的恩怨已经很久了，好几年前的事。以前我听她说那些也都教育过她，今天的事您和邓扬说说，我保证巧巧不会再和邓扬对象起冲突。她以前总跟人家对着干，还有什么考试当天去找人家麻烦害得人家缺考，这种乱七八糟的事情都不会再发生……您让邓扬别生气……”

肖砚听他念经般念了一大堆，左耳进右耳出，直到最后几句，才侧目看他。“缺考？”

郑磊微顿，半晌动唇：“……啊。”有点儿纠结自己是不是说得过多，见肖砚盯着自己，他尴尬笑笑，“邓扬、邓扬没跟您说吗……还是他对象没跟他提过……”

“说过。”肖砚面不改色心不跳地回道。

给店家赔过钱的寸头回来恰好听到这几句，瞅着肖砚的脸暗暗腹诽。

——说过个鬼，在那次进医院之前，邓扬根本就不跟肖砚提方明曦的事。

“那就是了。”郑磊呵呵笑两声，越发不自在，“巧巧年轻的时候不懂事，做事没个分寸。我跟巧巧在一起之后早就说过她了，也确实是她做得不对……不管有什么过节恩怨，都不应该在人家高考第二天的时候去找麻烦，自己不考倒算了，还害得人家缺考。”

寸头听郑磊那最后几句，直听得瞠目结舌。虽然他不是走读书这条道的，但高考这两个字对于大多数人而言意味着什么，他还是分得出轻重。郑磊轻描淡写几句话，囊概的却是别人的前途大事，满嘴歉意听起来只让人觉得轻飘飘的。

再想想刚才那一头红毛的女人，戾气深重，活像是谁都欠了她的，自以为通身傲慢不羁，实则不过是令人不适的廉价流气。

一下子，寸头对郑磊这一对就没了好感。

肖砚淡淡听着，仍旧一派无波无澜。郑磊讲完等着肖砚表态，发觉他没反应，尴尬得不知说什么好："您看这……"瞥见夜宵摊上的杂工过来收拾满地凌乱，他立即道，"要不咱们再拾掇一桌，砚哥，你们想吃什么，咱们坐下来，好好吃好好聊，我做东！来……"

他忙不迭招呼，像各家摊前殷勤揽客的小工。

"不用了。"寸头替肖砚答了，笑得客套，"我们等会儿还有事，时间差不多了，也该走了。"

"那……那要不我送你们……"

寸头还是笑，拒绝的话说得滴水不漏。

十几分钟不到，送走邓扬的郭刀开车回来接肖砚两个。上车前，寸头递了根烟给郑磊，搪塞应付了他那一大通废话。肖砚没抽烟，还是让郭刀把车窗降下来些。

外头飞逝的路灯光影一阵一阵映在他脸上，时明时暗。"邓扬送回去了吗？"

"送回去了。"郭刀说，"不过不是他家，邓扬在车上一直闹着要下车，睿子都摁不住他。我们怕他闹，没开很远，就在边上找了家宾馆开了房给他睡。"

肖砚问地址，郭刀答道："在那条路路口，是叫什么……润天酒店。"

肖砚"嗯"了声。

"现在要开过去吗？"郭刀从后视镜里看他。

"不必，走吧。"肖砚闭目休憩。

润天酒店 603 房，双床房内靠右的床上，邓扬陷在柔软床垫中一动不动。

烟味呛人，唐隔玉扭头拍了睿子一下："窗没开，别抽了你。"

睿子吐口烟气，见她皱眉，把烟摁灭在干净的烟灰缸里。

拿出手机看看时间，睿子道："天晚了，你回去吧，我在这儿守着。"

这里有两张床，邓扬醉醺醺的不方便和人挤，只剩下一张床，都留下那就势必有一个晚上不能合眼。唐隔玉摇摇头，"我留，你回去。"

睿子看她。

她抿唇："……天太黑，我一个人害怕。"

大晚上，一个女孩子不管走路还是打车，确实都有点儿不妥。只是唐隔玉是谁，从来天不怕地不怕的霸王性子，说这话难免教睿子多看了两眼。

“你不敢回去？”睿子说，“我打电话喊他们几个来接你……要不我先送你，等会儿再回来看邓扬。”

“不用。”唐隔玉坐在床沿边，眉头紧拧，冲睿子摆手，“让你回去就回去，有我在有什么不放心的，我还能害邓扬？”

她不耐烦地加上一句：“我又不是方明曦。”

睿子见她不高兴，想想自己留下或她留下都没区别，只好妥协。“那我走了？”

她点头。

“有事打我电话。”睿子起身，一步三回头，“有情况立刻联系我，我马上来。”

“走吧——”唐隔玉啧声，“睡个觉能有什么情况。”

睿子出了房门，乘电梯下楼时还在盘算，想着要不要另开一间房在旁边守着，思及唐隔玉的话又觉得有道理，便打消念头。

唐隔玉简单冲完澡就在对面的床上盘腿坐着，邓扬睡得不安稳，时不时翻身换姿势，一头黑发滚得凌乱。

电视机放着深夜节目，信号偶有不好的时候，画面沙沙作响。她手托腮，动也不动，连眼神都不移开半瞬，只盯着邓扬的睡颜看。目光流连在那张脸上，她想到很多事情，小时候的、长大了些的，还有现在，通通都是有关于她和他的。她跟邓扬认识太久，久到彼此都数不清那些相处时间究竟有多少，很多事也都成了习惯。

电视画面忽地一抖，唐隔玉被刹那闪动的屏幕光线晃得眼皮一跳，飘乱的神思归位。

她垂头，光脚下地站到邓扬床边。

站了许久，她终于下定决心，缓缓掀开被角。

……

邓扬是被闹醒的，那股滑腻卷着热意，不陌生的难耐滋味一浪接一浪。顺着意识而为，感官越发真切。他睁开眼，大脑蒙了几瞬，和唐隔玉已经到了临门姿态。

邓扬撑起身，推开她，起身要下床穿衣服。

衣衫满地，被单中他和她都不着寸缕，唐隔玉上去抱住他。“邓扬——”

邓扬闷头不语，推她。唐隔玉抱住他的手臂，他抿唇不说话，用力挣扎想要甩开，如此几个来回，她锲而不舍，直至哭出了声：“邓扬！”

邓扬的动作一顿。

她很少哭，从小到大也只有几次，这会儿眼泪一颗颗往下掉，说不出什么，只一声一声地叫他的名字：“邓扬……”

邓扬皱眉，启唇：“你把衣服穿上。”

唐隔玉哭着摇头。

他要抽手，她立刻缠了上去，跨坐在他腿上，细藕手臂环抱住他的脖子。邓扬被她压得往后倾，抬手推她，她死不松手——主要是这一回，邓扬倒也没真用力气推。

“高考结束的那个暑假，我生日，你给我送了礼物，你送我那一季我最想要的化妆品，我很高兴……可是你喝了两瓶酒人就不见了，那天晚上你和你当时的女朋友在花圃长椅上接吻，我就在后面……

“还有大一那年的冬天，你追英语系的高个，我陪你去挑礼物，我根本一点都不想去……”

她一一细数，情绪上来，哭到腔调都变了。这些藏在心底的往事泛起酸，酸得她自己都难受。“你和她们可以，为什么和我不行？”

“……隔玉！”邓扬蹙眉避开她想要触碰他脸颊的手。

“对。你以前一直这样叫我。”唐隔玉看着他，眼泪扑簌，“现在呢……你每次跟我说话除了凶我、凶我，还是凶我。”

她抓住他的手臂，指甲掐进他肉里。

“邓扬——”她咬牙呜咽，趴在他肩头，光裸手臂圈紧他。

“求你了，邓扬……”

肩头湿意泛滥，房里寂静，只有电视声音和她的哭声满室回荡。

邓扬沉吟良久，侧头：“我……”

话没说完，唐隔玉猛地抬头，抱住他的脖颈亲上去，堵住他未说完的言语。

她亲得又凶又急，眼泪淌进嘴里泛着苦味，灼热呼吸间是她惯常用的化妆品香味，恰到好处的甜，和一点点不过头的腻。

肌肤厮磨，由凉变成热。邓扬推拒的手，挨蹭间变了味，火星点点，开始燎原。

他被动承受许久，终于狠狠一下咬痛唐隔玉的嘴唇，不顾她的闷哼，蓦地翻身将她压倒。

……

从邓扬的生日会上离开，方明曦用力呼吸几口清新空气，尽管夜风如刀，些微的刺痛凉意也好过KTV里满室的烟酒味道。

搭上最后一辆末班车回家，下车后，距离居住的那一片步行还有十五分钟。

方明曦裹紧外套，奈何针织材质的上衣，拢得再紧也不挡风。

手插在口袋里取暖，除了身上仅有的几十块，袋中别无他物，来时装着的会员卡物归原主，解决了一桩心事，走路也轻松几分。

方明曦在月光下舒了口气，越发加快步伐。到家门口，一楼灯还亮着。

方明曦给金落霞打过电话说会回来，怕她等自己，在屋外洗菜处洗了洗手，提脚就进了小厅里。

金落霞果然没睡，披了件外衣坐在电视机前，放的节目她分明没看，眼神呆愣地看着前方，不知在想什么。

“你怎么还……”方明曦迈过门槛，话没说完，视线扫及茶几上的一小包东西，微顿。

金落霞腾地站起，挤出笑：“你回来了……”

方明曦没答，也没接上先前的话。她径直过去，拿起桌上黑塑料袋包着的一小沓东西，在金落霞不自在的表情中打开。

屋内静得落针可闻，方明曦抬眸，拿着那一沓东西问：“哪儿来的？”

金落霞扯扯披着的外套，微垂头。

“他送来的是不是？”方明曦一瞬不移地看着她。

头顶吊灯线长，被从窗角透进来的风吹得晃了晃。以前方明曦跟金落霞说过很多次，让她换个瓦数大的白色灯泡，她总说过一阵过一阵。

方明曦知道她想等灯泡烧坏了再换。她舍不得，连这一点灯泡钱都花得小心翼翼。她们两个开销不大，但每个月靠她夜晚摆摊卖水煮挣的那点钱，刨去日常支出，还要还别人，想不捉襟见肘都难。而这个塑料袋里包着的这一沓，虽然不多，却也装着差不多四千块。

“我、我没要，我知道你不喜欢，正准备等你回来跟你讲……”金落霞嗫嚅，不知从何解释，声音渐小。

方明曦盯着她，眼神渐渐沉下来：“他什么时候来的？你们什么时候又联系上了？”

“明曦，你梁叔他……”

“你还没吃够苦头是不是！”方明曦把钱往桌上一摔，“一分都不许要！把电话给我，我还给他！”

金落霞无言以对，原本想说的那几句话，被方明曦这一声问，问得她霎时吞入腹中，只剩满脸苦涩。“他……你梁叔他，对我们挺好的……”

低到几近难闻的一句，她声音发颤，用了大半力气。

“我知道。”方明曦喉头微哽，“可是那又怎么样，你还想再来一遍吗？”

金落霞不说话了，不知道想到什么，眼眶泛起一点点红。她年轻的时候很漂亮，然而如今眼角细纹一道又一道，每一条都是时间的痕迹。

方明曦不再多言：“梁叔的号码。”

“……没换。”金落霞偏开头去，不想让她看到自己稍有失态的模样，“还是以前那个号码，他一直在用。”

方明曦把钱用那个黑塑料袋重新包好，走到电视柜边，打开老旧的铁盒将钱放进去，用力压紧盖子盖好。

上楼前，她对金落霞道：“我明天拿去还给他，这里面的，我们一分都不要碰。”

因为惦记着钱的事，从一起床，方明曦心里就很不安稳。偏偏上午的课是最需要细致小心的实践课，为了集中精神，她不得不撇开脑子里的一切，周娣好几次和她说话她都没听到。

“你在想什么？我看你今天状态很不对。”中途休息，周娣碰碰方明曦的胳膊，担心地问道。

方明曦说没事："可能昨晚睡太晚了。"

周娣打量她的神色，猜测："和昨晚邓扬生日有关？发生什么了吗？"

方明曦的思绪和她在两个频道上，这当口哪有心情想这些，只淡淡摇头："没发生什么。"

周娣道："我看她们那群人发了好多照片，昨天玩得挺嗨的。"

"她们？"

周娣略尴尬，凑近她小声说："就唐隔玉那群女的，我偷偷关注了她们的个人主页。"怕方明曦不开心，补充一句，"我是怕她们搞幺蛾子才关注她们的。"

"这样啊。"方明曦不感兴趣，随意应了声。

"今天邓扬联系你了吗？"周娣又问。

"没有。"

"平时他不是每天早上都会打电话给你吗？"有的时候不上课，周娣还在睡，邓扬一通电话打给方明曦，她的清梦就被搅和了。

"没打。"方明曦听她一提才想起这茬。从早上到现在，邓扬一条信息也没给她发。

大概是想通了吧，昨天她又一次拒绝了他送的东西，他的耐性应该已经耗尽了。

正说着，前头老师叫集合，方明曦和周娣不再聊，赶紧过去。

润天酒店603房，浴室里水声哗哗。

邓扬坐在床边抽烟，眉眼里是化不开的沉色。自唐隔玉进去冲澡后，他坐在那儿就没动弹过。不多时水声停了，唐隔玉包着浴巾出来，皮肤上淌着水珠，周身热气袅袅。

宾馆用的沐浴乳都不是什么好牌子，刚洗完香味就散得差不多了，唐隔玉抱怨几句，坐下擦头发，朝邓扬道："你去洗一洗，水还热呢。"

邓扬没动。

唐隔玉擦头发的动作停住，看他："邓扬？"

烟快要烧手，邓扬把那一小截烟蒂扔进烟灰缸，垂头吐出最后一口烟气。良久，他抬头看向唐隔玉。

"怎么了……"唐隔玉被他看得有些不自在。

“昨晚的事——”邓扬声音沙哑，“别跟别人说，谁都不要。”

唐隔玉眼神渐渐凉下来，刚被热水冲刷过的皮肤，暖意一点一点消散。

……

从润天酒店出来已是中午，邓扬被睿子一通电话叫走。往常唐隔玉都会跟去，今天没心情，她和邓扬说自己有事，在路口和他分开。

心里堵着点什么，一口郁气积压在胸口化不开，邓扬坐在床上说的那句话反复在她耳边响——不要告诉别人。

他怕谁知道呢？还能是谁。

唐隔玉闭了闭眼，好半天才将那股愤恨与耻辱压下去。

不想上课，平时一起玩的几个闺密得知她没去学校，喊她去玩，她提不起劲来，回消息拒绝。站在路边的她一时不知该往哪儿去，刷了一遍朋友圈，指尖蓦地停住。

备注为“何巧巧”的账号发了一条动态。

昨晚吃夜宵聊天时，唐隔玉顺手加了何巧巧为好友。这条内容发的什么对唐隔玉来说无所谓，她看了几秒，点开何巧巧的头像。

“出来吃东西吗？”

消息编辑完毕，发送成功。

唐隔玉没吃午饭，却没什么胃口，便约了何巧巧吃甜点。都是差不多的脾气，两个人在蛋糕店的角落坐下后，没几句就聊开了。

唐隔玉问起方明曦：“你为什么讨厌她？”

何巧巧挖一口草莓蛋糕，眼神凌厉，情绪和那头红发一样鲜明：“我就是看不惯她。你不知道，她以前读高中的时候就特别恶心。”

“哦？”

“我就跟你说一件事。”何巧巧放下勺子，“有一次吧，我看见她和一群中年男人在夜宵摊上吃东西。”

唐隔玉重复：“中年男人？”

“对，就那种四十多岁的中年男人。”何巧巧说，“她坐在一个男人身边，我好奇就和朋友多看了会儿，你知道后面怎么了吗？吃完以后，她和那个男人在路边说话，两个人手里拿着东西推来让去。”

“拿着什么？”

何巧巧勾唇："钱。"

"那个男人要给她钱。"何巧巧画出重点。

唐隔玉顿了顿："或许是她爸呢？"

"她爸？"听见这话，何巧巧笑了，"我们学校谁不知道啊，她方明曦是个没爸爸的。"

唐隔玉若有所思。

"是，她是挺漂亮的，我男朋友看上她的脸我无话可说，但是她真的让我恶心。每天端着一副谁都不理的高傲样，实际上呢？呵！"何巧巧翻着白眼，往咖啡里加了一粒方糖。

梁叔的电话打了好几遍都没人接，方明曦无法，只好打到他厂里。

厂那边接电话的一听，道："找梁国啊？他运货去了，不在。"

"他什么时候回来？"

"这倒是不用很久……你是他什么人啊？"

方明曦顿了顿，说："亲戚。我打他电话，没人接。"

那边"哦"了声，这才告诉她："他去的地方就在郊区，没出瑞城，只是去送一批货，卸完就行。"

方明曦刚要说谢谢，那边话锋一转又道："你要找他是吗？他今天不会回来了。"

"……为什么？"

那头答："他运完货直接跑长途。"

方明曦问："这一趟跑多久？"

"一个星期吧，快的话也要五六天。"

方明曦抿抿唇，转瞬已经做了决定："您能把送货地址告诉我吗？"

电话那头的人报了一遍，她记下，轻声道谢。

……

梁国去的地方确实不远，在上山的大路旁，路面宽阔，四周都是树，不知是谁在山脚下弄了一个演练场。一圈宿舍楼房将操场围住，最前面立着一扇铁栅门，方明曦到的时候门是开着的。

她站在门口抬头看，右边围墙上写着几个大字：黑豹救援队瑞城分训基地。最顶端是一个黑色的豹子头标志。

方明曦给梁国打电话，这次终于通了。匆匆出来的梁国似是正在忙，身上有些灰，两人站到大门边说话。

“梁叔。”方明曦叫了一句。

还是一样的语调，还是一样的清脆，梁国却有些想叹气，他怎么会不知道方明曦来干什么。

站在外头不适合说话，里面正忙着卸货清点，梁国走不开，索性带方明曦到门房前，登记过后一道进去。

“你先坐，我忙完再过来跟你说。”梁国让她等在一旁，方明曦点头并未有异议。

梁国回到几辆大卡车前，指挥卸货的工人一一放好，清点核对数目。同车的司机老钱头凑到梁国身边，一边看着工人，一边问：“那是金落霞的闺女吧？”

梁国点头。

“高了些啊。”

梁国“嗯”了声，轻扯嘴角，没什么笑意。

老钱头见他这副神色，笑叹：“你说你，何必呢？以前在通城的时候就是，每回给她们送钱都要被退回来。这都三年没联系，你好好的干吗又贴上去？”

梁国说：“归根究底也是对不住她。”这个她指的自然是金落霞。

老钱头笑：“什么对得住对不住的，都是你情我愿的事情。她跟你的时候又不是不知道你和那几个娘们的首尾。虽说后来确实……”顿了顿接上，“你那老早离婚的臭婆娘突然发疯闹事，但那也不是你……”

话没说完，梁国低头擦手，打断：“卸货吧，不说了。”

十年前他和老婆离了婚，后来的几年和一些女人接触过，只是一直都没再婚。再后来碰上金落霞，和她来往的同时，也没跟别的女人断过联络。

那时候，金落霞的闺女就不是很赞成，偶尔他上门看她们，那个小姑娘总是淡淡的，他送吃的用的，她不见开心，送得越多越贵，她越不高兴。

更别提送钱。不管他给金落霞多少，总会被小姑娘还回来。

那时候方明曦在读高中，课业很重，可一点都不含糊。

记得很清楚的是有一次，她打了他一天电话，本以为下了晚自习她会消停点回家睡觉。谁知，她拎着一袋子书和习题，跑到他常吃夜宵的地方找他。

他和一起跑车的几个朋友七拉八扯，让她坐下一起吃，她就在旁边坐着不吭声，也不动筷子。等他吃完她还没走，黑沉沉的大晚上，和他站在马路边推拒，死活要把钱还给他。脸被风吹得比月亮还白，却站得比谁都直。他不收回去，她就不肯罢休，不肯走。

那次是，后来的每一次都是，到最后没有哪次他能拗得过她。她和金落霞母女俩离开通城到这瑞城来，这三年梁国没有和她们联系，去年厂子开到这儿，他来瑞城好几趟，一次也没去找过金落霞。可却不知道是怎么的，越是避，越是想见一见。

碰巧辗转得知金落霞弄伤了脚，于是他昨天去了一趟，留下点钱，今天就被方明曦找上门来。梁国心里的纷乱想法，方明曦不清楚，即使清楚，该还的钱她也必定会还到他手上。

他们忙活，她坐在木椅上，安安静静地等。太阳煦然，是近段时间来难得的好天气，薄薄一层阳光罩在身上，照久了暖意融融。方明曦等着等着，禁不住闭上眼，倒不是睡，只是闲暇安宁，偷得片刻也好。

可惜没多久，一道道整齐有力的声音打破气氛，由远及近，慢慢传入耳中。

“一二——”

“一二——”

像是他们大学开学军训时喊的口号，却比他们稚嫩嗓门吼出的声音洪亮得多，清晰，有力。

方明曦迎着太阳微微眯眼，看着那一队越跑越近的身影。

一行穿着迷彩长袖的男人步伐一致，每一个都健硕又壮实。方明曦看见他们都是和寸头一样的发型，嘴角勾了勾，下一秒却是一顿。

肖砚穿着和那队男人同色的短袖上衣，从队列后渐渐跑出来，在侧边领跑。

“大声点——”他训斥，队列里的一众人，便提高音量，越发中气十足。

精悍胸膛被紧紧勾勒出线条，肖砚古铜色的手臂肌肉紧实，长腿裹在材质特殊、适合户外运动的长裤里，脚下踩一双黑皮靴，步伐坚定有力。

每跑一步，泥灰里的尘埃就战栗一下。

方明曦眼睫颤了颤。

方明曦看到肖砚的同时，肖砚也看到了她。目光交错的刹那，两人各自别开。肖砚带着队伍拐弯，沿着操场周边跑开，整齐的口号声又逐渐远去。

他的出现是个意外，方明曦完全毫无准备，根本没想过在这里竟然也能碰上他。

前脚肖砚刚走，后脚寸头就来了。他跑到跟前同她打招呼：“哟呵，巧了，你怎么会来这儿？”那张本就偏黑的脸，被太阳晒得有点儿红，较以往更黑了几分。

没等方明曦答，寸头朝卸货那边扬声：“按分类放好，库房够大，不着急！”喊毕转回头，一脚踩上阶沿，冲方明曦挑眉，“怎么样，这儿感觉还不错吧？”寸头其实早就看到了她，闲着没事，特地跑过来和她说话。

方明曦淡淡点头：“嗯，不错。”

寸头见她百无聊赖，跑到不远处，从装着几十瓶矿泉水的铁桶里拿了一瓶水，回来扔给方明曦。方明曦下意识接住，便听他问：“你来有什么事吗？”

“嗯。”她不知该怎么说，只答，“有事。”

寸头先前看到梁国带她进来，朝卸货那边瞥了一眼：“那个是你爸，还是亲戚？”

她抿了下唇，没有接话。寸头以为她不会回答正要换个话题，她开口了：“是我叔。”言简意赅的三个字，语调也很平。

寸头却笑了：“原来是你叔叔？那巧了。”

正说着，“砰”的一声巨响，震得方明曦和寸头都是一惊。他们扭头朝声源处看，伴着接连几声重物砸地的动静，卸货那边吵嚷开：

“砸到人了！快快——”

“当心！都散开！”

“把货搬开！压到人了！老梁……”

方明曦怔了半秒，听到喊声的瞬间立即冲过去，寸头也拔腿往那儿跑。离得不远，转瞬两人都奔到了那群人面前。卸最后一车货时，外圈绑着的绳子松了，原本应该先搬上面的，结果一股脑全松落砸下来，那当头梁国正好在下面。

肖砚闻声赶过来，梁国被木箱子压在下面，有进气没出气的粗喘听得吓人。

方明曦脸微白，抬手去搬箱子意图挪开，里面不知装了什么，重得纹丝不动。下一秒，仿若千斤重的大箱子忽地轻了——肖砚动作利落，毫不费力似的将压在梁国身上的木箱抬起来。

寸头见状立刻上前搭手，两人合力，腾地就将箱子挪到边上。

“老梁！老梁？！”

“有没有事？还能不能吭声？”

“……”

一群同行的司机都是梁国的同事，凑上来手忙脚乱地搀他，关切得着了慌。

“梁叔！”方明曦醒过神，上前扶住他手臂，轻轻一探他腰背，他“嘶”地倒抽冷气。方明曦皱眉，扭头问，“有没有医药箱？”

司机、工人都不是这里的人，只肖砚和寸头是，寸头连忙答：“有！我去……”

肖砚扫过方明曦的脸，道：“去休息室。”

方明曦没空管那么多，立刻和几个司机搀着梁国过去。好在他还能走，不用上担架。

进了休息室，方明曦让梁国在床上趴下，衣服掀开，背部被木箱角划出几道瘀痕，衣服挂丝儿的地方，皮自然也破开，渗出血迹。

寸头踌躇：“我们这儿暂时还没队医……”

训练基地的筹建不是那么容易的事，桩桩件件耗时耗力，关教练到瑞城没几天，队医明天才来，连这些训练器材都是今天才全部到位的，现在却发生这样的事。

那厢方明曦已经打开医药箱，动作熟练地拿出要用的东西，头都没抬一下：“我来。”

寸头见她不似外行，好奇：“哎，你会啊？”

“我学这个的。”方明曦面容沉稳，消毒、上药、操作样样符合流程。

趴在床上痛得龇牙咧嘴的梁国一听，忍着痛抬头呵呵直乐，很是与有荣焉地道：“明曦这孩子很聪明的，她读书特别好，学什么都厉害。”

寸头和肖砚听出这话里对待小辈的亲昵，视线落在她身上，方明曦低头不语，面庞似是比先前又沉了几分。她的学校在邓扬学校附近，那一所学校可不是什么好地方。寸头想起之前郑磊说的那些话，头一次对她生出了同情。

方明曦这个人虽然不好亲近，但也没有什么特别让人讨厌的地方，几次和她接触下来，唯一的印象就是安静，甚至给人的感受，比邓扬身边的唐隔玉之流还好些。

寸头心里一阵叹气，颇觉可惜。余光扫到肖砚似乎也凝眸打量方明曦，他想跟肖砚说什么，一转头，后者已然收回目光。

方明曦刚给梁国消毒包扎完，梁国就坐起身把衣服理好，坚持说自己没事，能撑得住。她看过伤口知道不是大问题，遂由他去。

医药箱整理到一半，方明曦停住动作，看向肖砚。“……你的手腕红了。”

刚刚他搬箱子的时候，她看他蹭到了。

寸头和梁国这才注意到肖砚的手腕，方明曦道：“最好擦药活络一下，不然会瘀肿。”

“没事，一点小伤。”肖砚无所谓地回道。

“不行！”寸头急了，“必须得处理！”

他当即不由分说地将肖砚扯着坐下，朝方明曦招手：“来来，你给他弄弄！”

方明曦默默将医药箱拎到他旁边。她在肖砚面前蹲下，像给梁国处理伤处一样，只是刚刚自然顺畅，这回却有些难言的不自在。他们靠得有点儿近，她能闻到他身上简单清冽的味道，带着一丝丝薄汗气息。

肖砚的目光落在她头顶上，她仿佛能听到他的呼吸。她垂头，喉咙紧了紧。短暂工夫，却像是上了一节课般漫长。终于处理完，收拾医药箱时，方明曦莫名松了口气。

货虽然从车上滚落，但东西没问题，该运来的器材悉数运到，梁国的同事和训练基地负责收货的人清点核对过，两方交接。

梁国弄伤背，怕是无法立刻出长途车，同行的司机让他先回。

肖砚和寸头正好要去市内，寸头说："你这样不方便开车，我们送你们下去。"

梁国连忙拒绝，他的同事可以开车，他们送他回厂里就是。他婉拒半天，寸头还是坚持："没事儿，我们送你和方明曦一块回去。"

梁国这才想到还有方明曦在，她一个大姑娘，和他们挤货车不太好。

"那……那就麻烦你们了。"梁国到底还是承下寸头的好意。

肖砚未发表意见，大概是默认寸头的决定。随后他们走了出去，处理事的处理事，取车的取车，只剩方明曦和梁国两人在休息室里。

梁国朝外看一眼，问她："你和他们认识？"

方明曦点头："见过。"

梁国动了一下，扭到伤处，疼得嘶声，边忍痛边说起闲话："这里的人都是自愿过来的，民间救援队难哪，不容易，何况他们做得还这么正规，每个人都辛苦。"他感叹，"尤其那位肖老板，他是领头的负责人，出钱出力，担子最重。"

方明曦没接话。大门旁的招牌，还有肖砚带队领跑的姿态，从脑海里一晃而过。她明明没看多久，没看几眼，却记得分外清楚。她眉头微蹙，视线压得更低。

闲聊几句，方明曦想起来这儿的目的，刚欲提，寸头从外探头："可以了，走吧！"

她只好把到嘴的话咽回去。

寸头开车，剩下三人坐后座。方明曦居中，左边是梁国，右边是肖砚。

"你们到哪儿？"寸头问。

方明曦说："我回家。"

梁国接话："我回厂里，东松路建途货运厂。"顿了顿，对她道，"我就不去你家了，省得你妈烦心。"

沉默三秒，梁国放轻声音问："你妈还好吗？脚伤应该全好了吧，上次我去看她说是已经……"说着说着想起今天方明曦就是为他上次送的钱来的，堪堪止言。

方明曦淡淡道："已经好了。"

“那就好。”梁国笑了下，有点儿尴尬。寸头和肖砚都在车上，他们不方便讲什么，毕竟不是能讲给旁人听的闲话。

而后一路无言，还没开到货运厂，梁国在路口就叫停：“到这儿就行，对面是我们厂房，我回去换身衣服。”

寸头靠边停，梁国打开车门，下车前回头跟车里俩人客气地道：“我这个侄女不太爱说话，肖老板多担待些，麻烦你们送她回家了。”

他关上车门朝厂房走，方明曦忽地问：“能不能等我一下？很快。”

寸头暗暗瞥了眼肖砚的神情，见他没表情，点头：“行。”

方明曦下车小跑追上去，叫住梁国，从包里拿出一沓裹好的钱还给他。半分钟工夫，她回到车上。

寸头和肖砚谁都没有多问，方明曦和梁国的关系不像普通叔侄，但看得出来不是什么见不了人的关系。他们不是好事的性格，也没有同龄女生之间弯弯绕绕的争斗心思。

走了一个，后座只有方明曦和肖砚俩人。位置足够，方明曦却贴着车门坐，离肖砚远远的。车子平稳开出一段，肖砚忽然出声：“你很怕我？”

寸头从后视镜里偷瞄，虽然肖砚并未转头直勾勾盯着方明曦，但这话明显不可能是对他说的。

方明曦被问得一顿，道：“没有。”

寸头等着听下文，那两人却好久没说话。车子又开过两个路口，才听肖砚问：“你读的护理系？”

方明曦答：“是。”

“大三？”

“嗯。”

“时间挺多。”

方明曦没接话，这话也不知该怎么接。本该是学业紧张的时候，之前却在乱七八糟的地方和他碰见好几回。她转头看窗外，沉声：“我已经和邓扬说清楚了，你不用查户口一样问。”

这回换肖砚闭嘴不言。

寸头开着车，看得着急，只觉这俩人都不会好好讲话，这次，还有之前接触的几回，他们拢共没交谈过几句，不是这个说话带火药味，就是那个开口针锋相对。

“那什么——”寸头不得不缓和气氛，“你说你家在登江区？”

方明曦“嗯”了声。

“好咧！”寸头将方向盘转出了汹汹气势，“很快就到！”

不多会儿，车果真开到她住的那块——登江区，宁集路。

寸头常年跟肖砚在外跑，今年是为了分训基地的事才回来，对城区规划早没了概念，一看周围破破烂烂的一片旧房子有点儿愣，脱口而出：“你家就在这儿？”

问完才察觉到语气不对，他想补救，方明曦脸上却没有尴尬不适。她坦然，大大方方地答道：“嗯，就住这儿。”

说了谢谢，方明曦拉开车门下去。她理好衣服，束起头发往家走。她早就过了会为此羞耻的年纪了。邓扬刚开始追她的时候，还曾大大咧咧地把睿子那群人带到她妈妈的夜宵摊上吃东西，就为了悄悄找她说话。后来这件事成了唐隔玉那群人总拿来嘲笑她的点，邓扬才意识到不该。

但方明曦觉得其实没什么。世上有富人，也有穷人。穷人就不能活了吗？能活，活得难了点，还是要活。

寸头将车停在那儿，愣愣地朝车窗外看了好久。

“她……”他指指方明曦，一时竟不知自己该不该觉得抱歉。

肖砚没空和他讨论说话的艺术：“走吧。”

寸头摸摸后脑，发动引擎。车开动的刹那，肖砚不着痕迹地朝窗外瞥去。

方明曦走在回家的小径上，那道背影笔直，像棵茁壮成长的小白杨，迎风挺拔。

骄傲，磊落——

干净得让人移不开眼。

第三章
不想亏欠

方明曦到家，金落霞已经吃过晚饭，谁都没跟谁说话。

大约两分钟后，金落霞才在一片沉默中开口：“要不要吃饭？”

“不用。”方明曦弯腰在水龙头前洗手，并未看她，“我等下就回学校。”而后双双无话。

临出门前，方明曦拎着几件干净的换洗衣服在门边停下：“钱我已经还给梁叔了。”犹豫两秒，又说，“下午梁叔搬货的时候，弄伤了背。”

金落霞一愣，下意识地着急追问：“弄伤了背？严不严重，有没有事？！”察觉到自己太过激动，她抿抿唇，低头敛回情绪。

方明曦当作没看到，只说：“没事。”

金落霞低声道：“……那就好。”

谁也没再提这事，金落霞去洗碗，方明曦拎着衣服出门。

回到学校，往常凑不齐的舍友难得全都在宿舍，不比平时和周娣两个人在，不方便说话，方明曦和周娣便没怎么聊，各自洗漱过，早早上床睡觉。

半夜，方明曦蓦地惊醒，侧身面对黑漆漆的床沿呆怔好半晌，揉着额头起身。

她梦到了肖砚。

梦里，他带着一队人跑步，是烈日炎炎的夏天，太阳炽热，他裸着上身，汗珠从胸膛滑落到结实腹肌，途经的每一寸皮肤都是健康而又悍气的古铜色，肌肉强壮有力，全身散发着激人战栗的侵略气息。

周娣被方明曦下床的声音吵醒，睡眼迷蒙地问："怎么了？"

"没事。"方明曦小声道，"你继续睡。"

她太困了，应了声迷迷糊糊又睡着。

有别的舍友在，方明曦不好弄出太大动静，小心翼翼下床给自己倒水喝。保温瓶里有水，只是她渴得慌，燥得头皮都难耐，似是一刻都等不及了。她拿起桌上的矿泉水拧开，凉水入喉，却还是压不下那股莫名的燥热。

身体里蹿起细小而又难以抵抗的火苗，一点一点焚烧着各处。

小半瓶矿泉水很快空了，方明曦又从保温瓶里倒了一杯水。

窗外透进月光，她端着杯子送到唇边，不知怎么忽地想到肖砚平时沉稳平静的脸庞，和跟她说话时一向没有感情的语调。

脑海里又冒出梦里烙铁一样火热的他，两相交织，对比强烈，这股羞耻的感觉令她猝然回神。

方明曦仰头，像渴水的鱼一般，狠狠将一杯凉开水灌下肚。

第二天上完课，方明曦和周娣一起去食堂吃晚饭。

"怎么这两天邓扬都没有来找你？"周娣突然想到这茬。

经周娣这么一提，方明曦才想起来，邓扬是有好几天没在她面前出现了。

少了一个看起来挺优质的追求者，换别人也许会难过，但对方明曦来说正是她希望的。她笑笑，不太在意："快吃吧。马上要考试了，把心思用到正事上。"

周娣一听到考试就头疼："你不提这个，我都快忘了，马上要考试，下个学期差不多就要出去实习……"她想起什么，抬眸问方明曦，"你真的决定继续读？"

方明曦点头，她一直在为下个学期的专升本考试做准备，对这个学校的大多数人而言，最后一个学期是毕业季，但对她来说，或许是一个全新的开始。

周娣见她目标坚定，鼓励道："你一定可以的，你跟我们不同，你想做的一定可以做到。"

每年的奖学金有三个名额，在周娣心里，整个学校只有方明曦是真的配得上这份奖赏，真真正正实至名归的人。

方明曦并没有掉以轻心，也懒得提前说什么大话，轻笑："还没考，一切都不知道。吃饭吧，明天有一整天课，早点回去准备。"

饭毕两人回宿舍，方明曦坐在桌前看书，周娣往外走："我去收一下昨天晒的衣服和被子，我忘记收了。"

"不是晒在阳台上吗？"方明曦问。

周娣解释："阳台上哪里够晒，这几天天气好，大家都洗了东西，全放在外面走廊上晒。"

这样本来是不合规定的，但法不责众，宿管也就睁一只眼闭一只眼。

"那我也去帮忙……"

方明曦起身，被周娣拦住："不用不用，你好好看书。"

将她摁回座位，周娣一个人出去收东西。半天工夫，人还没回来，外面先传来吵架声。

方明曦听出周娣的声音，不放心地出去看，就见周娣在走廊上和隔壁宿舍的人吵架。

她走过去才知道，晒的时候，周娣的被褥和她的被褥放在一块，现在只剩下周娣的。

周娣找不见着急，有人告诉她说，是隔壁宿舍的人把方明曦的被褥全扔了下去，周娣气不过，捡回弄脏的被褥后和她们吵起来。

扔方明曦被褥的女生喜好穿酒红裙子，外号酒红妹，此刻和周娣大眼瞪小眼，态度蛮横。

"怎么样咯？不过是手滑不小心碰下去了，捡回来不就是了。"

“那你刚刚怎么不捡啊？！”周娣吼她。

她勾唇笑，抖着腿说：“那不好意思，正巧我今天腿扭伤了，你大人有大量，自己去捡不是挺好。”

周娣听着就来气，冲上去要和她打架，一帮围观的怕把宿管招来，纷纷上去拦。

方明曦眼疾手快拉住周娣，看向酒红妹：“是你把我的被子扔下去的？”

酒红妹撇嘴：“都说了不小心的，还想怎么样？”

方明曦睇着她的脸。

周娣嗤声：“什么不小心，不就是你新交的男朋友大一的时候追过明曦吗？当谁不知道你心理不平衡呢？不平衡，你倒是去找你男朋友出气啊！拿这些陈芝麻烂谷子的事计较到明曦头上，你是不是有毛病？”

酒红妹的男朋友，方明曦不闻窗外事大概早就不记得，但周娣认识，也知道他大一追过方明曦——结果当然是没追到。那个男的被拒绝后，天天跟人说喜欢方明曦这个类型的，还跟兄弟吹牛说毕业前一定会泡到她。

“放你的狗屁！少在这儿乱说！”酒红妹被戳穿心事，脸上闪过尴尬和隐隐薄怒，和周娣对骂起来。

方明曦看着她的脸，半晌没说话。

入学军训的时候，有很多同届的男生向她示好，各式各样表白的人她都遇到过，大一大二那两年她真的不堪其扰，她一次又一次拒绝，闻色而动的人还是前赴后继。

且拒绝得越多，背后说她的也就越多，什么假清高、装模作样，议论的人有男有女。

直到后来邓扬出现，他嚣张的名声隔着一条街从立大传过来，怕被他盯上找麻烦，追她的人这才少了。

面前这个酒红妹，方明曦记得她的脸和大名，知道她是隔壁班的，但她们从来没有打过交道。新生入学期间的一点小事，方明曦自己都不记得追她的男生有哪些，谁知道绕这么大一个圈子，过了两三年，现在还能变成麻烦。

那厢周娣和酒红妹两个人吵着吵着又要动手，方明曦一把将周娣往回拉，自己站到前面。

“你手滑是吗？”她问。

酒红妹说：“是啦，怎样？”

方明曦没说话，转身直接走到晒被褥的竹竿前，找到贴着酒红妹名字的那一竿，把上面挂的衣物扯下来一抛，扔下楼。三四件衣服纷扬，哗啦全落到楼下。

酒红妹冲上来：“你干什么——”她瞪圆了眼睛，扬手朝方明曦的脸挥去。

方明曦抓住她的手腕，猛地推开，她踉跄着摔倒在地。方明曦看着她，笑意未达眼底，模样有些骇人。酒红妹理亏，气得胸口起伏，一时却不敢在方明曦这番表情下再有动作。良久，她起身冲下楼去捡衣服。

几件衣服落在宿舍楼前的花坛和草坪上，沾上泥灰得重洗一遍。酒红妹一口闷气憋在胸口，忽听楼上响起一声口哨。她抱着衣服抬头一看，方明曦站在栏杆前，静静看着她，唇边挂着笑。

“——不好意思，我也手滑。”她拎起挂在竹竿上的最后一件酒红妹的外套，扬手从楼上扔下。衣服被高高抛起，刺眼的颜色在明媚的阳光下，和她的笑容一样，格外好看。

因为傍晚时候的插曲，方明曦看书的计划被破坏，周娣叫了外卖小吃，还偷偷买了几罐酒拉方明曦一起喝。怕方明曦拒绝，她忙不迭抢先说：“就这一次！”

方明曦只好陪她上楼顶天台，两个人在冷风中喝酒，喝着喝着身上就暖和了。

周娣啧声说：“我没想到你发起飙来还挺唬人的。平时看着冷静，看习惯了，猛然间生气真是很有气魄。”

方明曦笑笑，没说话。

周娣道：“真的，你多凶几次，她们就不敢天天在背后议论你！”

“没用的，你也说了是唬人。一次两次还行，多了……”方明曦耸肩，闷头喝酒。

周娣想反驳，又不知从哪儿说起，嘀咕：“你哪儿都好，就是太悲观。”方明曦没接话。

周娣顿了顿，怒其不争地加上一句：“还有就是太好欺负！”

“好欺负？”方明曦轻笑，“那是你以前不认识我，没看过我叛逆的时候……”

周娣忍不住抢白：“你还有叛逆的时候？”

“我也是人，当然了。”

周娣觉得不可思议。

方明曦喝干净最后一口酒，放下空易拉罐，吃小菜不再说。冷风飕飕，吃着吃着手机响了，方明曦看来电显示，是往常在金落霞夜宵摊旁摆摊的阿姨。

这段时间金落霞改了出摊时间，现在还没到点。她皱眉，摁下接通键。

周娣往嘴里塞了一口炸排骨，还没问什么，方明曦脸色就变了。

和金落霞一起出摊卖夜宵的阿姨在电话里道：“落霞发烧，打电话来找我帮她买药，我到你家，她一个人躺在床上病得说话都没力气，你怎么搞的，跑去哪儿了？怎么连妈妈也不照顾？我这边忙得团团转，还要抽空去给你妈送药，忙得脚都不沾地了！她一个人，我又没办法留下照顾她，我哪里忙得过来……”

方明曦回神，迭声道谢：“麻烦您了，我人在学校，现在马上回去。”

她边说边起身，周娣见她挂了电话往天台楼梯口走去，问：“怎么了？什么事情？”

“我家里有点事，得回去一趟。这里你收一下。”她一刻不多留，抬腿就走。

“哎？你……”周娣没能叫住她，只得自己留下收拾残羹。

赶回去一看，金落霞昏昏沉沉地在床上睡着，方明曦探她额头，叫醒她：“难不难受？我们去医院好不好？”

金落霞摇头，嘴唇有点干：“我吃过药了。你给我换条毛巾。”

方明曦出去浸了条冰凉毛巾回来，又带上一支备在家里的体温计。她给金落霞敷上毛巾，体温计夹好，静等几分钟拿出来一看，大概是吃的药起作用，烧得不严重，已经开始在退热。

金落霞喉咙不舒服，在枕上摇头，蓬松头发随着动作更乱了。方明曦守着，不间歇地给她更换毛巾。毛巾热了就换，两条毛巾来来回回换了十多遍，靠着物理降温，金落霞的体温终于降下来。

方明曦不打算回学校，去楼上拿了本书下来，坐在她床边，守着看。

金落霞瞧着她低头的专注模样，嘴里苦涩。

安静半晌，金落霞出声："明曦，你会不会怪我。"方明曦翻书的手一顿，又听金落霞说，"你是不是还在怨我……"

"我没怪你，也没怨你。"方明曦打断，"以前不懂事时候的那些事情不要再提。"

金落霞想说话，方明曦起身给她又换一条毛巾，坐在床边睇她病容，放软口气："前几天梁叔那件事不要放在心上，是我语气太冲，我不对，你不要生气。"

金落霞抓住她的手，掌心发烫，室内重新归于沉静。合上手里的书，方明曦抬手给床上的金落霞掖被角。这么多年，她们一起过来，她苦，金落霞又何尝容易？

读初二那年是她们最难的时候，也是方明曦最叛逆的时候。就是在那年，她发现金落霞除了平时给人做零散小工以外的另一个挣钱营生——

陪席妹。

通城有很多小酒楼，比不上大酒店，却强过小饭馆许多，因着比上不足比下有余，客人大多是那些做小生意的中年男人。这些人口袋里有两个钱，但也不经细数。

这些小酒楼为招揽生意，和很多打扮得花里胡哨的女人合作，有客人来吃饭，店家就打电话给她们，喊她们来陪席，吃吃饭、喝喝酒——当然，摸腿、搂腰、捏捏手、抱一抱，都是必不可少的席间助兴调剂。吃完饭客人会给小费，一个陪席妹一餐一般是六十块或者八十块，遇上出手大方的，一次也会给一百。

金落霞年轻的时候很漂亮，即使如今被岁月浸染，脸上也依稀可见当年风情。那时方明曦读初中，她才三十出头，正是最有风韵的年纪。她总出门吃饭，方明曦问过，一次次都被她搪塞过去。

常在河边走，哪能不湿鞋。直至在路边碰上金落霞，方明曦亲眼看见散席后她被酒酣足食的男人搂着。那一刻，方明曦毫无防备，只觉街边路灯天旋地转，晃得人头昏眼花。她们大吵一架，关系降到冰点，好长一段时间没有说过一句话。

没多久，金落霞陪席，遇上了方明曦同学的父亲。那个男人离婚几年，有点闲钱，看上金落霞的脸，也不计较她的行当出身，接触几次后便对金落霞透露亲近意思，还托媒人到她们家。

常年不来往的邻居大妈为了给金落霞做媒，频频上门。因为媒人在客厅说的一句："人家条件真的不错，你一个人讨生活多不容易自己清楚，该好好考虑。何况还带着一个女孩，而且还不是你的亲生女儿，谁知道老了靠不靠得住。"

方明曦逃课三天。三天后，方明曦才回家，被急得几宿没睡的金落霞一巴掌甩在脸上。一通争吵，方明曦又在外面躲了四五天，不曾回家也并未去学校上课，闹到差点停课的地步。

她的叛逆期大概就是从那个时候开始，来得又快又急。

金落霞夹到她碗里的菜，她统统挑出去丢到地上；金落霞给她准备好要穿的衣服，她看也不看一眼；她不再同金落霞说话，要么不开口，一开口必是争吵。

金落霞拿她毫无办法，简单的针锋相对并没有随着发泄过后消散，相反越演越烈。那一个月里，她故意和"差班"的后进分子走在一起，跟她们去网吧，翻墙逃课去河滩上烧烤，坐在夸张土气的摩托车后座满街飞驰……

冷战结束于她看见金落霞偷偷落泪，终于还是妥协。

然而，金落霞的议婚对象的儿子——王宇，是个刺头。处在那个年龄段的中学生，张狂躁动，无知无畏，最天真也最残忍。

王宇身边聚了一群惹事的混混流氓，其中不乏给方明曦递过情书但没有得到回应的人。自从得知父亲再婚对象是方明曦的妈妈，方明曦就成了他们调侃针对的对象。

放学的时候，方明曦经常被一群人拦截，或是堵在停车棚言语调戏，或是走过篮球场时被人吹口哨扯头发。他们的恶意肆无忌惮，她越是冷淡，混混们就越是起劲，他们常常用球扔她，每一次都会大声嚷，问她——

"方明曦，王宇他爸和你妈在一块，王宇是不是也和你在一块啊？过来点啊，去哪儿呢？"

他们哄然大笑乐在其中，而其他班的学生，因为方明曦本来就不爱交朋友，加之她总被混混找麻烦，便也都离她更远了。

后来，金落霞碰巧因为下雨去学校给方明曦送伞，才撞破她的处境。金落霞自责哭了一回，回去就和王宇的父亲商量取消婚事。

而王宇被父亲打了一顿，他恼羞成怒，一个星期后趁方明曦值日，和一群混混朋友把她堵在废弃的音乐教室。

满桶拖地用的脏水倒在她身上，在朋友的怂恿之下，王宇欲行不轨。方明曦狠狠一口咬住他伸来的手，差点咬断他的手指。他痛得眼睛通红，嘶吼，摁住她的头撞墙，方明曦就是死不松口。

大动静引来老师，两个当事人都被请家长。

王宇站在办公室里，口口声声说是方明曦勾引他，以此交换向他要钱。

老师、教导主任、副校长的审问，金落霞愤怒反驳的声音，还有王宇满不在乎的吊儿郎当腔调交织在一起，像小提琴拉出的杂音，混乱刺耳。

方明曦不记得自己有没有掉眼泪，只记得自己瞠红双眼暴起，抓着桌上的墨水盒发了疯一样冲上去扑倒王宇，压着他用墨水盒的玻璃角狠狠砸他的头，一边砸一边嘶喊——“我杀了你！我要杀了你——”

整个办公室的老师都上来拉她，费了好半天劲儿才把她拉开。

最后，老师们还是选择相信一向成绩优异的她，王宇被退学，她停课一周。

可惜，事情却没有就此结束，后来她回到学校，议论滋生，有人说她和王宇有什么，有人说那天在音乐教室她被一群男生得逞，有人说她是自愿主动找上王宇，却反咬一口。

流言伴着她走过初中，又随着她的初中同学带进高中，成了她学海生涯里，始终无法摆脱的阴影。

从办公室出来那天，回家的路特别长。金落霞从教学楼一路哭到家门前，到家后做饭手都在抖。

饭还没熟，方明曦就跑了。

她跑了很久很久，在交错的巷子里狂奔，听见自己的胸腔里传来“呼哧呼哧”的声音，如同风呼啸而过，空荡，沉重。

她在巷子角落躲到天黑，身旁青蛙呱嚷着跳开，小虫嘶鸣，细雨啪嗒落下。

金落霞找了又找，一圈一圈地转，她明明听到却故意不吭声。

后来月挂中天，夜浓如墨。金落霞在黑漆漆的夜里喊哑嗓子，一脚深一脚浅地踩在前一晚刚被雨淋过的泥坑里，一遍遍喊她的名字。

方明曦听到金落霞的哭声，听到金落霞喉咙里的呜咽颤音，看到金落霞拼命拍大腿哭号的模样，像丢了重要物品的小孩子，绝望崩溃。

每一个细节，她至今都能想起来。

最后，她从藏身的隐蔽角落走到小路上，走到金落霞面前。

她大概永远都不会忘记，在说出“我在这儿”之后，金落霞跌坐在泥地上掩面痛哭的样子。

“妈妈对不起你……对不起……你不要生气……”

那个养了她十多年的女人捂住脸，弓着身子，头仿佛要垂进尘埃里，伏在地上痛哭。

那个当下，于一片昏暗模糊之中，仿佛有什么东西在她心里，火苗一般“噌”地点燃，跳跃，又熄灭。

只余空荡荡的灼烧感，一脉继一脉。

多年不止，经久难息。

金落霞半夜烧退，方明曦守了一夜，终于在天快亮时得空眯上一会儿，第二天早早赶去学校。算算日子，邓扬许久没来找她，而方明曦一切照旧，生活、读书没有半点困扰。

周娣知道她性格如此，从她不肯收邓扬的东西就已看出她对邓扬没有感情，倒是不见怪，然而学校里的其他人——尤其是对邓扬有意思的女生，就此事又起议论，很多都为邓扬抱不平。

方明曦不在意，周娣忍不住八卦，午饭时好奇地问她：“我看你这样真的想不出你谈恋爱的样子，你曾喜欢过人吗？”

被问及的方明曦认真看书，头也不抬：“没有。”

周娣满脸古怪：“你好像对这些事没有一点兴趣，你是不是不喜欢男生？”

方明曦失笑：“别乱想。”

周娣追问："那你喜欢哪种类型的男生？我实在是想不出来你会喜欢哪种人……"

方明曦翻书的手顿了顿。

喜欢哪种人？

哪种？

"明曦？明曦——"

周娣喊了好几句，方明曦乍然回神："啊？"

"你在想什么？我问你话呢。"

方明曦笑笑："没什么。"手将未翻完的那一页翻到底，压下心里的念头，也把脑海里刚浮现的那一点男人轮廓压下去。

立大男生宿舍楼下，走廊尽头拐角，邓扬和睿子凑在一起抽烟，各靠一边墙。抽了两口，睿子问邓扬："你搞什么？"作为最常混在一块的人，邓扬情绪反常，他不可能察觉不到。

"没什么。"邓扬避开他探究的视线。

"你在躲唐隔玉对不对？"睿子说，"大家这么久的朋友了，这点事我怎么会看不出来。"

邓扬明显不对劲，更反常的是他好些天没去找方明曦，换作平时三天不上赶着贴到方明曦面前，他就浑身不舒服。

没得到回应，睿子眯眼追问："你们之间到底发生了什么？"

被问及至此，邓扬拧了下眉。睿子灵光一闪，猜测："该不会……那天在酒店，你们……"

邓扬捏紧烟，差点把烟掐断，意外地没反驳骂他。睿子一看这情况，知道自己猜中了。

睿子把烟往地上一扔，狠狠踩了一脚，仰头后脑靠上墙，手都不知该怎么比画。

"不会吧？你们两个？"

"我现在很烦。"邓扬说，"我不知道该怎么面对她。"

睿子消化完，问："你打算怎么办？"

"不知道。"邓扬一阵颓然。

睿子刚要张口，手机响了，他瞥了邓扬一眼，走出拐角接电话。

没多久，睿子脚下踩风般跑回来，脸色难看。

邓扬抬眸：“怎么……”

“这次唐隔玉可能是要来真的了。”睿子打断他，脸色难看，“她们几个说找不到唐隔玉，昨晚一起去喝酒，回去以后今天就联系不上了，宿舍没人，也没回家。”

邓扬一愣。

睿子叹气：“去找她吧，先别管那么多，看看她人去哪儿了。”

对视三秒，邓扬拔腿冲出去。

上午的课结束时，方明曦收到一份快递来的鲜花和礼物，因正好是下课人多的时间，周围不少人都看见了。

落款写了个字母“D”，不用想便知道是邓扬。

方明曦不晓得他又要搞什么鬼，把花给周娣处理，留着礼物打算还回去。

果不其然，下午一上完课，邓扬就出现了，像往常一样在校门口等她。

邓扬把她叫到一边说话，脸色晦暗，情绪不高。方明曦开门见山地问：“什么事？”

客套生疏的语气让邓扬很难受，虽然以往她对他就不怎么热络，但自从在他生日那天说开以后，她的态度就似乎是完全抽身了。

邓扬压下心里的郁闷：“周六晚上去海廷酒店吃饭。”

方明曦想也不想便拒绝：“你知道我不会去的……”

“不是。”邓扬打断她，“不是你想的那样，周六我姨夫在三楼请吴书贵吃饭，我订了四楼的包间，等吃完我带你过去见一见。”

方明曦一顿。

邓扬继续道：“你不是预备下学期专升本考吴书贵的学校？我姨夫和他有点交情，提前认识见一见，到时候报考会更方便。”

吴书贵任教的那所大学，是方明曦想考的几所学校之一。

稍稍犹豫，方明曦还是拒绝：“不用了，考试的事情我自己会准备，谢谢你的好意。”

她要走，邓扬拉住她：“你想着自己，觉得这些上不了台面，可是你有没有想过你妈？”

他手上用了点力："她摆夜宵摊不辛苦吗？每天忙到那么晚，你的前途就是她的将来，现在有一个和未来老师接触熟悉的机会，你为了自己的面子和自尊拒绝，这样就很高尚？"

方明曦抽回手，微微蹙眉，却不是因为手腕的轻微痛感。

邓扬继续说道："我不是想骂你或者教育你，只是这是个人情社会，没什么好羞耻和不好意思的，况且考试是凭你自己的真本事，只是为了将来进学校方便……"

他没把话说完，意思却足够明白。方明曦缓缓开口："我以为上次已经说得很明白了。"

邓扬脸色稍暗："是很明白，我也听明白了。你就当我有病吧，相处这么久你都不肯收我半点东西，送什么你都退回来。现在……你不想和我来往了，这次就当我送你最后一份礼物。"

方明曦道："你没必要这样，你也帮了我很多。"和邓扬接触的这段时间，很多人碍于他的嚣张名声，不敢追求她，她身边少了很多麻烦。

他喉头微动："给我个机会。"

邓扬见她还是不肯接受，语气有点硬，忽地道："你早上是不是收到了花？"

方明曦想起这茬，又说道："你送的对吧？不要再送了。"

他道："周六你不来，我就每天都送，送到你教室门口还要送到你宿舍里，当着你老师的面上课给你送。"

方明曦头疼："你别这样小孩子气。"

"是你自己说不想进一步发展，可既然你连表面朋友都不肯跟我做，那我只好按我的心意来，你可以不接受，但是没人规定我不能追你吧？"邓扬歪头，摆明耍无赖。

"……周六我去就是了。"良久，方明曦垂头，"吴书贵就不必去见了，人家出门应酬吃饭，你硬带我去不太好。"

邓扬脸上浮现喜色，忙说："没关系没关系，我先跟我姨夫打招呼，你就别拒绝了。"

"花的事……"

"我保证不送！"邓扬立刻应下，"但你周六得来。"顿了顿，低声加一句，"我们好久没见了。"

方明曦看他又要延伸话题，截住话头："那就这样，我先走了。"

她绕过他走开，邓扬站在原地，扭身盯着她直至走远。

睿子和另外两个陪着来的男生站在不远处的奶茶店外，瞧见这一出，其中一个男生感叹："邓扬真是执着啊，打不死的小强这是。"

睿子毫无看戏的心情，神色沉重。

那男生又道："哎，前几天邓扬是不是和唐隔玉吵架了？两个人怪怪的。"

睿子敷衍："不清楚。"

其实他清楚，那天他和邓扬去找唐隔玉，最后在一家邓扬和唐隔玉常去的店里找到她。邓扬和她关起门来谈了很久，他在门外断断续续听到一些内容，隐约是些"做朋友""原样"之类的话，唐隔玉还哭了。

睿子作为旁观者比邓扬看得清，事情既然都发生了，两个人之间的氛围哪里还能恢复到从前。更让他不爽的是，事情一解决，邓扬就跑来找方明曦，连他都替唐隔玉脸疼。

邓扬已经走过来了，睿子不再闲话，提步迎上去。

周六傍晚，方明曦去赴宴，在饭点前二十分钟时到包厢，邓扬那一群人已经到齐。

邓扬带她到座位上坐下，留在旁边陪她讲话，她仍旧话不多，有一搭没一搭地聊着。

聊了十几分钟，快开席的时候，包厢各处消遣的人陆续坐到桌旁，有个男生过来找邓扬，说有人喊他。邓扬起身："我出去一下。"

方明曦点头，垂头安静看手机。周娣发来消息："怎么样？"

方明曦暗暗苦笑，回复："有点后悔来了，早知道不应该松口。"

回完信息，静坐等开席。

邓扬被叫出去，到拐角一看，睿子在等他。他急着回去陪方明曦，不耐烦道："什么事？"

睿子看了他一会儿，从口袋里掏出两样东西递给他。

两个褐色小玻璃瓶，一瓶装着透明液体，一瓶里面是粉末。邓扬微愣："什么东西？"

睿子手插兜，道："还能是什么，给你晚上用的。"

邓扬有点怔。睿子看他这样，顿时怒了：“你还想磨蹭到什么时候？有完没完？既然她人都来了，你就该干吗干吗，像个爷们行不行？”

邓扬反应过来，也火了：“你几个意思？这种东西……”

睿子更生气：“这种东西怎么了？就你能，整天跟在她屁股后面被耍得团团转！你为她掏心掏肺就差命都给她了，还想怎么，她有什么委屈的？”

邓扬胸膛起伏，半晌才说：“我不能……”

“不能什么不能！”睿子瞪他，表情转而变成嘲讽，“你怕她不喜欢你？那你瞧瞧她现在喜欢你吗？一直这样耗下去，她会不会可怜你喜欢你？”

他是真的恨铁不成钢。邓扬在方明曦身上已经耗费太多精力，归根究底不过是得不到的新鲜感，女人这种事，真到手也就没什么了不起。

邓扬不能再继续鬼迷心窍。不管最后和方明曦成不成，至少不会一直被她牵着鼻子走。

邓扬捏着两个小瓶子，指节发白。睿子从他手里拿过那两瓶东西，道：“你也别想那么多，等会儿我来。”

他塞给邓扬一张卡：“房间我开好了，晚点直接上去，就在九楼。”

邓扬今天叫方明曦出来吃饭，只是想起个头重新跟她接触，也算是缓和一下关系，真的没有这种打算。甚至这一刻，睿子的话一阵一阵闹得他太阳穴突突直跳，整个人都有点蒙。

然而有人做推手，告诉他一切都准备好了，无形中便像有只手不停推他向前，他想抗拒，心底有股声音偏偏开始劝说。

邓扬额头渗出薄汗。

睿子见他动摇，不给他抵抗的余地，推他肩膀：“就这样，等会儿我们几个敬酒，我来办。你也别多想，不过就这么点事。”

……

开席之后，回座的邓扬明显心里有事，方明曦看出他情绪变化，但人多却也不好问。

这种场合方明曦都是不喝酒的，杯中只有饮料。邓扬那些朋友一贯不和她打交道，今天不知怎么，或许是因为邓扬的缘故给她面子，挨个给她敬酒。

所幸她喝的是饮料，便没有拒绝。

一圈敬下来，喝了不少饮料的方明曦感觉胃里开始有饱胀感。

“今天难得，我也敬你一杯。”睿子忽地冲她举杯，起身走到她旁边拿起她的空杯子，到侧边饮料台上开了瓶新的果奶，亲自帮她倒满。

方明曦心下诧异：“我喝不下了……”

“怎么，方同学不想跟我喝？”睿子脸上露出少见的笑容，不仅没有因为她的拒绝生气，反倒很是和蔼。他道，“之前有些误会，邓扬都跟我解释过了，你别在意。”

他的酒杯伸到面前，倒满果奶的杯子也递过来，唯独拒绝他一个说不过去，方明曦没办法，只好端起杯子应下。睿子看着她喝完，这才满意地回到座位。

桌对面，唐隔玉脸色微不可察地变了几变，没人注意，她低下头佯装喝酒遮掩过去。

服务员上完菜就离开包厢，有事按呼叫铃即可。

桌上都是平时玩在一起的朋友，然而整个席间，邓扬不知道为何情绪古怪，不仅没有跟方明曦说话，也没和别人讲一个字，只一个劲闷头喝酒，脚边堆起许多酒瓶。

吃到上甜点的时间，众人都离开饭桌，到包厢各处坐下，玩牌、聊天、打游戏。

方明曦喝多了饮料，身上莫名有些不适，包间厕所被占，她只好去外边走廊上厕所。

睿子注意到她的动静，见状一把拉起邓扬说要送他去厕所。邓扬已经半醉，脚步微晃，被他拉着全无抵抗之力。

唐隔玉原本坐在沙发上，眼尖瞥见，马上追出去。她在门前几步处拦住他们，质问睿子：“你要带邓扬去哪儿？”

睿子皱眉：“上厕所。你松手。”

唐隔玉瞪他：“你别想骗我！”她咬牙压低声音，“你别以为我没看见你给方明曦倒酒的时候，往她杯子里扔了什么！我知道你玩骰子手快，看也看过几百遍了，骗别人还行，想骗我？”

睿子一时无言，皱皱眉，忽地把邓扬一推，跟半醉的他说：“你要上厕所对吧？你去吧，我和唐隔玉说会儿话。”

邓扬不是很清醒地点点头，往前走。唐隔玉要追，被睿子一把拉住手臂。唐隔玉奋力挣扎，两个人纠缠着吵起来。力气比不过，唐隔玉看准时机，狠狠一脚踹在睿子身上，趁他吃痛不备，转身就追上邓扬。

邓扬已然倒在走廊上，睿子也冲上来，两个人扶起他。他歪歪扭扭站不稳，睿子和唐隔玉两人又争吵起来，都扯着邓扬不肯松手。

“什么情况——”突然插入的熟悉声音，令睿子和唐隔玉双双回头。

寸头从另一边拐角朝他们走过来：“……你们搞什么？”

睿子一愣，敛神：“寸头哥，你怎么在这儿？”

“我们在这儿吃饭。你们今天……”寸头话没说完，看见邓扬酡红的脸庞，话锋一转，“怎么喝得这么醉？等会儿给砚哥看见信不信又要挨骂。”

说着，寸头上来要扶邓扬，睿子忙说不用了，手上用劲想拽起他。唐隔玉扯住邓扬另一边手臂不松，冲睿子发飙：“你要去自己去！邓扬不去！”

寸头搞不清状况，愣愣地问：“去哪儿？”

睿子不知该怎么解释，这件事不能对外人言，心下着急想带邓扬走。

这时，肖砚也从包厢出来透气，听见动静走过来。

一看情况，肖砚眉皱了皱：“怎么回事？”

睿子头都大了，见着邓扬这个常挂在嘴边的“哥”，心里发慌。寸头刚要出声，他们身后不远处，走廊尽头的厕所门“砰”的一声打开，一个人影冲出来。

寸头扭头一看愣了：“方明曦？”

方明曦脚步不稳，脸色诡异地泛着潮红。她很难受，本来想上厕所，可是小解完不适感并没有缓解，相反，那股奇怪的感觉越来越强烈。她是护理系的学生，知道一些医学常识，察觉情况不对劲，马上从厕所冲了出来。她感觉头很疼，里面嗡嗡作响，不停地耳鸣，视线也开始模糊，这种不正常的身体反应，说不慌是假的。

方明曦有点怕，大脑乱成一团，浑身无力，她努力抓住最后一丝理智，逼迫自己清醒。

她没理寸头，眼里放空，只盯着前面的路想往外冲。

睿子见状上来扶她，想拦住她带到别的地方去再说。方明曦眼里泛着泪花，模糊间看到是睿子，奋力甩开他，沙哑声音稍显凄厉：“让开！”

睿子的体格被她一推只是倒退半步，她自己却撞上墙。

后脑勺撞在墙上，方明曦只缓了一瞬，就努力撑住墙面想往外走。

寸头看她这副样子不对劲，问道：“你有没有事？要不要我……”

方明曦头疼得听不进去，体内那股不适感很强烈，整张脸纠成一团。她揪紧自己的衣服，似是痛似是被侵扰，额角暴起青筋。而后，她猛地朝旁边堆积空酒瓶的地方冲去，抓起一个空瓶在墙上砸碎，握着尖利的半截碎瓶子就要朝自己胳膊上戳。

肖砚冲过去，捉住她的手。她跌坐在地，背后被人揽住，落进一个炙热强壮的怀抱。男性气息太过强烈，方明曦下意识想反抗。

“方明曦。”肖砚眉头深锁。

她听到声音睁眼，眼角沁出血丝，看清是肖砚的脸，忽地捉住他的胳膊。

“肖砚，帮帮我——”她眼里浮起一层雾，手在发抖，“带我去医院，我要看医生……”

夜深露重，市人民医院的灯标在门诊部顶端闪着鲜红的光芒。肖砚和寸头开车把方明曦带到医院，正门口不能停车，肖砚把方明曦搀扶下地，让寸头开到后面停车场去停车。

方明曦腿软站不住，整个人战栗发抖，迈一步都难。肖砚只犹豫了一秒，就一把将她打横抱起。肖砚人高腿长走得极快，迈进大门时方明曦拽住他的衣襟。肖砚低头，她在他怀里发颤，脸上都是虚汗。

把人送进急诊，值班医生给方明曦检查过后，给她进行简单的催吐洗胃，之后输液，护士将她推到临时病房。寸头赶来，肖砚道：“去缴费取药。”寸头点头，小跑走开。

医生出来和肖砚说话，问：“病人吃了什么？”

肖砚道：“不清楚。”

“她的不适症状像是药物中毒，等一会儿扫描片子出来了，可以详细看看。”医生皱眉，“外面小店卖的乱七八糟的药不要乱吃，成分不确定、没有经过质检的东西，副作用对身体伤害非常大。”

肖砚知道方明曦的反应不正常，听医生这番话，心下有了结论，没多说，点头谢过医生，去临时病房看方明曦。方明曦闭着眼安详地躺在病床上，肖砚试探地喊了声：“方明曦？”

余音在空荡的小病房里荡开三秒，才见她缓慢睁开眼。

催吐洗胃虽然较简易，却令人十分不舒服，一通折腾下来，她整个人像脱力一般，嘴唇微微发干。好在身体的疼痛及抽搐状态随着输进身体的药液减轻消逝，除太阳穴尚且还余轻微的痛感，她整个人的状态比半个小时前好太多。

“……谢谢。”方明曦声音沙哑。

肖砚道：“不用谢我，我只是顺手帮忙。而且——”话说到这儿停住。

方明曦满面疲惫。要说不生气是不可能的，这件事和邓扬脱不了干系，对于自己的身体状况方明曦很清楚，好端端的突发不适，最大可能就是她吃了不该吃的东西，不管是不是邓扬做的，其原因都和他脱不了关系。

肖砚从医生的话里猜出她大概吃错什么，见她这反应，一时沉默下来。

方明曦不看他，偏头脸颊贴着枕头：“我刚刚太慌了，应该先自己催吐的，给你添麻烦了。”她的语气客套且疏离。

肖砚睇她的侧脸，低声道：“这件事是邓扬不对，我会处理。”

沉默十几秒，方明曦忽地笑了：“怎么处理，揪他的头发警告他吗？就像揪我的头发一样？”

他没接话。寂静蔓延，又过了半分钟时间，方明曦转回头，躺在床上看向他，那双直勾勾的眼睛黑白分明。

“所有人都觉得我不是好人，觉得邓扬被我迷得鬼迷心窍，认为我害了他。唐隔玉是，睿子是，你也是。

“你让我离邓扬远一点，我听了，我躲他不见他，他跑到我学校堵我，拿我妈的夜宵摊威胁我。我在他生日时跟他讲明白了，还了他送的东西。过一阵他还是出现，送东西送到我家门口。

“……没人问过我难不难做。”

她闭了闭眼，喉间狠狠咽下去什么。

“这一次是我活该，他来找我说作为朋友想给我介绍升本大学的老师认识，我不该占便宜。占人便宜会挨雷劈，都是我自找的。肖先生回吧，医药费留张单子给我，我会把钱还给你。”

她抬起没扎针的手挡在眼睛上，不想再和他说什么。

肖砚站在那儿没动，看她片刻，从口袋里掏出一张名片放到病床边的桌上。

“这次的事非常对不住，我先替邓扬道个歉，剩下的我会处理，这种事绝对不会再有下一次。”他看了眼放在桌上的名片。“这是我的号码，如果邓扬再来为难你，你可以打我电话。”

方明曦在医院待了一夜，第二天回学校，状态很糟糕。周娣见她一大早才回宿舍，又形容憔悴，担心地问道：“你脸色怎么这么难看，是不是出了什么事？”

方明曦摇头：“没什么。”

换好衣服去教室，方明曦打起精神听课，期间邓扬给她发了很多消息，全是“对不起”三个字。她只粗略看了一眼，便不予理会。

强撑着上完上午的课，方明曦急忙赶回家。金落霞未料到她突然回来，忙临时多做了两个她喜欢吃的菜。其中一道比较辣，方明曦往常总吃得停不下筷子，今天没动几口。

金落霞奇怪：“怎么了，你不是最喜欢吃这个，怎么不吃？”

方明曦挤出笑，说：“这两天口腔溃疡，不能吃辣的。”

昨晚洗胃，吃进去的东西全都吐空了，这才没多久，立刻吃刺激的东西她怕胃会受不了。这件事她早上没跟周娣说，眼下自然也不打算告诉金落霞，免得金落霞担心。

金落霞只当她是真的口腔溃疡，没看出她的不对劲，高高兴兴吃完饭，跟她说：“隔壁阿姨给我介绍了一份工作，我打算下午去见见老板。”

方明曦问：“什么工作？”

“就是在店里搞搞卫生，做清洁工作。”

“夜宵摊呢？”

金落霞叹气：“现在夜宵摊难做，生意越来越差，我又忙不过来。

我打算两天出一次摊，白天有稳定工作，晚上卖夜宵就当作补贴。”

方明曦想想，道：“如果合适的话就去吧。”稍作停顿，“要么只做一样也好，白天忙晚上又忙会很累。”

金落霞忙说不累：“平时白天只能做闲散小工，闲着也是浪费时间。有点事做挺好的。”

她坚持，方明曦也就没有拦。

在家待了大概半个小时，方明曦回房间拿出装钱的铁盒，取出几张钱——就那么几张，来来回回数了好几遍，才揣进兜里回学校。下午没课，方明曦打算在宿舍看书，她坐在桌前，从口袋拿出一张名片，给名片上的号码发消息：“我到缴费窗口查了医药费，单子拿到了。”

在医院，她让肖砚把药费单给她，肖砚只留下名片就走了。

发完信息把手机放到一边，周娣在上铺和她说话。其他人不在，周娣本来想出去玩，想到考试将近干脆留下陪她。她一边忙一边应，除去她翻书的声音，就是周娣嚼零食的动静。

时间过得很快，转眼三点多，周娣下床去厕所，瞥一眼方明曦，停住脚步：“我还是感觉你今天气色不是很好，你没有不舒服吧？”

方明曦道：“没事。”

周娣看了半天看不出所以然，她又这么说，只好耸肩进厕所。

方明曦的手机突然响起，看清来电显示，她脸色微沉，直接摁断。

响了三次之后，她被吵得放下笔，将号码拉入黑名单。

周娣从厕所出来回到床上，又是安静的半个小时——接着楼下就吵闹起来。

“方明曦——

“方明曦——

“方明曦——”

有人在喊她的名字，一句接一句，喊得很大声。

宿舍楼里的人纷纷探头看热闹，走廊上响起窃窃私语声。

周娣吃着零食差点噎到，赶紧跑出去看，回来告诉方明曦：“是邓扬！”

方明曦坐在桌前面色紧绷，周娣问：“你要不要下去看看？”

喊她的声音不停，仿佛她不应他就会一直喊下去。

方明曦搁笔下楼。

邓扬脸上挂了彩，有挨揍的痕迹，人在她宿舍楼前站着，高高杵在那儿招眼得很，上边各层都有人趴着张望看热闹。

方明曦的态度和之前比，已经是彻底将他当成陌生人。她不说话，就这么看着他。

“对不起……”

邓扬上前一步想碰她的手腕，方明曦退后避开：“说完没？说完回吧。”

“明曦——”

她止步，冷淡微戾：“我听到了，你还要说什么？”

邓扬见她如此，脸色唰的一白：“我没想伤害你，昨天……”

方明曦直接一刀戳他心窝：“我以前觉得你和那些彻头彻尾的浑人至少还是有区别的。”

她唇边扯出一瞬笑意，令邓扬的脸色难看到极点。他嘴唇嗫嚅：“我没想……没想……”

“不管你想不想，事情已经发生了。”她说，“你就当我是个过河拆桥的人好了，我不值得你在我身上浪费时间，以后不要再来找我。”

方明曦转身就走，把他扔在原地，当着整栋楼人的面，头也不回，毫不留情。

邓扬脸色灰白，站在原地像被抽干了精气神。

回到宿舍，周娣跟在后面：“我听到她们都在说邓扬好可怜，你……”

方明曦没理，径直走向床边挂着的小镜子前。她站定，看着镜子里的自己，忽地抬手狠狠扇了自己一巴掌。“啪”的一声，鲜红五指印浮起。

周娣一愣，冲过去：“你干什么？”她抓住方明曦的手，想碰方明曦的脸又不敢碰。

方明曦定定地看着镜子，神色复杂难言：“没事，我只是想让自己清醒一点。”

周娣眉头紧拧，喉头哽住。方明曦回到书桌前，脸上顶着五指印端端正正坐下。她凝神看书，在纸页上画重点，一笔一画写得无比用力。

周娣站在旁边，先前想劝她别对邓扬那么绝情的话一下说不出来了。她跺了下脚，又气又无奈：“我给你找擦脸的药！”

邓扬站在楼下，那么大个人耷拉着脑袋，伶仃惆怅，看着的确可怜。

可方明曦呢？

他单恋苦，求而不得苦，可凭什么非要方明曦去成全他？

因邓扬下午跑来女生宿舍楼下，学校里又热闹了一回。作为事件主角的方明曦一下午都窝在宿舍看书，没出去一步。傍晚，周娣去食堂打饭，让她留在宿舍别出去。她知道周娣是为自己好，没推却这份好意。

方明曦在宿舍看书分散注意力。突然，手机短信铃声一响。

她拿起一看，是肖砚的短信。没有只言片语，上面只有一个简略的符号：“？”

她回复说：“卡号给我，医药费我去银行转给你。”

这句话发过去，那边半天没有动静。手机黑屏，他没再回过来。方明曦犹豫要不要打电话给他，最后还是没拨。她继续看书，直至周娣带晚饭回来，两个人一起吃。

天黑得快，吃完饭，方明曦先去洗漱，卫生间门的材质不是太好，隔音效果向来很差。洗过澡，她用脸盆装好换下的衣服，还没出去，就听到外头周娣突然咋呼。

“我天——

“天哪天哪！”

方明曦刚走到门边，周娣在外头大喊：“明曦出来！你快点出来！”

她拧开门把出去：“怎么了？”

“邓扬！”周娣飞快地从上铺下来，拿着手机冲到她面前给她看。

屏幕上是校友网页面，一个匿名用户在校友圈分享了几张照片。

照片里人很多，里里外外围了两圈，场面混乱。地点是学校附近的酒吧街，学生们经常去唱歌的那一片。再一看配文，内容写的是：“今晚丽都门口，立大的邓扬和社会上的人打架，地上流了好多血，警车都来了！”

周娣道：“一地血，这是打到什么程度啊？”边说边用手指划拉，往下看其他人分享的第一手消息。

方明曦收回视线，从她旁边走开，把一盆换洗的衣服放到墙角，预备隔天拿去洗衣房洗干净。

“这回好像是邓扬把人打伤了！”周娣转达讯息，“说是对方流的血！

那些人拿刀了！差点就动真格的，他们讲邓扬用酒瓶把人戳了——”

周娣抬头看方明曦，愕然眨巴眼，猜测：“该不会是因为下午他来找你，受了刺激，所以才……”

方明曦走到书桌前，垂头收拾桌面，只说了四个字：“不感兴趣。”

周娣一噎，尴尬道：“他这回闹到警车出动，估计不是小事了。”

方明曦不接话，踩着床梯爬到自己床铺上。

周娣看她不为所动，脸上纠结，半晌才出声：“明曦，你这样会不会太绝情了点……”

“昨晚在海廷吃饭——”方明曦坐在床上，反手到脑后拆束起的头发，动作慢条斯理，声音也不急不缓，很是平静，“他们在我吃的东西里加了料。”

周娣一愣：“什么？”

头发披散柔顺垂下，方明曦从高处侧头，看向周娣：“我到医院洗胃，医生说我的不良反应是伴随性亢奋和神经亢奋一起产生的。”

她像是笑了，仔细一看并没有：“你猜他们给我吃了什么？”

周娣也是学护理的，基础知识多少晓得一些，再不济也听得懂“性亢奋”是什么意思。怔然半晌，脸色渐渐变白，最后变成愤怒，她握着手机想扔出去又下不了手：“邓扬他们怎么能这样？”

骂了句粗口，周娣狠狠盯着手机上的照片，对邓扬晚上闹出的大动静一下变了态度，骂道：“管他去死！被警察抓了才好！”

宿舍灯光照在方明曦周身，似莫名柔和了许多。

“睡吧。”她不再提别的，“明天我给你圈重点，好好准备考试。”

邓扬和社会上的人打架一事闹得不小，一连几天，走在学校里总能听人提起。

男生们聊当时打架的情况，怎么过招、有多凶险，以及最后双方被带走时的情况；女生们则聊邓扬，聊他打架的原因，聊他平时的八卦，自然免不了扯到方明曦身上。

而方明曦，每天来去自如，一副局外人模样。好事者都说是她那天在宿舍楼下不给邓扬留脸面从而刺激到他，她冷心冷肺的表现，没少招来背后唾弃。

有周娣陪着，方明曦懒得理，横竖那些话没少听。毕竟很多事情，不是解释就会有用。

一周过去，没特意留心邓扬的事情，后续怎么发展方明曦不太清楚。撇开嚼舌根的人，这一周她过得很是平静规律，教室、宿舍、食堂、家里，每天四点一线。

又一天课程结束，周娣和方明曦吃完饭回宿舍。“要不今天出去逛逛吧？”周娣提议。

自从知道在海廷吃饭那晚发生的事，周娣算是对邓扬彻底改观，再也没有八卦过他。邓扬的事正在处理中，换作平时周娣肯定一天要和方明曦提八百遍，这一回，周娣一句都没提。说起闲话，也只和方明曦讲些无关紧要的。

当下，方明曦听她又想出去玩，失笑：“今天这么冷，出去吹冷风有什么意思？而且明天一上午都是课，起不来就糟糕了，你要玩也等周末再去。”

周娣撇嘴：“你老是扫兴。”嘴上虽抱怨，但还是挽着她的胳膊和她一起上楼。

舍友去别的宿舍串门，估计不会回来睡，两人放下东西，周娣先去洗澡。

浴室里传出哗哗水声，方明曦抓紧时间坐下看书，旁边传来嗡嗡振动声。她扭头瞧一眼，合上书，到床边伸手从枕下摸出手机。

一看来电，方明曦微愣。振动了几秒，她接听：“……喂？”

那头肖砚的声音低沉：“你现在能不能出来一下？”

肖砚连句招呼都不打,单刀直入,听得方明曦一阵不解：“你说什么？”

他问：“你在哪儿？”

方明曦稍停，答：“学校。”

“现在方便出来吗？我过来接你。”

“……去哪儿？”

这下换肖砚停顿，他道：“去见邓扬。”

一听邓扬的名字，方明曦立刻拒绝："我不想出去，也不想见他。"

肖砚说："他爸要送他出去。"

方明曦没接话。肖砚继续道："他不肯去，现在他家里闹成一团。"

"他不是被关了？已经没事了？"

肖砚"嗯"了声："他爸赔了一笔钱。"

方明曦轻笑："那不是很好，你们好好送他吧，就这样。"她要挂电话，肖砚叫住她："方明曦——"

"我已经说了，我不想见他。"她语气生硬，却没即刻掐断。

肖砚道："你不是要还我钱，我现在来拿，你到校门口等我。"

"你不用这样，我不会跟你去见他，你……"不等她说完，肖砚扔下最后一句："我开车过来，大概十五分钟。"而后啪地挂断电话。

周娣洗完澡出来，见方明曦站在床边发呆，边擦头发边问："想什么呢？"

方明曦回神："没什么，一些破事。"

周娣插上吹风机吹头发，轰轰热风遮盖住其他声音。方明曦坐回桌前，目光发直，好半天没能翻一页。

那边周娣头发吹得半干，拔掉插头，奇怪地问道："你怎么还坐着，怎么不去洗？"

"哦。"方明曦应声，"马上。"

视线落到手机屏幕上，她抿唇，塞回枕头下之前，调到静音模式。方明曦抱着干净衣服进浴室，洗澡二十分钟，吹头发、整理东西，最后进被窝，将近一个小时过去。

她躺在床上，闭上眼睛却睡不着。

良久，她摸出手机，摁亮一看，显示有好多个未接电话，全是肖砚打来的。

手机界面跳出消息，吓得她心咯噔一跳。定睛一看，是肖砚发来的消息。

他说："给你十分钟，你不出来，我进去。"

手微微用力，方明曦闭闭眼，从床上坐起来。周娣扭头："你怎么了？"

"我出去一下，你先睡。"方明曦手脚麻利地换好衣服，走到门边又折回来，从书桌抽屉里拿上之前预备还给肖砚的钱。

她走到校门口，看见路旁停着一辆黑色的车，越野款，车身比普通轿车更显厚重。

肖砚靠在车门边，叼着根烟，修长双腿包裹在灰色布料下。见她出来，他呵出烟气，把烟取下随手一折，火星湮灭在他指间，被他抛进不远处的垃圾桶。

方明曦走过去，不说话，掏出被捏了又捏团成一团的钱，递过去。

肖砚没接："跟我去一趟。"

她皱眉："我说了不去。"

肖砚道："他非要见你。"

"他要见我，我就得给他见？"方明曦冷笑。

肖砚微蹙眉头，很快展平："那天的事很对不住，我让寸头收拾了睿子一顿。"他停顿一下，又加一句，"邓扬的伤是我弄的。"

方明曦偏头，不想接话。

"他说看不到你就不走。"肖砚说，"他爸拿他没辙。自从他哥哥死了之后，他们一家人太溺爱他，把他宠过了头。"

她还是不吭声，夜色下，肖砚的声音染上些许露气："他哥是我战友，我不能不管他。"

方明曦抬头瞪他："那又怎样？这是你的事，跟我无关。"

她转头就走，肖砚扯住她的手。手腕被握住，他掌心的暖意在这低温下格外明显，方明曦被扯得转身，只一瞬，肖砚松开。

"去见他一面，让他乖乖走人。他身边的朋友太乱，现在做的事已经很出格，留在这儿对他没好处……你不是也很困扰？"肖砚盯着她的眼睛，"邓扬必须走。"

市中心商场一楼的咖啡厅，肖砚在角落要了个卡座。方明曦和邓扬面对面，他在侧边，形成一个三角形。

"人来了，有什么话你就说，说完跟我回去。"肖砚什么都没点，端起热水喝一口。

几天不见，邓扬面容憔悴，嘴唇上冒出一圈青青的胡楂。他舔舔嘴唇，似乎有些局促，更多的还是心酸。

方明曦面前的热牛奶一口未动，她看着邓扬道："想说什么你说吧，我在听。”

邓扬问：“你是不是还在怪我？”

“没有。”邓扬脸上的喜色还没浮现，她又说，“我对你没有半点想法。”喜欢和讨厌，所有心情都不存在。

邓扬的脸色唰地难看起来。肖砚安静喝水，看在眼里，一言不发。

他道：“是我对不起……我不应该……睿子出这个主意的时候，我应该拒绝的……”

方明曦轻“嗯”一声，似应非应。邓扬又问：“你身体有没有事？我听砚哥说……副作用很严重？”

方明曦余光扫向肖砚，后者全然一副置身事外的模样。她淡淡道：“现在没事了。”

“那就好。”邓扬扯嘴角，却笑不出来。

从未有过这么尴尬的时候，邓扬忽然道：“你记不记得我们第一次见面的时候。”

方明曦干巴巴地答：“不记得。”

邓扬瞅她一眼，苦笑。她是记得的，并没过去太久的事，哪里有这么快忘记。

邓扬第一次看到她，是在立大图书馆附近，方明曦拿着周娣帮她借的校卡进去找资料，从图书馆出来的路上，她经过他坐的亭子前。就一眼，他向旁边的人打听：“那是谁？”

朋友告诉他说：“斜对面学校的。”

第二次见面时，她被他们学校的男生表白，她拒绝了想走，那人不死心拦着不让。他上去解围，几句话呛走对方，然后凑到她面前自我介绍。

认识之后，他知道她之所以理他，是因为他“名声在外”，她可以靠他挡掉那些乱七八糟的骚扰。第三次见面他表白的时候，她就讲得很清楚，她不喜欢他，以后也不会喜欢。

是他不死心，坚持就这么相处下来。

方明曦真的是个不太热情的人，好像对谁都是，可很多时候其实也并没有那么冷情。

考试前，他到处玩，她会提醒他复习；他出去惹事，她会劝他不要打架；他天天和狐朋狗友混在一块，她会告诫他不要总是把时间用在玩乐上，会苦口婆心跟他说读书的重要性，让他不要浪费条件……

她从一开始就明确表示不喜欢他，但也并没有仅仅只是把他当成挡箭牌。

然而现在说什么都没意义。

“我过段时间就走了。”邓扬说。

方明曦“嗯”了句：“一路顺风。”

犹豫几秒，邓扬伸手：“我们能不能做朋友？”

方明曦垂眸看了看，没动。良久，她道：“我们做不成朋友。邓扬，你心里明白的。”

谈完后，寸头开车送邓扬回去。邓扬他爸把他关禁闭，今天是肖砚到他家才把他带出来，自然也得他们亲自送回去。

寸头做事肖砚放心，两辆车分道，一辆去邓家，一辆由肖砚开，送方明曦回学校。

车上，两个人都没说话。

直至路程过半，方明曦才开口：“你有必要为邓扬做到这个份上吗？”

肖砚凝着挡风玻璃外的夜色，专注开车，说：“他哥是我战友。”

她道：“这句话你之前说过，你不用重复。”

肖砚转着方向盘，脸上没有表情，沉默许久接上：“出任务的时候，替我死的。”

方明曦瞥他。

肖砚认真看着前方道路：“邓扬和他哥哥不一样，自从他哥死了以后，他家里人宝贝他，不管他做什么都放任，一次一次在后面给他收拾残局，他也越来越没人管得住。

“几年前，他和几个朋友趁假期跑到澳门，在酒店学人赌博，闹事被扣下。那时候他哥刚去没多久。”

“你讲这些是想说他有多会惹事吗？”方明曦撇嘴。

“他确实非常麻烦。”肖砚说，“出去历练一下也好。”

方明曦转头看窗外：“希望吧。”

话题一过，车上两个人又不再说话。

快到目的地时，肖砚忽地开口：“邓扬的事，非常对不住。”

方明曦道："这句话你也已经说过了。"

"我说的不是海廷那件事。"

她转头看他。

车正好开到校门口，稳稳停下。肖砚侧眸，视线和她对上："邓扬住院那一回，很抱歉。"

方明曦微怔，唇线轻抿，转开头去。

那一天，他揪着她的头发，扯得她头皮发红，痛感蔓延。后来有好长时间，她看到他就会觉得头皮生疼。

那时，她缩在墙角，地板冰凉，委屈得想掉眼泪，差一点就哭出来，但她忍住了。

她瞪大眼睛，尽管视线模糊，疼得泛泪花，她还是生生把泪意憋回去，死死瞪着他。他的手臂很有力，她拼命挣扎，指尖掐进他的肉里，不肯认输地留下带血迹的指甲印。

直到最后他松手，她走出那间病房，从头至尾也没在他面前掉一滴眼泪。

眼泪流多了不值钱。

"你的道歉，我收下了。"方明曦不看他，把口袋里那一团钱拿出来，放在座位中间，那是他放烟的地方，"这是你帮我付的医药费，我不想欠别人的。"

不等他说话，她打开车门下去。

两手插在外套口袋里，方明曦朝校门内走。

夜风呼啸，她走得又快又急。

第四章
也曾吻玫瑰

邓扬离开那天，他身边一圈朋友都去送他。周娣偷偷关注了那群人的社交账号，刷到送行的动态，便转告给方明曦。

说归说，两人很快都把这件事放下。旧的一页翻篇，后续她们谁都没再关注。邓扬走了，立大那帮人从此和方明曦再无瓜葛。

金落霞开始去上班，正是上次邻居给介绍的工作，方明曦大概知道店的位置，还没亲眼去看过。她抽不开身。瑞城几所大学护理系举办联合座谈会，除了听讲座，还要组织一部分学生参与实践活动。和其他学校四人小队的基本标配相比，方明曦他们学校不太能入眼，只分到两个名额。

一个落到方明曦身上，另一个名额则给了同年级中还算优秀的一个女生。

因为有护理演练，学校不希望她们出丑，安排老师带她们提前练习。

搭档的女生叫卢絮，长相清秀，方明曦只知道她是同届生，没和她打过交道。

老师通知一点半到教室集合，卢絮穿一身休闲装，脸上化一层淡妆，上手前才戴上眼镜。在这个学校里，她这种程度已经算是好学生，会认真听课，也学到了点东西，虽然未必全勤，但比起大多数混日子的人好得多。

老师让两人一起给假人绑绷带。学的是同样的课程，方明曦的手法明显更胜一筹，简练迅速，包扎到位，清理、上药都很规范。只是系结的时候却发现手旁没有剪刀，顶着老师赞许的目光，方明曦不得不停下动作。尴尬时刻，卢絮从旁边递来一把剪刀。

侧头看她，方明曦掩下诧异，轻声道："谢谢。"

老师检查过后很满意，端着铁盘去准备东西。

"你做得不错。"卢絮突然和她说话。

方明曦抿唇："谢谢。"

卢絮道："我和你说话，你是不是有点惊讶？"

方明曦承认："有一点。"

没办法。太多对她横挑鼻子竖挑眼的同学，她们那栋宿舍楼又总有摩擦。

卢絮笑了下："也没什么，就是觉得你挺厉害的。"

方明曦看过去，卢絮脸上没有半点反讽或嘲弄的意思，仅仅只是简简单单的陈述。

两个人没说上什么，老师就回来了，让她们继续下一单元的操作。

花了一节大课的时间，练习结束。和卢絮一起搭档，虽然从头至尾没说几句话，方明曦对她的印象也不是太深，但……感觉还不错。看来，并不是所有人都讨厌她。

就像有一个词——沉默的大多数。学校环境好比一汪池塘，她所见到那些跳得高的，是蹦出水面的鲈鱼。乍一看，鲈鱼很多，多到令人惶恐，但其实在水底也许还有更多安静栖息的其他鱼类。

扔她被褥的酒红妹之流虽然多，但像卢絮这种，专注自己一方天地，不盲目、不扭曲的正常姑娘，也很多。只是因为她们没有跳出水面。

换作平时会觉得累，这一下午下来，方明曦倒没觉得多辛苦，和老师道别时嘴边挂着笑意。卢絮背包经过身边，方明曦喊了她一声。

“嗯？”

“没什么。”她笑了下，“再见。”

卢絮眨眨眼，弯唇笑，冲她挥了挥手。

走出教学楼，手机振动，方明曦拿出来一看，是刘姐发来的消息：“昨天跟你说的，东成酒楼缺个顶替的人，你去吗？”

刘姐不仅经销酒，也和这一区许多中型饭店、酒楼有合作，安排了人在里面推销。不少酒楼的酒水这一块，啤酒和饮料都归她承包。前几天，东成酒楼榨果汁的小妹辞职回家，有事走得急，半个月工资都没要，刘姐那儿人手不够，一下子急需个能顶上的人。

昨天刘姐和方明曦发短信提过，那会儿她刚好被老师叫去谈座谈会的事，一下子给忘到脑后。

方明曦想起这茬，忙点开手机里誊抄的课表。到了学期末，课程会随教学进度更换。见这个星期开始，周一到周五下午四点后都是空闲的，她回消息应下：“这边有空，去的。”

刘姐回过来：“行，我大概一个星期就能招到人，最多十天，照老规矩按天算，卖出多少提多少，我再给你加一点。”几句话工夫，事情讲定。

回宿舍待到三点出头，周娣午睡刚醒，方明曦拾掇好准备出门。周娣问：“你去哪儿？”

“有事。”

“我还想和你讲周年庆的事……”

方明曦扭头：“什么周年庆？”

“就是学校三十周年庆典，班里安排了活儿。”

“急吗？”

周娣见她赶着出门，还没睡醒，愣愣摇头：“还好，也不太急……”

“那等我回来再说。”方明曦摆摆手，提步就走。

东成酒楼不大，只在一栋楼里占了一层。楼下是一家足浴桑拿，楼上开了间私人美容会所。因为厨师厨艺精湛，为这口味道，虽然东成酒楼不是什么了不起的星级饭店，但许多老板私下吃饭的时候也会带人到这儿来聚。

东成酒楼包间不多，生意却好，在这儿压根没有什么淡季旺季一说，每天桌位都能开满。

方明曦在大楼前站了站，抬头看，几个招牌错落，“东成酒楼”四个字反而不是最显眼的。

余光瞥见一辆车，在一众家用轿车中车身显得稍大些，还是眼熟的越野款。她脚步一顿，多看了两眼。

和肖砚的那辆车很像。

不过也只是看了片刻，刘姐大概已经在楼上等着，方明曦瞄了两眼收回视线，快步进去。

榨果汁没什么难的，只是酒楼里的水果用量和家里自己榨汁喝的不太一样，而且考虑到口感问题，有旁的佐料需要添加。水果储藏在后厨外蔬果间的冰箱里，刘姐带方明曦进去，将这个季节在卖的八种果汁做法各演示一遍，再看她学做一遍就算完工。

“客人来了，你看他们都坐下，差不多到齐，就可以进去问他们要喝什么。”刘姐说，“不要怕，大胆地推销，你卖一扎，我这边会算提成给包厢的服务员，一扎能有好几块抽成，他们也会帮你。所以千万别怕，人家不喝也没关系，啊？”

方明曦点头：“我知道的，刘姐。”

饭点时间到，有些包厢客人来得早，人已经坐满开始点酒水。方明曦拿上单子和笔进去，没几分钟出来就成交了一扎青瓜汁。

还算顺利。

刘姐在拐角看着，见她有条不紊上手很快，放下心来。

走前，刘姐叮嘱她：“你每个包厢去一次就行，这里没有4，从1到9，八个包间，我相信你没问题。”

方明曦点头。刘姐走出去两步，折回来：“哦，对了，最里面有个10号，那个10号不用去，它平时不开，去1到9就行。”说着拍拍她的肩，“好好干。”这回真的走了。

所有包间都开席后，方明曦推销的果汁也一一做完端进去，后边人家吃饭没她什么事儿，她找了个不显眼的角落待着。

算算不过是饭点前后一两个小时的工作时长，比在夜场推销酒轻松得多。

方明曦窝在角落打发时间，等着收回玻璃扎洗干净，做完这最后一步她就能下班。

前边包厢服务员忽然叫她：“果汁小妹！客人还要两扎青瓜汁和一扎苹果汁！”

方明曦愣了下，忙应声：“马上——”

这一加单，好似开了个头，后面又有几桌加单的。她跑前跑后，一下子陀螺般转起来。

……

寸头从包间出来，就见一个熟悉人影跑进后厨那块，随手拦下一个人，指指那个方向：“刚那个谁啊？”

经理冷不防被他拦下，忙笑着回答：“那个是新来的榨果汁的小妹。”

寸头朝那边瞄，经理问：“要叫两扎果汁吗？”

“不用，我就看看。”寸头收回远眺目光，回身推包间的门，进门前道，“还有一个猪肚汤没上是吧？”

经理微怔：“呃……”

寸头摆手：“没上就算了，叫厨房不用上了。”

他推门进去。一开一合，门上黄色的“10”号铁牌泛光。

经理站了会儿，眉头倒竖拿着对讲机，一边蹬着坡跟小皮鞋往总台走，一边联系厨房：“后厨后厨！怎么回事？老板的汤呢？！说了多少次让你们动作快点……”

寸头回座位，一桌人酒酣足食，正在聊天。关教练等人都不是瑞城本地人，口味和这里的人甚至有些差异，难得菜品味道好，竟没有一点不习惯。

“砚哥。”众人都在说说笑笑，寸头身子一歪靠近肖砚，“我刚刚在外面看到方明曦了。”

肖砚瞥他一眼：“哦。”

“我问了一下，说是她在这儿卖果汁。”寸头笑呵呵地挑眉，“要不叫她榨一扎进来？”

肖砚没什么反应，端起杯子喝了口热水，才说：“不用了。”

“哦……”寸头满脸扫兴。

一周时间，方明曦在东成酒楼卖果汁，销售额与日俱增。粗略算下来，这次她能挣个六七百。周娣见她每天傍晚都往外跑，九点过半才回来，忍不住问："你这些天去干吗了？"

方明曦没什么不好意思，直接说："打零工挣点外块。"

"啊？干什么的，累不累？"

"卖果汁，挺好，不累。"方明曦答了几句，看时间已到三点半，立马开始换衣服。从学校坐公交车过去得坐几十分钟。她去勤工俭学，周娣不好拦她，朗声道："早点回来！"

"好——"她远远应了句。

到东成酒楼外，方明曦眼尖，又看到那辆越野车。除去第一次来的那天，这是她第二次看见它。只是这次比上次还赶时间，方明曦没空欣赏，远远瞄了眼便飞奔进去搭电梯。

晚上包厢全订满了，7 号包厢预订的菜单上就有玉米汁和青瓜汁这两样，方明曦听服务员说客人已经来了，放下东西立刻洗手准备。

两扎满满的果汁做好，方明曦端着从后厨出来，服务员帮她开门。她进去将玻璃扎小心放到桌上，微微弯腰："玉米汁和青瓜汁，客人你们点的果汁好了。祝你们用餐愉快。"

言毕正欲出去，她抬起头，视线和圆桌对面的女生对上，笑容微顿。

这间包厢里有男有女，看起来大概是家庭聚餐，在座只有一个年轻人。

——唐隔玉。

她坐在主座旁边的位置，和主座的中年男人长得有六分像。

只一刹那，方明曦敛神垂下眼，一副服务员该有的姿态，转身出去。

唐隔玉的视线一直黏着她直到被门隔断。方明曦有点头疼，站在门边吸了口气，沉沉呼出。果然，没多久，7 号包厢的服务员跑到蔬果间找她："你快来，7 号包厢的客人叫你进去！"

7 号包厢闹出不小的动静，在前台走动的经理、领班，甚至连饭点总闲着的采购也聚集过去。各个包厢外站着的服务员纷纷朝那边张望，

听着动静，互相对视间，皆因里面的厉声训斥暗暗缩颈。

开店以来，就没有遇到过这么暴怒的客人，不知那个榨果汁的小妹到底做了什么。

方明曦自己也不知道。

她被叫进 7 号包厢后，客人劈头盖脸就是一通骂，听了几句才晓得——他们说她做的果汁不干净，唐隔玉吃了肚子不舒服。

负责这间包厢的服务员站在方明曦后面，一脸害怕。

方明曦一动没动。

“你做的是什么啊？我们吃了这么多家店，从来没有遇到这种问题，就你们这儿，把我们家囡囡吃成这样！”

开口的妇女不知是唐隔玉什么人，连珠炮似的气都不带喘，就差拿筷子戳到方明曦头上。

唐隔玉哼哼唧唧歪靠在椅子上，面前是一杯方明曦榨的果汁，还剩一半。她身边围了群关切的长辈，你一言我一语：

“隔玉没事吧？”

“还痛不痛啊？还是先去看医生吧，囡囡……”

“哎哟，我的姑娘哎，急死人了！”

经理上前道歉，试图先平息他们的怒意。无奈讲不通，不管姿态放得多低，唐隔玉一哼唧，他们的声音就高上一倍。

门开着，整个走廊都听得到这边的动静。寸头从 10 号包厢出来，转头就见走廊前那片挤了一堆人，就近问服务员：“那边怎么回事？”

服务员一五一十阐明。

寸头拧眉，想过去，走两步又停住转身往回走，纠结不已。

服务员怔怔看他挣扎几秒，他一咬牙，头一扭先回了 10 号包厢。

“砚哥！”一进门，寸头就嚷道，“有人在我们店里闹事！”

大圆桌撤下，肖砚面前是一张三四人用的小圆桌，今天只有他和寸头两个吃饭，桌上菜色简单。

闻声，肖砚抬眼：“谁闹事？”

“不知道。”寸头说，“前面一直在吵嚷，声音可大了！”

肖砚不语，大有“不知道你说个什么劲”的意思。

寸头忙道：“主要是那个方明曦她在里面，客人好像找她麻烦，说喝了她榨的东西肚子痛！骂得可惨了，我听着都刺耳！”

肖砚舀汤的手微顿。

“……砚哥？”

“你去处理。”肖砚接上动作，淡定盛汤，“陪他们去医院，只要检查出东西不干净，我们赔钱。”

很简单，有问题他们赔，要是没问题……

“哎！我这就去！”寸头天生不怕事，一听这话乐得直往外冲。

“等等。”肖砚叫住他。

“怎么了？”

肖砚眼睫沉下少许：“把方明曦叫进来。”

“啊？”

肖砚说：“客人你处理，让她到这儿来。”

寸头一顿，领命出去。

7号包厢里还在吵，寸头一进去，扫一眼方明曦，她一脸沉默，神色颓暗。再一看，见闹肚子痛的客人原来是邓扬身边的那个女生，寸头一下就明白方明曦为何这般情绪。

故意来找碴，有理也说不清，能怎么办呢？

“各位客人，今天赶巧我们老板正好在，我是他手下的，有什么事跟我说。”寸头往最前面一站，虽然笑着，但凛凛气势看起来就不是好欺负的。

也不等他们开口，寸头对看着他微愣的方明曦道：“这里交给我，你到10号包厢去。”

经理他们听见这话，朝他们行注目礼。

“10号？”被骂了半天没还嘴，方明曦一开口，嗓子有点沙哑。

寸头挤眉：“对，10号包厢要点果汁，去吧，忙去吧！”他吩咐旁边的服务员去蔬果间拿东西送到10号包厢，而后三两下把方明曦推出去。

7号包厢客人的不满声、拍桌吵架的动静，全被甩在身后。

方明曦稍愣，脚下还是依言朝10号包厢走。

到门前，在外面站了片刻，方明曦推门进去。

小圆桌前坐着的肖砚正喝完最后一口汤，放下汤匙。

“肖……先生。”她停住，站在几步开外，“他……寸……”

方明曦不知道怎么叫寸头好，肖砚接话："叫他寸头就行。"

"……"她道，"寸头说让我来拿榨果汁。"

话音落下，敲门声响，服务员端来榨汁机和一篮子水果，将东西放到桌上便出去了。

脑内转过几瞬，她大概了解这是怎么一个情况。

肖老板，肖砚。

肖砚看了眼混在水果中的袋装粉末："你们放了很多添加剂？"

"不多。"方明曦说，"都是按比例加的。"

他挑眉："现榨果汁？"

方明曦听出他略带质疑的语气，回道："水果汁和蔬菜汁的确是新鲜现榨的，并没有作假，只是要加那些添加剂。而且都是干净的，我做了快一个星期，没有客人喝完不舒服。刘姐招的人在这里和别的酒楼都有卖果汁，这么久一直没出过问题。"

肖砚问："那么今天？"

方明曦抿唇，略无奈："喝了不舒服的客人是唐隔玉，那一桌是她家里人。"

他侧目，略想了想这个名字，问道："邓扬身边的朋友？"

她说是。

"知道了。"肖砚擦干净手离开圆桌。

他到包厢另一边，从柜子抽屉取出张图纸，挽起袖子在靠窗的桌上画了起来。

方明曦站了半天，忍不住出声打断："肖先生。"

肖砚没抬头，只说了三个字："榨果汁。"他专注面前的事，连个眼神都没给。

方明曦只好不再多话，去摆弄机器。沉闷轰鸣的绞榨果汁动静响彻房间，盖住铅芯在纸上摩擦的声音。方明曦怕吵到他，瞄了一眼。他眉头平展，不似有一丝被影响的模样。

睫端稍颤，她飞快收回视线。

不知道他要什么，方明曦干脆把整个果篮里的蔬果全榨完，餐具柜里有玻璃扎，每一扎都装得满满当当。

"肖先生。"见他暂时停手，方明曦适时出声，"榨完了。"

她又接着问："这些是算你的账上吗？"

肖砚反问："这里除了我，还有别人？"

"哦，好。"得到肯定答复，方明曦点头，"请问还有别的需要吗？没有的话，我就出去了。"

肖砚没答，擦干净手上的铅痕，回到圆桌边。

"坐下。"他道。

方明曦犹豫几秒，缓慢地在他对面落座。

桌上是他吃过的几道简单家常菜，外圈摆着好几扎蔬果汁。

"每样喝一杯。"肖砚说。

方明曦不明白："为什么？"

"你很忙吗？"他反问。

"……不忙。"

"那就喝。"

无言以对，方明曦败阵。她拿起干净的杯子给自己倒果汁，两手捧着默默喝。

肖砚在对面看着，问："这段时间他们都在找你麻烦？"

不过几秒，方明曦便明白过来他话里指的是谁，她实话实说："没有，今天是第一次。我很久没碰到他们了。"

没了邓扬，圈子完全不同，她和他们根本没有交集。

肖砚沉吟，半晌才说："邓扬走了，他们……"

"我习惯了，躲着就是。"方明曦截断话头。

她知道他想说什么，无外乎是想说，睿子和唐隔玉那些人，或许会因为邓扬的离开迁怒她，或是发泄之前早就积下的旧怨。如同今天这回。

"哦？"肖砚指尖敲桌，"那今天呢？"如果他没让寸头过去，她预备如何收场？

方明曦瞥他："我原本打算打电话给刘姐，她是承包经销商，是我老板，东西不干净那就去医院检查，有问题我担。"她确定她做的不脏。

肖砚似是扯了下嘴角。方明曦见他没话说，端起杯子继续喝剩下的半杯苹果汁。

喝完，她评价道："比较甜，有苹果香味，不刺激。"

接着倒一小杯青瓜汁，饮尽，她抿抿嘴唇说："甜味淡，比较清新，解腻。”

再下一杯是番茄汁，她试过口味，道：“酸甜酸甜的，味道适中不腻。”

……

每样倒一小杯，她挨个尝过，放下杯子。

他不喝，她喝完把味道告诉他，也算是没有白让他花钱。

肖砚静听她品评一番，听完挑眉：“不想上厕所？”

方明曦摇头。

肖砚笑了下，问：“你这份工作做多久？”

她说：“大概还有一个星期。”

他了然颔首，拿出钱夹，抽出几张钱摁在桌上，抬眸看着她，示意她拿。

方明曦脸色略沉几分：“肖先生这是什么意思？”

“你不是很缺钱？”他说，“这个给你。接下去一个星期，你只需留在10号包厢榨果汁，不用去其他包厢推销。点的果汁另外算在账上，你老板那份工资你可以照拿。”

放在腿上的手揪住垂下的桌布边沿，方明曦捏了一刹，松开。她抬头笑：“你在可怜我？”

“你觉得是？”他反诘。

“不是可怜，那是……”

“无所谓。同情或者侮辱，你怎么想都行。”肖砚打断她，懒得看她那一脸隐忍的假笑。他垂眼，调整左手腕上的表带，兀自专注认真。

“不过我想你应该分得清，现在是让你站着拿钱。同情，是把钱塞到你手里让你坐着拿。

“至于——”

表带扣好，肖砚看向方明曦的眼睛，拿起桌上几张红色纸币走到她身旁。

他将那一沓钱塞进她的领口，居高临下俯视她：“这样，让你躺下，才叫侮辱。”

寸头处理完7号包厢的事情，折返回去找肖砚，正好碰上从里面出

来的方明曦。她神色怪异，脸上薄红仿佛羞恼又仿佛愠色，只和他点头打了个招呼，其余一个字没说便走了。

推门进去，寸头问肖砚："砚哥，方明曦怎么了？我刚刚看她好像不是特别高兴的样子。"

肖砚用镊子从铁盒中取茶叶，不答反问："事情处理得怎么样？"

寸头笑道："嗨，不过都是些嘴皮子厉害的！先前还抱着肚子哎哟哎哟叫唤不停，我说要么咱们上医院检查，立马就没声了！你说好笑不好笑？哎，对，那个闹肚子疼的赶巧是邓扬的朋友，就总能在他身边看到的那个小姑娘，方明曦有没有跟你说？"

肖砚"嗯"了声。

寸头啧啧感叹："真是挺能找事的。"

肖砚不再谈这个，转而道："你跟前台说一声，后面一个星期方明曦会来10号包厢榨果汁，谁都别拦，让她们把数记在账上。"

寸头不解："一个星期每天都来？没人的时候也来？"他和肖砚并非每天都到这儿来吃饭。

肖砚确定："对，照做就是。"

寸头脚下不动，想不通："砚哥，你这是……"

肖砚往杯里冲热水："她那性格，我怕她在外面推销，把店给砸了。"他用了一个词形容，"——过刚易折。"

寸头一时分辨不出他的意思："那……那不让她做不就成了？"

肖砚侧目瞥他，淡淡收回视线，端着茶杯走到靠窗的桌旁。

"她只是出来混口饭吃，都不容易。没必要。"朗硬声线里，夹杂一丝软和，转瞬即逝。

护理系联合座谈会如期开始。

是个天清气爽的好日子，方明曦早早收拾妥当，赶到集合地点同卢絮及两名老师会合，坐上学校安排的车。老师给她们讲注意事项，反复叮嘱，进会场前也没忘提醒："等会儿实践体验，出发前分组选地方，咱们不跟人争，省得惹事端，知道吗？"她俩点头，心中有数。

会场里聚集一大帮人，各校队伍尽数到齐。老师们去参加座谈，学生则由活动组织老师带领，依次分组乘车出发。

“不用这样吧。”卢絮苦笑，“是说不跟别人争，但就这样直接像剩菜一样把我们撇下，也太过了点吧？”

方明曦和她并排站着，面前停着一辆等待出发的小巴士，排在前面的队伍已陆续离开。

瑞城几所医院的名额早早抢完，剩下的社区医院、重点诊所也各有安排。方明曦拿起手中的字条，上面是分到的小巴编号，纸上和车上都是一个数——8。数倒是挺吉利，但地儿……

“为什么人家都是去医院，我们这——”卢絮一脸无奈和纠结，问方明曦，“这个什么民间救援基地是哪儿啊？”

方明曦垂下眼，没回答，提醒她：“小声点，负责老师站得不远。”卢絮撇嘴。

没说几句，负责老师过来领人：“你们两个是瑞医专的学生，方明曦、卢絮，对吧？”

她们说是。瑞医专，即“瑞城医药专科学校”的简称。

核对一遍资料，老师招手让她们上车：“那就行了，坐好出发吧，那边已经在等着了。”

“老师！”卢絮发问，“不是应该有三个人吗？”

老师往身后一指：“你看看这周围，现在哪儿还有人？除了你们俩，还有谁？”他道，“另一个女生跟上一组去社区医院了，就你们两个，快点上车！”

卢絮还要说话，方明曦拉住她胳膊一扯，她不甘愿地闭上嘴。

车开动，方明曦同卢絮说：“其实也不是太糟糕。”

卢絮道：“还不糟糕？别人都去大医院小医院，我们去什么基地，这种地方哪里有病人给我们上手？”

方明曦稍作沉吟，缓慢道：“我去过一次。”

“你去过？”

“嗯。”方明曦看向窗外，不知想到什么，头靠着座椅背垫，缓慢合上眼，“那里……挺好的。”

她不欲再说话，卢絮想问也不好开口，一路上也没再抱怨了。

到达救援基地外，门上显眼的黑色豹子头标志锃锃泛光。

方明曦和卢絮跟在带队老师身后去找这里的负责人，一番接洽谈话，等了十分钟。

“第一小队正好在休息，可以让他们配合你们做一个急救训练。”领她们去操场的负责人很好说话，一直笑呵呵，还道，“拿他们扎针练手也没关系，大老爷们皮糙肉厚的，都不怕扎！”

方明曦是第二次来，不像卢絮好奇打量，目光扫过瓦木壁砖，克制内敛。

操场上，有七八个人正在休息，稍远处有训练声音，动静不小。负责人过去讲明。

这里的队医虽然不是本地人，但和瑞城医生圈子有些来往，此次事情就是通过他牵线。得知来实践的学生到了，队医仔细打量了方明曦和卢絮一通，而后表示：“多练练是好事。有什么需要可以提，我们库房医药齐全。”

老师忙说不用：“我们自己带了，外面有人拿进来。”

一群人转战医务室。卢絮跟在老师后面，见方明曦落在后头，问：“你在看什么，找谁啊？”

“没。”方明曦收回目光，赶上她，“走吧。”

七八个剃板寸的健壮汉子排排坐等着被扎针，场景略诡异。尤其后头进来的一位自称姓关的教练，当着她们就训话：“给医学校的学生练手，算是做做好事，以后她们出学校失误越少就能帮到更多的人，大男人挨两针不怕什么，痛也不许吭声，忍着！听见了吗——”

“听见了！”齐刷刷的回复声响起。

直臊得卢絮脸红，她悄悄和方明曦嘀咕：“这话说得，我们手法没这么烂好不好……”

说归说，刚到陌生环境的不适和对分配到这儿的抵触不知不觉消散，两人闷头忙起来，老师在一旁指点，另一个经验丰厚的队医看着，两人都有条不紊。

进行到急救演练，方明曦刚准备上手，就来了个不速之客。

寸头大剌剌进来：“忙着呢？还顺利吧？”

队医还没说话，他就看见了方明曦，一愣，继而笑开：“巧了，你也在啊？怎么又是你……”

方明曦小小“嗯”了声，目光不禁扫向他身后，空无一人。

寸头恰好瞧见这刹细微眼神，笑道："哎，别看了！砚哥没来，他在那边操场训练呢。"

方明曦抿唇："我没找他。"

"那你找谁？"寸头挑眉，见方明曦抬眸瞪过来，笑嘻嘻改口，"行行行，没找没找，你就随便一看。我瞎说的，别介意啊。"

旁边几人听得云里雾里，见他俩岔开话题不说这个，便也不好问。倒是带队老师问了句："你们认识？"

方明曦含糊说："算是。"之后没再多说。

练习继续，寸头静静在旁边看。方明曦和卢絮各操作两遍后，队医叫停："先休息休息，大家喝点水，时间还早，等会儿再继续。"

老师也没意见，方明曦和卢絮自然听从安排。

寸头闲不住，凑过去跟方明曦说话，扯住刚才她第一个上手练习的汉子说："我跟你说，他吧，这身腱子肉最厉害！做引体向上可以一口气做好几十个不带喘！"

汉子臊得满脸通红，其他人起哄："做一个！做一个！"

寸头一听这提议好，揪出另一个体格相仿的："来来，就你们俩！来给客人亮一手！"

队医和负责人由着他们闹，一群人起哄全从休息室到操场上观战。

方明曦被寸头拖着观赏，怎么都推脱不了。

两个选手站在单杠下准备，寸头冲她挑眉："怎么样，看这身材，好吧？"

方明曦瞥一眼，身材确实好，肌肉紧实。她捧场地点了下头："挺好。"

"但好归好，也不是最好，跟我们砚哥比起来还是要差那么一点的……"寸头摇头晃脑，似是替她可惜，"不过你没看过。"

没看过吗……

方明曦没接话，微微垂眼。

梦里看过。

热身完毕，该起的哄也起完，正准备开始，肖砚从操场另一边过来了。

"在干什么？"他问。

一双皮靴，一条迷彩绿长裤，上身一件单薄上衣，勾勒出他的身形，低温天气到他这儿仿佛并不存在。

寸头说：“医校的学生来实践体检，这不是抽空娱乐一下，他们俩引体向上做得特好，给大家伙展示看看！”

他说话间，肖砚看见了他旁边站着的方明曦。

寸头指着先前夸的那个：“你看小吴这体格算是最拿得出手的！”大拇指朝身旁比画，“我跟方明曦都觉得这身材特好看！”

小吴被夸得不好意思，傻笑摸头。

肖砚看看他，视线转到方明曦身上，停了许久：“哦，是吗？”

关教练乐在其中，跟着提议：“要不肖队你上，小吴的引体向上记录全队最高，别人怕是没得较量。”

“老关你真是。”寸头笑话他，“砚哥哪会参与这些，他从来不比这种……”

“行。”肖砚淡淡道。

寸头一噎，差点咬了舌头。

肖砚似乎在看自己，方明曦抬眸顺着身上视线回望过去，他又淡然移开，她抿唇垂下眼。可当他站到单杠下，她还是没忍住抬眸朝那儿看。

周围都是一帮人加油的喊声，气氛烘托得刚刚好。

肖砚向上看了看，原地一跃，两手稳稳抓住单杠。那肩背腰身，如同猛虎下山。

方明曦抬头看着，阳光好像变得强烈，似乎有东西照进她眼里，她眯了眯眼。

肖砚出马，一帮汉子拼命叫好，手掌都拍红了。火热气氛，随单杠上两人不停增加的引体向上数量节节攀升。寸头一开始没想到肖砚会跟他们一块闹，愣归愣，真的比起来哪顾得上那么多，回神后立刻两手拢在嘴边，大声给他加油。

方明曦忍不住道：“你不是说左边那位是你们队里最强的吗？”

“是啊。”立马改变立场的寸头毫不知羞，大义凛然，“但那得看跟谁比！我砚哥在我心里就是第一牛，谁都得往后靠！”坦荡模样教人无言以对。

寸头自己夸还不够，用胳膊肘轻碰她，挑眉："怎么样，我砚哥厉害吧？"

方明曦看向单杠，在一片助威声中，先前那位被寸头表扬的汉子渐渐慢下来，落了下风。而肖砚，速度快捷，力量稳定，肌肉线条结实凸显，给人一种仿佛再用劲些，甚至能将铁杠扯下来的错觉。她还没答，旁边卢絮凑过来，小声感慨："哇，他们那个头儿，好厉害啊！"

这下方明曦想昧着良心说他不行也张不开口。

寸头注意力被胶着的局势吸引，大力拍掌烘托气氛："砚哥加油！"

其他人也纷纷给他们鼓劲：

"加油——"

"队长继续！"

"小吴撑住啊……"

很快，小吴最终撑不住，手一松从单杠上落地。队友围上去扶他，他站起来，摆手说没事。肖砚也停了，跳下地。

"不错。"他大方给予表扬，"再加油。"

输了的小吴顿时笑起来，抹了一把薄汗，朗声应是。

那厢关教练和队医凑在一块小声交谈："小吴的记录破了？"

"破了。"

"几个？"

"五个吧。"

"上次肖队不是破不了吗……"

他们的嘀咕没被人注意，倒是寸头与有荣焉，嘚瑟劲儿收都收不住，就差拉着他砚哥游街亮相。肖砚一走过来，他立刻迎上去，比了个大拇指。

肖砚没理他的傻样，视线扫过方明曦一行几人，转而问："护理实践练习进行得怎么样？"

老师热络道："很顺利，要感谢你们，多亏各位配合。"

"结束了？"

"啊，暂时还没有。刚刚做完急救演练……"

肖砚拍板："那继续吧。"

见他往医务室走，寸头问："那边的训练，砚哥你不去了？"

肖砚道："有人带队。"

方明曦悄悄瞥他一眼，迅速移开。

重新回到医务室，下一单元是手臂外伤和骨折的处理。

如果是在大医院里，有专业正规的器具可以用来练手，还有拥有丰富临床经验的医生们指导，对尚未出学校的学生来说肯定是受益匪浅的。社区医院虽然差一点，但也可以帮忙搭手给看病的病人做测量之类的工作，至少是实用的经验。

只有到这儿，只能靠模拟，大概这也是队医为何要求基地的队员们全力配合的原因。毕竟本来就是靠演创造条件，还不得演得逼真点？

方明曦和卢絮各就各位，依次给他们“包扎”。两个“骨折”，两个“外伤”，但人数一共只有七个，到方明曦这儿缺了一位。

她拿着多出来的一份医药材料，稍站两秒。没等其他人说什么，她瞥一眼离得不远的肖砚，指指床：“坐上去。”说完没看他，转头去摆弄消毒药品。

队医和关教练等人都顿了下，怕肖砚不乐意。寸头也想到这一茬，脚一抬打算顶替，却见肖砚一言不发，提步坐到床边。

肖砚靠着床头，一条长腿放到床上，另一只脚撑地，好整以暇地注视垂头忙碌的方明曦。

方明曦眼皮半耷拉着，视线低垂落在手上，看也没看他一眼。

他出声：“没睡醒？”

方明曦抬眸斜去一眼，别开，依旧未发一言。

东西准备好，方明曦握住他的胳膊。一只手握不全，结实铁臂将她手掌弧度撑到最大，深铜肤色和她的白皙五指形成鲜明对比。

她伸出另一只手去拿棉花，不知是失误还是怎么，一下子抓了一大把。

方明曦只稍稍停顿一瞬，肖砚就见她眼角余光瞥来，下一秒，她将那一大团棉花塞在了他的领口。“抱歉，放一下。”

“……”

她借着他领子的阻拦，两指一搓揪下够用的一小团，剩下的一大把棉花，仍塞在他领口里。

说她不严谨有失误，但后边的处理她做得又挺到位。

下巴被棉花蹭着，肖砚盯着她的脸。她像是故意的，视线就是不落到他那边。

……

练习结束，老师和队医到外面说话。

方明曦收拾好东西到屋檐下透气，肖砚不知什么时候走到旁边："解气了？"

她道："肖先生的意思，我听不懂。"

肖砚垂眸，视线落在她故作正经的脸上。白皙皮肤被阳光斜斜映照，淡薄金光凝在她睫端眉梢。单看外表，美艳，不合长相的冷淡，还有一些迷惑人的乖巧。

她方才塞棉花的举动，分明是记着在10号包厢那一茬。

肖砚没生气，只说："你人不大，倒是挺记仇。"

方明曦不接话，不承认。

"行了，我没有找你麻烦的意思。"他问，"晚上还去推销果汁？"

她低声道："不是你让我去的吗？"

肖砚扯嘴角笑了下："那行，给你放个假，今天不用去了。"

方明曦还没明白，刚抬头寸头就蹦跶过来，他说道："都讲好了，砚哥！等下我们开车载大家伙一起去吃饭，老师的车我们帮着开下去……不过挑哪个地儿啊？你说，我现在订位子！"

离开黑豹基地时已是六点过半，冬天天黑得早，带队老师加上方明曦和卢絮一行，同肖砚等人一起去吃饭。这是正常的人情往来，方明曦不好说什么，虽然勤工俭学是个抽身的好理由，奈何肖砚都发话说了不用去，她也没法拿这个当挡箭牌。

好在去市里坐的不是肖砚的车，方明曦放松下来，途中解了解乏。

他们去的饭店并不大，是一家专做土菜的私人特色馆子，位于半新不旧的城区，得是会吃的人才找得到。

因队员们还要训练，算上队医和关教练几个，一桌坐下不是问题，就只要了一个包厢。

点完菜，小菜上桌，老师拆开餐具，发现有支筷子少了一截。"老板！"

喊一遍没回应，再喊一遍："老板——"还是没人应。

外头太忙，又连着喊了好几声都没人听到。

方明曦起身："我去拿吧，正好我去让他们再上壶热水。"

出去关门的瞬间，寸头嚷：“帮我拿个杯子进来，要大的！”

“杯子是吧？”方明曦停了停，得到肯定答复，点头应“好”后，关上门朝外头走。

这里的生意越晚越好，今天虽然显得空，但到吃夜宵的时候从来没有坐不满的。店外宽敞坪地上照惯例，加了好几桌。菜馆的厨房不在屋里，反而在坪地最前面架了一口锅，底下燃着煤气，旁边立一张结实木桌。老板娘摆开案板，切菜架势迅猛，直剁出一片噼啪声响。

方明曦先到墙檐边洗手，蹲下拧开低矮的水龙头，就着凉水搓干净手指。

“老板——”她洗完起身，刚站起，话音一顿。

院门口进来一帮人，几个高个男生，都是二十出头的年纪，面庞稚气。

两个到案板前跟老板娘点菜，而优哉游哉直接就近坐下的几人里，有一个熟面孔。

旁边的男生推了推他，下巴朝方明曦站的位置一挑示意。方明曦敛眸，避开睿子的视线。

那一桌坐的，大概都是邓扬的朋友，有不认识的，也有几个她见过的。

从墙边走到老板炒锅前，方明曦问：“还有新的餐具吗？里面要一副新的餐具，还要一个大一点的杯子。”

老板娘端着小菜去睿子那桌，方明曦目不斜视，只对老板说：“有热水吗？有的话再……”

“小菜不是有五碟？”那桌响起睿子的声音。

老板娘立刻说道：“剩下的还没端来，我……”

“让她端。”三个字直直朝方明曦的后背戳来。

方明曦一顿，微微吸气，转身一看，睿子的视线果真锁在她身上，旁边几个男生也直勾勾盯着她。老板娘看看他，再看看方明曦，尴尬道：“那个不好意思，小伙子你误会了，她不是我们这儿的服务员，也是客人来着……”

睿子脸上添了几分阴恻。方明曦跟他无言对视几秒，不予理会，拿了老板递来的新餐具和杯子，懒得再等热水，往屋里走。

恰时，门口开来一辆送菜的小货车，老板和老板娘听见喊声忙应下，扔下一句：“客人你们稍等啊——”赶紧跑过去卸菜筐子。

门口动静没能分得睿子半点目光，他起身往方明曦面前一拦，在她进厅门前堵住去路。

“我还以为方大小姐又在勤工俭学，合着不是啊？我怎么记得以前邓扬追你的时候，你穷得连整钱都少见，现在跟谁下馆子呢……找好下家了这是？动作够快的。”

方明曦懒得理他，绕开。睿子一把扯住她手臂，她踉跄了一下，被扯回他面前。

他斜睨她，虽然坪里除他们一桌还有其他人，但他丝毫不加以控制音量，全无尊重。

“要是下家不够好，你可以考虑考虑我呀，我们邓扬就这么一件揪心揪肺的事儿，你说我做兄弟的肯定得给他料理好是不是？要求你尽管提，来，我好替邓扬圆了这个梦！”

那桌男生们嘲笑出声。方明曦愠怒，费力挣了挣，挣不开他。

“说真的，要是价钱能谈成，今晚就把事儿办了呗？”睿子死死钳制着她，满怀恶意的笑让方明曦挣得更用力。

拉扯几下，方明曦都忍不住想要把餐具砸到他头上的时候，厅里出来一个人。

“你这么能，不如给我开开眼？”磁性醇厚的声音穿透力十足。

方明曦抬头看去，半是因为急半是因为气而跳得极快的心，忽然就平静下来。

睿子回头看清来人，愣了。

“把手放开——”

肖砚出来抽烟，刚点着抽了一口的烟在指间亮着火星，他面容沉沉，一字一句掷地有声：“要不然我卸你一条胳膊。”

肖砚的及时出现给方明曦解了围，闹剧收场，两个人回到包间。

寸头见肖砚出去一会儿就回来，奇怪：“你抽烟这么快？”

肖砚随口道：“外面风大就回来了。”

方明曦一只手把新餐具放到带队老师面前，另一只手给寸头递去大杯子。

“今天风大吗？今天不是……”寸头接过，还想跟肖砚说什么，关教练一句话打断道：“别废话了，来喝酒，婆婆妈妈！”

“谁婆妈，来就来！”寸头注意力被转移，撸起袖子和关教练较量，没再追着肖砚问。

方明曦和肖砚各自回到位置，谁都没提刚才的事情。睿子的强势一直分人，面对肖砚，他就全然没了对方明曦的不可一世，被肖砚一戗，蔫蔫涨红了脸偏偏无可奈何。

这一回在肖砚这儿吃了瘪，他以后大概会老实些。

饭毕，各自回家，外面坪里多了几桌后来的客人，而睿子那一桌早没踪影。

老师坐关教练几个的车回去，寸头酒量不如人，醉醺醺上车找了个位置倒头大睡。

队医问肖砚：“要不要我给你开车？”

肖砚说：“不用，我没喝酒。”

方明曦和卢絮并肩站在一块，队医的目光转向她们，方明曦先开口：“我们自己坐公交……”

“我送她们，你和老关回去吧。”肖砚打断，径直去开车。

队医一听，热情说服方明曦两个：“对对，坐肖队的车，坐公交车干吗？你们两个小姑娘多不方便，省得麻烦。”

方明曦和卢絮对视一眼，卢絮小声说：“这里到公交车站还要走好几分钟，我累了……”

方明曦只好同意。

坐上肖砚的车，卢絮道：“我今天不回学校，能麻烦您送我回家吗？”

肖砚说可以。

车开动，三人都没说话，卢絮低头玩手机，方明曦看着窗外发呆。

口袋里的手机振了振，方明曦被唤回神思，拿出来一看，是卢絮发的信息。因为这个座谈活动，她们最近来往不少，前两天彼此刚留联系方式。

接触下来，方明曦不像传闻里那么不好接近，卢絮跟她早没一开始的生疏，在短信里道：“这个姓肖的队长长得还挺好看的。”

方明曦扭头看卢絮，卢絮冲她挤眉弄眼。

她回过去一条：“……”

方明曦收起手机，视线落到前方，她的位置只能看见肖砚的侧脸，再往右上方稍移，从后视镜里能看到他的眉眼。肖砚似乎察觉到她的注视，眸光朝后视镜扫去。两人视线在后视镜中撞了个正着，她下意识别开，脸转向窗外。

二十分钟不到，卢絮到家，和肖砚道过谢，身影消失在小区门内。

车停在路边，肖砚这回正大光明地从后视镜看方明曦：“你呢？”

她说：“我回学校。”

没说二话，肖砚踩下油门，车驶向柏油路面。肖砚载着方明曦往她学校开，半道油不够，他拐弯开到最近一个加油站。加油队列排得很长，大概等了十分钟，全程两个人都没有说一句话。

加完油重新上路，肖砚忽地问：“想不想喝点热的？”

方明曦抬眸，没说话。他方向盘一转，开上另一条路。

……

路边的西式快餐站点，是行车途中买饮品的好去处。

肖砚拿着小票走回车边，靠着车门，侧头透过半开的车窗对后座的方明曦道：“说要等二十分钟。”方明曦点了一杯热牛奶，他要的是黑咖啡，咖啡豆现磨，得要一会儿工夫。

她点头，问：“多少钱？”

肖砚垂眸看她，把小票递过去，方明曦伸手，手还没伸出车窗，他忽地两指一弯，把小票对折了，手一松，任它落到地上。

“什么东西都算得清清楚楚，只会让你活得更累。”他说。

方明曦抿唇，缓缓收回顿住的手：“……我不算清楚，别人会跟我算。”

她视线放空一瞬，敛下眉眼：“今天你也看到了。邓扬也希望我不要跟他算得那么清楚，但是他不算的，会有人来替他算。”

肖砚听她说到这儿，蹙了蹙眉：“他身边的朋友心智不成熟，你完全没必要把他们放在心上。”

方明曦未语，轻轻笑了下。

“你觉得我说得不对？”他挑眉。

“没什么对不对的。”方明曦往后靠着车垫，闭了闭眼。

冷空气漫无目的地飘荡，远处的车灯一晃而逝。肖砚手插进兜里，换了个站姿："你是不是觉得自己很惨，日子过不下去，什么都在跟你作对？"

方明曦睁开眼："你猜错了。我没觉得过不下去。"

肖砚不拆穿，只说："活着就要受苦，这跟你走在路上踩到沙子是一样的，谁都避免不了。"

她不接话，他也不在意。

"你看寸头，每天都阳光开朗，不像是会有烦恼的人，对吧。"肖砚说，"但是他小时候过得特别苦。他爷爷一个人带大他，家里穷得他连学都没上完，要不是靠郭刀家接济，他未必能活到这么大。

"后来他爷爷病死，他出来闯，跟一帮小流氓坑蒙拐骗。那时候我还在当兵，放假休息回瑞城，第一次碰上的时候，你猜他在干什么？他在偷摩托车。就在我和邓扬他哥跟前被人逮住，挨了一顿好打。"

方明曦侧目朝他看，他的侧脸在外头路灯光线笼罩下，略显怅然。

"第二次是大半夜，他偷人钱包，被我追了两条街。他一脚踩空掉进揭了盖的下水道里，在下面痛得直号，求我救他出去。我没理他，打电话报警。他一边号一边破口大骂，问候了我十八辈祖宗。

"我当时蹲在洞边跟他说——你偷别人东西，别人偷井盖，你掉进洞里，这就是你的报应。"

方明曦安静地听他说到这儿，问："然后呢？"

肖砚道："然后？然后他就哭了。"

没有细说，他抬手从上衣口袋取出烟，想点，半途停住作罢，只说："他经常跟我聊，说那段时间总觉得日子过不下去了。"

肖砚把烟折断在手里："但事实是，他现在还是活得好好的。别人拿他以前偷车挨揍的事取笑他，他也只会跟着乐。"

他低头看了看卷烟纸下露出的烟丝，声音略低："生活就是这样。"

方明曦盯着他的面庞，好奇道："他是怎么跟你走到一块的？"

肖砚反问："想知道？"

方明曦点头。

夜色稀薄，寒风撞进车里，和暖气裹挟在一起。他定定地看着她的眼睛，良久说："等下一次见面，我告诉你。"

方明曦下意识想避开他的眼神，鬼使神差地没有动。

静谧半晌，她垂下眼：“邓扬已经走了，今天睿子被你吓到，我猜他这段时间不会再找我麻烦。果汁推销我也只做几天而已……我们大概……不一定会有下一次见面。”

“不一定，不重要。”肖砚搓着手里折断的烟，声音微低，“重点是……你想不想见？”

一秒，两秒，三秒——

方明曦想回答，又说不出话。

“您好——”远远传来的招呼声打断他们，服务员从窗口探出头，“客人您的咖啡和牛奶好了！请来取！”

肖砚微顿两秒，没再和她说什么，转身过去。

……

肖砚送方明曦回学校，他的咖啡放在烟旁没动，方明曦捧着牛奶暖手，也没喝一口。

一路无言，直至开到校门外。

“谢谢。”方明曦轻声道谢。

打开车门，冷风从细缝中吹进来，她倾身要出去，蓦地顿了顿：“刚刚那个问题……”

肖砚闻声，从后视镜看来。

“寸头是怎么跟你走到一块的——”她握了握车门把手，说，“等你下一次见面告诉我。”

她弯腰出去，车门“嘭”地关上。

袅娜背影跑进学校，这一回，她逃也似的，跑得飞快。

学校三十周年庆典，各处装点起来，方明曦和周娣被拉去当壮丁，分配到校外分发学校宣传手册。校外两侧街道上的商店基本都是为附近学生服务，她们一家家和老板沟通，说服店家让她们在门口摆放校庆立牌。

缓慢行进至街尾，她们终于忙完。

方明曦和周娣折返回学校吃过午饭又出来，下午不需要上课，方明曦答应了陪周娣去买东西。两人手挽手走向公交车站，经过立大对面那条街时，碰巧遇上睿子。

睿子被肖砚警告过，不敢再动手，坐在店门口眼神阴鸷地盯着方明曦。他脚下是她们先前摆放在这家店里的宣传手册，全被撕成碎片。

周娣往方明曦身边缩了缩，方明曦握住她的手，低声道："没事。"然后径直从他们旁边走过。

睿子在后头嗤笑："抱上大腿了不起了？你真以为就你这种货色，配得上邓扬他哥？别做梦了——"

方明曦脚下一顿，而后恍若未闻，将他们甩在身后。

和周娣逛完街，四点多方明曦赶到东成酒楼，她熟门熟路换好衣服，拎上工具去到10号包厢。

包厢里还是没人。

肖砚让她这周每天来这儿榨果汁，倒是纯粹在做好事，他自己一次也没来过。她榨的果汁，走的是酒楼公账，却全都分给了服务员们。

9号包厢离得近，服务员忙完被客人遣到外面，站了半个小时得以偷懒休息，方明曦把她叫到10号包厢喝东西。

"这个好喝！"服务员喝着她改良过后的柠檬汁，夸道，"味道越来越好了！"

"是吗？"方明曦笑笑，给她倒了杯别的饮品。

桌上已经放了好几个玻璃扎，装得满满当当，人手一杯绝对够，方明曦还是不停榨汁。

服务员喝着果汁，问："小方，你是不是心情不好？我看你今天好像不是很高兴……"

方明曦动作一顿："有吗？"

"……有。"

方明曦轻轻弯唇，随便找个借口："可能太累了吧。"

服务员"哦"了声："那你今天回去好好休息。"

她笑笑没说话。

八点多，方明曦离开东成，才过了一条街，突然下起了雨，淋得措手不及的路人一片惊呼。只是没多久，雨势转小，方明曦在屋檐下站了站，干脆继续走。

外套染上湿意，路边不少人侧目看她，她不理会，只顾闷头向前，身旁突然响起鸣笛。

一辆车在她旁边停下，她脚步一顿。车窗降下，肖砚坐在驾驶座上，朝她看来。

“淋雨好玩吗？”肖砚问。

“不好玩。”雨水顺着她的发梢，再沿着睫毛尾端淌下。

“那你想不想上车？”他道。

方明曦抹了把脸：“……我想上。”她看着他的眼睛，“那你想不想载我？”

肖砚看着她：“很巧，我也想。”

雨打在挡风玻璃上，一滴滴接二连三地绽开痕迹。雨刷左右来回，视线在朦胧和清明间切换。车在雨幕中开过几条街，方明曦问：“去哪儿？”

“想吃东西吗？”肖砚反问。

这边离东成酒楼近，方明曦看一眼时间，微蹙眉：“要开回东成？这个点他们快下班了……”收工的点跑去吃饭，她不太想给店里的人添麻烦。

肖砚压根没有要往回开的意思，只说：“下雨天，吃点暖和的。我猜你也饿了。”

车子行驶了十几分钟，开进一个小区的地下停车场。肖砚熄了引擎，前头的车灯却亮着。

方明曦坐着没动：“这就是你说的吃饭的地方？”

“怕我不是好人？”肖砚解开安全带。

她又问：“这是你住的地方？”

“是。”

“大晚上带异性回家吃饭，确实值得考量。”方明曦顿了下，“不过，我觉得你大概是个好人。”

肖砚因她的话凝眸：“你说得很对，大晚上带异性回家的男人，确实要提防，别有居心。

“——但这次你猜对了，我确实是个好人。”

他拔出钥匙，开门下车。

肖砚家很干净，三室一厅，以灰白为主，没有多余装饰。只是冰冷的大理石地板，在这个冬天，踩在脚下越发显得冷。肖砚让方明曦随便坐，自己径直进厨房。

听得厨房里冰箱门开合几次，方明曦走到门边，倚门框站立：“有什么我能帮忙吗？”

看到从冰箱拿出蔬菜在水龙头下冲洗的肖砚回头，她说：“你下厨煮东西给我吃，我光看着总觉得不太礼貌。”

“随意。”他道，“菜在冰箱里。”

方明曦打开冰箱门，见有个西葫芦，拿在手里晃晃：“这个坏了吗？”

肖砚闻声看一眼：“没。”

她便两手掂着西葫芦，加入厨房。

难得安静。

进门时，他开了暖气，气温升上来，浅淡的装修色调给人感觉没有一开始那么冷。

肖砚和方明曦各占厨房一边。菜切完，锅热着，方明曦要取调味料，一个转身没站稳，慌忙止住脚，差点撞进肖砚怀里。

“……抱歉。”

他“嗯”了声。两人错开，各自去拿需要的东西。本就安静的厨房，沉默越发泛滥。肖砚那边燃气灶火苗跳跃，方明曦用电磁炉，锅里油烧开，吱吱作响。此时厨房里并不安静，却仿佛能听到若有似无的呼吸。

肖砚煮了两道菜，反倒比方明曦更先结束。方明曦后他几步将菜端上桌，肖砚只看一眼，登时欲言又止。犹豫几秒，他还是说出口：“……这样的伙食在我们队里，厨师是会挨罚的。”

方明曦对着那盘颜色不对的菜，略显尴尬：“我用不习惯这个电磁炉，我家里一直用的是炉子生火。”

肖砚听完她的后半句，唇线压平，没说话。

两人要坐下吃饭时，才发现没煮米饭。方明曦看着肖砚，轮到他尴尬。

“……我现在去煮。”

他走进厨房，几分钟后出来。方明曦坐在桌边，道："我十点要回去。"

肖砚点头。

外面风雨缠绵，雨声时大时小，偶尔透进几声闷雷。方明曦找话题打破沉默，环视半圈，问："你一个人住？"

肖砚说是："有的时候寸头会过来。"

提到这个，方明曦想起来："你那天说的……他是怎么跟你一块的？"

肖砚见她有兴趣，讲给她听。

寸头掉进下水道里之后，被肖砚一个电话送进警局，关了好几天。后来，肖砚就没有碰见过他。再见面是半年后，肖砚放假，那时候寸头改邪归正，已经不和那些混混来往，勤勤恳恳地在工地上搬砖赚钱，晒得黝黑，练出了一身结实肌肉。

肖砚刚好去那个工地找他们的包工头谈事，遇上寸头。寸头认出肖砚，别扭地横挑鼻子竖挑眼，没给他好脸色。

那次两人没说上话。

当天晚上在夜宵摊上，寸头被人诬赖偷钱，怎么说都说不清。他面红耳赤地跟人吵架，眼睛都气得充血，差点被围起来打一顿。是肖砚给他解围，给他做证，还替他赔了五十块钱，赔偿他气急踹坏的一摞塑料凳。

打那之后，寸头就黏上肖砚，从包工头那儿要了他的联系方式，隔天给他打电话，一张口就问："哥，你身边缺人不？我什么都能干，你带上我呗！"

肖砚跟他说过很多次，自己是当兵的，寸头每回"哦"完，隔几天照旧打来。

之后，每当肖砚和邓扬他哥放假回去，寸头就会来找他们。直到邓扬他哥出任务去世，肖砚退役，寸头辞了工作，彻底跟在肖砚身边。

方明曦听得津津有味，感慨："这听起来确实像是寸头干得出来的事。"

他的莽撞、粗神经有目共睹，但最大的优点是心眼实。

"是啊。"气氛因寸头莫名变得松快，肖砚弯了弯唇，恰好厨房里电饭锅嘀的一声跳响提示，他进去盛饭。

方明曦胃口不大，半个小时不到，两人搁下碗筷。

外头的雨差不多快停了，雨势已小，稍坐一会儿，肖砚送方明曦回家。

雨天开车比平时慢，坐在车里，隐约也能听到车轮碾过小水洼的声音。

一路上两人随意聊着，你一言我一语，车内氛围倒是极符合雨夜。

开到目的地，下车前，方明曦忽地道：“那道菜本来不是那样的……下回有机会，我给你尝尝它原本的味道。”

肖砚见她还惦记这个失误，失笑：“这么在意，是你的拿手菜？”

方明曦解开安全带，低头抿了下嘴角：“不是啊。”

开车门前，她侧眸朝他看了一眼。

她说：“只是我想和你有再见的机会。想有下回。”

在东成酒楼里推销现榨果汁的短期工作结束，方明曦迎来期末考试。这对她来说没有太大难度，她一向都不需要担心挂科之类的问题，而周娣因为考前被她抓着复习，难得也轻松了一次。

考完是下午，时间还早，方明曦回家吃了个晚饭。金落霞的工作很顺利，夜宵摊出得也少了。她们许久没有一起在家吃饭，金落霞煮了好几个方明曦喜欢吃的菜。

锅里炖着汤，香味盈满小厅，方明曦把火调小，上楼换了身舒服的衣裳。

下来一看，汤锅前没人，金落霞在里屋，坐在电视柜边数着什么。

方明曦进去：“你在看什么？”

金落霞闻声转身，手里是记账的小本子，她脸上露出点期待的笑容，说：“要不了多久，我们欠的钱就能还清了。”

方明曦问：“还差多少？”

金落霞把本子给她看，道：“只差四千多，就还完了。”

从方明曦记事起，她们家就欠着债，十几年的负累，犹如压在胸口的大石，不可谓不沉重。方明曦合上本子：“我攒了一千五，要不你先拿去……”

金落霞一愣：“你哪儿来的一千五？”

方明曦顿了顿，说：“我前段时间到朋友家开的店里做兼职，赚的。”

她打工挣自己的开销，就不用管金落霞要钱，每次金落霞问她生活费够不够，她就说上次给的钱还没用完，多少能减轻金落霞的负担。

但是怕金落霞担心，这些她从来都不敢过明路。

“你朋友？”金落霞追问，“你朋友家开的什么店？”

“就是卖饰品的店。”

“真的？”

“真的。”

金落霞再三确认，方明曦都是同样说辞，如此她才放下心来。

只是说完，金落霞不免又要叮嘱：“你把心思放在读书上，别的不要管。”她不肯要方明曦的钱，“既然存下了就留着，要么给自己买几件好看的衣服，知道吗？”

方明曦说“老师跟我说了，这次校庆晚会，会发几份优秀学生奖学金。我有一份。等我拿到钱，你就拿去还了。”

金落霞一听，先是愣住，再是高兴，而后又要拒绝。方明曦抢在她开口前说道：“没什么我的不我的，都是我们的。”

这一茬揭过，金落霞兴许是心里愧疚，又犯了唠叨毛病，桌边就听她一个人讲话。

“要多吃蔬菜！”

“吃饭的时候，不要喝水……”

“哎，汤别拌饭，对胃不好！”

方明曦拿她没办法，只得连连点头。

三十周年校庆当晚，方明曦少见地打扮了一回。因为想穿得正式些，她特地拜托周娣帮她借了一身黑西装，配一双小矮跟。周娣还摁着她，给她化了一层薄妆。

很久没有碰见立大的人，他们也没有再来找她的麻烦，期末考试很顺利，拿了奖学金以后就能还清家里欠的最后一笔债。

所有的一切都在向着好的方向发展。

方明曦上台领奖，致辞时比以往多说了好长一段。下来后，周娣抱着她，忍不住连声恭喜。

晚会结束，方明曦收到肖砚发来的消息。他最近很忙，自从上一次在他家里吃过饭之后，他们有段时间没有见面了。他问得直截了当：“想吃夜宵吗？”

方明曦看着短信笑笑，回他：“不想吃。”

发送过去，没等他回什么，她又追加一句：“但是我可以请你吃点别的。”

校门口都是晚会结束后出入的同学，方明曦便和肖砚约在一条街外的一家店门口见。她步行过去只用几分钟，比他更早到。

寒风凛冽，方明曦的脸颊却被吹出热意。

将车开到她说的位置，从车上下来便见她等在路边，肖砚顿了一瞬间。

一身黑西装束出她的腰身臀线，她安安静静站在那儿，抬手撩起被无聊夜风吹乱的脸侧发丝，她的眼角眉梢，都是往日所不曾见的温和喜悦。

绮艳容颜，青涩风情，矛盾又和谐地融为一体。

肖砚敛神走近她，没等他问，她先开口：“我拿到奖学金了！”

“恭喜。”他道，“很高兴？”

“对。虽然不是第一次，但还是很高兴。”她不吝笑容，第一次在他面前大方弯唇。

“今天是我们学校建校三十周年，办了个晚会。不过都不好玩，没有人找我跳舞。”方明曦耸肩，朝他伸手，“你要不要邀我跳一支？”

这不是个恰当的地点，她的玩笑话也并非认真，肖砚却鬼使神差地，迎合着伸手去牵她。

没能触碰到，她把手收回去，笑道：“骗你的，晚会没有这个环节，我也压根不会跳！”

肖砚淡定地把手放回兜里，问：“你说要请我吃别的，吃什么？”

方明曦今天是真的很高兴，冲他挤眼：“去了你就知道了。”

大晚上的糖水摊，尤其在这个季节，生意无比冷清，总共也就方明曦他们一桌。摊主是个上了年纪的老爷爷，身子骨挺硬朗，在这条路上摆摊已经摆了十多年。

两份糖水上桌，方明曦和摊主道谢，对肖砚说：“我来瑞城的第一年就吃过这里的糖水，后来每回有空就会来，尤其是夏天。”

“嗯。”肖砚不嫌她“寒碜”，坐在对面静静听她说话，一勺一勺慢慢品尝。

吃完糖水又开了两罐水果罐头，方明曦吃到牙齿打战才停下。两人沿着马路散步，方明曦的情绪终于稍稍回落，沉淀下来。她道：“谢谢你今晚一直听我废话。”

肖砚说：“很少看你这么高兴。”

脚下踩过细砂，声响轻轻。方明曦转而和肖砚聊起他工作的事，大多是关于她去过两次的那个基地。肖砚给她讲队里的规定：

“每天早上五点训练，中午有两个小时休息，包括吃饭时间。

“不可以迟到，也不可以早退，训练不达标就加训。

“不分寒暑，每周一天假……”

走过缺了一块的地面，鞋底和沙砾的摩擦声特别明显。方明曦停下脚步，正好站在路灯旁，光线直直落下来，将那一小块照得尤其明亮。肖砚侧头：“怎么？”

“你们队里有没有别的什么规定？”她的话没头没脑。

肖砚不解，等她的下文。她垂下眼，而后抬眸，认真直视他。

“比如，朋友的弟弟追过的女人不能亲……之类的。”

空气安静一秒，肖砚微滞。方明曦靠近他，踮起脚，唇瓣落在他的嘴角。很轻的一下触碰，转瞬即逝，时间又仿佛被无限拉长。

脚跟放平，她站定，夜风吹得她的脸泛起浅薄的红。

“我就当你回答的是，‘没有’。”

方明曦先转过身，她走在肖砚前头，和他之间相距一步半。

后半段路，谁都没再提会让空气变得黏稠的话题。

这一晚，方明曦睡得很好。

期末考试结束，瑞城本地的学生已经开始收拾东西，准备回家，方明曦亦是其中一员。

和肖砚再见是隔天中午，方明曦在宿舍整理东西，周娣给她搭手，其余几个舍友如常出去聚会，不见踪影。她接到肖砚电话，他在她学校外街尾的咖啡店等她。

肖砚点了一杯黑咖啡，方明曦到的时候，咖啡飘着袅袅热气，尚未动过一口。肖砚另给她点了杯牛奶。服务员的托盘只在桌沿旁搭了点边儿，手持杯身下半段，将圆径口杯底座轻放在桌上：“您的牛奶，单齐了。”

方明曦看向肖砚，他的坐姿一如既往的端正，让人总怀疑他背脊里是不是嵌了根钢筋，永远没有一丝松懈的时刻。她垂下眼，视线停在桌子中央，唇边隐约勾起一点弧度：“你特地跑来一趟，就是为了给我这个？”桌上躺着一根黑色的皮筋。

肖砚倒是一本正经，道：“你昨天落在我车上。”

方明曦不束发的时候，皮筋大多戴在手上。昨晚他送她回来，她在副驾驶座上小憩，头发被风吹乱，她用皮筋绑起，后来松松落落滑到发尾，没留神落在座位上。

方明曦拿起皮筋，戴在手上。肖砚问：“这个学期结束了？”

“结束了。”方明曦说，“宿舍楼里的人都在收拾东西。”

“你回家吗？”

“回，刚刚在收拾东西，不过冬天的东西厚，可能要两三次才能搬完。”她说。

肖砚注视她，问：“寒假有什么打算？”

“过年啊。”方明曦笑了，“还有……大概会去打工。”

“你明年打算参加专升本考试？”

她点头：“对。”

他沉下嗓音：“我最近有点忙，可能没什么时间出来。”

方明曦挑眉。

“有什么能帮忙的，可以打电话给我。”肖砚脸上的表情变得认真起来，他叫她的名字，“方明曦，你记得，向人求助并不是什么丢脸的事。”

“——OK，OK。”方明曦无奈耸肩，“我知道了，有事我一定找你，拜托不要再说教了，老师。”

身旁有人走动，桌上的两杯热饮，白雾越飘越淡。方明曦答完安静几秒，右手食指指尖轻点桌面，忽地问：“没事也可以找你吗？”她抬眼觑他。

半秒不到，她蓦地又阖下眼皮，笑着掩饰：“啊呀，说笑的。”

肖砚未言。方明曦敛了敛坐姿，瞥他面前的咖啡，换话题“不喜欢吗？一口都不喝。”

肖砚端起杯子，抿了两口。

“加多了糖。”他品尝完，眼神扫向她的嘴唇，视线似有若无，“……

太甜。”

方明曦和肖砚在咖啡店见面，不巧被周娣撞见。周娣不是不通世故的小丫头，没有当面凑过去，等回宿舍后才找方明曦问情况。

“那个人是谁？”周娣凑到方明曦跟前，脸上写满八卦。

方明曦避开她，到柜边给自己倒了杯水：“邓扬他哥的朋友。”

“……邓扬他哥的朋友？！”周娣愣了，脑袋里电光石火想起什么，“就是、就是很久之前那回我们吃鱼碰上邓扬，他们聊的那个？不是亲哥胜似亲哥的那位？”她还追着方明曦问过他长得好不好看。

今天亲眼一见，好看归好看，但这一出她有点难以消化。

方明曦说：“对。”

周娣差点咬到舌头：“你怎么跟他搞在一起的？”

方明曦扭头看过来，周娣回神打嘴巴：“错了，是怎么会扯上关系？”

“认识。”方明曦转回身去喝水。

“然后？”

“然后就这样。”

周娣忍不住问：“你们现在是什么关系？在一起了？”她从没见方明曦跟学校里哪个男生走得近，勉强算起来，就只有邓扬一个接触还算多。

“没有。”方明曦说，“接触中的关系。”

惊讶稍缓，但周娣还是接受不了，哑然半晌，她说话都结巴了：“怎么……你们怎么……”她纠结不已，“邓扬他哥的朋友，你怎么会跟他们……他们那群人都很那个，你忘了之前他们给你乱吃东西啦？！”

方明曦喝完水，旋上水壶盖儿，说：“不太一样。”

“有什么不一样？”

“邓扬是邓扬，他是他。”

周娣皱眉：“哪儿不一样，看起来就不是好惹的……不过就是一个老练点，一个没那么成熟。你都看不上邓扬，怎么又跟这个扯上关系了……”

方明曦忽然转身：“去年那个学长，你还记得吗？你跟他表白三次，喜欢了很久的那个高一级的男生。”

这么一说，周娣想起来了：“记得。”

“你说喜欢他高、白、瘦，笑起来好看，但后来那个追你的男生也高、白、瘦，笑起来不丑，你为什么不答应？”

“那哪儿一样！”周娣急了，“他和学长不一……”后面的话湮没在喉咙里。

方明曦站着，冲她笑。周娣霎时哑然，说不出话来。方明曦不再和她继续谈这个，将上午收拾好的一箱子衣服拉出来。

周娣问：“你现在就回家？”

“对。”一切收拾妥当，方明曦拉着箱子出门，“我走了。剩下的明天再回来收拾，你一个人在宿舍注意点。”她下午要去面试寒假工，已经拒绝了陪周娣逛街的要求。

周娣坐在床铺上，目送她出门。方明曦的书桌上还有几本没收拾的书，底下压着几样东西，一张是校外英语培训班的广告，占据大半版面的几个字——“三节免费课程”——硕大通红，她说寒假有空或许会去上课，还有一张市立图书馆的会员卡，她一直舍不得办的，这次终于办了一个季度。

安排丰富，相比之下周娣过得无聊透顶。方明曦离开宿舍后，无人陪伴的下午她便是在百无聊赖中度过的。

周娣泡了桶泡面填饱肚子，钻进被窝后又睡了一觉。发给方明曦的废话短信没有收到回复，她睡得头晕，混混沌沌打开手机上网。

惯例刷了一通校内同学圈里的动态，无非都是一些分享日常的内容。

放寒假，各种局组得热络。

刷过唱K的、打保龄球的，还有买化妆品的，看到一张在某家特色酒楼包厢里拍的照片，配文说：“这家的各种煲味道都不错，中午吃过，今晚大伙还是这儿！”

周娣扫一眼名字，见是唐隔玉那一群人里的一个男生，撇撇嘴，继续看下一条动态。

方明曦回家，将奖学金交到金落霞手里。两人坐着数了几遍，金落霞的叹息声从头至尾就没停过。怅然，感慨，更多的是为即将卸下重担而轻松。

金落霞把钱锁进平时放钱的盒子里，拾掇一番又要出门。方明曦问：

"去哪儿？"

"去店里。我上午请了半天假，另一个做卫生的阿姨中午忙得半死，刚刚打电话来抱怨了半天。前两天店里有几条线路老化，请人来修还没修好，那师傅爽约，老板正不高兴，这几天脾气可大，晚上我得早点去！"金落霞说。

"上午请假干什么？"

"快过年了，家里不得提前把卫生搞一搞，擦窗子什么的，不然后头来不及……"

方明曦皱眉："我放假不是可以帮忙，你一个人急什么。"

金落霞摆手："哎呀，来不及了，再说吧！你晚上自己煮东西吃，别忘了啊。"

方明曦应好，扭头一看，金落霞拎着小包走了出去。

时值下午三点，天光大好，煦日昭昭。

她看着金落霞走进那片白光里。刺眼光芒白到极致，又变成一刹那的黑。

方明曦愣了一下，甩头撇去片刻的眼花，混沌视线恢复清明。方明曦想叫住她，没能张口，她已经挎着包远去。

方明曦找的寒假短工是饰品店销售，倒正好合了先前对金落霞的那番说辞。老板名下不止一家店，约好和方明曦六点见面，因临时有事来迟，方明曦等了她将近一个小时。

两人在店后小会客室里说话，期间前头店面又总是有这样那样的事情，老板来来回回，一个面试弄到九点才结束。方明曦毫无不耐烦的态度让老板心生好感，工资和待遇全都一次性拍板决定，念她勤工俭学，又给加了两百块。

走出商店，方明曦拿出手机，周娣的废话短信之前回了一条，后面几句没再理会，心情好，当下又回复她一句。

顿了顿，方明曦点开肖砚的号码，给他也发去一句："寒假兼职搞定了。"

手机大概不在他身边，等了三分钟没动静，方明曦耸肩，给金落霞打电话。

这个点，她差不多快下班了。

“嘟——”

“嘟——”

“嘟——”

闷长的忙音一声接一声，而后是冰冷的机械女声：“对不起，您拨打的用户已关机，请稍后再拨。”

将手机从耳旁拿开，方明曦皱了皱眉。

“嗡——”

几乎是下一秒，手机突然振动，她手一抖差点把手机摔地上。

一个陌生号码。

方明曦接通，略迟疑：“喂？”

那头的男声低沉而稍显刻板：“您好——”

城市被笼罩在巨大的天幕之下，她站在车水马龙的路边，毫无征兆，这一刻，世界像是一个夸张而又充满恶意的马戏团。

她身处其中，茫然不知所措。

沙砾的悲鸣刺穿她的耳膜。

“——请问是金落霞女士的亲属吗？我们是西城公安局，请您到攀英路423号‘聚闲鲜味煲’饭庄来一趟。现场有一具烧毁的女尸，我们需要您来辨认一下。”

……

2012年1月17日，寒假第二天，春节未至，瑞城城西护溪大道攀英路上发生一场火灾。

受伤十六人，死亡一人。

第五章

再也不会回来了

大火过后的浓烟弥久不散，飘满半条街区，呛鼻的焦煳味儿罩住咳嗽声和受惊的低泣，不论自主逃生或被救出的客人，皆是一副劫后余生的模样。

救护车将伤者送往医院，三辆消防车停在路边，灭火救人工作完成，消防员有序善后，卷起用过的水管，将一应救火器具归置好。

整条街的店家和逛街人群几乎全围在道旁，疏散工作难见成效。

方明曦脚步凝滞，踩着人群中的议论和感叹走进事故现场外围。

满眼是烟，烧得漆黑的店门，招牌只剩铁丝框架，旁边几家店铺的外墙也受了波及，全是一道道黑色的烟熏痕迹，深重程度由近到远依次减轻。

负责火灾事故的警察带方明曦去认遗体。

靠近担架的时候，方明曦摔了一跤跪倒在地，手撑地面站起，掌心里都是灰。

警察说："火势过于猛烈，消防员把她救出来的时候已经没有生命迹象，初步检查死因是肺部吸入过多浓烟，身上多处被烧伤，面容也有三分之二的毁坏……"

金落霞的眼睛很漂亮，眼尾弧度，比方明曦的眼睛还要好看。

一双眼睛，只剩一只眼皮是没被烧毁的完整状态。

方明曦浑身僵硬，对着担架上揭开白布后的遗体，呆怔半晌。嗡响耳鸣一阵高一阵低，利爪般抓在她耳膜上。她摇头，往后退："不是……"

警察停了记录的笔，看她："方小姐？"

"不是这里……我来错了……"她瞠着双眼，通红的眼里一片空洞，忽然魔怔，"我来错了，不是这里……是433号，或者443……一定不是这里……"

她手抖得厉害，情绪十分不稳定，旁边几个维护现场的警察见状，一位女警上来搀住她手臂。"小姐，你的心情我们能理解，请你冷静一点——"

方明曦被握住手臂，不再后退，看着女警同志的脸愣怔良久，忽然质问："为什么是她？"指尖指向不远处陆续上救护车的客人，眼睛红得沁血，声音因激动变得尖厉，"为什么他们都逃出来了，就她一个人躺在这儿？为什么？！为什么啊——"

对方只好更用力地抓住她，迭声宽慰让她镇定。

有人过来和记录的警察说话："已经可以初步确定事故原因。"

大多数火灾事故鉴定需要一到两个月报告才能出来，这回店里服务员和客人救出来后，简单问过一圈便有不少直接道明问题所在。"据店里员工叙述称是店内电线老化引起的，先冒火花，后来起火，着火的起点在店里比较偏的角落，所以没能及时发现。"

来人见家属在，便对方明曦道："火灾发生后有一部分逃出来，另外一小部分在消防员的协助下也逃出火场。只有……"他向白布看了一眼，"只有金女士，事发时她在地下储物间，没能及时获救。"

风从脚下吹过，一股浓浓的焦煳味。沉夜凄寒，方明曦呼吸起伏剧烈，脑海里一片糨糊，无法思考一个字。

有个披着外衣的妇女在救护车那处等候上车，朝方明曦这边看了许久，最终走了过来。

“我想跟她说两句话，我是她妈妈的朋友……”妇女对阻拦的人员道。

方明曦站着没动，她走到方明曦面前，头发上沾染了不少灰，四十多岁的年纪，逃过一劫，看着刹那间又似老了些。

“你是落霞的女儿吧？我们一起干活的时候，她跟我说过你很多次……”妇女眼圈泛红，触及担架上的遗体，不忍看，迅速移开，“店里太忙，她说去拿拖把很久没回来，平时两下子就好，太忙大家都没注意……如果我知道后来会发生这种事，我一定会去叫她上来……”

妇女捂着嘴哭，絮絮叨叨说了很多话。而方明曦一动不动，没说半个字，像座石化的雕像。

死者是金落霞这一点确定。责任追究等后续程序暂时按下不表，当务之急是遗体处理。警局给予帮助，帮忙联系了市医院，借用太平间暂时停放一晚，天亮后联系了殡仪馆，派人把尸体运走。

肖砚接到电话赶到殡仪馆时，方明曦蹲在会计办公室前的坪地上。

她在医院待了一整晚，坐在走廊的长凳上，通宵没有阖眼，七点钟不到便跟着赶来的殡仪馆员工离开。现在眼里全是血丝，她颓然得没有半点精气神，和这位于城郊殡仪馆周围的一片丛木一样死气沉沉。

肖砚朝她靠近，方明曦听到脚步声，抬头看他，眼里没有半点光彩。

“梁叔出差了，电话打不通，我打了一晚都没人接。”她声音沙哑，“刘姐答应借两千块钱给我，让我一会儿过去拿。”

她喉咙哽咽，有几秒的停顿，看得出很努力地在将翻涌的东西压下去。

“最便宜的墓地一万二，加上火化、骨灰盒、遗像、殡仪车……全部费用要一万五。我自己有六千，还是不够。”

“遗体已经烧毁，冰棺不能放太久。”她低下头，脸朝向地面，闭眼掩饰眼眶湿润，“……能不能借点钱给我？”

她的头发从两侧垂落，肖砚看着她的发顶，喉咙忽然有点堵。

风飒飒吹响冬日枝丫上的暗沉枝叶，坪地上停着几辆空置的殡仪车，不远处的火化区，有等候尸体火化的家属在小路旁烧纸质冥具，袅袅白烟飘摇升空，隔着一段距离，仿佛也能闻到凄清的烟尘味。

几十个小时前，她站在路边等他，对他笑得难得明媚，浑身洋溢着喜气告诉他“我拿到奖学金了”。那个时候即使不说也能察觉到，她对未来和明天充满期待。

不过转眼，她蹲在殡仪馆的坪地前，双肩被噩运和重担压塌。

肖砚想起不久前他才跟方明曦说，向别人求助不是什么丢脸的事情。可是当她真的以这副姿态，手足无措请求他帮助的时候，他忽然宁可她仍是那副昂起头颅死守倔强，永远都不向现实低头的样子。

“你站起来。”肖砚看着她，“站起来，我陪你去缴费。”

方明曦抬手捂住脸，缓了缓，深吸一口气慢慢站起身。

通宵没有休息，再加上滴水未进，她头晕晃了晃，肖砚伸手扶住她。

“谢谢。”她没什么力气，轻声道。

肖砚拉住她没让她走，眉头深锁：“你昨晚没休息？”

她不想说话，摇头。

肖砚凝眸睇她，半晌拉住她手腕：“你跟我来。”

寸头被肖砚一通电话从基地叫出来，买了五六样早餐，有粥、肉包、馒头，还有油炸食物，火急火燎送到殡仪馆。

肖砚到会计室确定一应事宜和流程，缴完费让寸头跟工作人员去墓园挑墓地位置。

方明曦在会计室旁的休息间吃早餐。

肖砚进门，把发票递给她。她面前的早餐没动多少，手里拿着个馒头，从他出去到回来，吃了半天只缺了一小块。

“……谢谢。”方明曦接过发票，装进口袋，“下个学期结束前，我会尽快还你。”

刘姐的钱不必再借，他把所有费用一齐交了，只还他一个人就行。

肖砚无所谓：“随你，还多久都行。”

他坐在她身旁陪她吃早饭，方明曦精神萎靡，眼睛有些肿。她把早餐推到他面前：“这么早打电话给你，对不起。”

“早上五点训练。”他说，“我吃过了，不用。”而后无话。

方明曦实在没什么说话的心情，胃口也平平，不过是勉强自己，强撑着塞进肚子里。

这种时候任何安慰都显得无力，肖砚向来不会安慰人，干脆陪着一起沉默，无言看着她眼睛红了又干、干了又红，就是忍住不掉泪。

走廊上偶尔有人来往，都是逝者的亲属，到会计室跟殡仪馆负责人谈费用问题。

偶尔有争吵声，亲属间为了谁出多少钱争执，一边数自己往日怎么劳心劳力，一边骂对方占了多少好处。声音从隔壁传过来，吵吵嚷嚷。

也有真的伤心的人，说着说着哭了，哭到一半停住，又继续谈价格。

所有人都知道，伤心只是暂时的。死者闭眼就此长眠，生者明日还会继续。

墓园离得不远，寸头跟工作人员去看位置，照肖砚说的选了一个不太偏的墓地，回来简单转述一遍。

肖砚点头，又道："你去一趟寿衣店，买该买的东西。"

"我去吧……"方明曦要起身，被肖砚打断："你在这儿，让他去办。"

寸头点头如捣蒜："对对，我去就行，你好好休息。"说罢不给她开口的机会，飞快走人。

方明曦闷闷坐回凳子上，晦暗脸色并未好转。

没多久，隔壁传来一家人的争吵，兄弟妯娌几个，为给老人买多少钱的墓地而争执。

方明曦咬着馒头，在那一声声争执中眼圈泛红。豆大的眼泪坚守不住，一颗颗掉下来，流进嘴里，咸甜交织偏偏让人觉得满嘴苦味。

她语无伦次地哭："一个最便宜的墓地……我连给她一个最便宜的……都买不起……"

她呜咽咬掉一口馒头，嚼不动，咽不下，泪淌了满脸，张着嘴哭得喘不上气，像个不顾形象的小孩。

她从来没有这样崩溃过。

肖砚抬手将她揽进怀里，喉咙像是被烟烫了一下，又干又涩。

他的怀抱坚实，挡住大半天光、所有尘嚣，任她极尽失态也不用担心被谁发现。

"她没告诉我……出门的时候……她没告诉我，她再也不回来了……"方明曦闭上眼，忍不住哭湿他的外套。

肖砚无言，大掌轻轻抚上她的发顶。

金落霞的遗体烧了将近一个小时，守炉的师傅将骨灰装殓，盛放进蓝底白色祥云纹骨灰盒里。方明曦手臂上用扣针别着寸头买来的黑纱，抱着骨灰盒，坐肖砚的车从殡仪馆离开。

墓园选定位置，石料现做，至少需要一天工夫才能完工。方明曦住的地方是租来的房子，房东决不会允许她将骨灰带回去停灵。肖砚让寸头联系好灵堂，从殡仪馆的小路出来，直接往那儿开。

灵堂内一切都布置好，挽联悬挂于供台两侧，桌脚前一排白色祭花，一盏油灯火光跳跃。

方明曦将骨灰盒放上供桌，屈膝在蒲团上跪下。

肖砚站在灵堂门口，并未入内打搅她。没人说话，寸头端了张凳子给他坐，而后到院子角落接了通电话，出去一趟再回来，取来金落霞的遗像。

寸头把遗像抱进去，还没放上桌，跪着一动不动的方明曦有了反应，她朝他伸出两手："我来。"

寸头无声地将相框递给她。

灵堂寂静，谧然无声将一切细小动静昭显放大，跳动的烛火仿佛也有了确切声音。

方明曦跪了很久，日头渐渐下落，缀在天际尾端，她一声不吭，成了蒲团上的一根木桩。

寸头先撑不住，他倒还好，来回几趟办事途中趁空填饱肚子，方明曦和肖砚两人除了早餐，中午都没进食。

眼见时间已近傍晚，寸头小声和肖砚说话："你中午没吃东西，我去买点回来……"

肖砚还未张嘴，寸头指指里面道："她这样也受不了啊，等会儿晕了怎么办？"

喉咙里的话拐了道弯，肖砚颔首："去吧。"

寸头应声出门。肖砚岿然坐着，看向昏暗灵堂里的那道背影。她跪得笔直，纹丝不动。

她们母女在瑞城大概没有什么朋友，守灵这一天，凄凄清清，没有一个吊唁的亲朋好友。或许除了那些身在医院的共事过的酒楼员工，旁人连她的死讯也未必得知，即使知晓，至多不过一句感叹，再无其他。

四十分钟后，寸头打包几个菜回来。灵堂旁有间供人休息的小屋，肖砚让他在里面摆了食桌。

“吃了？”

“吃了。”

如此，肖砚瞥一眼手机：“老关刚刚打电话给我，你给他回个电话，然后开车回队里安排一下。”

“那砚哥你一个人……”

肖砚一脸平淡，他向来是不需要别人费心的人，寸头收了多余的担忧，动身：“行，我这就回去，晚点电话联系。”

寸头去取车，引擎轰鸣声很快远离。

肖砚步入灵堂内，行至方明曦身边：“起来吃点东西。”

“我没胃口。”

肖砚看向遗像，方明曦挑的照片是金落霞年轻时拍的，妇人的面容亲切，笑起来很温婉。

“你如果晕倒在这儿，她想必也不会开心。”他说。

她一天没吃东西，他同样也是，方明曦默然几秒，屈腿站起。肖砚扶她，她跪得太久膝盖打战，借着他的胳膊撑起，缓了半天才站稳。

侧屋中央摆了一张低矮食桌，方明曦和肖砚面对面盘腿坐下。

无言进食，室内只有细微的咀嚼声。

方明曦实在没什么胃口，动了几筷子就放下。肖砚也停筷，谁都无话。

时间嘀嗒流淌，食物热气飘起白烟。不知过了多久，方明曦沉沉舒出一口气。

“有的时候我真的搞不懂她。”方明曦垂着眼，视线停在汤面上，双眼空洞无神，“这么多年我不知道她图什么。”

她声音干哑，一整天没喝水，并未因喝了几口汤有所好转。

肖砚没说话，她需要的只是有人聆听她的倾诉。

“她年轻时候很漂亮，可我爸既没钱，又没稳定工作，风里来雨里去讨生活，有今天没明天。就因为我爸帮了她几次救了她几次，她就爱上我爸……如果不是我爸，她可能这辈子会过得不一样。”

方明曦也说不清自己是什么心情。

“我真的觉得她很傻。我生母和我爸青梅竹马，早早有了我，生了我之后受不住苦日子，搭上外地小老板一走了之。她偏偏要凑过来，对我爸好，把我当女儿照顾。

“甚至我爸得病，她也死守着不肯走。”

热气飘进眼里，熏得眼睛发烫。

“化疗吃药要花多少钱，她就两只手，又能挣来多少钱？已经那么苦了，还怕我爸走之后我会进孤儿院，跟我爸领结婚证，陪了我爸最后两年，欠了一身债，还了一辈子……”

方明曦想扯嘴角，怎么也扯不动：“你说，世上怎么会有这么傻的人？”

“这些事情，他们没有瞒着你？”肖砚接话。

“邻居都会议论，大人说闲话从来不会避讳我。”方明曦说，“后来我问她，她也告诉我了。”

方明曦执起筷子，夹了一点菜放进碗里，拨动饭粒：“她为了还债，为了养我，有几年在小酒楼陪人家吃饭，陪一餐几十块。那时候我真的太不懂事，怪她怨她，还和她吵架——”

金落霞差点改嫁，后来方明曦被议婚对象的儿子欺负，闹出惊动学校那一出。

但这件事，怪谁都怪不了金落霞。

金落霞只是想给她好一点的条件，只是希望带着她过得好一点。

方明曦抿起嘴角，弯出弧度，却满是苦涩。

“……世界上所有人都可以不理解她，只有我不可以。”

肖砚面前的米饭也久久未动，他问：“你高考的时候，是不是出了什么事情？”

方明曦抬眸：“你知道？”

“有一次吃夜宵，睿子的朋友带来的女伴认识你。”他实话实说。

“这样啊。”她表情很淡，没有太多情绪，“我不讨人喜欢，读书的时候同学看我不顺眼……那个女伴是叫何巧巧吗？”没等他回答，她继续道，“高中时，何巧巧的男朋友有天放学找我说话，问我晚上去不去喝奶茶，我没理。何巧巧知道以后，就跟我结仇了。

“她们有空就会找我麻烦，不过都是些小打小闹。后来高考，考试第二天她们在路上拦住我。如果不是我反抗，她们估计能打更久。”

那时候觉得痛苦，现在回想起来感觉已经淡化很多，她说得很平静：“我到考场的时候，考试已经开始半个小时。很多家长在外面等他们的小孩，我跟他们一样，都站在外面。”

她硬是在外面游荡到考试结束才回家。回去以后，金落霞给她炖了汤，问前问后，问她发挥得怎么样，题目难不难。她不敢让金落霞知道，喉咙梗着刺，心里闷得慌，衣服上有拍不掉的污渍，借口说是摔跤蹭的。

成绩出来，金落霞险些崩溃，眼都红了，问她：“考试的时候是不是出事了啊？你那天回来衣服那么脏，是不是有谁欺负你？是不是——”

她说不出话。

金落霞难过了好几天，和她商量复读。原本是打算要复读的，只是那个时候钱比较紧，催还钱的人催得急，金落霞第一次硬气不听她的，决定找梁叔借钱。

可惜没能成。

她一直不赞同金落霞跟梁国来往，因为她知道梁国跟别的女人有来往，她在街上看见过，不止一次。和梁国往来的那些，不是死了丈夫寡居的女人就是离婚多年没有再嫁的女人，金落霞不是唯一一个。

可偏偏梁国离婚好多年的老婆找上的却是她们。

金落霞和梁国认识的时候他早就离婚好几年，柿子挑软的捏，他前妻带着七大姑八大姨找上门，骂金落霞骗走自己前夫的钱，将自己过得辛苦全归咎于金落霞。

门外围了一圈邻居，作壁上观，看“不知检点”的狐狸精被别人老婆收拾。

踢打、撕扯，女人打架的招数一样没少。方明曦挡开，推拒，不让她们打金落霞，昏暗的堂屋里全是她的乞求喊声，一声高过一声：

“有话好好说，求你们了！有话好好说……”

“不要动手！为什么打人？！”

“出去！出去啊！”

到最后什么都说不出来，只剩嘶哑凄厉的声音不停地重复：“别打她——别打她——”

她压在金落霞身上，死死地护住。

在梁国赶到之前，糟糕透了的那一天，她一直听着被她护住的金落霞在她身下号哭。好几次，金落霞要翻身抱住她，都被她紧紧摁住。

她没有复读，那个暑假，她们离开住了十多年的家乡，告别一切，搬到她即将读书的瑞城。

她以为会有新的开始。

可是同行的路才走了这么点，现在她们就要分别。

方明曦的筷子快把碗里的饭粒捣烂，她微微用力，捏得指节发白，最后缓慢放开。肖砚没有出声，她亦没有再说话，抬头看向窗外，傍晚即将结束。

“天要黑了。”她看着天色。

肖砚“嗯”了声，方明曦站起身，他问：“去哪儿？”

她没说话，走向灵堂。

灯还没开，灵堂里暗到极致，只有一盏烛火的光芒，其余皆是朦朦胧胧。

方明曦站在灵堂中央，转身看向外面天空。

晚霞烧红天边，天际一侧开始漫上浓重的夜色，另一侧彤云遍布。

金色的霞光倾落，像金落霞的名字。

方明曦走到蒲团前，双膝跪地，向着灵桌上的骨灰和遗像，重重磕了个头。额头和掌心贴在冰凉的地面上，她闭上眼。

今夜之后，一切都将逝去。

日落西山常见面，水流东海不回头。

一路好走。

方明曦和肖砚在灵堂守了一夜，断断续续阖眼小憩，囫囵休息，却没睡上一个整觉。

一大早，运货回来的梁国给方明曦回电，披着晨露赶到灵堂。他急匆匆赶来，进门却又止步在厅中央，四十几岁的男人眼眶通红，好一会儿没说话。

方明曦给他时间，让他在灵前独自待着，他上了三炷香，香灰燃尽，便到出发的时候。

几人坐肖砚的车将骨灰送到墓园，烧的冥制品前一天寸头早就备好，满满三大袋子。一切程序弄完之后，骨灰盒放进墓碑下的石格中，修墓工盖上石板，用水泥将墓封上。

走的时候，修墓工在后面帮他们点燃鞭炮，引线烧着，噼啪炸响。

方明曦沿着墓园台阶向下，行至一半回头看。炮仗炸裂的红色纸皮漫天飞，新砌的墓碑冷冷直立，照片上金落霞面容温柔宁静，底下放着她的骨灰。

从今往后，她将永远在此长眠。

回到市内，肖砚把方明曦和梁国送回她们母女租住的地方。下车分别前，方明曦又一次向肖砚道谢。

“欠你的，我都记着。”她说。

肖砚坐在车内，透过空荡的副驾驶座将视线投递到窗外，她的脸色实在算不上好。

他只“嗯”了声，似应非应，而后驱车离开。

梁国陪方明曦回到简陋的“家”，光线昏暗，腐朽气味和光一起从梁上缝隙透进来。

梁国来过一次，不是不知道这里的环境，这时候却分外难过。他在门前的长板凳上坐下，两手撑在腿上，双肩微微耸起，呼吸深重。透进肺里的仿佛不是空气，不多时就将眼眶催红。

方明曦给他倒了杯水，两人坐在门槛旁说话。

梁国先开口，从她读高中的时候说到现在，一番话里几年时间弹指即逝。

“这趟之后我得年后开春三月才会出去，后面的事情我怕你一个人处理不来，你只管打电话给我。”他缓了情绪道。

商家因线路老化未及时维修导致起火，毕竟是一条人命，要承担的责任逃不了。

方明曦点头，说了声好。没了金落霞，她孑然一人，有很多事情她没有经验，确实不太容易。

梁国问她以后的打算："你妈妈去了，你以后……"

方明曦说："还有半年专科就读完了，新学期我打算考升本考试，继续读。"

梁国听她计划好，过问一些细节，便道："你一个人生计也是问题，钱的方面千万不要客气，缺了就跟我说。"

方明曦点头，心里却并未准备跟他伸手。

上学期交过一学年的学费，考上本科后可以申请助学贷款，剩下的主要是生活费以及还给肖砚的钱。多打几份工，这些一点一点总能挣得来。

大致说了几句，两人起身去屋里收拾金落霞的遗物。按照习俗是要找地方都烧掉的，等到天黑，方明曦和梁国找了个偏僻的地方，在铁盆里一样样烧干净。

东西烧完，梁国也该走了，他有点担心方明曦，问她："要不，你跟叔去吃点东西填填肚子？刚刚随便煮的那点面，怕你晚上会饿。"

方明曦摇头："我没什么胃口，晚饭吃的已经够了。"

她让他宽心，再三保证没事，送他到路口。

夜色浓沉，方明曦原路走回家，行在不平整的小路上。

周围邻居早早关门，窗里透出暖洋洋灯光，各家各户飘出饭菜香气。

她走到家门口，停住脚，定定看了许久。屋里漆黑，两个窗子黑乎乎没有半点光。

以往，不论家里多破多旧，外头是风是雨，回来总有口热饭可吃，还有一个人在等她。

从这个冬天开始，再也没有一盏灯，会是为她亮起的了。

方明曦在门前垂下头，食指指节蹭了蹭酸涩的鼻尖。

长呼一口气，她提步向前，推开门迈步走进去。

失火造成人员伤亡的事情上了瑞城晚报，学校里几个教过方明曦的老师得知情况，都打了电话联系她。风吹到哪儿，消息就走到哪儿。没多久，学校里一些晚离校或是少数不打算回家过年的留校生，都听说了消息。

周娣也是其中一个。此时，她正吃着曲奇小饼干，和一帮女生说话，手一僵差点把热水杯子摔在自己身上。

“你没事吧？”最先听到消息的女生见她失态，问道。

“没事。”周娣放下水和饼干，不确定地再次追问，“你刚刚说什么？”

“我说的是前几天那场火，护溪大道那边一家叫什么聚什么鲜味煲的店，火烧得很大，我看新闻看到的，特别吓人……”女生满脸戚戚，“虽然我一直觉得方明曦她有点那个，不太好相处，但是这也太惨了……活活被火烧死啊……”

围在一块的几个女生感叹：“是啊，听说店里那么多人全部逃出来了，就死了她妈妈一个，太倒霉了。”

“好像是着火的时候她妈妈在地下室里没逃出来……唉，换作我肯定受不了……”女生意识到说了晦气话，连忙打嘴巴，“呸呸呸！我乱说的！乱说乱说！”

有人想起周娣和方明曦走得近，问她：“对了，你跟方明曦不是关系挺好吗，你们有联系吗？有问这事儿吗？”

周娣愣怔片刻，脑子缓不过来。一群人等她说话，她没半点反应。问话的人在她面前挥手，她猛地回神，脑子忽地闪过什么，瞪着眼问：“你们说，哪家店着火了？”

女生被问愣了，顿了顿道：“好像是叫什么，聚……聚闲……哦对，聚闲鲜味煲，新闻里有说。怎么了？”

周娣愣愣出神。

聚闲……

聚闲鲜味煲……

灵光一现，脑子里闪过火花，她噌地站起身。

几个人吓了一跳：“你怎么了？”

周娣眉头拧起，丢下一句：“我有点事，你们聊。”言毕，冲出她们宿舍。

聚闲鲜味煲！

那天，她刷校内时，唐隔玉那群狐朋狗友里有一个人发的照片，就是在一家店的包厢里，背景中桌上的菜单推荐立牌上就有“聚闲”两个字！那是家以各种煲出名的店，他们说晚上还要去。

周娣从别人宿舍跑出来，冲进自己的宿舍，从枕头下摸出手机，火急火燎去翻那天的校内动态。

太巧了，怎么会这么巧——

说不出缘由，她就是有种怪异的感觉。

找到那个人的账号，点进主页翻了很久很久，却没翻到那条动态。周娣一愣，自己记错了？

不对，明明那天她偷偷关注的那群人里，有好些个都在照片下回复，还有人转载动态，都说“这家店确实好吃”“晚上再聚”什么的。

周娣仔细回想转载的那几人都是谁，挨个点进他们的主页去看。

结果都没有。

她来来回回确认，发现不仅那一条动态在他们的社交圈子里消失，去聚闲鲜味煲聚餐像是没有发生过一样，发照片的那个人，更是连那一天前后好几条动态都删掉了，主页只剩一些无意义的内容。

为什么？为什么呢？

心怦怦跳，周娣想不明白，是因为他们也经历了那场火灾，心里有阴影，所以把相关内容删除了？

可这几天，那群人没有一个人发动态。

周娣偷偷关注他们很久，知道他们向来喜欢被注意，屁点大的事情也要发出来。发照片的那个男生就是，他曾经有一回开车出车祸，撞断了腿，躺在医院也没忘拍照发在个人主页上，一副“大难不死老子最牛”的语气，全然不觉得后怕。

如果他们当晚在聚闲，逃过这场惊动全城的火灾，照他们的脾性，不可能没有人出来嘚瑟博眼球。

可就是没有一个人提及只言片语，安静得仿佛“聚闲鲜味煲”这几个字，和他们没有半点关系。

周娣握着手机，深呼吸几回。

她稳住自己，点开联系人里方明曦的名字，拨通号码。

周娣和方明曦见面是在下午四点，两个人在奶茶店碰面，聊了一个小时。从奶茶店出来后就分开，周娣把该说的全都告诉了方明曦，回学校的一路却始终无法放心。

事情可能不简单，她惴惴不安回到宿舍，吃不下饭，想问问方明曦此刻在哪儿，又给方明曦打电话。嘟声一道接一道，响了十多秒始终没人接听。

她挂断，再拨一次结果还是一样。

周娣有点急，捧着手机在宿舍来回踱步，不停地给方明曦打电话，都是忙音。

天黑下来，外头冷空气肆虐，冬天的萧瑟比还未到来的春节年味更浓重。

周娣担心方明曦出事，裹上大衣又出了学校。

周娣去过方明曦家，全校这么多人，方明曦只跟她一个人走得近。别人受不了方明曦，周娣却觉得方明曦只不过是不善交际显得不太好亲近，真的相处下来，反倒比满肚子花花肠子的人好得多。

方明曦这人看着冷面冷心，对朋友也像是少有好颜色，可周娣知道这个人不是石头。就方明曦家租住的那个环境，那么破旧糟糕，家里条件那么差，当初她缠着说要去，方明曦也没有藏着掖着，到底还是遂她的意，大大方方带她去看了的。

周娣满脑子思绪纷杂，一时有些后悔先前和方明曦说的那番话。将事情和唐隔玉等人扯上关系，不知会不会害了方明曦。她急得出了校门就打车，哪一路公交车都等不及。

到方明曦家一看，门紧闭着，敲门半天没有人应，里面静悄悄毫无动静。

没有人在家。周娣拿出手机又给方明曦打电话，还是没有人接。

她急得像热锅上的蚂蚁一般，从小路跑出去。

她到路边刚要拦出租车，斜前方不远处停了辆车，两个高大的男人下来。

是那个和方明曦在校外咖啡店见面被她碰见的男人。周娣一眼看去愣了愣，见他们往方明曦家的方向走，犹豫几秒，跑过去。“请等一下——”

两个男人闻声看来，他们回头的刹那，周娣和那个略高一些的男人对上视线，下意识缩了缩肩膀。

好像是叫肖砚来着。

周娣咽咽喉咙：“你们……你们是来找方明曦的吗？”

两个人的视线集中在她身上，她顶着压力道：“你们有没有打她的电话，能不能打通？”

……

肖砚和寸头确实是来找方明曦的。

周娣在他们看来是生面孔，并没怎么打过交道，突然跑出来叫住他们，举动着实冒昧，但看出她眼中的急切和关心不似作假，寸头开口：“你也找她？”

周娣点头，忙不迭道：“我打她的电话，一直都没人接，她家里也没有人。”

肖砚眉头沉了沉。寸头扭头看肖砚，想问他的意见，就听周娣颤着声，难过溢出喉咙：“我好怕她冲动，出事怎么办……”

肖砚蹙了下眉：“说清楚。”

周娣看着他们俩，不知该不该说。想想还是觉得，当下找到方明曦要紧，她一个人愁也愁不出结果。咽了咽喉，她把经过言简意赅地讲了一遍。

“事情就是这样。”周娣自责不已，眼里泛红，“她的电话打不通，我好怕，她会不会听了我的话去找唐隔玉做傻事？”

天色渐黑，让周娣找得焦头烂额的方明曦一脸平静，掩身在树荫下看着对面居民楼的窗户一动不动。白天和周娣那一番对谈，让她想起很多东西，事情发生那天，警察以及同金落霞共事的阿姨说的话一下子浮现在她脑海，太阳穴突突直跳。

和周娣分开后，她一个人在街上走了很久，风越是冷，心里越是升起一团火。

她平静不了，总有什么堵在胸口搅得她难受不已，原本随着金落霞下葬渐渐平息的情绪，一夕之间又翻涌起来。

聚闲鲜味煲烧得干干净净，店主受伤进了医院，还有一堆善后事情，再过几天才是店家和她商谈赔偿的调解见面日期。方明曦一刻也等不下去，在冷风里走了很久，等回过神来，已经搭公交车到了唐隔玉在校外租住的公寓前。

方明曦以前跟邓扬来过，某次被他拉去饭局，途中他们找唐隔玉有事，把车开到唐隔玉住的小区门口，她待在车里没进小区，只听他们话里提到住的是几栋几户。

她今天穿得简洁，一张脸素净看着就是大学生模样。门口进出的人不少，门卫没有注意到她。

进来后，方明曦估摸出大概是哪一层哪个窗户，确定唐隔玉的公寓，找了个不显眼的角落站定，昂头对着荧荧灯光看了很久。

期间有几个眼熟的男女进出楼道口，方明曦见过他们，都是唐隔玉那帮人里的。他们手里提着购物袋，买了满满当当的食材饮料，想来是在楼上聚餐。

冬天是最适合吃火锅的季节，他们大概很高兴，气氛有多热闹可想而知。

方明曦站在一束又一束的灯光下，握紧藏在袖子里的东西，从内到外，浑身每一寸都是冰冰凉凉的。

想等唐隔玉落单并不容易，方明曦很有耐心。

时间一点一点流逝，然而没等到唐隔玉出门，却等来了肖砚。伴随着令方明曦警觉的脚步声一同响起的，还有肖砚沉沉的不怒自威的声音——

“这就是你为以后做的打算？”

他眼神如炬，音量不大，却字字掷地可闻。

方明曦因他突然出现一愣，眸光滞住，而后抿紧唇。

她不回答，低头想走。肖砚没给她机会，上前扯住她的手腕，一把将她拽到面前。

“哐”的一声，她衣袖里掉出一样东西。

肖砚瞥了一眼，从外面塑料袋包裹的形状，立即认出是什么，脸登时沉下来。他质问：“你知不知道持刀伤人是犯法的？”

方明曦用力尝试挣脱，怎么甩都甩不开手腕上的桎梏。她皱眉，不住挣扎：“我知道我在干什么——”

“干什么？你到这里来，你想干什么？”肖砚紧紧捏着她的手腕，五指如烙铁，悬殊的力量差距任她再用力也只是徒劳。

今天肖砚找她，原本是想让寸头提醒她下葬之后还要再去公墓祭拜一次，谁知寸头说她的电话打不通，始终没有人接。后来，他才想着干脆去她家一趟看看情况，又碰上她那个叫周娣的同学。

如果不是让寸头查到几个唐隔玉经常去的地方，并且及时找到这里，今天晚上，方明曦不知道会干出什么事情。

方明曦挣不开他，手被捏出红痕，又急又气，憋了一腔愤懑痛恨无处发泄，早已怒火腾腾。

“你放手！”她一边挣扎较劲一边发飙，“我让你放开！这是我的事情，我有我的打算！”

“你的打算？”肖砚沉住气，凝眸盯着她，“是打算等她下来拿刀冲上去，还是打算等她一个人在家入室行凶？”

方明曦胸口起伏不平，咬牙道：“我没那么傻！我不会拿刀捅她，我只是要她讲实话……”

“是你一直这么蠢，还是突然受了刺激变傻了？”肖砚讽道，“你这样就想让人讲实话？”

“……”方明曦哑口无言，气血上涌，平静不下来。瞪眼和他无言对峙，视线相接谁也不让，十几秒后，她蓦地用力甩他的手，再次开始挣扎。

“你放手！你——”

她被他扯得趔趄，差点摔到他怀里。肖砚捏住她的下巴，满眼幽寒：“你看看你现在这个样子，是不是想下半辈子在牢里过？”

她还想反抗，被他一句话堵得心里酸涩——

“你妈刚去世，你是不是想让她死也不安生？”

下颚快被捏碎，她忽然想哭，但并不是因为疼。

肖砚不再跟她废话，拽着她大步流星走出小区，对她一路呼喝叫骂充耳不闻。

寸头开着车等在小区外，肖砚开了后边车门，直接把方明曦丢进去，随后也坐进后座。

方明曦刚爬起来，肖砚就道：“我不想打晕你，你最好不要再闹。”

他不看她，吩咐寸头：“开车。”

方明曦撑着车垫坐好，手捏紧成拳，直直瞪着他，到底没有再撒野。车开到肖砚住所楼下，寸头放下两人，肖砚就让他先走。寸头无二话，掉转车头开出停车场。

肖砚把方明曦领回家，进门后手一甩，任她跌坐在地。方明曦也不想站起来，力气早就用了大半，颓然坐在冰凉地板上，和先前抓狂模样相比，死气沉沉得像是两个人。

肖砚居高临下俯视她，面无表情，周身散发着化不开的低气压。

“你想不想照照镜子看看自己现在什么样子。”

方明曦不答他的话，没有半点反应，像断了线的木偶般呆坐着。肖砚看了她许久，她满脸了无生气，只一味眼神放空，呆呆怔怔。他拧眉，猛地捞起她的胳膊，把人拽到里面浴室。

他一手拽她，另一手取下花洒打开水龙头，冷水兜头冲着她的脸淋下去。猝不及防，方明曦脸皱成一团，终于有反应，开始挣扎。她呛得咳了好几声，却摆脱不了肖砚。

“走……开……”她偏开头，甩胳膊，甚至抬腿踢他，差点滑倒。

肖砚淋了十几秒，松手将她甩在地上。方明曦狼狈不堪地摔坐在浴室地板上，冬天的厚衣服半湿不干，头发却湿透，水顺着脖颈流进贴身衣物内，她张着嘴喘气。

肖砚扔开花洒，水龙头未关，横在地上不断喷出水来。

“你如果想死，洗干净换身体面衣服。”他说，“从外面那道门滚出去，然后如你所愿地去死。我不拦你。”

方明曦脸上湿漉漉一片，分不清是眼泪还是凉水。

她双手环抱在身前，因为冷瑟瑟发抖，肖砚站着看了她很久。

久到地面快要因下水口塞子未拔而水漫金山，她才终于有所反应。

她蜷缩起来，脸埋进屈起的膝盖和手臂间，漫无边际的自责和悔恨汹涌地将她淹没。

“是我害了她……

“原来是我……”

……

肖砚家里没有女人穿的衣物，他找出一套没穿过的男士睡袍给方明曦换，冬天的面料够厚，暂时穿着，只等寸头买新的女装送来就行。

方明曦在浴室里冲过热水澡，裹紧浴袍出来，寒意驱散，屋里开了暖气，光脚踩在地板上也不觉得冷。

经历刚才那一番争吵厮打后，安静下来的两个人都有些尴尬。

肖砚能理解方明曦的心情，原本以为只是意外，但突然出现转折，发现或许另有原因，而这个原因是因她而起，深深的自责和自我厌弃冲昏头脑，失态很正常。

方明曦窝在沙发角落，睡袍是他的尺码，她穿在身上显得越发娇小。半干的头发披在肩上，娇艳眉眼蒙着一层湿气，素白脸色减了几分媚意。

肖砚倒了杯热水，放在她面前的茶几上："我这儿没有别的喝，只有这个。"

"谢谢。"她轻声道。先前又抓狂又闹喊了许久，嗓子微微沙哑。

肖砚坐在她对面，无言相对，她捧起杯子默默喝热水。好在没多久，门铃响了，被肖砚一通电话打发去买女装的寸头赶到，送来两身干净衣服。

寸头连门都没进，在玄关和肖砚说了几句话，地还没站热乎又走了。

方明曦瞧着门的方向，肖砚提着一袋衣服走进来，解释："他有事去找郭刀。"

她便没多问。

方明曦要去换衣服，肖砚道："睡觉就穿身上的，明天再换。"

她一愣，肖砚起身，扫了眼桌上那一袋新衣物："晚上你在这儿住。"

"那你……"

"我回队里，明天要早起带队训练。"他走到客厅柜子前，从抽屉取出一串钥匙交给方明曦。

"为什么给我？"方明曦微怔。

"这件事我替你处理，有消息通知你。"肖砚说，"事情解决之前你住在这儿，需要什么打电话给寸头，单元门钥匙也在上面。我刚好有事，回来住不是很方便。"

说罢，肖砚拿上外套走人。方明曦叫住他，半晌才说话："你为什么……"

她欲言又止，话没说完。

肖砚半天没听见下文，提步朝外走："我还有事先走了，你休息。"

门开了又合，里外隔绝。

肖砚行至电梯门前，眉目幽深不知在想什么，站了许久，半天才按下电梯键。

5

方明曦一个人在肖砚公寓住下，隔天寸头又送来几套衣服，外加一些新鲜蔬菜和肉类。而后一连几天，寸头每天早上九点准时送菜上门，肖砚倒是一直没出现。

春节来临，下了两场冬雨，全城浸入湿蒙蒙的新春气息中。

除夕前一天，周娣邀方明曦跟自己一起回家过节，她家在瑞城周边的一个县里，家里条件还算富庶，方明曦婉拒她的好意，连同之后打来电话的梁国也一并拒了。

几天不见踪影的肖砚终于出现，带回些消息。

落座于沙发两侧，方明曦给肖砚倒了杯热水。肖砚裹挟一身寒意进门，在暖气里吹淡。

他表情稍显严肃，凝声说："我找过店主，和他谈完以后他松了口。"

方明曦看着他，静等下文。

"店里的电脑烧掉了，不过当天的监控录像有网络云端备份。"他说。

起火是一回事，人命是一回事，责任能少担一点是一点，没人会不晓得利害。

"监控录像里你母亲下到地下储物间……"肖砚神色严肃，眼里闪过一刹晦暗，声音沉下几分，"半分钟之后，有个年轻男性尾随至门口，将储物间的门关上，用门上钥匙反锁后把钥匙拔出丢弃在墙角。"

"……然后呢？"方明曦攥紧拳头，置于膝头的手，青筋暴起。

"我和老板检查了所有录像，找到了所在包厢号，进门的录像里有他们所有人的图像。"肖砚说，"……是唐隔玉的朋友没错。"

方明曦嘴里发涩，半晌说不出话。

肖砚告诉她："东西我拷贝保存了，警局那边也已经联系好，不过要等春节后才能正式处理。"

客厅里漫开沉默。

许久，方明曦从喉咙挤出声音："……谢谢。"

肖砚说完正事又要走，整理好情绪缓和过来的方明曦见他起身，抬了抬眼：“现在就走？”

“明天除夕，回队里安排一下。”肖砚看向她，稍作停顿，“你明天……”

“我自己煮东西吃。”方明曦说。

他默了默，开口：“缺什么跟寸头说。”

她点头，道了声好。

方明曦送他出去。明明是他的家，反倒弄得她像主，他像客。

一前一后行至玄关，肖砚突然停住。

方明曦见他停下，问：“怎么？”

肖砚睇她，有几秒没说话。她身上有一股香味，并不陌生，是他常用的那款沐浴乳，偏清淡的男士香。他这下才想起，除了洗漱用的牙具毛巾和换洗衣服，他忘了让寸头送别的，而方明曦大概节俭惯了不挑，沐浴乳这类东西，这里有什么用什么。

他用了很久，从没觉得这种香味如此浓烈，缠着呼吸萦绕消散不开。

肖砚沉吟，问：“确实没什么缺的东西？”

方明曦以为他担心自己客套住不习惯，扯了个很浅的笑：“真的没什么缺的，有我一定会说。”

肖砚动唇，话到嘴边蓦地止住，最后道：“……那就好。”

想问她需不需要换瓶女款沐浴乳的话，直至出门也没提及。

除夕当天，方明曦很早就醒了。她作息一向规律，尤其最近睡眠变浅，便早早吃过早餐。

寸头提前送来很多食材，冻在冰箱里足够她吃好几天，九点便没来。他们队里大多数人不回家过年，大伙聚在一起，想必很热闹。

一整天，方明曦没有踏出公寓门一步，静静看书备考，中午吃得也简单。

晚上把中午的菜热过，她吃完回到沙发继续沉浸在专业书里。

饭后周娣打来电话，她收起毛躁，语调柔和：“新年快乐噢。”

似是想到她母亲的事发生还不到十天，周娣说完一顿，声音放轻换了话题：“今天过节，你多吃点好吃的。等过段时间回学校，我带你去吃火锅。”

方明曦知道她怕自己伤怀，不想她被自己影响过年也不开心，不说其他，只笑答：“好。新年快乐。”

那边鞭炮声响亮，和窗外隐约传来的混杂在一块，仿佛身处同一处，距离的差异霎时变得模糊。

接完一通，梁国又打来，方明曦宽慰他，再三强调自己很好，拒绝了去他那儿的提议。

手机放回茶几上，屋里没有声音，安静得有几分寂寥。

“叮——”门铃突然响起。

方明曦一怔，回头。

“叮——”

“叮叮——”

外头那人似是个急性子，门铃被摁得连连作响。

方明曦趿着拖鞋小跑过去，透过猫眼一看，愣了。

打开门，寸头凑在最前面，一只手拎着一大袋东西，另一只手刚从门铃上移开。

肖砚在他旁边，视线和她对上，轻轻颔首，一如既往地沉默。

不止他们俩，见过的队医、姓关的教练都来了，还有郭刀，带着两个小姑娘，一个五岁，一个七岁。

冷清的客厅霎时坐得满满当当。寸头被俩小女孩闹得头疼，从购物袋里给她们找糖吃：“等等等等——好，这个给你……别扯，这里有……”

关教练和队医毫不见外，一个去柜里翻茶叶，一个去冰箱里找酒，还互相较劲。

一个嘲笑：“你那个有什么喝头，喝得人满嘴苦味——”

一个反驳：“你牛嚼牡丹，不懂就别说话！”

方明曦对这突然盈满客厅的热闹反应不过来，微微发愣。

倒是郭刀凑上来，爽朗道：“我亲戚家两个小姑娘非要跟着我，跟我到队里吃饭，还赖着要一起来这儿，我没办法只好带她们一块，你别介意啊！”

方明曦不知该说什么，这是肖砚家，肖砚爱带谁来带谁来，她一个客人哪有什么见怪的。

她只得笑笑，目光看向肖砚。

肖砚却顺着郭刀的话，给她解释：“小孩子闹，怕吵到你看书。”

方明曦唇瓣微动，想说“没关系这儿本来就是你家”，话到嘴边，不知为何缓慢咽下去。最后，变成抿于嘴边的一缕轻浅笑意，她道：“没事。”

两个小女孩被寸头哄好，安分窝在沙发上吃糖看电视，他也过来说话：“哎，今天过节，你晚上吃的什么？”

“炒菜和汤。”方明曦道。

“就吃这么些？！”寸头咋呼，“那哪行啊！你怎么不跟我们一块去队里吃？真是……”

到餐桌边看了眼，确实简单得过分。寸头眉皱了下，最后乐呵呵道：“不过没事，我们带了些热菜过来，还有队里大厨亲手包的饺子和汤圆，等会儿守岁煮了一起吃！”

方明曦点头，笑意增了些许：“好。”

只有关教练一个人喝酒，姓曾的队医爱喝茶，方明曦帮忙烧热水，给他和肖砚一人冲了一杯。寸头和郭刀不爱苦味，只喝热水。

电视里放着儿童节目，沙发上众人聊了一圈，寸头提议打牌。方明曦不太会玩，本来没打算参加，碍于寸头和郭刀盛情难却，只能盘腿坐到茶几旁，加入牌局。

按照位置，肖砚是她上家，她的下手是寸头。

方明曦确实不太会玩，从第一局开始一直输。寸头笑话她：“原来你是真的菜啊，我以为你谦虚来着。”

她无奈，忽地想起输赢：“这个……你们打多大的？”

郭刀忙道：“不打钱不打钱，你放心，就是玩玩开心一下。”

寸头却起了意：“我说，这样干打也没意思，要不然加点加点赌注，不然赢的多没劲！”这几把他赢得最多，说话嗓门都比郭刀大几分。

他要玩，其他人也不会扫兴，说好赢的人在输的人脸上画东西。

幼稚确实幼稚，不过以往在队里，输赢都是拿加训做赌注，动辄引体向上、俯卧撑、跑圈什么的，能轻松坐着往别人脸上乱涂，寸头乐得都快笑出声。

新规矩一定，头一把方明曦又是最后一个打完的人。寸头稍作犹豫，咬咬牙还是拿起油性笔作势就要在她脸上涂鸦。方明曦愿赌服输，闭上眼等着他画。

“打完一圈再算。”肖砚忽地开口。

寸头停手：“嗯？”

“更方便算。”肖砚说，“打完一圈算一次，点数最少的算输。”

想想确实比一局停一回更省事儿，寸头收起笔，同意：“行！”

方明曦朝肖砚看。他没看她，拿起队医发来的牌。

或许是有赌注，个个都认真了，连先前松散没甚所谓的肖砚也一改有输有赢的随意，局面几乎是一边倒的压制。一圈下来算一算点数，竟然是寸头输得最多。

从赢家沦为输家，地位急转直下，寸头猛拍大腿：“这怎么可能？！我明明赢了来着——”他扭头看方明曦，不信，“你点数多少，我再数数……”

数来数去，方明曦的点数还是比他多。寸头认命地任郭刀代肖砚在他脸上画了一条长线，引得沙发上两个看电视的小姑娘看过来，咯咯直笑。

倒是方明曦打得有点蒙，牌局里她不太跟得上他们，没想到侥幸，比寸头还好点。

寸头撸起袖子要找回场子，越较劲越输。

一圈又一圈，两个小时下来，寸头成了脸上油墨痕迹最多的人。

“不打了，不打了！”寸头连连摆手。

他是输服气了，肖砚打牌走一步算十步，还总不肯一下子全打完，非要跟他钝刀子磨肉。

牌也出得没规律，一下压得他要不起，接着偏偏又出一张谁都可以压的，他等方明曦出了，跟着接上，肖砚又立刻将他压下去，倒是平白让方明曦捡漏，夹在中间顺顺当当，早早打完脱身。

挨个笑话了寸头一通，还是遂他的意结束牌局。

时间不早，众人都有些饿，便移步厨房去煮水饺和汤圆。

电视里调到春节联欢晚会，热热闹闹的节目，光听声音就很是喜庆。

方明曦帮寸头拿出水饺，掂在手里顺口问了句：“这是自己包的？”

“对啊。”寸头说，“我们队里的大厨包的，可好吃了，包你吃得停不下来！”

她笑了下：“以前过春节我家也包水饺，有些水饺里会放一枚一元硬币，吃到得越多越有福气。”

以前的春节都是和金落霞一起过的。

寸头几人自然知道，都没接话。肖砚看向她，她已经调整神态，笑着说起别的。

气氛倒没有因为这一句受什么影响。

十几分钟后，两个锅里的水饺和汤圆纷纷饱胀变大，热气腾腾，香味四溢满室飘香。

寸头嚷嚷着饿，方明曦调好蘸料端到桌上，一看少了人："肖砚……还有曾队医呢？"

"他们下去买烟了。"寸头说。

"哦。"她没多问，转身回厨房。

水饺和汤圆全部出锅，肖砚和曾队医正好回来。一群人坐下开吃，一碗下肚，又饱又暖和。

吃完夜宵，两个小姑娘在沙发上睡着了，关教练几人说话聊天。

方明曦把碗暂时堆在水池里，离开屋内，到阳台吹风。

有人在放烟花，炮竹声响了一天仍旧没停。

身后玻璃门被推开，她听到声音回头，见是肖砚。

"吹风？"肖砚走到她旁边。

"嗯。"她抱着双臂，脸被风吹得有点白。

烟花一朵一朵，各式各样，他们隔着半个肩膀的距离，静静欣赏，谁都没说话。

一场花火盛宴暂时停歇，方明曦刚准备说进屋，肖砚从口袋里拿出一样东西，递给她。

"给我？"方明曦定睛看清，马上要还给他，"这个我不能要……"

一个红包。

"你拿着。"肖砚说。

方明曦捏了下，发觉手感和普通红包不太一样。大部分地方是空的，只有一小块硬邦邦的。摸着，似乎是个硬币。

她打开未封的拆口，倒了倒，一枚一元硬币落入掌中。

"平时队里春节用不上红包。"肖砚说，"楼下小店里只有这种卖。"

方明曦这才注意到红包上写着土气的几个字：恭喜发财。原来是刚刚才买的。

她动了动手掌："那这个？"

“这个就当是水饺里吃到的。满屋子谁都没有，只有你有。”

方明曦微微发愣。

天上忽地炸开一朵烟花，不远处，又一场烟花布满天幕。

肖砚抬手抚上她的发顶，轻轻拍了拍：“来年，一定会顺遂喜乐，太平安康。”

第六章

要他做个坏人

春节后，各处恢复工作，年前的火灾也进入调查阶段。火灾起因已经确定，死于大火中的人命却还需讨回公道。

录像是证据，员工的口述是证词，年后未过多久，审理正式踏上轨道。

将金落霞反锁在地下储物间的男生叫邱晟，春节一过就被警方带走。对这个人，说是陌生也不全然，作为唐隔玉的朋友，不外乎也是立大的学生，方明曦见过他一次。

事情一出，消息流传开，在立大和医专两所学校里掀起轩然大波。校友圈里炸开了锅，一时间几乎各个同学群都有人在聊这件事。

牵扯上人命，无论方明曦好不好相处，大家平时对她是什么看法，这个时候没有人凭个人喜恶说风凉话，都在惊讶邱晟的残忍。将一个辛苦讨生活的中年女人反锁在储物间，这种恶作剧本身就很低劣，更别提因此害死了对方。

唐隔玉一群人被推上风口浪尖，又是寒假，个个都显得没事干，两所学校论坛内议论他们的帖子雨后春笋般冒出来。

肖砚却不见轻松，面色一天比一天严肃。直至最后一次庭审前，他不得不给方明曦打好预防针。“现有证据只能证明邱晟间接导致你母亲死于火灾，对于其他人，虽然同处一个包厢，但没办法证明是否有人同谋或者主导。”

他说得明白，方明曦也听得懂。

邱晟常和唐隔玉玩在一起，和邓扬的关系反而不太亲近，要说他为邓扬打抱不平，那是根本不可能的。而方明曦和邱晟压根不熟，更谈不上有什么私人恩怨。

他为什么会捉弄金落霞，是因为唐隔玉看方明曦不顺眼，他为了帮唐隔玉出气，或者是他听从唐隔玉的教唆，事实只有他们自己清楚。

方明曦沉默许久，最终在肖砚的目光下，点了点头：“我明白。”

法律可以制裁罪恶，前提是，罪恶以客观事实的形式存在。

庭审当天，肖砚陪方明曦一起到场。邱晟的口供始终如一，坚称是自己一时恶作剧心起才将金落霞反锁进储物间，整件事情与其他人无关，全是他一人所想所为。

最终结果，邱晟在大三这一年告别校园，被判入狱。

走出法院，暖融融的太阳照得方明曦睁不开眼。她站在阳光下停了一会儿，眯眼朝日光看。肖砚告诉了她，从邓扬父母那边得知的消息，唐隔玉的家人似乎在给她办理出国手续，而邱晟的家人搬离瑞城，在别的地方买了新房子，钱从哪儿来的没人知道。

肖砚陪方明曦站了会儿，出声：“还好吧？”

“没事。”方明曦放下挡光的手掌，扯了下嘴角。

肖砚微顿，似有担心：“你心里不舒服是正常的，不用憋着。”

“我很好。”方明曦转头看他，“我知道你能做的都做了，这个结果比我预料的好很多，真的。门是他关的，锁是他反锁的，他害死了人，他应该坐牢。”

她抬头看天，适应以后太阳已经不那么刺眼“我妈妈希望我好，以后，我会努力过得好。”

和聚闲鲜味煲老板商定的赔偿，在官司结束后汇入方明曦的账户。事情结束，无论如何算是告一段落。方明曦在肖砚的公寓住了许久，原本打算先回租的老房子里住，等开学以后搬回宿舍，肖砚却说："我不常回公寓，空着也是空着，你不必觉得不方便。"

方明曦考虑过后，连同借他的那笔钱，另外算了房租，一起还给他。

她送到训练场，肖砚没拒绝，随手把她拿来的信封交给寸头，闲聊几句便开车送她回市区。

刚吃过晚饭，离休息还太早，车开到小区门口，方明曦解安全带的手稍停，问："你今天忙吗？"

肖砚侧头看来，她道："不忙的话，想下去走走吗？"

他默然，两秒后轻声说："好。"

车停好，两人并肩往左拐，沿着种满树的小道向前。

附近都是居民区，和商业街不同，节奏稍缓，沿路不时有许多人开着电动车经过。这片城区是新规划的，和方明曦原先租住的那一片相比，一个在现代，一个还停留在十年前。

"最近队里忙吗？"她问。

"挺忙的。"

"刚刚没看到郭刀。"

"他回家去了，今天寸头替他带队。"

"关教练除夕带走的那瓶酒喝完了吗……"

"早就喝完了。"

脚下的路，短得不过闲谈几句就走完。绕一圈回到小区门口，方明曦止住话头，抿了抿唇。肖砚默了默，突然说："前面路口往右，那条街有老人家推车卖米糕。吃吗？"

方明曦抬头看他，微怔，欣然点头："好。"

两人继续提步，到了路口拐道向右，沿路边走边聊，途中的确碰上卖米糕的推车，方明曦只是停下看了看，谁都不是很想吃，便没买。

十几分钟后再次回到小区门口，方明曦顿了顿，说："盐用完了，我去前面便利店……"

肖砚未有二话。

两个人继续提步，过了两条街到便利店里买盐，再回到小区门口，方明曦走不动了。

“脚有点疼。”她无奈，笑道，“这附近能走的都走遍了，我已经想不到还有哪里能逛的了。”

肖砚看着她，目光微烁。

方明曦说：“那我上去了。”

肖砚沉默几秒，“嗯”了声。

她笑起来，眼里有灯影：“时间不早，下次再逛。”

她挥手，眸光熠亮，弯唇和他告别，转身小跑进去。

肖砚稍站，回到车上。刚掉了个头，寸头打来电话问他在哪儿。

“散步。”他说。

“什么？”寸头音调拉高，“你不是不耐烦慢悠悠走路吗？好端端散什么步……”

肖砚懒得多说：“在路上，马上回来。就这样。”言毕挂断电话，不再听寸头聒噪。

夜灯澄黄，肖砚点了根烟，眸光凝着挡风玻璃外。

买米糕、买盐……哪里有那么多想去的地方。

只不过是想多待一会儿。

她是，他也是。

离开学还有段时间，方明曦找了几个兼职，白天出去，晚上吃完饭温习看书，早起早睡作息规律。肖砚很忙，有几天离开瑞城办事，回来后也没来公寓一次。

难得没有兼职安排，方明曦窝在公寓懒散一天，傍晚时分出门买菜，打算晚餐煮点汤。

小区前的市场整顿关门，她不得不绕路到更远些的农贸市场去。过了两条街，离目的地还有大半距离，身旁缓慢停下一辆车。

“哔——”里头的人摁了下喇叭，车窗降下，寸头朝她喊：“去哪儿？”

方明曦扫一眼，见里面只他一个，眼里光彩暗了一瞬，很快笑道：“去买菜。”

“买菜？还没吃饭？”寸头一听，招手，“来来来上车，买什么菜，我带你去吃。”

“不用……”

“不用什么，砚哥他们也在，你赶紧上来吧！”寸头语气浮夸，“我跟你说今天那个地儿是我找的，做的菜味道一绝，你不吃你亏了啊我告诉你！”

“那……”方明曦默了默，没再拒绝，“好。”

寸头边开车边和方明曦闲聊，不多会儿开到吃饭的地方，正巧郭刀几个也刚来，下车打照面，见到方明曦没觉诧异，倒是都挺热情。

进了包厢，肖砚一早就在。方明曦的视线在他身上停了两秒，很快注意到他身边的女人。

女人二十七八岁的样子，和肖砚岁数差不多，一头大波浪，浓妆艳丽，身姿袅娜。

寸头几人好像认识她，抬手打了个招呼，他们叫她“柔姐”。

被称作柔姐的女人只应付寒暄几句，立刻又回到肖砚身边，一心和他说话。

方明曦的视线从柔姐身上移开后，正好和肖砚对上，她垂眼，无言避开。

包厢里开了两桌，不止寸头这些方明曦认识的人在，还有些应该是常跟他们打交道的生意人。方明曦插不上话，闷头不语，落座后坐在寸头身边。

寸头见她不比刚才在车上话多，以为她是见到生人才褪了本来就不多的那几分明朗，一个劲叮嘱她：“吃啊，多吃点！你小口小口喂麻雀呢！”

方明曦对他挤出笑，多夹了几筷子，依然吃得慢条斯理。心里感觉到闷，她不想说话，有点后悔跟来这里。

肖砚在斜对面，柔姐坐在他身边，吃饭间一直能听到她同肖砚说话的声音。肖砚话少，应得少，大多是三两个字，但并不能打消她的热情。

一顿饭吃得并不怎么愉快，至少对方明曦来说是。她仿佛饿极了，一眼也没有往斜对面看，专心吃东西，实则碗里的菜并没有吃下去多少。

饭毕，等甜点上桌时，众人离开饭桌，或三三两两凑着说话，或坐下喝茶。

肖砚出去接电话，那个叫柔姐的没坐多久也离开包厢。

方明曦规规矩矩待着不动，忽听寸头道：“杨柔怎么来了？”

方明曦稍稍抬眼。

郭刀道：“你又不是不知道，哪回肖队回瑞城她不出现，一次两次，总会找上来。”

“她也真熬得住。”寸头啧了声。

郭刀说：“嗨，都是在瑞城走动的，就算私下不来往，生意场上也会碰上，哪次看到肖队她不主动……虽然肖队石头似的没什么反应。”

方明曦默默听着，面前没了喝的，随手拿起桌上一瓶未开的易拉罐装饮料，打开解渴。

不知是不是包厢里空调温度太高，脸渐渐热了。

寸头和郭刀说着闲话，一扭头，惊讶：“呀，你怎么喝酒了？能喝吗你？”

方明曦迷愣眨眼，拿起手里的东西仔细看，才发现是果酒饮料。

她用手扇风，脸发烫，干脆起身：“有点热，我出去吹吹风。”

寸头在背后叮嘱，让她小心点。她点头，开门出去。离开包厢，她在走廊上随意拐了两个弯，瞥见拐角处有两个人影。她一顿，躲在等人高的盆栽后。

杨柔和肖砚站在那儿说话。杨柔贴得很近，一直在说，这个位置看不到肖砚的表情。

方明曦躲在盆栽后看着，不知道他们在说什么，杨柔越靠越近，就快贴到肖砚身上。

没多久，杨柔突然往肖砚怀里靠，肖砚退了一步，她差点摔倒在地。

半天没说话的肖砚终于出声：“对不起。”却没见他有半点要搀扶人家的意思。

方明曦不敢站太久，怕被他们发现闹得尴尬，原路回了包厢。

寸头见她回来，问：“你去哪儿了呀？”

她说：“随便出去逛了逛。”实在渴得厉害，明知是酒，她还是拿起易拉罐又喝了几口。

散席后，一众人在店外分开。

杨柔走到肖砚身边，又要往他身上倚：“我没开车，能送我回去吗？”

方明曦刚觉被冷风吹得舒畅，下一秒突然被人拽住胳膊。她愣愣一看，肖砚扶住她，略抱歉地对杨柔颔首："我得先送她回去。你不方便的话，我让郭刀送你。"

也不管杨柔是什么表情，他扶着脚步虚浮的方明曦走向自己的车。

回程路上，方明曦酡红着脸，一路靠着座椅迷迷蒙蒙。回到公寓，她被肖砚搀扶着躺到沙发上。肖砚给她倒了杯水，她就着肖砚的手喝下去一大半，好歹缓过来一点。脸还烫着，她突然睁眼盯着肖砚，视线一瞬不移。

"怎么？"肖砚以为她还想喝。

气氛安静，她却跪坐起身，凑上去想亲他，不想被肖砚避开。方明曦愣了一下，视线相对，肖砚轻声道："对不起。"

她笑了，盯着他："你很喜欢说对不起吗？跟杨柔说过，跟我也说。"

肖砚这才知道她大概是看到了他们在走廊上说话，他道："你喝醉了。"

方明曦抓住他的手腕，跟他较劲："你喜欢她吗？"

"没有。"

"那你为什么不让我亲？"

肖砚沉默几秒："你不懂。"

方明曦嗤笑："我不懂？谁懂，杨柔懂是吗？"

他默然不语，起身要端水杯去厨房。方明曦一把扯住他，将他摁在沙发上。她翻身坐到他腿上，低头亲他。她全无章法，半带泄愤意味，肖砚薄唇紧抿任她肆虐。

他一动不动，方明曦有点丧气，想起身跑开，却突然被他揽住。一个翻身，他将她压在沙发上。她一愣，微凉双唇落下之后，被动地跟着沦陷。唇齿交融的热切，比起她的乱啃乱咬，他的亲吻才是真正的亲吻。头皮炸开，呼吸发烫，每根神经都热到战栗。

许久，终于结束。

方明曦脸色潮红，不全是因为酒精。

肖砚也没好到哪儿去，气息深重，喉咙动了动，竭力平复。

"不一样。"他说，"对不起也是因人而异的。对不喜欢的女人，是那种她在我面前脱衣服，我希望她穿上的对不起。"

"对喜欢的女人——"他暗沉的眼里又灼灼亮着一丝光，"是想把她的扣子一个个解开的对不起。"

方明曦看着他发怔。肖砚在她眉头亲了一下，微哑的声音藏着隐忍：“……你还小。”

方明曦被他弄得发怔，肖砚平复气息，给她理好衣襟拉她坐起。

他似是要起身，她回神忽地拽住他的手：“你去哪儿？”

肖砚被她拉住，只好道：“我把杯子拿去厨房。”

方明曦不管什么杯子不杯子，扯着他坐下，跪在沙发上跟他说话。

“过完春节，我已经二十一了，你只比我大七岁。”她很认真，“我不嫌你老，真的。”

肖砚失笑：“……谢谢你了。”

她还想说什么，肖砚拍拍她的头：“你今天喝了酒，先去睡觉。”

他把桌上的玻璃杯拿回厨房，再折返客厅，走到沙发前，只站着俯视她。方明曦试探着朝他伸手。

他弯腰，抱她回房间。和他的体格相比，她显得有些娇小。

被放在床上，方明曦坐着发愣，抬眼看他：“总感觉……不真实。”

肖砚闻言蹲下，定定地看她一会儿，凑近在她额头亲了一下：“这下有了。睡吧。”

酒劲上来，方明曦浑浑噩噩睡了一觉。早上醒来头微微发疼，大概是宿醉的症状。肖砚一向自律，早已收拾妥当，从他自己的房里出来预备出门。

早餐在桌上，他赶着回队里，没说上几句就走了。

方明曦坐在桌边，扯着馒头吃，嚼在嘴里，想着昨天的事情，思维还有些迟缓。

余下的假期眨眼过得飞快，开学后，方明曦准时回校报到，肖砚公寓里她的那些东西，如生活用具、衣物之类都留着没带走，只回租的房子里收拾了一箱平时常穿的衣物带到学校。

肖砚送她到学校报到，人多，自然不免被学校里的其他人看见。倒没什么人说她的闲话，春节前那场火灾在校内众人的闲谈中还未退场，兴许是同情，周遭人对方明曦的态度不觉好了很多。

方明曦也没有如其他人料想的那样消沉下去，虽然脸上还是笑得少，平时话也还是少，但人瞧着比以往精神，状态也更积极。不同于以前那种整个人笼罩着股郁气的上进勤奋，眉眼间格格不入的情绪淡化开来，强韧富有生命力，带着点明朗气息。

周娣察觉方明曦的变化，原本怕她伤心过度，如此一来担心倒是少了很多。

最后一学期的课程按照课表如期开始，其他人只需上一个多月的课便都要离校实习，方明曦决定继续往下读，每天大多数时间都用在看书和完成老师特别布置的内容上。

头一个星期，肖砚就来了两次。方明曦和他在学校附近见面，不巧都被周娣碰上。

逮着只有两个人待在宿舍的空当，周娣不免问及他们的事。

“明曦，你和那个姓肖的人……”

“嗯。”方明曦看着书，应了句。

“……我还没说完，你嗯什么？”

“我知道你要说什么。”

周娣语塞，转而问：“你们处得好吗？”

方明曦点点头。

周娣叹了口气：“只要你觉得开心就好，如果有什么事一定要跟我讲。”

方明曦说好。

对话停了一会儿，周娣下床到柜子里翻零食，方明曦看着书，却被话头引得出神，不知在想什么。

怎么说，和肖砚一块，确实没有哪里不好。只是她也说不清，肖砚对她的感情到底有几分。原本春节前，他对她只是有想要进一步接触的好感，至少那时候他表现出来的是这样。

现在，要细究这份好感有多少、有几分，谁也下不了定论。毕竟——被同情和怜惜催化加深过的感情，男人自己也很难分得清楚。

“明曦？明曦，你要不要吃这个啊？”

周娣叫了两声，方明曦才回神，她摇头说不：“我不想吃东西，你吃吧。”

“好吧。”周娣拿着几包零食爬上床，在上铺一边吃一边又和方明曦聊起来。

随意问了些小问题，话里话外听出竟然是方明曦更主动，周娣奇怪道：“你这么说我真的挺好奇的，可能是我没见过你喜欢谁吧……就是以前一直觉得你是那种永远都不会主动，不可能会这样的人。”

方明曦停下笔，没接话，忽地说：“我七岁的时候，有一次和邻居家的小孩一起玩，在树上发现了天牛，我们都想要，但是他们不敢抓，只有我用纸巾裹着抓了一只。”

“嗯？”周娣冷不防听她突然说起别的，略诧异，还是往下听。

“后来天牛被他们抢走了，我抢不过，还被他们推倒坐在地上哭。结果大人来了，那两个小男孩反过来说是我抢了他们抓的天牛。”

“……哇，这么熊的小孩？！”周娣啧声。

方明曦继续道：“那天我挨了一顿骂，到家我妈还在教训我，说我不该图别人的东西。我坐在屋里一直哭一直哭，哭到晚饭做好了还在哭。我妈没办法，只能吃饭前带我又去抓了一只。她一直很想不通，我平时很少耍赖，为什么那次突然这么固执，九头牛都拉不回来。”

周娣嘎吱嘎吱嚼着薯片问：“然后呢？你怎么回答的？”

“我没回答。我那时候还小，而且哪有什么为什么，想要天牛，就只是想要天牛。”方明曦盯着书本，说，“我只是想要我想要的东西。”

那时她想要天牛，金落霞觉得她固执。

现在她想要肖砚，周娣觉得她主动过头。

固执也好，主动也罢，都无所谓。她只是想要她想要的东西。

“那如果要不到怎么办？”周娣忽然问，“如果当时你最后还是没得到天牛呢？”

“如果还是得不到……”方明曦眸光暗了一刹，而后扬唇，朝床铺上的周娣笑，“那只能看看我还有别的什么想要的了。”

星期四下午正好没课，肖砚上午提前打过电话，三点来接方明曦。

离吃晚饭的时间还早，车先开到他公寓，寸头和郭刀几个都在他家待着。包厢订的是六点半，还有两个多钟头，几个人在客厅里打牌消磨时间。

方明曦牌技差，不参与他们的消遣，在一旁吃着水果看他们玩。肖砚对打牌兴趣不大，玩了一会儿便没玩了，起身去厨房烧开水。水壶刚放上电热座，方明曦进来了。肖砚瞥一眼，她晃晃手里的杯子："有点脏，冲一下。"

寸头他们谁都不知道他俩私下那些事，遂两人特意压低了声音在水池边说话。方明曦把杯子冲干净，倒过来拿着沥水，扭头朝肖砚看。

肖砚也看着她，谁都不出声。

她挑了挑眉。肖砚明白她的意思，俯首在她唇上亲了下。一下不够，他刚要抬头，方明曦钩着他的脖子，学着上回他的样子亲他。

客厅里，寸头几人打牌说话的声音隐约传来，一种诡异的刺激感令心跳加速。肖砚被她勾得气息重了几分，搂着她的背将她压在水池边。

他的吻像离原上的韧韧野草，清冽，粗粝。两个人都克制着，不敢闹出太大动静。

"渴死我了——"寸头的声音突然传来，脚步声渐近。肖砚和方明曦两人一凛，立刻分开，各自往旁边挪了点。

寸头进来，脚下一顿："你俩干吗呢？"

肖砚咳了声清嗓子，说："烧热水。"

方明曦拿起杯子解释："洗杯子。"

寸头"哦"了声，没往心里去，打开冰箱拿了瓶冰啤酒就转身出去。

暧昧气氛搅得丁点不剩。

方明曦倒是松了口气，心虚地朝肖砚瞟。肖砚无奈，抬手在她脑后拍了下："让你安分点。"

饭点将近，一群人从公寓出来，开车到订好的酒店。进包厢一看，见上回那个杨柔也在，方明曦心里登时不大痛快。

杨柔一见肖砚来，扬着笑就迎上来。方明曦闻到她身上的香水味，摸摸鼻尖，不耐烦听她说话，自己找了个位子坐下。

他们没说几句，又有几个男人过去，和杨柔一起把肖砚围住。他们说得热闹，肖砚趁空，暗暗朝方明曦看过来。她端着水杯喝茶，老神在在地坐着，对他耸肩。

不止有队里的人在，方明曦便没大刺刺往肖砚身边凑，和上回一样坐在寸头旁边。跟寸头几个算是老熟人了，他们对她还算照顾，寸头和郭刀聊着天也没忘偶尔瞅她一眼，怕她吃得不好。

不多时饭毕，照旧是餐后甜点时间，方明曦懒得管被人左一下找去说话、右一下拉去叙旧的肖砚，往包厢角落一窝，躲在盆栽后乐得清净。

枝叶挡了视线，有两个人过来在盆栽稍前一点站着抽烟，没发现她的存在。

方明曦听了两句话，认出这俩人是寸头和郭刀。往常在方明曦面前他们讲话很有分寸，会注意言辞。这会儿没了女人在，两个爷们说话不免糙了点。

“杨柔还没死心？真不知道她是怎么想的，我都替肖队累。”先是郭刀的声音。

寸头道：“你就知道砚哥不乐意了？好歹也是个漂亮的女人，多看两眼不也舒坦。”

“肖队要乐意能挨到现在？杨柔上赶着也有些年头了，你看肖队眼睛眨一下了吗？！”

“行行行，你说得对好吧。”寸头白他一眼，让他小声点，又说，“反正这女人的事儿我是想不明白，横竖看砚哥他自己喜欢，不喜欢的再往怀里塞也没用。”

郭刀嘿嘿笑了下，说：“就肖队那体格那架势，依我看，一般身板的女人还真不好应付，那事儿可够呛，有得苦头吃！”

“像你似的就好？”

“我怎么了？！”

……

两人抽完烟，说了会儿话就走人。

窗户开着，烟味被吹散。方明曦挨了半天呛，还听了一耳朵荤话，忙不迭找机会走开。

在包厢里看了看，没有肖砚的影子。她出去找他，走了几步，就在走廊尽头看到他。

肖砚在窗边抽烟，见她来了，把烟掐灭扔进垃圾桶。“怎么跑出来了？”

“看你没在出来找你。”她走到他面前。

肖砚替她撩了撩鬓边碎发，问：“吃饱了吗？”

她点头：“第三道菜还挺好吃的。”

两个人正聊着，方明曦忽地瞥见什么，往前一步倚进肖砚怀里，不由分说地便抬手钩下他的脖颈，亲了上去。肖砚顿了顿，而后顺应她，揽住她的腰把她又往怀里搂了搂。

拐角处的不是别人，正是杨柔。

刚才方明曦瞥她的眼神，杨柔看到了，杨柔知道方明曦是故意做给她看想要气她。本来打算瞧好戏，看看肖砚会怎么反应，不想，肖砚不仅没有推开，甚至反客为主。

杨柔气得咬牙，哪里看得下去，扭头就走。

半晌，方明曦亲够了，松开肖砚。

肖砚往杨柔方才站的地方一瞥，再看方明曦满脸笑意，挑眉："这下满意了？"

方明曦吃吃地笑，脸上薄红未退，一副做坏事得逞的模样："她刚刚快被气死了。"

肖砚在她嘴角抚了下："你跟她才见两面，就这么不喜欢她？"

"就不喜欢。"方明曦往墙上一靠，姿态懒散，眼里尚未消退的媚意水波一样晃晃荡荡，眉头轻挑，"谁让她惦记你，她不惦记你，我就不气她。"

肖砚和方明曦在走廊上磨蹭了半天，回到包厢，饭后餐点已经上完，众人吃喝得差不多纷纷起身，散席前又是一场寒暄。原路回程，郭刀回家，其他人在市里有肖砚安排的住处，各自回去。至于寸头，自然是去肖砚那儿。

寸头开车挨个把人送回去，最后车里就剩他们仨。他在前头开车，方明曦和肖砚在后座静默无言。从后视镜往后瞧，寸头不由得一笑："我说你们真是，怎么老是没话说，一个赛一个的安静，那不都成哑巴了吗？"

肖砚睨他："你不说话倒是真的没人当你哑巴。"

"我不也是看你们太闷嘛。"寸头开着车道，"好歹大家都认识这么久了，之前跟方小姐客客气气就算了，现在都这么熟了，怎么还老是这样不尴不尬地不说话？"

他大约是想活跃气氛，也晓得肖砚会叫上方明曦吃饭，必定是没把她当生疏外人，见他们这样在车上谁都没话说，便闲扯调侃起来。可惜，这出发点是好的，只是后座这两人本来就在藏着掖着，被他一通说，暗暗互相瞥对方，都有种想轻咳的冲动。

方明曦紧绷着嘴角，使劲憋笑。肖砚懒得应付寸头，她却来了兴趣，接话："是啊。我也想和肖队多说两句，只是他不爱讲话，又成天板着脸，我想开口也不知道怎么开口。"

寸头冷不防听她说得这么认真，下意识瞥肖砚的脸色，见他面上没有不悦，遂笑道："砚哥你听，这就是你不对了！"

方明曦颇有兴趣，就着话题和他聊起来："你在肖队身边帮他应该很久了吧？"

寸头说是。

她问："从来没看肖队身边带过女伴……他喜欢什么样的姑娘啊？"

没想到她竟然问起私人感情问题，寸头一时拿不准这个能不能聊，去看肖砚脸色。

肖砚表情淡淡，完全没有要干涉他们的意思。这是他一贯的默许状态，寸头便没了顾忌，答方明曦的话："这个事儿……我觉得我们砚哥是喜欢成熟一点的。"

"哦，成熟？"方明曦挑高尾音，余光颇有深意地朝肖砚瞥去。

"那直发和鬈发，肖队喜欢哪种？"方明曦直接给出选项。

"鬈发！"寸头肯定道，"带波浪那种！"

窗外阴影掠过，肖砚的脸色仿佛黑了点。

方明曦白皙的手指搓了搓发尾，接着问："白一些好，还是不要那么白？"

"不要那么白吧。"

"年纪大点，还是年纪小点？"

"说了成熟，那当然是年纪大点。"

……

寸头粗神经，没察觉这闲聊已经变了味。方明曦笑意不改，问了最后一个"裙子还是裤子"的问题，得到寸头"裙子"的回复，终于停了。

每一项都和她恰好相反。她一双眼睛瞄向肖砚，眼里噙着的笑意怎么看都不是好迹象。

“还有什么想问的不？”寸头聊得很过瘾。

没等方明曦说话，听他们说了这么久的肖砚终于忍不住开口，悠悠朝寸头道：“你说的这些，我怎么不知道？”

“啊？”寸头扭头看他一眼，“难不成你不喜欢吗？大波浪，不好看？”

“你喜欢的别塞给我。”肖砚说。

“我不是猜，砚哥，我跟你一向品位差不多，对吧。酒啊，烟啊，喜好挺近的……”寸头干笑着掩饰自己猜错的尴尬。

肖砚不发一言，懒得理他。寸头只好和方明曦聊，刚刚的话题不好继续，说起别的。

他随意往后视镜那么一扫，视线不经意掠过方明曦嘴上，殷红颜色挺好看，比吃饭前看着多了血色：“哎，你补妆了？口红挺好看的，吃饭之前看着还没那么粉。”

方明曦微微愣了下，肖砚也是一顿。她蓦地笑起来，眼神止不住地往肖砚那儿瞟，落在他唇上，意有所指道：“……是啊，补妆了。”

寸头一点没察觉不对，乐呵呵地和她扯东扯西了一路。

闲谈几句，寸头本打算往方明曦学校开，肖砚让他直接开回公寓：“等会儿我送她。”

寸头没异议，开上熟悉的路，踩下油门。车开进公寓楼下的停车场，寸头把车开进车位，下车前道：“那我先上去了，砚哥你早点回来，路上慢点开。”

肖砚点头。寸头开了车门，大步走进电梯。

肖砚没立刻到驾驶座去，两个人在后座保持不动。等寸头的身影被电梯门隔断，红色数字开始变化跳跃，方明曦直起身板，一个翻身坐到他腿上。

她抬起他的脸颊，挑眉：“大波浪，嗯？”

肖砚一手环住她的腰：“我不喜欢。”

“那你喜欢哪样的？”

对视两秒，他把她翻身压倒，炙热亲吻让车内空气陡然升温。

暧昧气息翻涌，不知过了多久，长吻结束。

方明曦顾不上整理扯乱的内衣，微微启唇呵气，他下手没轻没重，捏得有点疼。

肖砚拉她起来，拥在自己腿上坐好，摸摸她那一头直发，攥在手里搓玩，眸光点点。

“这样就很好。”

一个小时左右，肖砚送方明曦到学校，又回到公寓。寸头还没睡，正在柜前倒酒。

“送她回学校了？”

肖砚点头。寸头又取下一只杯子，给他也倒了一杯。

时间不早了，两人没多聊，寸头回房间洗漱。

客房里没有浴室，只肖砚房里有。寸头洗完澡想剃胡须，按钮往上一推，剃须刀电量不足，指示灯闪了下便灭了，他只能去敲肖砚的房门。

肖砚正好从房里的浴室出来，门一开，刚洗完澡上身光着，只在腰下围一条浴巾。

寸头错眼一打量，话音卡住，愣了。

肖砚的浴巾底下，那鼓囊一块微微顶起的帐篷，都是男人，一看就知道怎么回事。

发梢还在淌着水滴，肖砚没理会他的神色：“什么事？”

寸头咳一声，忙说：“砚哥，你……你剃须刀借我用下。”

肖砚返身进屋拿了给他，交到他手里，没多说，关门休息。

客厅再度安静下来，寸头拿着剃须刀在门口摸了摸后脑勺。

平时队里一帮爷们处在一块，私下里的话题，女人是其中之一，乱七八糟的话没少说。肖砚是不跟他们凑在一块说那些的，对他们的荤话题毫无兴趣。偶尔他们也会在背地里调侃，说不见砚哥找什么女人，活像是没有生理需求，这得压了多少火气，怕别是座行走的火焰山，万一哪天点着可就不得了。

边往房门走，寸头边摸不着头脑地琢磨着，还是想不通。

好端端的，砚哥受什么刺激了，起这么大反应？

最后一个学期开始不到一个月，方明曦的生日来临。肖砚带着寸头等人给她庆生吃饭，提前订好位置，对他们却只说是方明曦自己张罗的。

她朋友不多，叫上的只有周娣一个。一听要和肖砚那帮人一块吃饭，周娣有点怕，忧心问了几遍：“他们脾气还好吧？要是我不小心说了什么做了什么，会打我不？”

听得方明曦发笑，她不厌其烦地宽慰：“又不是地痞流氓……”

好说歹说周娣才放下心来。

庆生是在晚上，方明曦和周娣上完上午的课，下午便在宿舍休息。三点多的时候，突然有人来找。传话的人是这一层别的宿舍的，和周娣关系还不错，那人探了个头进来传话：“方明曦，有人找你，在楼下。”

周娣听说，陪着一块去。到楼下不显眼的角落一看，等在那儿的是个同级的男生。

“我听说今天你生日，就……”男生在方明曦面前略显腼腆，结巴半天，把手中的东西递出来，“这生日礼物送你。”

方明曦先是不解，而后诧异，最后略感无言。

新学期，或许是她身上生人勿近的气息弱了，偶尔也会和同级里的人交流，又开始出现桃花。面前这个男生就是，方明曦和他上过同一个老师的课，说过几句话，但其实不熟。

“谢谢。不过礼物还是不用了。”她婉拒对方。

“你、你就收下吧……”男生费了好些口舌，她始终不接。

有周娣在，男生脸面薄不好纠缠，只好拿着东西走了。

没别人看到倒不算太尴尬，方明曦扯扯还抻着脖子看的周娣：“走了。还瞧？”

周娣吐舌头，跟在她后头蹦蹦跳跳上楼。

插曲很快被抛到脑后。晚上吃完饭，周娣由寸头送回学校。方明曦跟肖砚去了他的公寓，吃饭时不方便，席间两人一直没说上什么。

方明曦喝了一点点酒，脸颊发热，进门就往沙发上窝，蜷缩在角落拍自己的脸。

肖砚倒了杯凉水给她喝，她渴得慌，一口气喝下大半杯。

没人的时候，方明曦喜欢往他身上靠，静静待着也觉得安逸。趴进他怀中找了个舒适的位置，方明曦酒意上来，合着眼缓神。

安静间，手机突然响起。她懒得拿，肖砚从她口袋帮她掏出来，一看是个陌生号码发来的短信。

她趴在他怀里没动："什么东西？"

肖砚眸光沉了一瞬，拿给她看。半合的眼慢慢睁开，她顿了顿，而后坐起来，捧着手机皱眉："谁啊？"

没有备注的号码发来的消息，内容是四个字："生日快乐。"

她正想着，又有新的短信进来。后一条是："下午给你的礼物你没要，我下次再送你。其实今天我有话还没说完，我真的很喜欢你，希望你可以考虑一下。"

这是表白来了。

"他是谁？"肖砚拿过手机，问。

方明曦猜到是下午那个，没隐瞒，说："同级的一个男生。"

"他下午找你了？"

"嗯，来宿舍楼下，要给我生日礼物，我没要。"

"他对你有意思？"

这不问的废话吗，人家都说得明明白白。方明曦点头："是吧。"

肖砚看着她不说话，她抬头和他对视。无言半晌，她蓦地瞪他："看什么，我对谁有意思你照镜子不知道啊？"她愤愤抬手去遮他的脸。

肖砚把手机扔开，捉住她的手腕，一下子闹腾起来。

在沙发上闹了会儿，方明曦笑嘻嘻地趴在他胸前问："我的生日礼物呢？"

肖砚睨她："你刚收的是什么？"他买了条项链，上楼前就给了她。

她道："不够。"

"还要什么？"

方明曦压在他身上，盯着他看了许久，忽地说："我们第一次见面的时候，你抓我头发，抓得特别疼。"

肖砚玩着她的长发："想揪回来？"

她没直接答，看着他的眼睛："我第一回来这里，你说你是个好人。"她停了停，往前靠了些，在他唇上一啄，垂下眼睑，剩余的半分视线一点不落，沉进他的眼底。

"我不要你做好人，你现在做个坏人，行不行。"

肖砚眸光渐重，暗色一点一点凝起。他声音喑哑："……你确定？"

呼吸近在咫尺，丝缕纠缠。

“我确定。”她闭眼，亲上他的薄唇。

……

夜色浓长。

这一晚有点煎熬，方明曦自找苦吃，痛出了眼泪，哭都哭不出声。

屋外月升月沉，随着那强而有力的撞击，她的五指深深嵌入他的发中，在攀临顶点的刹那抓紧他的头发。

痛苦和愉悦，一同体验，一同沉迷。

天光大亮，手机不知响了几回，方明曦依稀记得九点多迷蒙中接了个电话，将询问她行踪的周娣胡乱搪塞过去，翻个身又睡着。

肖砚昨晚折腾了她大半宿。

睡到日上三竿，拖着两条灌铅般的腿走进餐厅，洗漱完的方明曦还是有些睁不开眼。

一席色香味俱全的简单盛宴，热气袅袅。

肖砚雷打不动的早起习惯破了例，睁眼比平时晚得多，但也好过她，早就起来煮了一桌菜。

“坐下。”肖砚端出最后一盘菜放上桌，转身进去盛饭。

方明曦扶着桌沿，没落座，缓缓往地上蹲，两腿打战，没一点儿力气。

好不容易将早午饭吃完，方明曦勉强填饱肚子，歇息过打算回学校。肖砚手里拿着一样东西走过来，单手一捞，直接将沙发上的她抱进浴室。

“干什么？”她微愣，被放在洗手台上，因那冰凉触觉颤了下。

肖砚手里一翻，药膏亮给她看，没说话，伸手解她的睡衣系带。

方明曦反应过来，脸腾地一热，着急道：“别别，我自己来……”

他置若罔闻，把她转过身让她面朝镜子，自己的胸膛在她背后，当作倚靠物让她倚住。

昨晚喝了点酒，又是气氛恰到好处的晚上，和大白天完全不一样。那时豪放，现在却有点吃不消。方明曦臊得脸红，抓住他手臂：“真的不用了，我……”

“别动。”他声音沉沉，没有其他旎意，指尖温柔，只是专心上药，小心又细致得像是完成一件需要认真对待的公事。

方明曦脸微烫，偏开头，视线落在他手臂上，不敢看镜中的自己也不敢看他。

“我过两天要去趟澳城。”肖砚说着，又挤了些药膏在指尖上。

“去……去干什么？”她抓着他的胳膊，抓得有点紧。

“一些生意上的事。”

他声线平稳，方明曦抬头看他，他的侧脸线条坚毅，唯独那落在她伤处的视线直让人腿软。

她稳住，问：“什么时候回来？”

“几天而已，很快。”

努力放松肩线，她“嗯”了声：“我知道了。”

“有什么事找关教练，他们都会帮你。不用怕，就当我在。”

“好。”

重新回到沙发上，方明曦身上的不适感减轻许多。

肖砚把床铺好，咬了根烟从房间出来，点着火，走到窗边。

“昨晚什么时候买的？”他长吐一口烟气，打开窗散烟味。

方明曦扭头，猜到他说的应该是昨晚她从口袋掏出来的冈本，老实道：“上楼前。”

昨晚下车时，她说要买水让他在车里等一会儿，自己一个人跑进了便利店。

抽了几口，肖砚微微眯眼，把烟掐灭在窗台，随手扔进垃圾桶。

他去浴室换衣服，经过她身边，抬手揉了揉她的发顶：“以后这种东西，我来买。”

同级同学陆续开始离校实习，虽然校名里有“医药”俩字，但也有和医护无关的专业。别的专业方明曦不清楚，护理系的学生们，一部分回老家，一部分留在瑞城，都找了些诊所做实习护士。大医院谁都想去，但他们学校的名气摆在这儿，根本不够格。

周娣联系了一家社区诊所，实习工资基本等于没有，每天病人还不少，虽然都是看小病的社区住户，忙起来也够她喝一壶。

房子还没找到，她暂时还住在宿舍，每天回来都要和方明曦大倒苦水。

和她的晕头转向比，方明曦显得无比轻松，课业已经停了，每天留在寝室看书做题。等实习的同学回来领毕业证，就是她奔赴考场考取新学校的时候。

周三，午后天清云淡，春日气温回暖，方明曦被班导叫到办公室。

“关于专升本考试，你有什么想法？”班导开门见山，对她是一贯温和的语气。

方明曦也不知道怎么说，只好答：“我想认真考。”

“学校选好了吗？本科你打算读哪里，想好了吗？”

“想了，我拟选了几个学校。”

“哪些？”班导问，“说来我听一下。”

方明曦报了几所学校名称。

班导点头：“这几所确实不错。说实话，你在我们学校算是浪费了。如果能考本科继续读，毕业以后阻力也会少一点。”他又问，“这几所学校，你最想考哪所？”

方明曦想了想，说：“首都华药医学院。”

华药其实不是最好的，尤其在首都那个地界，但专升本有限制，“211”“985”一类高校不开放专升本招生，能报考的只有普通一本。

“首都华药啊……”班导琢磨起来，“确实是不错的学校，在华北地区也是排得上号的。”

学校越好竞争就越大，意味着更加难考。

“你有把握吗？”班导问。

“有。”

方明曦点头后，办公室里沉默下来。

“其实——”半晌，班导清了清嗓说，“申城医药大学，你有没有兴趣？”

方明曦一愣。

申城医药大学地处申城，放眼全国，算起来比华药还要好些，当然，招生名额卡得更紧，如此也就更难考。

班导说：“申医这些年发展得很不错，是华东地区数一数二的学校，师资和人才储备都不比首都那些学校差。”

“我知道。”方明曦哪里会不晓得，“可是……”

“你担心考不上？”

她默了默，点头。

“如果你对华药有把握，那么其实考申医也不难。”班导顿了下，说，“我有个关系不错的校友，当年和我一起读的都不是太好的大学，我们那一届毕业了几乎全都出来工作，只有他一个人继续深造，考去了申城，几十年下来一步一步在申城扎了根。”

方明曦没插话，班导继续说：“他现在是申医的系主任，也是申城医药大学附属医院的主任医生，如果你想考申医，我可以把你引荐给他，只要分数线过了，名额一定有。”

方明曦好半天才回神。考申医虽然不容易，但和考华药也差不太多，她选华药是因为在招生名额上，华药更宽泛些，把握更大。此时班导这样说，她不免有些动摇。

“这样吧。”班导给她时间，“你先回去想想，离考试还有时间，想好了给我答复。”

他也是惜才，又是自己的学生，师生情谊在自然盼她好。

方明曦抿抿唇，点头。

走到门边，她停住脚步，回身微微鞠了个躬：“谢谢老师，我会好好考虑。”

肖砚离开瑞城四天，第五天下午才回来。

方明曦窝在宿舍看了一天的书，四点钟的时候，他开车到校门外，接她去吃饭。

晚饭在公寓里吃，寸头等人都到齐了，买了几购物袋食材，由郭刀掌勺。

东西齐全唯独酱油不够，菜炒到一半酱油用完了，方明曦闲在一边，自告奋勇跑腿。肖砚不放心，她在玄关换鞋的时候，他也默默走到门边。

两人到便利店买了东西回来，上楼时，方明曦和他说起本科学校的事。

“你预备考哪所？”肖砚问。

“有三所备选。”方明曦把之前和班导说的复述了一遍。

“选好了吗？”

“还没决定，在考虑。”

肖砚道：“我建议你选首都华药。”

她扭头：“为什么？”

他默了默，说：“下半年瑞城的队伍成型后，我和寸头就会回去。”

“回去？”

“这边是分队，第三支。”

“总队在……”方明曦没说完。想也知道，他这样说，那么队伍总部自然是在首都。

她顿时愣住了，电梯门“叮”的一声打开。暂时结束话题，两人拎着酱油进屋。

几天没见，饭桌上很热闹。寸头说个不停，队里哪个都没放过，所有人的糗事都被他拿出来当笑料说。

“去你的！”郭刀被寸头臊得一张脸黑里泛红，骂他，“你干的傻事儿少吗？哪天我一一数给你听！”

“嘿你这人，说不赢怎么骂脏话呢？”寸头拿腔拿调故意气他，睨了方明曦一眼，“这儿还有女生在，郭刀你讲话注意点。”

郭刀看看方明曦，还想骂的脏话一时不好出口，只能咽下肚。

方明曦在一旁执着筷子笑，肖砚淡淡瞥了一眼寸头：“吃饭的时候少说两句。”

郭刀搭腔：“听到没有！”

寸头撇嘴，朝方明曦那边靠了点，笑嘻嘻地说：“我跟你说，我们队里就郭刀最喜欢说脏话，你要是不在这儿，他一张嘴能把房顶骂穿！”

郭刀愤愤要张口，方明曦倒是饶有兴致地问：“那谁是最不爱说脏话的？”

“这还用问，当然是我们砚哥了！”寸头挑眉，又笑话郭刀，“你看，都是男人，我们砚哥就比郭刀强得多吧。”

一句挑衅，郭刀差点把筷子戳进寸头眼里。

两个人你戗我我戗你，咋呼闹腾，还是肖砚一个斜眼扫来，他们才消停。

晚饭吃完，寸头去郭刀家，临走时提出要送方明曦一程，被她借口“等会儿让肖队送”，搪塞过去。他俩走了，方明曦趿着拖鞋回到餐厅，肖砚身材高大，分明不是温存小意的类型，却干起了和外形不符的事，默然站在餐桌边擦桌子。

这是他收拾碗筷后擦的第三遍，抹布也过了三遍水，桌面锃亮，别提有多干净。

见她回来，肖砚只抬了抬眸。

方明曦绕到他背后，靠上去，从后环住他的腰。

“别闹。”他道，“去客厅待着。”

她不松手，笑吟吟道：“听说你从来不讲脏话？”

肖砚知道她起了玩心，专注手里的事，不理会她。

“讲句我听听啊？”她笑。

他不作声，她的手指便从他衣摆下伸进去。摸着他腹上结实纹路，她忽地好奇：“这个就是人鱼线？”

肖砚哪知道什么人鱼线，在部队时训练量大，再麻秆的人进去都能成个铁汉子，更何况他体格本就强健。退役后，他组建救援队，以同样严苛的标准要求自己，没有一时松懈，这身腱子肉就一直保持到现在。

他不理她，方明曦也不气馁。她摸够肌肉，手向下探，沿着裤腰和皮肤间隙缝继续往下。肖砚抓住她的手：“还玩？”

“肖队长这么正经，讲句脏话我听一下。”她挑眉，“我听听凶不凶。”

肖砚顿了顿，方明曦还在嘚瑟不知收敛，他突然把手里抹布一扔。

方明曦还没反应过来，人“腾”的一下被他抱起。

这天晚上，足足一夜，她听够了他的“脏话”。

周娣的实习生活忙碌又慌乱，方明曦重心放在备考一事上，抽空也去了几次周娣实习的诊所。她是护理系的学生，周娣会的她都会，周娣还不一定有她懂得多，病人太多忙不过来的时候，她会帮着搭把手。

不过不是诊所的护士，怎么说也不能直接上手，只帮着做些测量体温的简单工作。

忙里偷闲的空暇时间，周娣偶尔会问起方明曦的感情问题。

又一个暖意融融的好天气，好不容易从繁忙里抽出身，周娣和方明曦在诊所二楼的小隔间里，一人一杯奶茶，边喝边聊打发休息时间。

“你现在打算怎么办？”周娣问，“考试的事，还有那个姓肖的，你有没有规划过以后该怎样？”

方明曦淡笑：“什么该怎么样，不就考完试去读书，我的打算你不是一早就知道。”

“那你考上不是要离开这儿，甭管你去哪儿读吧，反正是不会待在瑞城了，到时候你跟他怎么说？他在瑞城，难不成异地恋？”

“先走一步看一步。”

“这事儿可不好拖，要认真谈，还是怎么处理，你得早点儿想清楚……”

方明曦听在耳里，没吱声。关于华药和申医的事，在决定之前她暂时不打算对周娣说，周娣比她更不会做选择，说了也只是多听一通咋呼。

“我再想想，到那个时候再说。”她搪塞过去。

周娣见她不想谈，识趣地不再聊，换了个话题：“对了，我们这一届的几乎都搬出宿舍了吧，宿舍楼那两层都是空的，晚上你一个人不怕啊？”

“有什么好怕的。”

周娣提议：“要不你搬来跟我住？”

她实习的这个诊所给护士们租了员工宿舍，不住宿舍的每月另算房屋补贴，她本来是住在学校，但每天两头跑耗费时间，干脆搬了出来。

方明曦想都没想就拒绝了：“我住进去，你同事要不高兴的。我又不在这儿上班，没有住你们宿舍的道理，还是别，省得吵架。”

“有什么不高兴的，又不睡她们的床……”周娣嘴上嘀咕，心里也知道她说得对。宿舍公用，随便带人回去，舍友有谴责的权利。

“那你住哪儿啊？”周娣问，“要我帮你找房子吗？”

方明曦说不用，让她放宽心：“没事，我有地方住。”

肖砚和她说过这个问题，早在前几天就提过让她搬到公寓备考，她在考虑。

考虑了两天，方明曦还是搬进了肖砚的公寓。宿舍里的东西彻底清空，有些被方明曦带回租住的老房子里放置。老房子的租期到暑假才结束，她在空落的屋子里坐了很久，屋里还是那样，只是人却不在。

九月就得离开瑞城去新学校报到，至多不超过半年，她整理好要用的物品，随她一起搬进了肖砚的公寓。寸头粗神经大大咧咧，对她搬来借住这件事不觉得奇怪，还觉得理所当然。肖砚和他几乎是每天都在一块，即使偶尔得空从训练场回来住，他必定也跟着。

在多了个电灯泡的情况下，方明曦和肖砚只得收敛，对于亲吻、拥抱、各种身体接触，甚至亲热，都只能背着寸头悄悄摸摸地来。

其实告诉他们也没什么，只是那种感觉令刺激翻倍，一时舍不下。每一次掐算着寸头买东西回来还剩多少时间，一边担心被撞破，一边被肖砚压在门板上，方明曦愉悦得每一寸神经都在战栗。

不过常在河边走难免要湿鞋。搬进公寓的第十三天，肖砚出门办事，难得没带寸头。

方明曦端着个脸盆，一件件往阳台上晒衣服，和寸头商量起晚上的菜单:“弄一个红烧排骨，炒一个香干肉丝和莴苣炒肉，煮个豆腐青口贝汤，怎么样？”

“都行！我不挑，你看着办。”寸头大方应着，手里麻溜地收拾了客厅的垃圾桶，扎好口放到一边。

方明曦弯唇轻笑，还没调侃他好养活，就见他脚下一转，朝肖砚的房间走去。

她愣了下，想起什么：“等等——”

“怎么了？”寸头被她突然发出的声音吓了一跳。

方明曦面上闪过尴尬，连忙从阳台走进来道：“衣架子不够用了，你能不能帮我去楼下商店买两把新的？”

“你这么一惊一乍的，吓死我了。”寸头呼了口气，又道，“那不然等我拎了垃圾下去……”

“就现在吧，来不及了，洗衣机里还有衣服要晒。”

“垃圾……”

“我来收拾，等会儿还要下去买菜，顺便一起扔就好。”她说。

寸头见她急着用衣架，只好点头，去卫生间洗过手就出门。

玄关处传来关门的声音，方明曦立刻奔进肖砚房里，把垃圾袋系好拎出来。

这个垃圾桶昨天刚换了垃圾袋，里面空落落没什么东西，不是很脏。

只是……前一晚用过的套子扔在里面。

肖砚出门办事没留神，她回房以后也忘了，要不是看寸头要进去收拾垃圾，她还没想起这茬。

方明曦把垃圾袋拎到门边，和厨房、客厅几个换下来的袋子放在一块，松了口气。

因为垃圾袋的事情，方明曦安分了一阵子，主要是肖砚太忙，时常离开瑞城，二十多天里出去四五次，一去就是两三天。

寸头过生日前肖砚回来了，忙的事情大概告一段落，没再整日出门奔忙。

素了二十多天，肖砚火气有点旺。

一帮人在包厢里喝得脸红脖子粗，方明曦在走廊尽头洗手间最内侧的隔间里，差点被肖砚就地正法，挂在他身上乐得直笑。

场合不对，时机也不对，肖砚只能紧急刹车。他的大掌托着她的臀，掌心灼热。

方明曦背抵在墙上，两手钩着他脖子，笑意止都止不住。

他在她脖颈上咬了一口，声音粗哑："这会儿倒是不备着套了？"

"你自己说你来买。"她挑眉，瞧他的笑话。

虬结肌肉之下，强龙蓄势待发，可惜受困，即使她这汪深海近在眼前，也不得遨游驰骋。

肖砚此时拿她没办法，只得由着她嚣张。

大掌狠狠捏了捏，他灼热气息喷洒在她耳际，咬牙："回去再收拾你。"

寸头过生日，难免多喝了点。肖砚几人搭配，让没喝酒的送那些喝醉的回去，挨个解决完，才把寸头弄上车。

一回公寓，醉得不省人事的寸头就被扔回房里，沾上床倒头就睡，打雷也叫不醒。

方明曦优哉游哉地迈步回房说是换睡衣，肖砚没拦她。

他进了自己卧室，衣裤褪下扔在浴室门口，拧开龙头冲澡。

澡洗到一半，浴室门被敲响，"叩叩"两声，虚掩的门从外推开。

方明曦倚着门框，手里拿着瓶新的沐浴乳："你那瓶快用完了，前两天我和寸头到超市买回来的，还没来得及拿进来。"

她大剌剌看着肖砚，目光丝毫不加以遮掩，从上到下将他打量了个遍，经过中间时，噙着笑停顿许久。

肖砚眸光沉沉，赤足踩着水走到她面前，接过她手里的东西。

方明曦眸光向下，饶有兴致。

"看什么。"他声音沉了几分。

"不能看？"她笑嘻嘻，视线缓缓移到他脸上，"好凶喔。"

……

肖砚这一折腾就折腾了她大半晚，后果就是宿醉的寸头醒了半天，一向早起的肖砚才刚洗漱完。

客厅里没人，敲方明曦房门喊她吃东西没人应，寸头只好来敲肖砚的门。

一开门，寸头傻了。

肖砚围着一条浴巾，寸头嘴里"砚哥"两个字还没说完，就见肖砚身后出现一个人影。

方明曦脚下踉跄，头昏眼花站不稳。

"……怎么这么早？"她略带抱怨地咕哝，声音微沙，眼睛朝门口看过来，睁都睁不开。

"你……们……"寸头反应不过来。

肖砚倒是清醒，只是瞒不瞒对他来说都一样，先前只不过因为她想玩所以陪着玩。

扭头见她睡衣领子不整，脖颈和锁骨上痕迹深重，他皱了下眉："先去洗漱。"

方明曦迷蒙点头去了，他转头重新看门外："什么事？"

寸头还愣着，眼神从走进浴室的方明曦身上，挪到肖砚一本正经的脸上。

"砚哥……你……"

"嗯。"肖砚表情淡淡，"就是这样。"

寸头知道这事后，很快郭刀几人也知晓，方明曦和肖砚的事让他们着实惊讶，私下里聊了一通。不过这是他们俩的私事，旁人不好说什么。

被寸头撞破的第二天，郭刀几人来公寓吃饭，正巧方明曦和周娣有约，便没同他们一起，下午就拎着个包出门了。

寸头担心她尴尬，特地找肖砚问："该不会是被我看见不好意思，所以才躲我们？"

"没有。"肖砚打消他的担心，"别多想。"

好说歹说，寸头确定自己没给她带来不适，这才安心。

晚上吃完饭，众人在肖砚公寓留了会儿。肖砚收拾好碗筷，从厨房出来，见寸头和郭刀在阳台说话，本想进去，门缝里传出他俩说话的声音。

他们在聊他和方明曦的事。

郭刀说："人家两个都没担心，你瞎操什么心。"

"我不是觉得砚哥哪里不好，或者说方明曦哪里不好，只是他们两个这事……"寸头欲言又止。

"我跟着砚哥这么久，我当然希望他好。"

寸头说："一直以来因为邓扬的缘故，方明曦挨了不少欺负，整天被邓扬那帮朋友找麻烦，砚哥不能不管邓扬，自然也就不能不管方明曦。后来她家里的事，砚哥帮了不少忙……

"我是觉得吧，从一开始的责任，到后来的同情，这事儿砚哥自己能不能分得清，很悬。"

郭刀想了会儿，说："管它呢，人家俩人现在好好在一起，你没事想那些干什么？"

"不止是砚哥，"寸头叹了口气，"还有方明曦，好歹现在算是朋友，我也不希望她过不好。她从小缺少父爱，这种一旦遇上年长的人贴心照顾，什么抵抗能力都没了。砚哥先是帮了她几次，又在她最难最苦的时候伸出援手，她有没有晕头，搞不搞得清自己心里想什么，我觉得也悬。"

寸头一番话，针针见血。或许是年少出来打拼见过的世事人情多，又或许是旁观者清，虽然感情一事他经验并不丰富，但每一句话却都说到了点子上。

郭刀叹了口气，默默抽烟。

其实他也是这么想的。

肖队是同情多一点还是感情多一点，方明曦是感激依赖多一点还是喜欢多一点，怕是他们自己都分不清。

肖砚安静地站在门边，里面的两个人没发现他，声音从门缝一字不漏地传入他耳中。

他站了半晌，最终还是回到客厅，没有推开阳台门。

闲适时间过得飞快，转眼进入四月，春意漫遍大地，距离夏天还有好长一段缠绵梅雨。

方明曦和肖砚的事被队里其他人知晓，久了大家也就适应，对他们举止间不经意流露出的亲昵慢慢习以为常。寸头夹在中间顿时尴尬起来，两次差点撞见他们亲热之后，识趣地不再打扰他们，一改往常如影随形跟在肖砚身后的状态，每周多半时间都在训练场里的宿舍住。

不过每次回公寓，他都会额外给方明曦炖汤，什么银耳红枣、党参乌鸡、八珍老鸭汤，变着法地炖。

方明曦对别人偶尔调侃的眼神或是话语，都没甚反应，唯独寸头每回给她炖汤端到面前，大剌剌说“给你补补”的时候，她总禁不住脸上发烫。

没有了其他人打扰，两人相处的日子静谧且安详。

入夜，洗漱过后，方明曦和肖砚都没睡。客厅的灯亮堂开着，肖砚手里拿着她的书，随手一页页翻，挑重点考她。

她一开始正襟危坐很有几分认真专注，答着答着，躺下枕在他腿上。

问了几个问题，肖砚低头睇她：“……”

她玩着他另一只手，掰着他的手指无聊搓弄。

“认真一点。”

“我很认真啊。”她看都没看他，注意力全在他长茧的手上。

“你这样得问到……”

“手怎么这么糙，护肤品没用吗？”她皱着眉研究，“难怪每次摸我都摸得那么疼。”

肖砚不用护肤品，她是知道的。他只接后面那句话：“那以后我摸轻点？”

她眨了下眼，瞥他，想了想咧嘴：“……那还是摸重点吧！”

肖砚拿书敲敲她饱满的额头，让她坐起来好好答。方明曦听话安分了十几分钟，一点点朝他挪，最后倚进他怀里。

他没法，伸手揽住她，书一会儿翻开一会儿合上，让她一段一段背诵。

方明曦都记得，只是起了玩心，进度稍慢。

“我累了。”背完七八页，她扯他的睡衣领口，“我想睡觉。”

说这话的时候，方明曦趴在他胸膛前，一双眼睛盈盈朝他看。他的薄唇抿着，严肃得有些冷淡，面庞线条坚毅硬朗，隐忍动情的时候淌下汗，性感又迷人。

她抬手，轻轻摸他的喉结。肖砚一下就知道她在想什么。没有人比他更清楚，人前的她冷淡矜持，只有在他面前，热情大胆，毫无保留。

他道：“你把题背完，背完我们就回房间。”

“回房间然后呢，干什么？”她伸指探进他衣领下。

他喉咙动了动。

方明曦还觉得不够，身体紧贴他，凑到他唇边：“嗯？”

肖砚眸色深沉，在她抬手抱住他脖子的时候，环住她腰身的手臂用力收紧，忍不住哑了声：“满意了？”

她一点也不羞臊，抱着他，乐得直笑。

肖砚是知道的，她喜欢，她觉得愉悦，她对他有欲望。

她从来都没想过掩藏。

……

胡天胡地一晚，房里折腾得乱七八糟，方明曦睡到日上三竿，睁眼时肖砚早已收拾过一通。

“寸头在客厅。”肖砚见她醒了，进来拉开窗帘，没忘提醒。

方明曦眯眼趴在枕头上，艰难适应乍然刺进房内的亮光。

“起来洗漱，饭要凉了。”他把干净的衣物放在床边，她咕哝应着，不停翻身，勉强算是醒了。

肖砚出了房间，方明曦坐起来，慢条斯理穿衣服。洗漱完出去，客厅里果真坐着人，她下意识扯了扯衣襟，想起穿的是有领子的春装，脖颈那些痕迹挡得严实，这才放心。

她进餐厅吃过饭，听肖砚几人说起去训练场的事，顿了顿，待肖砚走进来，她面露戚戚之色。

他经过时，被她一把扯住衣角。肖砚停下："怎么？"

"今天我不跟你们一起去了……"她小声说。

前天他们说队里新进了一批训练器材，刚刚开始使用，她来了兴趣便说要跟去参观。

原本是打算今天去的，然而……

肖砚瞬间了然，低眸，声音也放轻："痛？"

她点头。

"……"每次让她不要闹她总不听，到最后吃苦头的都是她。肖砚揉了揉她的发顶，"那你在家休息。有事打我电话。"

方明曦说好，问："几点回来？"

"五六点。"

"好。"她笑了下，"我等你。"

方明曦的回笼觉睡到下午三点，迷迷蒙蒙被周娣的电话吵醒，睡意被赶跑，干脆起了床。

肖砚在郊区训练场，离傍晚还早，她没吵他，收拾一通出门去找周娣。

在周娣实习的诊所帮忙，陀螺一般连轴转到五点半，周娣下班，方明曦正好想起给肖砚打电话。那边"嘟"音响到底，最后断掉。

"没人接？"周娣换衣服，朝她看。

方明曦"嗯"了声，皱眉，继续打。电话打了三通，最后一遍终于接了。

"喂……"

她没说完，便听见肖砚稍显低沉的声音传来："我这边有点事，晚点再打给你。"

周娣见方明曦一句话都没说上，靠过来："怎么了？"

"不知道。"方明曦看看屏幕，把手机收进口袋，"他好像有事。"

"那你现在去哪儿？"周娣瞧她，蓦地兴致勃勃，"跟我去吃饭吧？你刚刚说要回去，他现在有事，你一个人吃不如跟我一起，我们好久没逛街了！"

想想也是，回公寓也是一个人，方明曦点头："好。"

"那我们去吃牛排，还有……"周娣太兴奋，猛拍了几下桌面，不留神把水杯碰倒。

“小——”

方明曦往旁边躲，没能闪开，周娣小心杯子的话只说了一半，就见方明曦衣服下摆湿了一片。

“我天，我这贱手！”周娣手忙脚乱地给她擦。

春装薄，不比冬天厚厚一身，湿了看不出来，里头也感觉不到。

无奈之下，周娣只好带她回员工宿舍，找了件自己的干净衣服给她换。

两人手挽手去商场，计划去的牛排店客人太多，只好换地方。

一边找店吃饭一边聊天，周娣说到兴起，身旁方明曦忽地停住。

“怎……”才说一个字，方明曦猛地扯着她往后退了两步。

周娣不明所以，发愣：“怎么了？”

方明曦的眼睛直直看着斜前方咖啡店的玻璃墙。周娣才发现她们刚刚走到了咖啡店的透明墙边，退两步，站在这儿就不在店里客人的视线范围里了。

“看到谁了？”周娣顺着她的目光，找了找，定格在角落盆栽树旁的一桌。

两个男人，一个成熟些，一个年轻，满脸都是朝气。

肖砚和——

“……邓扬？”周娣不自觉压低声音，瞪大眼，“他什么时候回来的？”

方明曦掩在墙沿边，盯着里面看。周娣用胳膊碰她：“你知道邓扬回来这事儿吗？”

她许久才说：“不知道。”

周娣想说什么，一时不知从何开口，忽见方明曦掏出手机。

她点开手机通话记录，见没有未接来电，皱了皱眉。

“你找什么呢？找谁的号码？”周娣奇怪道，“你这学期新换的号码，是不是有什么联系人没存，告诉我，我这儿可能有……”

方明曦抬头看她，这才反应过来：“是了，我这是新换的号码。”

难怪邓扬没有打一个电话给她。

并非她自恋，也并非她还想被邓扬追求，继续跟他不清不楚地纠缠，她只是乍一见肖砚和邓扬碰面，想知道他们两个人在谈什么，一下子昏了头。

方明曦发了条短信给肖砚：“回来吃饭吗？你在干吗呀？”

等了五六分钟，收到他的回复："你先吃，我在外面有事。"

她追问："和谁在一块，寸头吗？"

又过了两分钟，手机振动了下。

她点开一看，肖砚回了一个字："嗯。"

……

方明曦身上的衣服是周娣的，但怕被肖砚认出，她又把周娣的帽子戴到自己头上，和周娣拉开距离一前一后进了咖啡店。

两人一起在柜台点好东西，方明曦先坐下，周娣等东西都齐了，自己用托盘端过去。

如此，没有服务员过来跟她们说话，方明曦和肖砚那桌隔了一道镂空隔板，还有一盆盆栽。周娣被她带得屏气敛息，一点声音都不敢发出来，小心翼翼听他们说话。

邓扬回来似乎是瞒着他爸爸的，方明曦往咖啡里扔了一块方糖，听见他求肖砚："砚哥，你别跟我爸说成不？我就这几天假，待几天我就走……"

"你爸说你现在乖了，我还以为是真的。"肖砚的声音低沉如常，带着一丝不悦，"他准你休假回国，你不好好陪你爸妈他们，偷偷跑回瑞城来，你有没有想过他们会担心？"

"我本来就是瑞城人，不回瑞城回哪儿？他们自己要待在别的地方，他们喜欢他们自己待呗，我不喜欢，反正我不去！"邓扬振振有词。

肖砚道："他们还不是怕你惹事。"

"我现在已经不惹事了……砚哥你就让我在你这儿待几天，就几天！"

肖砚不说话，态度不明。邓扬兴许是见他一时半会儿不好说服，叹息了两声："不说这个了。砚哥，我问你个事——"

"说。"

"我在国外没怎么跟朋友联系，就这两天回来听说了点事情。"他顿了顿，似乎有点难以启齿。

安静了几秒。邓扬开口："我回来才听我爸说唐隔玉也被她家里人送出去读书了，我爸还不让我跟她联系，说她不学好……"

"你想说什么？"

“我就想问，他们说她害方明曦的妈妈被烧死，是真的假的？”邓扬道。

在国外这段时间，他是真的安分了很多。他爸不喜欢他和以前的朋友联系，早在出去前，以前的朋友群、同学群就退了，各种社交账号也都被他爸清空，加上联系不太方便，他顶多隔一个月和睿子通个电话。很多事睿子都没跟他说，还是他这次回来以后得知的。

学校论坛里的帖子，他爸妈闲谈时的态度，很快他就大致知道了些什么。

“砚哥？”邓扬催问。

肖砚沉默许久，道：“案子已经判了，入狱的是个男生。唐隔玉当时在不在，她爸有没有给钱给男生家属，这点问你爸应该会更清楚。”也就是说，事情都是真的。

方明曦背对着他们，看不到他们的表情。但邓扬的语气霎时颓了许多，她还是听得出来。

“她怎么会那样？！”邓扬愤然，“方明曦到底哪里惹她了？有病吧——”

“这个要问你了。”肖砚淡淡道。

邓扬的话音戛然止住，哑口无言。过了好久，邓扬才沉沉说：“我真的不是……我和她睡，只是意外……砚哥你知道的，后来我也蒙了，打电话问你怎么办的时候，我真的……”

“都过去了。”肖砚打断他，“喝完咖啡，我让寸头给你开个房间，睡醒了明早回你爸那儿去。”

邓扬沮丧地和他讨价还价。

方明曦和周娣听得先前邓扬和唐隔玉睡过的那句，都微微顿住。不过方明曦很快抛到脑后，倒是周娣，瞪着眼无声地表示惊诧。

周娣想到什么，一下子满脸愠怒，拿出手机，在短信界面编辑出一行字递给方明曦看：

“难怪唐隔玉那么讨厌你！我就猜她喜欢邓扬，原来是真的！他们竟然睡过了！我说怎么邓扬人都走了，唐隔玉还找你麻烦！”

方明曦抿唇，垂下眼睑。周娣本来还想再写什么，感叹号点了一堆，瞧见方明曦暗下来的神色，一愣，而后收起手机。

唐隔玉不止找她的麻烦，甚至让她连唯一的亲人都没了。

她们这边气氛正低落，忽听邓扬又在打商量：“砚哥，你晚上让我去你公寓住一晚呗，走不走的明天再说……”

“不行。”肖砚想也没想就拒绝。

“好好好，那我明天下午走行吧。晚上去你那儿凑合一晚……”

肖砚不想跟他说这个，只道：“我让寸头送你去酒店，你给你爸打电话。”

方明曦听他们似乎说得差不多，正预备拉上周娣起身走人，以免被他们看见，那一桌邓扬突然笑起来。

“刚刚我看你又接电话又回短信，我记得你以前从来懒得跟人发短信的……砚哥你是不是找女朋友了？怕我去打扰到你们，不方便是不是？”

方明曦顿住，起身的动作还没开始就已结束。

“你是不是有女朋友了啊？”邓扬还在问。

不知过了多久，那几秒时间显得格外漫长。

肖砚终于出声，嗓音还是那么低沉磁性，方明曦听到他说：“……没有。”

之后邓扬的追问以及聊起的别的话题，方明曦都没再听，她匆匆起身，离开咖啡厅。周娣追在她后面，想叫她，思及隔壁桌还在说话的两人，当即噤声，低头跟出去。

方明曦的步子很快。长长的商场走廊，地板是白色的，清洁工时不时将客人踩过的痕迹擦除，干净锃亮。

“明曦……明曦！”周娣小跑，绕过迎面走来的路人，喘着气追上方明曦。

她拽住方明曦的手腕：“你等我一下！”

方明曦停了，站在来往的人群里，或许是她面色不对，周围有两三个人回头瞥她。

“你没事吧？”周娣担忧地问。

摇摇头，方明曦缓慢舒了口气，对周娣说："刚刚他们说的那些，就当没听到。今天我们没来过这里。"

周娣一愣，不是很懂方明曦的意思，见她一派认真，脸上全无说笑，周娣点了点头："好。"

方明曦再度提步，周娣生怕她跑了，挽住她的手腕。

"我们现在去哪儿？"周娣问。

走出商场大门，外头迎面扑来的风将方明曦的表情吹得浅淡，那神情，像是瞬间恢复到她以往疏冷的状态。

不过只是一瞬间，她垂下眼，敛神平静道："去吃饭。"

晚上九点，安静的公寓响起开门声。

肖砚在玄关换鞋，摁亮客厅灯，进屋没两步，沙发上端坐的方明曦回头朝他看。

"怎么不开灯？"他顿了顿，提步过去。

肖砚到柜边倒水，方明曦趿着拖鞋走到他身后。

"怎么和寸头在外面磨蹭了这么久？"她挨在他身边。

他说："有点事。"

"麻烦吗？"

"还好，没什么大问题。"

她点头，眼睫微垂。肖砚低头，入眼是她的发顶，手背碰了碰她的脸颊："不舒服？"

"没有。"方明曦抬头，对他笑了下。

触手温度稍凉，他又碰碰她的脸，皱眉："怎么这么冰？"

"刚从外面回来，可能是被风吹的。"她说。

肖砚问："刚刚才回来？"

"嗯。"

"去了哪儿？"

"和周娣出去吃饭。"

"吃了什么？"

"牛排。"她说，"不过味道不怎么好，下次不想去了。"

肖砚听她话里平静，除了不如平时情绪高昂，状态一切如常。他又倒了杯热水，塞到她手里：“暖一下，我给你热牛奶。”

他走进厨房，方明曦站在柜边看他。似乎是感受到她的视线，肖砚停住，回头看。

她捧着热水杯，站在原地，扬起一个笑。

“还要一个白煮蛋。”她说。

肖砚稍站，点头：“好。”

喝完牛奶吃完鸡蛋，方明曦窝在沙发角落看书，难得投入，没有缠着他说东说西。

她不说话，客厅显得过分安静。

肖砚莫名不适，朝她伸手。她从书里抬头：“怎么？”

“上次背到哪儿了？”他说，“继续。”

方明曦眨眨眼，将书本翻转给他看，轻笑：“背完啦。新的一章，前面的内容我已经复习过了。”

她窝回角落，歪歪靠着软绵的沙发，继续看书。

肖砚忽觉无所事事，房里和餐厅各绕一遍，没有什么事能做。

时针走向十点，方明曦放下书：“我有点饿。”

肖砚道：“想吃什么？”

偶尔看书看得晚他会给她煮夜宵，大多是些面食。今天方明曦不太想吃，想了想道：“吃牛排。去楼下便利店买方便套装，你煎给我吃好不好？”

肖砚皱眉：“冷冻的方便速食不好。”

“我想吃。”方明曦懒散躺着，揪着头发绕在指上打圈。

他无法，说了声“好”，下楼去买。

方明曦也有些无聊，穿上外套和他一起出门。

晚上有点冷，气温降了些，从楼道口出来，肖砚握住她的手。他的手掌大，轻而易举就将她的五指攥在掌心。他轻捏她的手指，感觉温度比以往低：“怎么这么冷？”

“今天比较冷吧。”方明曦被风吹得缩了缩脖子，“薄外套还是不挡风。”

肖砚还没说话，她忽地瞧见路旁草坪上有稀奇的小虫，一把从他掌中抽了手，拔腿小跑过去。

“你看，这虫子颜色好鲜艳。”她兴致勃勃站在边上瞧，两只手揣进自己兜里。

回头见他慢悠悠地走，她喊他：“你快点呀。”

她嚷嚷着饿，看着却不像没劲的样子。

后半段路，她一直走在他前面，走两步一蹦跶，踢踢石头，踩踩地面陷下去的小坑。前方好像有数不尽有趣的东西，吸引了她的注意力，她一下也不曾回头。

从便利店买了盒装冷冻牛排，方明曦另拿了几瓶乳饮品，外加一些零散东西，装了一小购物袋。原路返回公寓，两人并肩而行。

方明曦和肖砚商量牛排外的辅食：“再拌个凉菜吧，我想吃凉菜。”

“凉菜？”

“对。冰箱里有豆芽和花菜，凉拌豆芽或者花菜都行。加点辣，多放香油。”

肖砚说：“辣椒吃多了，上火。”

“可是……”

“砚哥——”

方明曦话没说完，前方一道男声横插一杠，就此打断。

“砚哥你回来了？去哪儿呀，我上去敲门，没人应，在这儿等半天了，这风……”

邓扬边说边靠近，脸上笑容洋溢，却在看清方明曦的瞬间僵住。

肖砚和方明曦谁都没说话，默契得不合时宜。

邓扬滞愣半晌，目光在他们两个身上来回：“你们……”

风卷起地上的草叶，四下静得一片死寂。

方明曦缓慢地笑了：“啊哦，看来是吃不了牛排了。”

……

窗户开着，公寓里的气氛却闷滞无比。邓扬自进门后没有说过一句话，肖砚亦是，客厅静悄悄，倒一滴水在地上大概也能听见“滴答”的声音。

只有方明曦像个没事人一样，把塑料袋里的东西一一放进冰箱，拿出那两盒牛排的时候，放在手里掂了掂，似是很不舍。冰箱门“啪”地在她手下关上，她趿着拖鞋朝房里走，经过客厅还跟肖砚打招呼：“我先睡了。”

客厅里只剩两个男人，邓扬的脸色难看到极点，唰白之下透出些许愠怒的青色。

“这就是你帮我照顾的人？”邓扬盯着肖砚，生平第一次对他嗤笑。

肖砚说：“我没答应帮你照顾谁。”

邓扬腾地站起，狠狠一脚踹翻垃圾桶，“砰”的一声，塑料桶身翻倒在地。

“那你照顾个什么劲？都照顾到你家来了！我怎么不知道你这么好心——”

肖砚坐着，岿然不动，脸上神色难辨。

邓扬大口喘气，瞪着他：“下午我问你是不是有女朋友了，是不是跟女人在交往，你告诉我没有，现在这是什么？”

肖砚越是沉默，邓扬越是激动：“你说啊？你解释给我听听！”

“没什么好说的。”肖砚道，“事情就是你看到的这样。”

“就是这样？就是这样……呵。”

邓扬冷笑几声，突然冲到他面前倾身抓住他的衣领：“我问你，你和她是不是在一起了？”

邓扬喘着粗气，咆哮道：“你说我们不合适让我别为个女人干不该干的事，我傻了一样听你的，结果呢？结果你和她在一起了！骗我爽不爽？我就问你，这样耍我很爽是吧——”

肖砚捏住他的手腕，抬眸和他对视，眼里沉沉一片。

“你想说什么都行，但最好注意一下措辞。”

邓扬的手一下使不上力，被肖砚捏得手腕生疼，红着脸跟他角力，怎么都挣不开。

是了。肖砚一直当他是弟弟照顾，邓扬也知道，这个和他哥情同手足的男人，跟他、跟他那些朋友都是不一样的。

他是真的敬重肖砚，越是这样就越是无法忍受。

邓扬还在挣，未料到肖砚一下松了手，他猛地往后摔，踉跄坐在地上。

“行！行！”他爬起来，满脸愤愤，“当我没来过，当我没你这个哥！”

肖砚皱眉：“邓扬。”

邓扬甩手就走，还没走出客厅，方明曦的房门开了。

她站在门边，静静看着他们俩：“吵够了？”

邓扬稍停，脚尖一转朝她走。他拽住她手腕，扯得她往前两步。

“你跟他怎么回事？”邓扬质问她，“你喜欢他？啊？”

方明曦知道甩不开他的手，没挣扎，反倒有几分自如。她淡淡道：“喜欢啊，怎么。”

平静的几个字犹如投下的炸弹，邓扬本就不平的气息起伏更加剧烈。

“你喜欢他？你才见过他几次，你就喜欢他，你喜欢什么……”

他扯得方明曦来回晃，肖砚看不过去，挡开他。

邓扬失去对她手腕的桎梏，看着挡在眼前的肖砚冷笑：“你不是说你没有女朋友吗，现在又是干什么？在我面前秀什么？”

“你冷静一点。”

“我不用冷静！”邓扬大吼一声，忽地犯起倔劲，越过肖砚拉扯方明曦。

场面霎时混乱。

肖砚下手不禁用了力，不想邓扬死死拽着方明曦，被推开的刹那，一个拽一个，两人一道撞上酒柜。

酒柜最上格的两排高脚杯叮当碰撞发出脆响，重心不稳，摇晃几下，“哗啦——”朝着方明曦和邓扬的头顶歪倒砸下。

肖砚神色一凛，下意识伸手去拽——猛地扯开了邓扬。

邓扬被肖砚拉开，就听玻璃碎裂的声音响彻客厅。

好在方明曦眼尖，反应迅速往旁边躲，避开了。

玻璃碴飞溅，她摔坐在地上，手掌摁到碎片，在掌心扎出尖尖的小伤口。

肖砚一愣。

他走过去，蹲在方明曦身边，抬起她的手检查伤处。她抬眸静静看了看他，复又低下。

邓扬也愣了一会儿，见她受伤想上前，瞥见蹲在她旁边的肖砚，心里又升起一团怒火。

邓扬甩手走人，将门摔得震天响。

肖砚给方明曦拿来医药箱，还没处理伤口，就被关门声震得耳颤。

“你还是去追他吧。”

“先处理你的……”

“我没事。”方明曦朝门的方向瞥了眼，“他这样跑出去，万一出什么事可就来不及了。”

肖砚犹豫，抿了抿唇。她从他手里拿过镊子，夹出刺进手心的玻璃碴，唇边轻勾：“我自己能行。你别忘了我是学什么的，这点小伤口……”

肖砚心里似是挣扎一番，到底还是担心邓扬冲出去，会冲动干出傻事。

“那我先去找他，我很快就回来。”

方明曦若有似无地“嗯”了声，没抬眼。肖砚摸摸她的头，着急冲出去，外套也没拿。

方明曦坐在满地碎玻璃碴边，安安静静处理自己扎破的手掌。消过毒以后擦上药水，用纱布稍微缠了两圈将伤口包紧，她收好药箱，去阳台取扫把，扫干净地上的玻璃。

做完这些，环顾一圈空荡荡的客厅，方明曦坐到沙发上。纱布渗出一点点血，点点殷红。

她抬指在那红点上戳了下：“……也没有那么疼嘛。”

邓扬没有出事，肖砚在路上找到他，送到酒店待了一晚上，第二天买车票送回他爸那儿。

方明曦独自在公寓睡了一晚，第二天肖砚回来，少见的精神不济，下巴上冒了点青青的胡楂。

他张口便问她的伤：“疼吗？”

方明曦倒是没在意，随口说了句：“昨晚包扎过了。”饶有兴致地摸他的胡楂玩。

肖砚很疲惫，抱着她坐在沙发上，许久未言。

像是一个插曲，来得快去得也快，消散之后了无痕迹。

公寓里的生活平静如常，方明曦还是每天看书备考，偶尔出门和周娣吃个饭逛逛街。

肖砚回来的次数比以前频繁，以往有事还会留在队里过夜，邓扬走后，基本每天都会回公寓来，不管多晚。

只是方明曦收了玩心，不再缠着他要他帮她背书、背考点，每天早睡早起作息规律，在白天八个小时里，将效率发挥到最大，准时完成自己给自己定下的复习任务，天一黑就看看电视，散步解闷。

说不出来有什么东西变了，但肖砚能感觉得到。

她以前很缠他，喝个水都要他喂，明明坐在沙发上也要倚进他怀里，攥着他的手指能玩上半天。现在不了，更多的是闷头看书。

那天买的两盒牛排，肖砚想起来要给她做，翻翻冰箱却没找到。

方明曦满不在乎地告诉他："买的时候没注意，我一检查发现保质期过了，就顺手跟垃圾袋一起扔了。"

心里有点堵，肖砚说不出来，没有地方宣泄，也没有什么能说的。

她还是一样，和寸头说说笑笑，郭刀煮菜的时候在旁边提前偷吃，晚上只有他们两人，她也是一样的热情，一样的毫无保留。

可他觉得不够。

她的表情让人觉得摸不到够不着，随时都有可能不见。于是，他更加用力，更加彻底，每一次都折腾到她哭。

她总是一边哭，细白长腿一边缠着他的腰，手臂攀在他背上，指甲用力掐进他的肉里。

每当这时候，他才有一点真实感。

时间离暑假越近，肖砚越烦躁。

寸头看出他的不对劲，问过好多遍，他只说："没事，没睡好。"

没睡好的次数多了，寸头甚至考虑要不要给他买点助眠的药。

就这么磕磕绊绊到了夏天，又是一个毕业季来临，周娣等实习学生回校拿毕业证书，准备许久的方明曦则踏入考场。

最后一场考试结束，肖砚在外等候多时。

方明曦一身轻松地上车，考试才刚结束，她就一副卸下重担的模样。

肖砚问："有把握？"

"嗯。"她点头，降下车窗。

见状，肖砚把空调温度调低："关上。"又说，"等结果之前，需不需要准备什么？"

方明曦道："没什么要准备的，过两天去和房东交接，旧的那些家具本身也不是我们的，只有我妈的一些东西带上就是。不多，到时候开学，塞进行李箱里应该能装得下。"

肖砚颔首，还没说话，她歪头靠着椅背，闭眼："我睡一会儿，太累了。"

"……好。"他瞥她，对于学校的填报问题，仍旧没能问出口。

……

各地学校放假，学生们开始闲适的暑假生活。

方明曦过得也很开心，虽没四处玩，但每天睡到自然醒，无事担心，日子倒也轻松。

只是肖砚总是看着她，好多次，看着她不发一言，不知在想什么。

她若无其事地挑起眉头问："怎么？"

他便会答："没事。"

他欲言又止，似乎在等她说什么。可当她主动开口和他说话，他又总是显得有些抗拒。

方明曦知道他在抗拒什么。

收到录取通知书的那天，肖砚不在公寓，她把衣服和随身用品收进新买的行李箱拎到周娣那儿。等她再回公寓，肖砚便已经在客厅等她。

方明曦告诉他："我拿到录取通知了。"

像很久之前那次告诉他自己得到奖学金一样，她笑得眉眼弯弯。

她说："我报了班导给我推荐的学校，不在首都。"

肖砚沉默许久，喉头动了动："那……等总队安顿好，不忙的时候我去看你，每周有两天假，我……"

"不用了。"她笑着看他，"你懂我的意思，你懂的，肖砚。"

她向前，抱着他靠到他怀里，声音轻轻："我很喜欢你。可是好像还是不太合适，我试过了。"

肖砚没有像往常一样抱她，仓皇转身欲走："我去给你煮夜宵……"

她拉住他，将他的腰抱得死紧。

"那所学校很好，老师、同学、学校资源全都很好，我们班导的校友在那里，我能学到好多东西，以后会成为一个很优秀的护士……"

她一字一句说给他听，昂头问他："你会替我高兴的，对不对。"

肖砚僵着身子站在那儿。

方明曦眼圈红了一些，她笑说："你知道的吧，那天你跟邓扬在咖啡厅见面，我也在，我都听到了。你这么聪明早就猜得到，你一定清楚我其实知道你们见过面了。"

不然那天买牛排被邓扬撞见，她不会笑，不会是那个反应。

“你有不能放下的东西，我也有。”方明曦吸了吸鼻子，将酸涩堵回去。

肖砚放不下对邓扬他哥的愧疚和感激，这是他永远的包袱。

而邓扬是她母亲死于火灾的导火索，尽管她也有责任，但她心里过不去这道坎。不管和谁在一起、不和谁在一起，她跟邓扬永远都不会有可能。

那一天酒杯倒下，肖砚选择拉开邓扬，在他心里，邓扬始终比她重要。

“……亲我一下好不好。”她说。

肖砚不动。

她双眼通红，喉咙哽了一下：“以后就没机会了。”

他还是没反应。

方明曦缓缓松手，还没从他怀里退开，他忽地将她箍进怀里，亲吻比所有时候来得都更激烈凶猛。

方明曦抱着他，在他怀里声音发闷。她说：“你不要开口留我，你一叫我的名字，我什么都扛不住了。

“我从这里走出去，你就当没有看见……好不好。”

肖砚任她抱了很久很久，才轻轻环住她的腰。

“……好。”

大三毕业这年的暑假，方明曦离开瑞城。同年九月，进入新学校就读。

校门两侧主干道上种满了茉莉。

她拉着一只笨重的行李箱，从此，踏上飘满花香的坦途。

第七章 相逢时难

2017年秋末，连绵多雨的季节，申城笼罩在一片阴蒙之下，空气仿佛都是湿腻的。

作为商圈中心的泰隆广场，地标性的建筑高耸直立，指引着四周络绎不绝的车流。

广场一层西南角的咖啡厅大门被推开，一男一女先后走出，身后是弯腰送客的服务生，没有嗓音吓人的“谢谢光临”，优良亲和的服务态度比热情言语更好地展现出了服务水准。

长发女人笑意浅浅地等在路旁，一身大方雅致的淡色裙装，衬得艳若三春的脸庞更显娇俏。

西装男人取了车，开到她面前，极绅士地下车给她开副驾驶座车门。

车从泰隆广场旁的大路开出去，很快潜进立交桥上的车流之中。

男人一边开车，一边说起刚才的下午茶：“他们家的咖啡烘焙方式别有特色，不知道你喜不喜欢。”

“挺喜欢的。”副驾驶座上的女人声音轻柔，潺潺如春溪，入耳就先令人喜了三分。

“上次张师兄说你喜欢喝蓝山？”

“对。”

“那下次我们可以试试蓝山……”

一问一答，车内气氛轻松，男人偶有妙语，逗得女人笑声不断。

“到了。”半个多钟头后，车在一处小商场外停下，男人往外看了眼，调侃，“你说三点到棕林路有事，看看，时间准吗？”

女人挺配合地看了看时间，下午二点五十八分，差两分钟。

她弯唇道：“论准时，没有谁比得过我们大律师。”

男人说笑两句，她道别下车，路旁的车直至她身影消失不见才重新启动。

进了商场，在露天花坛稍站两分钟，等的人来了。

“明曦——”

刚做完美容的姚玥风风火火赶来，步伐快但并不粗鲁，清丽眉眼莹然笑开，任谁也难心生不喜。

“你迟到了。”方明曦挑了挑眉，唇边挂着笑，分明没有责怪的意思。她一身秋裙颜色清淡，然而五官娇艳，妆再淡再薄还是难掩媚意。

旁边几个经过的人，忍不住回头多看了几眼。

姚玥解释：“我本来以为可以快一点做完的，谁知道给我洗脸的那个美容师有事磨蹭了一会儿……不说这个了，我车在地下停车场，走吧我们。”

方明曦被她挽着胳膊，乘电梯到负一层。

陪姚玥取了车，开出停车场，短暂昏暗的光线恢复明亮。

“你和律师所的那个人去吃饭了？”姚玥边开车边问。

方明曦说：“没。只是喝下午茶。”

“坐他的车过来的？”

“嗯。”

“人怎么样？”

“还不错。”

姚玥听她这平淡的语气，朝她瞥去一眼："又不喜欢？"

"谈不上喜不喜欢。"方明曦说，"他人还是挺好的。"

"行吧。"姚玥耸肩，"反正也不是非得要男人才能过活，你这样挺好的。"

方明曦笑话她："你上次看上那个来探望病人的家属时，可没这么豁达。"

"那不是情况不一样嘛。"姚玥哪会害臊，啧了声感叹，"你一提我就想起来，那个男的长得真俊，斯斯文文戴副眼镜，可惜了可惜……"

没追到的都可惜。方明曦懒得陪她馋男人，笑而不答。

一路闲谈，不多时开到目的地。

姚玥是陪方明曦来见店铺老板的，坐下说了会儿话，该说的说完，十几分钟就走人。

重新系好安全带，车开动，姚玥说："他租下这儿半年生意还挺好，之前我来吃过一次，他这茶餐厅菜品味道不错。"

方明曦"嗯"了声。

"当初买下的时候，谁知道这一块会这么热闹。"姚玥摇头感叹，冲她笑，"还是你聪明，先下了手。"

"我看你挺闲的，顺道去富林路也看看吧。"方明曦说。

"你真把我当司机使唤？"姚玥假意抱怨，方向拐得却一点都不犹豫。

棕林路这里一家茶餐厅，富林路上还有一家做川菜的餐厅，两间不小的店面都是方明曦的。生意不是她在做，她只按时收租，什么都不用操心，租金稳定。

去过富林路再回来，回程路上，姚玥调侃："还有没有哪儿要去的，本司机一并给你载去呗？"

方明曦笑："还不往医院开，迟到了你等着挨护士长的骂吧。"

"来得及来得及。"姚玥不着急。她俩今天一道值晚班，才有时间大下午在这街上晃。忽地想起什么，她问，"对了，临庄新区那边……"

方明曦道："前天和张学长见面，聊天的时候听他说了，临庄新区要开发的事情是真的，他是起草合同的律师团之一，正在跟进项目。"

"那就是说临庄那边的店铺和房子可以买？"

"房子倒没必要，店面可以买一两间。不过从开发到彻底运转起来，要像棕林路和富林路那两处一样，估计还要个两三年。”

“两三年就两三年，眨眼就过了。”姚玥说，“那我准备准备，改天咱们去临庄新区看看？”

方明曦说行。这一通聊下来，有点乏，她闭上眼：“我睡一会儿，到了叫我。”

“好。”姚玥把车里温度调高，将她的椅背放下去一些。

车静静往医院开，方明曦合目休息，没人说话，姚玥安静下来。到红绿灯路口，等候时无聊，姚玥侧头打量方明曦，不禁看得久了些。

除了棕林路和富林路上的两处店面，方明曦还有一层写字楼，虽然不在商圈中心，但也值不少钱，现在租给创业的团队做办公室，在申城这么个寸土寸金的地方，光是租金就比她们每月工资高出不知道多少倍。更别提方明曦还有两套房产，一套两居室一套单间公寓，前者她自己住，后者出租，外加一辆中等代步车。

申城有钱人多，有钱的姑娘遍地都是，家里给准备好一切，二十六岁有房有车不算什么。方明曦这些，在出身优渥的人眼里不值一提。

但最开始，她什么都没有。

五年前，姚玥和方明曦认识，那时候方明曦只是一个从专科学校考上来的普通学生，穿长裤，衣着简单，唯一不普通的只有那张脸。

一开始，姚玥有点看不起她，高考直升一本大学和专升本不一样，毕竟许多人存有学历鄙视心理，姚玥也不能免俗。后来相处久了慢慢改观，发现这个人没有哪点不如他们，智商不比他们低，努力不比他们少，一样勤奋，一样有拼劲，甚至胆大得有些吓人。

学校里的同学，相熟的和方明曦关系都不错，她走到哪里都能和别人打成一片，不论院系，就连邻近学校也有她认识的人，那些高年级的学长学姐，比如外联部的人，组织活动就常带上她，毕业后也时常来往。

姚玥和方明曦走得近，得知方明曦跟着从事金融行业的已毕业学长买股票时，姚玥很是惊讶。

方明曦没跟人提过家里，但姚玥知道她有一点小积蓄，就靠着那点钱，一次、两次、三次，在股市里滚出一笔钱。

进入申医的第二年，方明曦从炒股挣来的钱里拿出三分之二，买了间店面。姚玥当时觉得她抽风，偏僻的郊区，一个鸟不拉屎的地方，钱等于打水漂。

谁知道后来那一块开发，一整片都热闹起来，周围商铺价位跟着水涨船高。

方明曦的店面、写字楼，还有房和车，就是这么来的。

这其中，有些人纯粹是欣赏她，所以愿意提携她给予她帮助；有些是对她有好感的追求者，律师、医生、金融从业者以及很多其他行业认识的，统统被她利益最大化。

和方明曦认识五年，姚玥深刻了解到她的聪明。和她打交道的男人纵然多，但没有哪个逾矩过火，她今天可以和你共进晚餐，明天可以是他的酒会女伴。一切发乎情，止乎礼，你绅士，我淑女，有来有往，分寸尽在她掌握中。

美貌是她最大的武器，而方明曦运用得得心应手。

思绪飘得有点远，姚玥回神，在指示灯变绿后，踩下油门。

她们的位置离申医附属医院不远，车开进车库，离晚班开始还有二十分钟。

姚玥叫醒方明曦，上楼到岗，换好衣服后还没到换班的点，她俩待在护士站休息室里，一人冲了杯咖啡。

“明曦——”有同事探头进来。

方明曦应声：“我在。”

“刚刚主任来过，护士长有事跟着去开会了，晚上值班让你盯着点。”

“晚上护士长不在？”

“应该是。”

“好。”她点头表示明白，“我知道了。”

姚玥在旁看着，优哉游哉喝咖啡：“能者多劳。”

“你也劳一劳行吗？”方明曦啐她，翻了个白眼。

到换班的时候，大家都收了笑意，工作时方明曦比较严肃，医院本身就忙，更没时间嘻嘻哈哈。

包括姚玥和方明曦在内，晚上有好些个护士值班。除非突发情况，人手通常都是够的。

忙活到半夜，方明曦整理完病历，走廊上突然吵闹起来。

门诊部的护士和护工推着一个病人从电梯出来，看样子应该是刚刚做完手术。

方明曦当即迎上去。

推床上躺着一个体格健硕的男人，后面还有几个同样皮肤黝黑的同等身量的男人跟在后头，身上是统一的制服，不知从哪儿来，风尘仆仆。

她瞥了他们一眼，顾不上太多，回头指挥晚班护士："67 床还空着，推进去——"

将病人移到病床上，方明曦填好床头卡、和送来的护士交接、又填写病历等，忙活了一通。她遵照医生开出的单子给病人输液，一切完毕后，嘱咐几句，将空间留给跟来的几个男人。

方明曦和其他护士一起出去，问："这么晚了，怎么还有手术？"

"不是定好的手术，是刚刚才送来的。"楼下的同事没多说，"我还得下去，先走了。"

方明曦目送她，转身回护士站。

"护士。"一个黝黑的高大男人走到护士站前问，"我兄弟现在情况怎么样？"

方明曦看着手里的单子，道："具体的医生应该已经跟你们说过了，我照单上的给他输液，等明天早上医生来查房的时候再仔细看看。"

男人略着急，迫切追问。

"这样吧。"方明曦给他指后面的办公室，"值班医生在里面，病历已经从系统上转进去了，你实在不放心可以和医生谈谈。"

那人一听，谢过她，立刻拔腿而去。

进里间拿药的拿药，巡视病房的巡视病房，护士站台子后一时没有其他人，只方明曦一个人在那儿坐着。她低头忙着手里的事，桌板忽地被敲了敲。

"护士小姐，请问刚才……"

她闻声抬头，四目相对，问话的人一愣，她也怔了怔。

"……方……明曦？"男人的皮肤更黑了，一头短发倒没变，依旧是利落的短寸。

方明曦从片刻的惊诧中回神，表情慢慢沉淀，如一汪平静无波的湖面。

"好巧。"她弯了下唇，很快敛了笑意，"你要问什么？"

寸头愣愣地看着她，莫名结巴起来，喉咙堵住半天才通畅："我想问，刚才送来的那个做完手术的男人在哪个病房？”

方明曦眼睛闪了闪，即刻明白。刚刚送进病房的那个人，看来和寸头他们有点关系。

恰好到换药水的时候，她站起身：“跟我来。”

带寸头到 67 床病房，她换完药水正要出去，被寸头叫住。

他俩站在门边说话，寸头似是有话想问她，一下子无从说起，略显无措。

“你不用担心，他的情况不严重。”方明曦宽慰他。

寸头局促：“不严重就好……”

“你要不要进去陪他们？”方明曦抬眸朝里看了眼，“不过声音得小点，其他病人都睡了。”

“那个，我……”

方明曦见他半天都没想好说什么，道：“我还得去忙，有什么事晚点再说。”

她笑笑，正要提步，侧边走廊上传来脚步声。

寸头扭头看清来人，张嘴：“砚哥……”蓦地一顿，又转头看向方明曦。

早在看到寸头的时候，方明曦就猜到肖砚肯定会出现。

她转头面色如常地看着肖砚在稍远的地方缓缓停下脚步，平静地和他对视。

肖砚几乎没怎么变，面庞坚毅，眉峰鼻梁凌厉如刀，若说变，大概是气质越发沉稳了。

两人之间的距离不足五步，相隔的时间却已五年。

方明曦淡淡扯了下嘴角，是个适合医院氛围，不会显得不合时宜的弧度。

她落落大方，和他打招呼：“……好久不见。”

休息室里白色灯光炽亮，方明曦推门入内，靠着储物桌坐下。

没多久，到各处忙活的同事陆续回来，门被推开几次，倒水喝的倒水喝，休息的休息。

“明曦？”姚玥见她坐着出神，“想什么呢？”

她笑了下：“没事。”

姚玥给她又冲了杯咖啡：“累了吧，喝点醒醒神，离早上换班还早呢。”

她没拒绝，接过杯子捧在手里，一口一口浅酌。

休息室里挤了好几个人，一热闹八卦就停不下来。有人说起刚刚进来的那一床病人：“你们看到67床的病人没？呼啦啦一圈人陪床，个个人高马大，看起来不是一般人。”

“我也看到了……”

“哪儿啊？我没注意。”

“67床啊，都说了67床，看起来好像是当兵的？是当兵的吗？”

最先说话的姑娘道：“不晓得，就瞧了几眼，没好意思多看。不过看他们穿的衣服不像是部队里的。”

“那有可能……”

几个同事你一句我一句，方明曦没插嘴，静静坐在塑料凳上。

姚玥搬了张凳子凑到她旁边，小声道：“哎，你看到没？”

“嗯？看什么？”方明曦从杯沿里抬起头。

“67床的家属啊！”

她眼睫颤了下，淡淡道：“看到了。”

“怎么样啊？”

姚玥刚问完，几个聊天的同事听见，纷纷转头也追着问：“明曦你看到啦？看仔细了没？”

方明曦本不想聊，看她们一个个模样热切，只好答：“看到了。”见她们还想追问，她淡淡道，“就那样吧。”

“啊？”

几个人扫兴地叹气，不过很快又燃起兴趣，预备等会儿换药的时候也看看。

方明曦忙了一晚上，就数她做的事情最多，同事都是好相处的，后半夜便让她多休息。

她没推辞，时不时到护士站台走动，看看有没有需要自己做的，不过深夜比白天清闲许多，没什么要忙的，她就待在休息室里，喝完咖啡喝热水。

67床所在的病房，寸头那帮人进去就没出来。肖砚也在里面，不知在谈什么事。

方明曦先前在病房门口和肖砚打过招呼，他眼里的情绪她辨不分明也懒得去细究，在他低声说了一句同样的“好久不见”之后，她就借口有事走开了。

“在想什么？”姚玥坐在方明曦对面，一句话唤回她的思绪。

方明曦笑了笑，抬指在瓷杯上一弹，响起细微的声音：“在想热水果然没有你泡的咖啡好喝。”

“想喝我就再给你泡呗。”姚玥失笑，不过又道，“还是别喝了，喝多了等会儿交班回家你该睡不着。”

方明曦淡淡一句：“好。”没再多说。

休息室的门从外被推开，进来的同事一边说着话，一边端着手里的杯子接热水。很快一屋子人又满了，最后一个风风火火推门进来，挑起话头：“我知道67床那些人是干什么的了！”

话题被扯回这儿，其他借换药的工夫去过病房的姑娘饶有兴致：“怎么说？”

带消息回来的同事道：“我刚到楼下拿东西，门诊的同事跟我说，他们好像是个什么救援组织，在申城附近协助搜救几个在山里迷路的驴友，过程中出了点意外。”

“出什么意外能送急救？”有人问。

“说是救的驴友里有个人遗落了东西，坚持要回去找，他们救援的就不让，然后床上那个是当时的队员，因为阻拦驴友回去找东西，结果被那人拿尖锐物品扎了一下，差点把肺给扎穿了！”

姚玥听得忍不住插话：“怎么这样啊？”

“就是啊。”挑起话头的同事啧啧摇头，“那边只有一家小医院，他们做了处理，然后就用救护车送来我们这儿做手术了。”

“太那什么了……”

她们叽叽喳喳，唯独方明曦一脸平静，仿佛抽身事外不在这个环境之中。

67床的药水要一直挂到天亮，四十多分钟后又得换。

没等护士们进去，他们中的一个先从病房出来。

寸头敲敲方明曦面前的桌板：“67 床该换药了。”

方明曦抬头，身后另一个护士立刻道：“我去吧。”

“啊，不用了。”寸头忙拒绝，看向方明曦，“……麻烦你换一下。”

方明曦没多言，他既然坚持，她便起身取了药水随他进去。

病床边围坐着五六个人，都没合眼。肖砚就在床边，她不掺和别的事，径直过去给还未醒的病人换药瓶。

她将药水换好，检查板上夹着的药单，手不小心碰到床头柜上的铁盘，“啪嗒”一声——

铁盘被人托住，方明曦的手腕也被握了一下。

她一侧眸，撞上肖砚的目光。

“小心。”他说。

铁盘里装着病人醒后要服用的药，好在他接住，没掉到地上。

两秒之后，方明曦收回视线，从他掌中抽出手：“谢谢。”

而后不再多言，转身离开病房。

肖砚去洗手间，病房里干坐着的一帮大老爷们，在骂完救的那个狼心狗肺的东西以后，话题一转。

“刚刚那个护士，我怎么看你老去找她？先前还把人家堵在门口说了那么久的话。”有人问寸头，“什么情况啊你？”

寸头瞥见他们不怀好意的猜测目光，骂道：“去你的！乱说什么，小心砚哥揍你。”

几人以为他要找肖砚告状，不满道：“这样就没意思了吧，知道你跟肖队关系好，一个大男人你至于吗？”

“还真至于。”寸头说，“你们可别乱说话，人家跟我可没什么关系……”

“你还害羞了？少见，少见！”

“害羞个屁。”寸头冲笑话他的人翻白眼，斥道，“那不是我的谁，那是砚哥的——”

他话说了一半停住，耐人寻味。

几人一听，愣了愣：“肖队？”

寸头挑眉：“自己琢磨。”

安静半分钟，最先说话的男人大掌一拍：“难怪，我就说嘛，你小子哪有那个好福气，这么漂亮的姑娘跟你还真不搭！”

寸头骂道：“滚犊子！”

几人哄笑。

等肖砚从洗手间回来，房里众人霎时噤声，安分得很。

天亮以后换班，一干值夜的护士都回家休息。方明曦坐姚玥的车回住所，什么都没顾上吃，往床上一躺，倒头就睡。

休息充足，她在家过了个安谧的下午和晚上，第二天再回医院，上的是白班。

67 床的病人醒了，病房里依然人多，才过了一天的工夫，俨然已经成了护士们闲聊的重点八卦对象。

皆因肖砚。

半天时间，只要一进休息室，方明曦耳朵里总能听到肖砚的名字。一帮同事中单身的不少，他长得俊，生得一副高大健壮的身材，气质沉稳，只要去换药，护士们的眼神就止不住地往他身上转。

方明曦任她们聊得热火朝天，从头到尾不参与。

手头的事情忙活完，她坐到护士台前，填写病历，面前突然多了道阴影。

察觉光线暗下来，方明曦抬头一看，就见肖砚站在护士台外。

身后几个护士都停了说话声，暗暗往这边瞧。

方明曦面无异色：“有什么需要帮助的吗？”

肖砚说：“要一床棉被。”

“我去拿！”她还没说话，身后一位同事立刻应声。

见有人去拿了，方明曦便低下头继续做自己的事情。

面前的阴影没有消失，忽听肖砚问：“下班以后有空吗？”

她笔尖顿了一刹，而后继续写，没抬头：“没空。”

他站在面前不动。明明隔着护士台，却安静得仿佛能听到他沉稳的呼吸。

方明曦停下笔，抬头看他：“还有事吗？”

他眼里沉了沉：“……没了。”恰好另一位护士拿来棉被，他接过，道了声谢，回病房。

肖砚走开，身后同事围上来。“明曦！那个人跟你……”

方明曦耸了下肩，懒得聊这个：“我得去催缴费了。”她们也不好拦她。

巡了一圈病房回来，姚玥忙不迭逮住她：“我听说67床的家属，他们那个头儿看上你了，是不是？”

方明曦忙着冲咖啡：“别乱说。”

“哪有乱说！她们都亲眼看到的，说那个人直奔着你来，一双眼睛直直盯着你……”

方明曦搪塞几句，正说着，外面忽然有同事喊她，说有人找。

过去一看，寸头拎着一袋东西在护士台外等她。

一见她，寸头瞬间双眼发亮，把东西放到她面前，说：“这差不多到了吃饭的点，你等会儿抓紧吃……砚哥都嘱咐过了，里面没有你不喜欢吃的菜！”

同事们在后头瞧热闹，方明曦不用回头也能猜得到她们的表情。

她把午餐往前推：“不用了，我等会儿自己去食堂。”

“要的要的！”寸头生怕她再拒绝，立马又把午餐推到她面前，“你也知道，我反正就是个跑腿的，你就接了吧！”不给她开口的机会，他拔腿就走，“你好好吃，我还有点事，回头见！”

人走了，姚玥立刻冲上来，挑眉看她，尾音拉长：“哦——我都听到了，他们老大让送的，还说没看上你！”

方明曦盯着午餐不知在想什么，没答话，把塑料袋系着的结解开，招呼姚玥几个：“你们吃吧，我还不饿。”

“明曦……”姚玥在后头喊，方明曦脚下不停，直接回了休息室。

一下午，同事间就传开了，67床家属里那个令一群姑娘跃跃欲试的男人，看上了方明曦。

特意找她说话，还让人送午餐，这分明是摆开架势想追人家。

来问话的八卦同事不少，方明曦都搪塞过去，只剩一个难对付的姚玥。

姚玥跟她关系最好，在申医的时候就是同寝同学，毕业一起工作，方明曦能轻易打发别人，却打发不了她。

“你老实交代！”趁着在拐角透气的空当，姚玥拽着方明曦追问。

“交代什么？”方明曦笑得无奈，“你也太八卦了吧。”

“我不管，我就问你，你对那个人感觉怎么样？”

方明曦不说话。

姚玥道：“还是没感觉？”她感叹，“你真是……他长得不赖，那身材看起来很有搞头的好不好！而且第一次见面就这么主动，直接送饭，这一见钟情……”

“不是第一次见面。”

“……啊？”姚玥一愣。

方明曦扭头看她，轻笑：“我跟他不是第一次见面。”

姚玥花了十几秒消化，反应过来：“那就是说你们早就认识咯？”

她激动得直拍方明曦，追问：“你们以前什么关系？同学？不对，看起来不像，那就是好朋友？或者是——”她顿了顿，“前男友？”

方明曦眼神飘远，很快敛回：“差不多吧。”

“这还能差不多？”姚玥皱眉，“是就是，不是就不是。哎呀，快跟我说，你们到底什么关系？”

方明曦沉默了。

姚玥见她不说，只好换个方向问：“那你们那什么没有？”她嘿嘿笑了两声，“睡过了？”

“嗯。”方明曦没隐瞒，“睡过。”

“怎么样？！怎么样？！”

“就那样吧。”她看不出来是开心还是不开心，仿佛有点自嘲，笑了下，“还行。”

“哇，你可真挑！他——”

姚玥想说人家体格看起来分明很有料，没说完，瞥见方明曦身后，话音一顿。

方明曦瞧见姚玥的表情，顺着她的视线回头。

肖砚不知道什么时候来的，距离不远，将她们的对话都听进了耳里。

背后说人闲话被正主听见，姚玥尴尬得不行，反观方明曦倒是一派

镇定，全然没有被抓包的窘态。想想也是，人家两个是曾经睡过有过一段的关系，哪比她一个外人在这儿瞎八卦来得不合适。

姚玥当即想溜，见方明曦站得稳稳的半点不怵，非常不讲感情地扔下她："我想起来护士长给我安排了点事儿，我赶着过去，先走了！"她脚底抹油，转眼闪人没了踪影。

拐角处只剩他们两人。

方明曦看向肖砚："怎么，我脸上有东西？"

肖砚默然注视她半晌，道："聊聊？"

她无所谓："随你。"

并肩行至玻璃墙前，望出去，能看到医院楼前整齐停放的一排车。入口人来人往，有的满脸愁色，有的仿佛劫后余生，出院的步伐透着掩不住的欣喜与庆幸。

众生百态，一览无遗。

"毕业多久了？"肖砚问。

方明曦说："两年多了。"

"这里挺好的。"

"是啊。"

"工作累吗？"

"医院嘛，忙起来当然累。"她说，"不过也很充实。"

肖砚停顿，良久才问："这几年还好吗？"

她浅笑，侧头看他："很好，我过得很好。"

看得出来，她有一份稳定的工作，和同事之间相处融洽，看她的打扮和精神劲头都与从前不同。是好的，能直观感受的那种好。

方明曦没问他同样的问题，或许是懒得客套，或许是其他。

两人之间安静了很久。方明曦耐不住，没时间陪他消磨："还有事要说吗？我得回去了。"

休息得太过就成了偷懒。

她想走，肖砚侧眸，凝着她的侧脸："你刚才说……"

"嗯？"

"只是还行？"他和她视线相对。

方明曦顿了顿，以他们现在的关系和状况，站在角落聊曾经的肌肤之亲，似乎不太合时宜。气氛太过暧昧，时间仿佛凝滞了两秒。

他沉沉眸光下，她忽地失笑，眼里情绪霎时被遮掩，看不分明。

“其实挺不错的，我就这么随口一说。”她道，“别介意。”

言毕不再多留，她手插进制服兜里，转身走人：“我回去值班了，再见。”

背后的视线一直跟随，直至被距离拉开才彻底消失。

护士站里，姚玥八卦地凑过来问她：“你们聊了什么？”

方明曦看她偷偷摸摸压低声音的行为只觉好笑：“没什么，不过是随便说两句。”

姚玥当然不信，奈何看出方明曦并不想聊，识相地收了话题。

方明曦到楼下食堂吃过饭，回来后坐回位置上。姚玥给她冲的咖啡放在面前，她一边处理工作，一边时不时端起来喝一口醒神。

感受到肖砚出现时，面前阴影甚至还没来得及罩下，她就已经发现他的存在。

方明曦压下心里那一丝细微感觉，抬头，一副公事公办的语气：“有事？”

肖砚垂眸看她：“医生说下午取药。”

“下楼，一楼药房。”她低头，继续忙活。

肖砚站了站，目光落在那杯咖啡上：“喝多了咖啡不好。”

方明曦笔尖一顿，面前的阴影撤离，他已经朝着电梯走去。

身后姚玥笑嘻嘻晃过来，捧着热水杯：“喝多了咖啡不好哦，少喝点。”

方明曦懒得理她，端起咖啡当即就饮下一口。

肖砚成了这一层护士们闲谈的话题，不过和先前不同，姑娘们聊他不是因为好几个都蠢蠢欲动想和他认识，而是因为他对方明曦表现出的意思。

只要方明曦在岗，午餐、晚餐雷打不动地让人送来，有时候她值晚班，交班之前早餐也会准备好，只不过方明曦基本不吃，大多都便宜了身边的同事。

除了送吃的，肖砚有事没事总出现在方明曦面前，哪怕她态度冷淡，他也像没看到，坚持往她面前凑。

是个人都看得出他是什么意思，护士站的姑娘们又不蠢，他就差眼睛长在方明曦身上了，每回出现，眼神都直勾勾的，一点也不遮掩，那些原本想勾搭他的护士便打消念头。

不过，大家不免好奇起他和方明曦的关系，谈过恋爱的有经验，看出他们俩之间的气氛不像是单纯的一见钟情，纷纷找方明曦问起八卦。

一开始搪塞，问得多了，方明曦没得躲，只好回答："是以前的旧朋友。"

"朋友？"

"嗯。"

"那他这样……以前怎么没有……"同事的意思很简单，以前是朋友怎么现在才想起来追，反应这么迟钝？

"不知道。"方明曦答得毫不脸红，"别人的想法我也搞不懂。"

问几句就适可而止，同事也是有分寸的人，不可能真的深究她的私事。

很快，护士们就都知道方明曦和肖砚的关系——旧友！

去给 67 床的病人换药时，一向热情的某个同事见他们凳子不够坐，有人站着，好心地从休息室搬了两把椅子借给他们。人高马大的汉子立即道谢，同事摆手连说不用："我们明曦说了，你们队长是她的旧友，都是朋友一点小忙不碍事。"

她笑呵呵地走了，寸头顿了下，下意识去看肖砚的表情。

果不其然，明朗不到哪儿去。虽然他本身就是古铜色皮肤，但那眉眼沉了沉，寸头还是看得出来的。

"砚哥……"寸头干笑想说点什么。

肖砚站起身："我去透透气。"

他的背影消失在门外，寸头心里暗自叹气。

旧友？

哪门子的旧友！

晚饭后，给还在输液的病人换过药水，方明曦和姚玥跟其他同事换位置，进休息室休息。

没说几句闲话，姚玥忍不住提起肖砚："这么几天了，人家天天巴巴地找你，你正眼都不瞧一下，太狠了吧。"

方明曦似乎笑了声，没说话。

“哎，我跟你说，你分给我们的那些饭菜，我可都看过，确实没一道是你不喜欢吃的菜。”

“你想说什么？”

姚玥噎住，见她安然喝水的模样，叹了口气：“算了。”

方明曦勾起笑：“我还以为你要一直念叨下去。”

“反正你这脾气也不是一天两天了，我早就习惯了。”姚玥说，“只要你开心就行，男人嘛，我早说过，有没有都可以。”

“你能这么想就好。”

“那当然。别人也就罢了，你嘛，我还不了解你，狠起来是真狠。”姚玥啧了声，忍不住加一句，“你对男人真的挺狠的。”

不止是对这个肖砚，还有这些年追求她的人。她平易近人，从不恃美行凶，言谈举止令人如沐春风，只会在熟悉的人面前偶尔耍耍脾气，大多时候都是绵软温和，跟外表十分不符。

所以当初在学校里跟她走得近的人多，对她心生好感追求她的更不少。

但姚玥知道，她待人温柔，不过是因为追求者在她眼里都一样。看似每个都有机会，实则每个都没机会。她倒也没有吊着谁戏耍谁，“接触试试”的态度很明显，若觉得不合适再相处下去，也会直截了当地说出来。

然而高就高在，追不到的那些人，却也从没有人说她什么不是。

方明曦听姚玥这话一出，笑得眼睛都弯了弯：“我可没有对谁狠。”

“是了，都是他们心甘情愿。”姚玥佯装瞪她。

方明曦笑话她：“赶紧收一收吧你，不知道的还以为你对我爱而不得。”她眼里烁光稍稍淡化，末了一句语气有点轻，“……我以前也是个好人。”

“呸！”姚玥啐她。两人玩笑几句，去做正事。

下班时，因姚玥有事，方明曦没搭便车。她自己的车偶尔开，主要视心情决定。

走出医院大门，路上来往的行人经过，不时扭头看她。

她正预备拦的士，身旁停下一辆车。

肖砚的脸出现在车窗后，路旁那些打量的视线收敛不少。

他问："去哪儿？"

她道："下班回家，还能去哪儿。"

"我送你。"

"不用了。"她道，"这个点还有出租车，我拦车就是了。"

她提步要走，车里肖砚道："怕我？"

两个字精准地击中了她的命门，她停下，扭头看他："怕你？"

似笑非笑的样子，像一朵艳丽带刺的玫瑰。

方明曦拉开后座车门，不客气地坐进去，报出地址后道："半个小时之内开到，谢谢。"

她靠着座椅闭目养神，完全没有要和他交流的意思。

车内静谧，车子平稳行驶在路上，夜色飞快在窗外流逝。

半个小时不到，肖砚送她到她住所楼下。

"到了。"他出声，从后视镜中瞥见她睁开了眼。

长发披散，因为工作需要脸上化着淡妆，眉眼鼻唇，没有一处是不好看的。视线再往下些，落到她的裙子上，他眉头不着痕迹地皱了皱。

虽然她穿着丝袜，方才那些经过的男人，打量的目光仍不停地往她大腿瞄。

她二十六岁，还像是一颗荔枝，白得发光，嫩得出水。

方明曦没空理会肖砚赤裸裸的目光，从口袋里掏出一张五十元的纸币，轻轻一拍放在前面两座之间的置物处。

"车费，不用找了。"她没给他说话的机会，拉开车门下去，头也不回。

方明曦到家以后，端着热好的牛奶喝了半杯，莫名想到他，不自禁走到窗边。

她住的楼层不高，往下看，底下情况看得清清楚楚。肖砚的车还停在那儿，车顶黑乎乎一片，车灯亮着，照出两束长长的光。

方明曦站在窗边不知在想什么，楼下车里的人也不知在想什么。良久，她低头浅酌热牛奶，热气全熏在眼睫上。

方明曦想起晚上和姚玥说的那些话。

她以前是个好人，是个什么都没有，只有两肩重担的好人。那时候，她母亲的墓地、案子，还有她差点行差踏错的偏执……她欠他的，永远都还不清。

手机突然响起，是收到短信的声音。方明曦走到茶几边拿起手机一看，一个未保存号码发来三个字：“明天见。”

不用想也知道是谁。她停了许久，打了一串省略号还没摁下发送，又有新短信。

肖砚关心道：“听说明天降温，穿裙子会冷，你多穿一点。”

降温？手机上天气预报显示明天升温三度，降哪门子的温？

方明曦懒得理他，把手机往沙发一扔，进浴室洗澡。

申城升温，多日的阴沉天气转晴，一早晨光和煦，方明曦依旧一身裙装出门。

每天到岗后的工作流程大致相同，同事们各司其职，井井有条。

方明曦将病历更新归置好，护士站里的呼唤铃响，刚站起来，旁边同事道：“我去吧。”

同事径直去拿药水瓶，方明曦见状重新坐下。

走廊上来往行人没有一时停过，一天里除了半夜，哪时候都算得上忙。方明曦接待了七八个新入院来填表格的病人家属，没顾上休息，护士站台前多了个老太太。

“方护士。”方明曦抬头，就见黄老太站在眼前，脸上皱纹深重，时不时犯手颤毛病的一双手搭在台上。

她扬起笑：“怎么了，黄奶奶？”

“九点多的时候你们护士来病房，说让我去缴费，这个钱在哪里交啊？”黄老太眼睛稍显浑浊，声音有一种上了年纪的、说不清的含糊。

黄老太的丈夫住院有段日子，年纪大了，老人病总是避免不了的。黄老太的子女很忙，除了偶尔来看看，大多数时候都是她一个人照看。前几天还听到他们一家在病房里，为要不要请护工的事讨论。

“缴费在楼下。”方明曦很耐心，怕她听不清，声音拔高，“您坐电梯下去到一楼，往右拐，一直走，看到有缴费窗口过去就是。”

“啊？往右？右边哪儿啊？”黄老太一脸为难。

其实去哪儿缴费这事儿，黄老太问过不止一次，每到需要续费的时候，她都要来问上一遍。年纪大了记性不行，虽然麻烦，但护士站里大家都是体谅的。

眼下不忙，方明曦便道：“我陪您去吧。”

黄老太一听欣喜地点头，方明曦和同事交代一声，搀着她去搭电梯。

一楼缴费窗口前排着不短的队伍，方明曦扶着黄老太站到队伍最后，队列匀速前进。

好不容易轮到她们，黄老太掏出住院卡，窗口里工作人员查询完，道：“欠了三百三。”

黄老太拿出几张纸币递进去：“先交五百……”

“不够的，老太太。”工作人员瞥一眼电脑屏幕道，“五百扣完欠的费用就剩一百多，今天的药费和检查费就要两百多。”

“啊？”黄老太惶然，“我……我没带那么多……早上才说要交钱，我身上没带……不能打针怎么行的，不行的啊……”

见她急得要哭，方明曦拍拍她：“没事没事，我帮您垫。”

黄老太忙不迭道谢，拽着她的手“谢谢，谢谢”说个不停，方明曦一掏口袋，顿了下。

钱在楼上她的衣服里，制服口袋空空如也，一毛都没有。

尴尬间，她正打算和黄老太说等会儿再下来交钱，身后响起一道声音：“我来吧。”

方明曦扭头一看，肖砚不知什么时候站在她身后，先前长长的队列，她之后已经没了人影，就一位在三个队列后来回挪动的大叔，而肖砚离她两步远。肖砚从钱夹里拿出几张红色纸币递进缴费窗口。方明曦没来得及拒绝，黄老太已经冲肖砚连声道谢。

瞥他一眼，方明曦道：“我等会儿把钱还你。”又对黄老太说，“走吧，我扶您上去。”

肖砚置若罔闻，默然合上钱夹。下一个是他，67 床也需要缴费。

方明曦扶着黄老太往前走，不经意瞥见他钱夹里卡槽处明黄色的一角和几个小字，微微一愣，而后若无其事继续提步。

回到楼上，将黄老太送回病房，在她不停念叨“下午我就把钱给你，你帮我还给人家”的絮絮声中，方明曦收下她的道谢，回到护士站。

“回来啦？中午咱们吃什么……”

姚玥关于午餐的话题还没问完，方明曦一把拽过她的手:“过来一下。”

“去哪儿？”姚玥问。

方明曦没答，直接将她拉到休息室。

“你的钱包带了吗？”

“带了。你……”

“拿出来我看一下。”

姚玥不解：“你要干吗？”

方明曦说：“给我看看，有点事。”

姚玥虽然搞不懂她的举动，还是依言从包里翻出钱包递给她：“喏。”

方明曦翻开钱包，目光一扫，瞥见卡槽里一张明黄色的塑料卡，抽出来一看，上面写着一行字：千港味茶餐厅。

“怎么了？”姚玥凑过来看了看，瞧瞧卡片瞧瞧她，“你找会员卡干什么，想吃这个？”

千港味的店面，就是棕林路上方明曦租出去的铺面。

她不说话，姚玥道：“中午肯定是来不及，你想吃，我们可以下班了晚上再去……”

方明曦把卡塞回卡槽，将钱包还给她:“下次有空再去吧，我就看看。”

姚玥摸不着头脑，古怪地看了她半晌。

下午，黄老太把钱拿来，请方明曦转交给肖砚。

方明曦到67床找他，钱递到他手里，转身要走时脚下忍不住微顿：“你……”

他抬眸：“嗯？”

视线扫过他那张沉静的脸，方明曦喉咙动了动，最后还是把想说的话咽了回去：“没什么。”

……

傍晚时分，肖砚到护士站台询问67床病人的情况，每天这个时候他都要来这么一出，找的自然是方明曦，其他护士已经见怪不怪。

方明曦例行公事打发他，人走后，起身要回休息室接热水喝时，廊上走来一个人。

“明曦——”柔和男声响起，那一脸笑容配着一身白大褂，杀伤力巨大。

方明曦轻轻笑了下：“应医生。”

应贤走到她面前，两手插在白大褂兜里，笑道：“多见外，叫师兄就好。”

方明曦只说：“上班时间。”

护士们纷纷跟应贤打招呼，好不容易清净，应贤道：“去那边说会儿话？”

方明曦没异议：“好。”

两人走到走廊拐角，应贤问：“晚上有空没，一起吃个饭。”

“怎么？”

“没怎么，没事就不能请你吃饭？”应贤挑眉，“张学长请你吃饭你去，我请，就不行了？”

方明曦失笑：“没有，当然可以。”

“那下班我来找你。”

“好。”

讲定吃饭的事，应贤顿了顿，忽地问：“听说有个病人家属在追你？”

方明曦侧眸：“你怎么也听这种八卦？”

“护士们聊天的时候听到的。”应贤垂眸睨她，看着她的侧脸笑，“人怎么样？”

“就那样。”

“就那样？”应贤对她避而不谈的态度稍觉诧异，以往遇上追求者，她一般都是一句“挺好，但是不合适”。

方明曦“嗯”了声，对这个话题兴致缺缺。

应贤问：“他送你回家了？”

方明曦抬眸：“你怎么知道？”

“你上他车的时候，我正好下班从医院出去，碰巧看到。”

“哦。”方明曦垂眼一刹，又看向玻璃墙外，“是以前的朋友，这次凑巧遇见。”

应贤眸光闪了闪，没有再聊下去，轻轻拍了拍她的头：“我还有事，先走了，下班来找你。”

她点头，在原地站着没动。

进了电梯，里面空荡荡的只有应贤一个人，门合拢只剩三分之二的空隙时，突然伸来一只手。门重新打开，应贤抬头，入眼一张成熟锐然的男人面庞。

他见过这张脸，经过方明曦工作的那一层时，看到这个人在护士站前和方明曦说话，那天方明曦也是上了这个人的车。

陌生的两个人在电梯里各站一边，门一关上，应贤笑着开口："肖先生？"

肖砚侧目，语气冷淡："我们认识？"

"不认识，但我知道你。"应贤说，"你是明曦负责的那一层 67 号床病人的家属对吧？也是明曦以前的朋友。"

肖砚未答。应贤笑意不减："不知道肖先生有没有空，晚上赏脸一起吃个饭？我和明曦约好，如果你有时间的话不妨一起来？"

"不必了。"肖砚眼里沉沉一片，看不出任何情绪，"多谢好意。"

应贤始终噙着笑，红色的楼层数字一直变化，快到一楼的时候，他忽地又道："对了，肖先生既然是明曦的朋友，应该对她的喜好有所了解？我之前送了她几盆多肉，她放在她卧室靠衣柜的那张桌上，但她好像不是很喜欢多肉这种植物。肖先生知道她喜欢什么吗？可以的话，我想做个参考。"

"既然你想知道——"肖砚单手插兜，话是对应贤说的，眼睛却直视着面前的电梯门。

电梯恰好到达一楼，门"叮"的一声打开，他转头冷冷看了应贤一眼："她喜欢的东西都在我家，等我有空回去，数一遍再来帮你解惑。"

言罢，肖砚走出电梯，再不理会身后的人。

应贤站着，直至电梯门快要关上才走出去，嘴角笑意不变。

下班后，应贤准时来找她，方明曦换回自己的衣服，在姚玥暧昧的眼神中，翻了个白眼走出休息室。

吃饭的地方是应贤定的，环境雅致，菜品也合方明曦的口味。

应贤做事一向周到，滴水不漏，和他相处是件愉快的事。

前菜上桌，应贤给她重点推荐她没吃过的那道："尝尝这个，是最新上的菜品，我猜你应该会喜欢。"

方明曦执起餐具，尝了一口，美妙味道在舌尖上炸开，将味蕾包围。她不挑嘴，对好吃的东西自然更不吝赞美：“味道很棒。”

应贤笑着，又给她推荐另一道。菜陆续上来，两人聊天，聊的无非都是校友们的事。

方明曦喝了两口汤，应贤话锋一转，忽地说：“我下午在电梯里碰到那位姓肖的先生了。”

她手一顿。

“我和他聊了几句，挺愉快的。”应贤说，“不过他好像不太喜欢和人打交道？我邀他一起吃晚饭，他没表态，我猜应该是不想来吧。”

方明曦微垂眸，缓缓放下汤匙：“为什么邀他？”

应贤没有马上回答，过了会儿才放下餐具：“不能邀他吗？”

方明曦抿唇，直视他。应贤看出她的不虞，眸色微沉：“以前你拒绝别人都是干脆利落……就像对我。我不明白，现在有什么好犹豫的。”

“这件事说不清楚，没有这么简单。”

“简不简单完全取决于你怎么想——”

“不。”方明曦打断他，“你不懂。”

桌上弥漫起一阵沉默。

方明曦抽纸擦了擦嘴：“我吃饱了，还有点事先走，下回我请你，谢谢师兄。”

她拎起包走人，步伐没了一贯的沉稳。

方明曦长舒一口气，一边朝住所楼下走，一边拨电话，听拨号通了，直接发问：“你在哪儿？”

那边顿了一下：“我在……”

话没说完，方明曦眼尖地看见楼前停着那辆熟悉的车，打断：“我知道了。”

挂断电话，她踩着坡跟走到车边，抬手轻叩驾驶座的车窗。

肖砚在车里，她走过来的时候，他早就看到了她，缓缓降下车窗。

“你在这儿干什么？”方明曦问。

不等他回答，她朝楼上看了一眼，复又垂眸睨他：“在这儿偷窥有意思没？”

“……还好。”肖砚一脸平静，补充一句，“不算偷窥。”

方明曦暗暗翻了个白眼，绕过车头，拉开副驾驶座的门，弯身坐进去。

系好安全带，她道：“开车。”

“去哪儿？”

“去吃饭，我还饿着。”

他默了默，拧下钥匙。

车还没发动，方明曦又道：“就去棕林路千港味茶餐厅吃。”

肖砚动作一顿：“棕林路？”

她侧头，直直看着他：“对啊，棕林路。你不是去过吗，装什么？”

棕林路上那家茶餐厅，对客人出售的VIP卡，卡片是明黄色的，塑料材质。

早上缴费时，她在肖砚钱包里瞥见的，和姚玥办的那张会员卡一模一样。

整个小区在月下寂静无声，只有路灯亮着，散开一圈又一圈的光晕。

这五年里，他来过这座城市。

或许一次，或许很多次。

肖砚没接方明曦的话，不承认也不否认。方明曦盯着他，半晌朝他伸手：“钱包。”

他没动，她挑眉：“给不给，不给我回家了。”

肖砚无言，默然从口袋掏出钱包交到她手中。方明曦打开他钱包，把卡槽里每张卡都抽出来看了一遍，除了他的证件、银行卡之外，多余的只有两张：一张是棕林路上的千港味茶餐厅会员卡，另一张是富林路上那家店的会员卡。

捏着两张卡，方明曦瞪他：“挺好吃的吧？会员卡都办上了！”

肖砚凝着挡风玻璃前，视线未移一下：“还行。”

方明曦不知道该说什么，重重往椅背一靠，心里聚集一股若有似无的闷气。

知道她买的铺面位置，对她的动向如此清楚，偏偏在医院碰面的时候，他还装模作样问她什么时候毕业的，士别三日，真是刮目相看。

方明曦把卡塞回去，钱包扔还给他：“什么时候开始盯着我的？”

“没有。”

“还不承认？”她嗤笑，作势就要去开车门。

“……你上学那年。”

肖砚的声音在旁边响起，沉如夜色，轻缓平和，却隐约有些沉重。

方明曦稍顿，撩了撩耳边的头发，也不想转头看他：“你这样有意思吗？！”

他不说话。

她问：“来干什么？”

“偶尔来转转。”他说。

“我过得很好。”

“我知道。”

“当时我们说好——”

肖砚没让她说完：“我只答应，你走出公寓的门，我当作没看到。”

车里沉默下来，方明曦无声舒了口气，似乎觉得这个问题聊下去没有意义。

“走吧。”她阖眼，“我饿了。”

引擎发动，停了好久的车朝小区外开去。一路上两人没有说话。到棕林路，再过一个路口就能看到餐厅位置，肖砚忽然问：“你晚上不是和那位医生吃饭吗，怎么突然回来了？”

方明曦沉默许久，直至车停到店门前，她才瞥一眼肖砚：“因为我脑子进水了。”

她拉开车门下去，大步朝店里走。

这间茶餐厅的东西味道很好，用餐期间，方明曦和肖砚没有交谈。她仿佛饿极了，只一个劲地闷头吃东西。吃到肖砚看不下去，抓住她的手腕。

“干吗？”

“伤胃。”他把自己未动的那杯热水放到她面前，“喝一点缓一下。”

她停了筷子，端起杯子喝热水，喝完还是不搭理他。一餐吃完，走的时候方明曦打包了一份布丁，回程路上，她一上车就闭着眼休憩，气氛比来时更沉闷。

肖砚送她到住所楼下，方明曦正要下车，余光一瞥就见他也把安全带解了。

“你干吗？”

“上去坐坐。”

“谁请你上去坐了？”她皱眉。

他转头看她，一脸认真：“刚好到这儿，喝杯咖啡。”

“……”哪门子的刚好，她看了眼时间，“晚上快十点的时候，喝咖啡？我这儿没有咖啡，你找别的地儿喝去吧。”

言罢不管他，她拎着甜点上楼。回家后，方明曦给自己煮牛奶，在厨房、客厅、卧室间忙活走动。喝完牛奶，简单洗漱一番，她搽上免洗晚霜，拍着脸走到窗边。

不经意往下一瞥，手上动作顿了顿。

肖砚果然还在那儿。

二十分钟后，放在两座之间的手机嗡嗡振动，肖砚回神，拿起一看，短信内容简短：

“506A。”

刚冲好的咖啡冒着腾腾热气，方明曦将咖啡放到他面前，转身朝阳台走：“喝完就回吧。”

她去收前一天晒的衣服，在阳台白炽灯下叠衣服。和屋里的暖黄光线不同，阳台上更暗些，沉静身影被灯光照得袅娜。

肖砚坐在客厅朝外看，咖啡的热气散去不知多少，久久没有被端起。

以前总能看到这种情形，寸头到他的公寓去，就会帮着收拾卫生，而收衣服这件事一向是方明曦做的。有时候大半夜突然下雨，她睡得迷迷蒙蒙还记得爬起来，闹着要去把衣服收好免得被飘进阳台的雨淋湿。

他们一起生活了多久？

半年多，不到一年。

分摊到五年里，每个细节都被他缓慢细致地咀嚼了很多遍。

方明曦叠好衣服，进客厅见咖啡一口没动，皱眉：“你说要喝咖啡，怎么不喝？”

肖砚抬头，道：“能不能参观一下？”

她想拒绝，洗衣机里还有衣服等着她拿出来晒，干脆道：“随你。十一点得走，我要休息了。”

她自顾自忙活，不管肖砚。肖砚在这套不大的两居室转了转，到她的卧室前，停下脚步。

侧着能看见衣柜，以及衣柜旁那张桌子，上面放了两盆多肉盆栽。

他眼里稍沉，方明曦晒完衣服，拿着塑料盆走进浴室，空手出来，瞥他：“看什么？”

“你喜欢养这个？”他指着那两盆多肉。

她道：“一般般，朋友送的。”

肖砚默了默，说：“我很喜欢养这些，只是一直没空去买。”

她挑眉：“So？”

“送我吧。”他说，“你这两盆长得不太好，养的方法不对，我帮你照看。”

“想养盆栽，花鸟市场多得是……”

“我就喜欢这两盆。”

方明曦不解地盯着他。

肖砚看看桌上的多肉，满脸认真地对她道：“跟它们投缘。”

“……”她没话讲。盆栽适合放在阳台，她拿回来之后随手往房里一放之后就没怎么管过，确实不负责任，看植物的长势也的确不算好，留在她这儿迟早要枯，于是道，“拿去吧。”

得了盆栽，肖砚终于想起自己是来喝咖啡的，没有耍无赖多留，喝完人就走了。

和应贤吃的那餐饭是少见的并不愉快的一回，隔天应贤下来找别的医生，方明曦再次向他表达歉意。

他没生气，反倒笑道：“都跟你说了不要和师兄这么见外。”语气亲和，拍拍她的肩，态度一如往常。

没说两句话就放过了她，他道：“下回有空等你请我，这可是你自己说的。”

方明曦点头，道好。

关于那天说的那些话，包括肖砚，谁都没有再提。

插曲解决，方明曦投身到日常工作中。

下午三点多，同事来护士站叫她："荀主任在门诊部一楼，喊你去一趟。"

方明曦一听，没多问，忙道："好。"将手里的病历档案整理好放到一边，搭电梯去一楼。

她前脚刚走，没几分钟肖砚就来了。护士站里当值的一位护士视线和他对上，脸微红一刹，知道他来找谁，道："明曦去门诊一楼了，主任喊她有事。"

肖砚说了声谢谢，朝电梯走。

医院面积不小，转了半圈没有方向，肖砚正欲拿出手机给方明曦打电话，忽听另一侧走廊传来吵吵嚷嚷的动静。

医院是需要保持安静的地方，不该有这种动静。直觉不对劲，肖砚一顿，提步过去。

走廊拐弯过去直通侧厅，不知为何围了一堆人，有哭喊声从人群中传出来，几个穿白大褂和制服的医生、护士被夹在人群中间，场面有点失控。

只一眼，肖砚就从那堆医护人员里瞥见方明曦的身影，脚下没再犹豫。

方明曦原本是来楼下找荀主任的，荀主任即是她在瑞城读书时那位班导的旧同窗。在申医读书的几年，虽然她学的是护理并没在荀主任班上，算不得他正儿八经的学生，但一直以来颇受他照顾，师生情谊也不浅。

护士可以轮转科室，过段时间方明曦要从目前所在科室出来，可能去儿科也可能去妇产科，但荀主任找她跟她聊，问她想不想去手术室？若是愿意，下个星期他主刀的一台手术，她马上就可以跟着一起。

从病房到手术室有利有弊，同样都是护士，但后者的要求比前者更高更严。

方明曦正在考虑——其实算不上考虑，荀主任一开口，她就已经决定去手术室。一众医护人员边走边说，谁知突然冲出一群人，扯着主任几人就开始闹。

有男人也有女人，几个妇女头上系着白布条，一副出丧打扮，拽着荀主任为主的几个白大褂医生又厮打又哭喊。方明曦被突发情况吓得一愣，反应过来后忙冲上去护着荀主任。

医闹！

从业两年多，平时医患纠纷不是没碰过，然而方明曦却是头一回遇上这样的情况。

“几位家属，请你们不要再闹了，这里是医院！放手——”

方明曦想拽开他们扯着荀主任衣领的手，奈何力气不够，只得不停劝：

“有什么事你们冷静一点说，医院不允许吵闹，还有别的病人……”

“放手！放开手……打人是犯法的！”

“不许打人！不许打人——”

围观人群越来越多，有想要上来阻拦的，却无从下手。医院工作人员见情况不对，立刻有人跑去叫保安。

方明曦声音都哑了，闹事的人充耳不闻。

荀主任年纪不轻，以往在学校，教导学生从来倾囊相授毫无私心，救治病人也尽心尽力。他身后跟的这几个医生里，有如应贤一般年轻的，都是苦读了多少年书毕业，治病救人奋斗在一线的从业人员，此时被人拽衣领揪头发，毫无道理地拉扯，脸红脖子粗形象尽毁。

方明曦气急，恨不能将这些不讲道理的人扔到外面去，碍于力量悬殊，被妇女拽着东拉西扯，制服上的扣子都被拽掉了两颗。

他们推搡动起手来，方明曦刚推开一个，错眼见男人手里多了匕首，举着就冲荀主任而来，她眼一瞠，下意识护住主任。

围观众人见此情景“啊——”的一声惊呼，方明曦忽地被人握住肩膀，背后有什么挡上来，预料中的疼痛没有降临。

她愣愣回头，瞥见肖砚的侧脸。

肖砚捏住男人手腕，只稍稍用力，对方手里的匕首就“哐当”掉落在地。他擒住对方的手臂，动作利落，三两下就将对方摁倒在地，并将其手臂反剪锁在身后。

几个妇女愣住，扯开嗓子要继续哭闹厮打，另几个一同来的男人还没发作，赶到的保安拿着电棍冲进人群，将他们一个个制住。一通吵闹喧嚷，楼上几层站了许多探头围观的病人及家属，好好的医院活脱脱像个菜市场。

方明曦顾不上那些，眼睛直直盯着地上的点点血迹，握住肖砚的胳膊："……你流血了？"

肖砚见她脸色白了些，神情惶惶，安抚道："没事，划破了一点点。"

他的手背被拉了一道口子，正往下淌血。

几个医生衣裳凌乱，在这一片混乱中，荀主任忙道："赶紧去处理一下，小郑，带这位先生去包扎……"

有人应声上来，小郑伸手要搀扶他，肖砚摆手谢绝好意。他另一边胳膊还在方明曦手中，她着急要带他去处理伤口，他瞥了眼，任她握着。

护士帮肖砚清洗伤处，肖砚坐在床沿边，一眼都没看手背，眼神停在方明曦脸上。

"没事，贴个创可贴就完事了。"他知道她被吓到了，轻声宽慰。

护士却不给面子地拆台："没事？这个伤口要是再深一点，不好好处理很容易感染的。"

方明曦自然也知道，瞪了他一眼。肖砚对上她的视线，忽地笑起来。

她愣了一刹，很快掩饰好。

肖砚不是木头人，当然会笑。但仔细想想，她见过他笑的次数少得可怜。从前在一起也甚少见他有开怀的时候，眉头不皱、面色平和，对他而言就算是明朗的表情。

这一回，他嘴角勾起些微，弧度轻浅，眼角眉梢全都漫出一股轻松。

手背伤口涂抹药水咬噬的痛感仿佛不存在，肖砚眼里只有她："晚上想吃什么？"

……

晚饭吃完，肖砚送方明曦到楼下，这次没用喝咖啡做借口，理由新鲜热乎。

"纱布好像渗血了，你帮我擦点药吧。"

方明曦目光灼灼，就差没把他手背的纱布盯穿，最后还是妥协。

到家后，习惯性第一件事去热牛奶，方明曦出来给肖砚倒了杯热水，马上又回厨房。

肖砚没有吵她，自己打转。这里有两间房，一间是她的卧室，另一间被她当作书房。他进去转了转，停在书架前。

浏览一遍，她的阅读喜好和他存在差异，书架上并没有他喜欢看的类型。

肖砚正准备出去，转身时肩膀一撞，一本立得不太规整的书掉下来。他捡起书页里掉出来的书签，书拿在手里，一翻开就是先前夹着书签的那页，空隙比其他书页之间略大。

这是本诗集，方明曦已经看过，书上有她画过的笔迹。

往后翻了几页，肖砚随意看了看，翻到第四页时视线蓦地一顿。她用笔在诗句里画出了几个字和词，凑在一起是一句话。

——你的喜欢比我少，对吗？

这本书的封面积了点灰，她似乎很久没碰。不知道哪年哪月在书上画的这几笔，也许早就被她忘到了脑后。

肖砚静静站着，把这页的一整首诗读完，视线在她画出的那几个字和词之间来回。

许久之后，他拿起书桌上的笔，在诗句里画了两下，画出两个字，凑成一个词：

“不对。”

不是这样，不对。

方明曦热完牛奶，站在厨房里一口气喝净，肖砚也从书房出来。她找出家用医药箱，因为职业关系内里东西准备得比别人家充分，处理他手背这点伤绰绰有余。

肖砚坐在沙发上，她半蹲在他面前，安静地拆开纱布，用消毒药水清洗伤口再搽上药，扯干净的布条绕手掌一圈缠着包扎好。

“想喝上次的咖啡。”肖砚看着她道。

方明曦顿了顿，而后起身，边往餐厅走边嘀咕：“大晚上不睡觉了你……”

她时常需要提神，本身又爱喝咖啡，只是没有那么细致讲究，不算行家，但尝到喜欢的味道总会往家里买点，后来干脆买了一台磨咖啡豆的机器回来，空闲的时候偶尔泡一杯。

工作时带去医院的咖啡都是速溶类，家里放的几盒喝完了，还没来得及补齐。

方明曦没办法，只好给咖啡机插上电，从第一步开始。她在餐厅桌边盯着机器，玩手机打发时间。肖砚走进来，她瞥他一眼，说："还没那么快，等会儿才好。"

他走到她身旁站定，视线在咖啡机上稍作停留，之后便落到她身上。

"你那些朋友平时常来你这儿？"他问。

方明曦玩着手机，随意道："还好，有的时候到这边会上来坐，一个两个的样子，多了太吵。"

"来了也请他们喝茶喝咖啡？"

"看个人口味。"

他瞥机器："咖啡这样煮一次应该不算方便。"

"是挺不方便。"她没抬头，嘴角微撇的弧度似乎在嫌他给她找麻烦，"平时都给人家冲速溶的，今天正好喝完了。"

忽觉有热意靠近背后，她一愣，刚转身，整个人撞进肖砚的胸膛里。"你……"

"——那这样的，有人喝过吗？"

肖砚揽腰抱住她，钳着她的下巴，低头亲上她的嘴唇。方明曦被肖砚抵在桌沿边，她的腰身被他揽于臂中，整个人微微后倾，漫长热切的吻直亲得她透不过气来，涨红了脸。

他压着她亲了几分钟，咖啡机完成作业，屋里除了他们纠缠的呼吸别无声响。

方明曦被他圈在怀里，极具侵略性的男性气息令她手脚发软，抵在他胸膛前的手怎么推都推不开。

他的情绪似乎格外激动，她不清楚缘由，但知道再亲下去男人就要收不住了，于是只好狠狠咬他，结束这个吻。

方明曦用力推他，他的胸膛纹丝不动，手臂仍旧将她紧紧圈在怀里。她向后倾拉开距离，抹了抹嘴唇，脸上绯红半是气半是因为别的。

"你干什么？"她恼怒瞪他，"我让你上来，没让你——"话音湮没在他怀里。

他揽住她的后脖颈，将她抱得紧紧的，她的推拒和泄愤的拍打全都生受承下。

"……对不起，我没忍住。"

肖砚一想到她和别人有可能，就像那天在电梯里遇到的那个医生——当时差点就想把对方摁在地上打爆他的头。

肖砚抿着唇，低头亲她的发顶，她僵直站着一动不动。

许久，待他的手臂没再那么用力，方明曦平复气息挣开他的桎梏，扭头回房。

"时间不早了，我懒得煮咖啡。你回去吧，记得关门。"

67 床的病人经过休养，伤已经好得差不多，像他们常年训练的人身体素质比平常人强，没多久就办理了出院手续。

肖砚来探视病人的时候，方明曦暗暗瞄了几次，他手背上的伤好得很快，纱布只用了一两天，之后就换成创可贴，她便没再关心他搽药与否的事情。

67 床病人出院当天，一起工作的同事们似乎在聊什么饭局，方明曦才听了两耳朵，接到周娣打来的电话。

申医之前的所有旧同学，方明曦只和周娣一个保持联系。她离开瑞城的时候，是周娣送她上的车，周娣在检票口外哭得泪眼汪汪，不知说了多少遍一定要经常电话联系。

分别的当下被离愁别绪填满，时间久了也就没什么。周娣放假有空就会来申城找她，她回瑞城扫墓的几次也都有同周娣见面，感情还是一样。

有些日子没见，方明曦拒绝姚玥下班后约饭的提议，忙完直奔约好的地点接周娣。

方明曦在路上订好餐厅，两人到店在位置坐下，才总算有空细说闲话。

"晚上住我那儿？我从橱柜里拿一床大点的棉被出来盖。"菜单交到服务员手中，方明曦喝了口热水问。

前几年周娣来这儿，都是方明曦陪她一起住酒店，有了自己的房子后自然是住方明曦家。只这回不一样，周娣道："不了，我晚上去亲戚那儿，明早和他们一块坐飞机。"

方明曦微诧。

周娣解释说："家里有人结婚，排场有模有样，包了我们这些亲戚的机票。正好年初有亲戚搬到申城来，我就想干脆和他们一块儿出发，还能顺便见你一面。”

这么一说，方明曦了解了：“那你多吃点，别跟我客气。”

周娣才不跟她客气，笑道：“你放心好了，你现在比我富，我专业吃大户，不吃你的吃谁。”

聊起近况难免提及肖砚。

对方明曦来说，申医是她人生中的分界线，进入申医后，她有了很多东西，包括从前缺少的朋友，但真正交心的只有姚玥一个。

有些事情却连姚玥也不好谈，只有对着知根知底的周娣才说得出口。

周娣听完，眼睛睁得大了几分：“不是吧，他现在又跑来追你？”

“不知道。”方明曦顿了下，“应该是吧。”

“那你怎么想的呢？”

“我脑子里很乱。”

周娣吃着小菜，撇嘴道：“我觉得挺没意思的，早干吗去了啊？”

她可没忘记几年前咖啡厅那一出，方明曦当时糟糕的脸色，全拜肖砚那句没有女朋友所赐。后来方明曦考上申医，拎着箱子从肖砚公寓搬出来，去到她那儿，那段时间方明曦死气沉沉木偶般的状态，她实在难以忘记。

“其实……”方明曦沉吟很久，说，“我觉得我也没有立场怪他。”

“哈？”

“整件事说起来没有谁对谁错，他有他该做的，我有我该做的，谁都有谁的难处。”

周娣不太高兴，但没插嘴，安静听她说。

方明曦道：“如果换成是我，我也不一定能做得到两全其美。”

她和姚玥笑谈说自己曾经是个好人，可跟肖砚比起来……

肖砚才是真的好人，彻头彻尾的好人。她肩上担负的不过是她自己，他却不仅一肩担起自己的责任，还有别人。就像那支黑豹救援队，全靠他一个人，队员的工资、生活开销以及运转资金，都是他在负责。

她听肖砚说过，他当兵时出的那次意外，是在面临危险的情况下，邓扬的哥哥将活命的机会让给了他，而后自己却没能来得及逃出，死在了事故之中。如果肖砚会轻易抛下邓扬不管，那么，大概他也不会成为邓扬的哥哥愿意以命换命的挚友。

“说真的。”方明曦涩然扯了扯嘴角，对周娣道，“就算没有邓扬卡在中间，当时我也不会选首都华药，我还是会来申医。”

申医对她来说比首都华药更好，仅这一点，她就不会跟肖砚去首都。

周娣微愣看着她：“呃……”

方明曦垂下眼睫，她知道自己有多现实，在爱情带来的梦幻和冲击浪潮平复之后，她现实得令自己都害怕。

“如果当时我们没有分开，矛盾日积月累，我想总有一天也还是会走到分手这一步。”她似是笑了下，“……所以，这样或许更好吧。”

在凌乱的交叉路口分开，然后在下一个路口重新遇见，纷杂人群和干扰外力全都消失，只是作为彼此自身，去考虑下段路还能否同行。

周娣离开申城的第三天，同事们忽然通知方明曦有饭局：“后天下班之后大家一起去吃饭，一定要来啊！”

方明曦发蒙：“好好的怎么突然想聚餐？”

“不是。是病人家属说谢谢我们的照顾，请我们一起吃个饭。”

她有点不好的预感：“哪张床的？”

“之前67床的啊！”

果然，方明曦默了默，道：“我还是不去了。”

“别啊！干吗这么扫兴？”同事拽着她的手说了会儿话，最后叮嘱，“一定要来啊……不管，反正后天下班我们逮着你不让你走。”

方明曦无奈应承下来，然而没等到饭局那天，隔天她就被调离住院部，去了手术室。

上次的医闹人员被交由警方处理，有方明曦拦着，后来又被肖砚救下，荀主任没受伤，事情过去后照旧坚守在岗位。

方明曦也因荀主任那天谈话时所提的，离开住院部，去了手术室做护士。

67床的答谢宴当天，正好赶上她“上岗”第一天，别说下班去吃饭，一直到晚上八点多还在手术室忙碌。住院部的同事没办法，只能让她从指缝中溜走。

预定好的最后一台手术做完，一众人刚要下班，走廊上一阵吵嚷，突然有病人送来抢救。荀主任刚换下衣服，立刻准备，所有人火急火燎将病人推进手术室。

病人有多年心脏病史，突然之间发作，势如海啸。

手术室里机器运转声比呼吸还重，个个严阵以待，恪守本职。

“除颤器准备——”

“准备好了。”

“有无呼吸？”

“没有！”

“继续通气——”

做完CPR后又是三次电除颤，病人仍无反应，荀主任继续施行CPR，头上沁出薄汗，其余助手护士们着手准备气管插管。

每一秒都在与死神做斗争。

……

两个小时后，抢救宣告失败。手术室外守候的家属得到消息，坐在长凳上红着眼无声痛哭。

方明曦和其他护士一起处理术后一应事务，手套上没有半点血迹，但就在不久之前，一条生命在眼前逝去。

手术室的同事看出她的颓然，摘了手套轻轻拍她的肩，低声叹气：“生死见得多了，避免不了的事，别想太多。”

方明曦无言垂下眼，双肩有如千斤重。

生命无常，在住院部也有病人去世的情况，但在手术室，生命在转眼之间逝去的冲击，以及直面死亡的频率之高，令人无法不生出敬畏和恐惧。

……

原本转暖的天气，到了晚上突然降温，方明曦走出医院，不短的裙下没穿丝袜，迎着飘落的小雨，两腿被风吹得发冷。

走了两条街都拦不到出租车，方明曦本就低沉的情绪越发烦躁，脚下又是一崴，鞋跟卡进地砖缝隙里，差点摔倒。她站稳，用力拔出鞋子，鞋跟断了一半。

天空下起缥缈小雨，头发上蒙着一层雨丝，方明曦站着，沉沉舒出一口气。她把鞋扔进垃圾桶，另一只完好的鞋也脱下丢进去，索性光着脚走在路面上。

心情烦郁，她闷头走路，快到下一个路口时，道旁缓缓停下一辆车，冲她鸣喇叭。

方明曦后知后觉看过去，车上的人已经下来。

她顿了顿："你怎么在这儿？"

肖砚没答，皱眉扫一眼她的脚，二话不说将她打横抱起。

"去哪儿……"

"送你回去。"他把她放进副驾驶座后，径直回到主驾驶座。

"你怎么在这儿？不是去吃饭了吗？"车里空调暖和，方明曦不禁放松了些。

"他们吃过了。"肖砚说，"我有点事没去。"

"那怎么跑来这儿？"

"接你下班。"

请那些护士吃饭是寸头的主意，他没反对，晚上先是有点事，处理完后过去看了看，见她没在他就走了。听她的同事说她在加班，给她打电话又一直没人接，所以他干脆就来了医院。

肖砚没多言，将她的腿放到自己腿上，抽纸巾给她擦弄脏的脚底。

方明曦被他的动作弄得一僵，下意识想抽回腿，他握着不让她动。擦干净左脚，他便把她的脚丫子揣进怀里焐着，又替她擦另一只。

她不得不侧身坐着，冰凉脚底退却寒意，一点一点暖和起来。

"你不知道自己痛经？"肖砚对她的行为意见很大。

她不说话，只愣愣看着他细致的动作，还有轻轻皱起的眉头。

肖砚见她呆呆地看着自己："怎么？"

她想说话，动了动唇，最后还是道："……没什么。"

他的手掌很热，怀里也很暖，一直都是。

方明曦皮肤白，全身上下都是白嫩嫩的，单从皮肉这一点，完全不像从小吃苦长大的人。她的脚丫子也白，肖砚焐进怀里的时候，手掌微微用力捏了捏。

她想喊疼，想想还是没开口。光脚踩在地上，沙子地砖硌脚的时候也没觉得难受，偏偏到他面前却总忍不住娇气。

肖砚给她把脚焐暖之后就让她坐好，车途经便利店，他去给她买了双棉拖鞋暂时穿着。

车继续往她住的地方开，他说：“我晚点要和队里的人集合出发。”

方明曦扭头看他：“去哪儿？”

“康省。”

“康省？”

“嗯。”他直视前方专心开车，“康省发洪水，好几个市县都淹了，调去的部队已经在救灾，我们和其他几支民间队伍去帮忙。”

“什么时候回来？”

“处理完。”

“……会不会有危险？”

肖砚侧目看她。意识到自己对着他发怔的样子失态，方明曦收回视线。

“不会。”他默了默，“我保证。”

她不说话，别开头看向窗外。

到住所楼下，方明曦道：“我脚疼，你送我上去。”

肖砚自然不会有异议，陪她进楼道搭电梯，上到五层。

方明曦知道他赶时间，没有留他喝咖啡，转身进房间拿东西：“你等一下。”

两分钟不到，她从卧室出来，送肖砚到门口。她往他手里塞了样东西：“收好。”

肖砚还没看清，她说：“你去吧，有其他事等回来再说。”

他抬眸，看见她眼中一片明亮坚毅。

门在面前关上，感应灯亮起，肖砚借着灯光看清手里的东西——

一个红色的护身符。

方明曦靠着门，许久未动。

她和姚玥外出游玩的时候，曾去过一个据说很灵的寺庙。姚玥求了什么她不知道，她只求了两个护身符。

求来的两个护身符，都不是给她自己。

一个是“长命百岁”，后来回瑞城扫墓的时候，在金落霞墓碑前烧给了她；

另一个一直收着，但方明曦从来没戴过，现在在肖砚手里。

肖砚的这一个，是“无恙平安”。

她这二十多年，只有金落霞在意她，每年春节往饺子里包硬币，金落霞恨不得统统夹到她碗里。包了硬币的饺子比别的个头大，金落霞以为她不知道，其实她都知道。

看她一个一个吃出硬币，金落霞就会佯装喜悦，跟她说：“我们明曦明年运气一定会很好！”

后来金落霞走了，没人给她做包着硬币的饺子，没人在意她吃没吃到最多的硬币，是不是会拥有最多的好运。

只有肖砚。

他们是她这辈子最重要的两个人。

她期望长命百岁的人已经无法百岁，唯愿拿着“无恙平安”的人能永远平安。

第八章 千金难买她喜欢

康省洪灾一事上了新闻，连日来的暴雨不见减弱，积水漫过警戒水位线，整个省三分之二的区域都发了洪水，严重地区桥梁和房屋接连被冲毁。洪灾中受伤的民众和救援官兵被送往周边医院，申城离得远，本地医疗机构并未参与此次救灾支援。

灾情牵动人心，医院里偶尔也会有人提起，但大多数人还是着眼于自己的生活，病人担忧自身的病情，医护人员忙于处理忙不完的工作。方明曦的在意要深刻得多，和救灾有关的新闻一桩不落，情绪随着时好时坏的康省天气而起落不定。

日子一天一天过去，她越发控制不住担忧，一点点写在脸上。

直至黑豹救援队里先前那位受伤留在申城休养的队员来医院复查，方明曦正好去找姚玥吃午饭，在护士站前碰到他跟护士说话。

受伤的男人叫曹辉，伤口还没全好，人已经中气十足。

"方护士！"曹辉似乎是特地来找方明曦的，一见她立刻迎上去。

"你找我？"方明曦问。

"啊对，我今天来医院复查，顺便带个话。"他说，"我们队马上就回来了，虽然有人受伤，但是……"

她一僵，脸色一下子白了："谁受伤了？"

曹辉忙摆手："没事没事，伤得不严重，那人已经送医院了，在康省那边治疗，我们肖队没事儿！"

曾队医暂离救援队伍，陪伤员入院治疗，这才有空和没去康省的其他人联系。昨天曾队医打给他的电话说的头一件事儿就是这个，曹辉虽然木讷，但也知道这必定是队长交代的。

于是，他今天来医院复查，赶紧到住院部找人问方明曦的所在。

一听肖砚没事，方明曦绷紧的神经刹那放松，面色逐渐恢复如常。

她咳了声掩饰道："没事就好。"

曹辉说："再过一阵等救援工作全部结束他们就回来了，用不了多久！"

话已经传到，曹辉不再多留，拿了复查的单子告辞。

姚玥在旁听了全程，待人走后笑着用胳膊肘碰碰方明曦："某些人挺在意的啊？"

不知说的是肖砚，还是说的她，抑或两者都有。

方明曦乜斜她一眼："话这么多用不用我买点水给你喝？吃饭去。"

姚玥边走边调侃："我还以为你不吃呢，这阵子你一餐吃几粒米数了没？瘦得都没肉了你……"

晚上，方明曦饭后习惯性浏览救灾的最新消息，雨势渐小，大部分地方已经转晴，受灾严重的地区有死伤，但活着的人已经用皮艇救出转移到安全地带。

救灾进入后期，一切有条不紊。

她喝完热牛奶准备敷个面膜睡觉，门铃突然响起。

她愣了愣，透过猫眼一看，意料之中的失望——门外的是姚玥。

开门把人迎进来，方明曦给她倒了杯水："大晚上怎么跑来了？"

"刚刚去吃了点东西，然后到酒吧坐了会儿。你知道怎么了吗？"

方明曦注意到她拎来的一袋东西："怎么？"

姚玥把袋子里的塑料盒拿出来："我中奖了！我要这玩意干什么使，我又没有男朋友——"

她说得颇有点咬牙切齿，把东西往方明曦怀里一塞："我回家路上正好路过你这儿，想你也没这么早睡，干脆拿来给你。"

方明曦接过来一看，粉红色的塑料盒，盒上还系着一个蝴蝶结。

拆开之后，盒子里装着一堆不同品牌的保险套。

"三十多个吧。"姚玥懒洋洋靠在沙发上，豪气地大手一挥，"都归你了！"

方明曦哭笑不得："你给我干吗？我……"

话音一顿，迎上姚玥暗含深意的笑，她一下懂了。姚玥大概是觉得，她和肖砚怕是快成了。

"反正你迟早用得上。"

方明曦道："你也迟早用得上，还不自己留着？"

"你一说这个我就来气。"姚玥道，"我晚上本来是想看看有没有人可以发展发展，结果雄苍蝇招了不少，稍微好点的男人一个都没见着。还有跟我一块去的那个朋友，本来也是友谊以上的暧昧阶段，谁知道他跟个浓妆艳抹的陌生女人搞到一起去了，简直气死我！"

难怪姚玥中了这么一盒"大奖"，宁愿扔给她，方明曦努力绷着，强忍笑意。

没别的事，姚玥坐了一会儿就走，来去皆是风风火火。

留下方明曦对着一盒子保险套，良久无语。

周五接到学长张承学的电话，问方明曦周六晚上是否有空陪他参加一个酒会。

方明曦陪他出席过很多次这种场合，就连他毕业晚会邀请的女伴也是她。

一开始，张承学对她似乎有点意思，但到后来却是完完全全拿她当学妹和朋友对待，他帮过方明曦不少次，确认那个时间没有别的安排，方明曦便爽快应下。

周六下午张承学来接她，适合酒会穿的衣服鞋子全部准备妥当，提前用同城快递寄给她，她打扮完毕，在外套上一件米色小风衣，妍艳俏丽又不失雅致。

“最近气色不错。”张承学笑着夸她。

“学长你才是容光焕发。”方明曦挑眉，“听说最近打赢了两个大案，厉害。”

“又是应贤告诉你的？”他说，“哪算什么大案，就是平常的案子，别听他夸张。”

说说笑笑间车开出她住的地方，方明曦问：“晚上的酒会有什么需要注意的吗？”

她在外行事很有分寸，该做什么不该做什么心里有数，会站在一同出席的人的立场为对方考虑，从不让人丢脸尴尬。美貌、得体、知趣，这也是张承学总是喜欢邀她陪着出席正式场合的原因。

“没什么需要特别注意的，像你平时那样就好。”张承学说，“晚上的酒会是私人性质，程总一向喜欢弄些沙龙，这次只是人多一点，放松。”

张承学自己开了个律师事务所，并受聘于兴振实业，担任其顾问律师。

方明曦大概了解了，点头说好。

到酒会场所，方明曦随张承学周旋于场内人群之中，他在兴振实业律师团中很有分量，给面子的不少。

张承学不是喜欢拉女人挡酒的人，女伴除了仪态要得体，其他方面还是比较轻松。

寒暄了半个多小时，方明曦陪张承学去程总身边。

途中经过某处，察觉她步子滞了一瞬，张承学侧头小声问：“怎么了？”

她收回目光，摇头笑了下：“没事。”

似乎看到了熟人。

方明曦怀疑是自己的错觉，但又觉得不会错。

到程总身边，程总见过方明曦许多次，几乎每次张承学出席这种场合，身边的女伴都是她，和她说起话来态度比对一些陌生的小企业老板还温和。

方明曦接过他抛来的话头，玩笑开得恰到好处，逗得这个快五十岁的男人，脸上严肃的皱纹全变成带笑的褶子。

正说着话，两个男人端着酒杯上前敬酒。两人一老一少，长相有六七分相似，跟在后面的那个男人年纪看着和方明曦差不多大。

“程总您好，我是……”

年长的男人论年纪和程总差不了多少，说话时表情却满是拘谨和恭敬。

方明曦的目光落在年轻的那个人身上，张承学注意到她笑得似乎别有意味，余光一瞥，就见被她盯着的年轻男人和她视线一对上，表情微诧带着一点僵硬。

他们上前搭话时，张承学和方明曦就往后退了退让出空间。

当下，张承学小声和方明曦说话：“认识？”

“认识。”她眸光闪了闪，“而且有仇。”

张承学眉头诧异一跳：“能和你有仇，这人看来不怎么样啊。”

她笑了笑，轻声问：“程总和他们……”

“没什么关系。”张承学说，“你知道的，酒会上来探门路的人不少，一张邀请函并不是太难弄到。”

如此，方明曦笑意更甚：“既然这样，那我今天可以稍微不那么得体一点吗？”

张承学听出她的意思，挑眉，淡淡点头。

和程总说话的人是来求合作的，兴振旗下小公司及工厂不少，年老的男人道明来意后，此时正介绍到他身后那位：“这是我儿子周睿，这次……”

方明曦和张承学走回程总身边。

“可以敬这位先生一杯酒吗？”方明曦朝周先生身后的周睿举起酒杯。

程总一直没说话，含笑客套应付着，见张承学向自己递来眼神，又听到方明曦插话，他并未不悦，反倒笑着任由她。

张承学刚毕业的时候运气好，打赢了一场以弱胜强的大案子，对方是个有名的企业，从那以后他名声大振，被兴振实业聘请成为法律顾问，同时自己开始经营律师事务所。

这些年他为兴振出了不少力，前不久处理的两桩商业案赢得漂漂亮亮，风头更是无两。

倚重的律师和攀交情的小生意人，程总偏向哪一边不言而喻。

周先生忙推周睿出来：“当然当然。”

周睿面色僵硬，动作也不自然，视线和方明曦对上立刻就移开。他闷头喝下酒，一句话不说。

方明曦笑着看他喝完，自己则浅浅饮了一小口。

当初在瑞城，睿子气势汹汹给邓扬出头找她麻烦的时候，大概没想过有一天他们会在这样的场合再见。

刚喝完，方明曦正要说话，张承学在她之前开口：“我也敬这位先生一杯。”

周睿刚放下空杯子，不得不在注视下又端起一杯新的，再次喝下。

方明曦看向张承学，他给她一个安抚眼神。

男人和男人喝，自然是要喝干净。张承学酒量不错，一杯接一杯，找着各种由头敬周睿，后者大概很少喝这种宴会酒，拿起的杯子里尽是劲大的，不多时脸就红得吓人。

程总不发话，只笑着看他们闹，周先生想叫停却不好说话。

到最后，张承学还稳稳当当站着，周睿“唔”的一声捂住嘴，冲了出去。

周先生着急要去追，程总让人跟去照看，又喊人送周先生到卡座休息，宽慰道：“别担心，缓一缓就好了。”

人走了，程总也回休息室稍作整理，走之前佯怒嗔怪张承学：“他肯定要吐得天昏地暗，你倒是也不怕伤胃。”

张承学忙道无碍。

只剩方明曦和张承学，她搀了搀他：“没事吧？”

“没事，我酒量好是出名的。”他笑道，“再说这么多年，早就练出来了。”

“给你添麻烦了……”

张承学让她别见外，而后又道：“还要不要再找他喝？”

“再喝他就要进医院了。”方明曦说，“他从厕所出来看到我们肯定躲，算了。”

张承学说：“不喝就不喝吧。我看程总的态度，他们刚刚提的合作，百分之九十的可能成不了。他们话里话外很着急，我估计很看重这次机会。”

方明曦幸灾乐祸："成不了就好，他越倒霉，我越开心。"

张承学略感诧异："很少见你这样。"

"恶毒吧？"她笑了笑，"没办法，他伤害我的时候，也没对我手下留情。"

……

睿子在酒会厕所吐得地板都脏了，后半程早早离场。

方明曦想起曾经他给她下药害她进医院洗胃的事，心里生不出半点同情。

酒会结束，张承学叫了代驾，车先开到方明曦家楼下。两人下车说话，方明曦和他道谢："今天麻烦学长了，回去好好休息，记得吃解酒药，不然明早头疼就不好了。"

"行行行，你是专业的你说了算。"冷风吹散酒意，他舒适许多。

见方明曦规规矩矩站在面前，和他拉开距离，保持着一贯的礼貌与矜持，然而那张稍染酒意的脸微微泛红，少了些许正经多了几分可爱，张承学不禁抬手拍了拍她的脑袋。

方明曦下意识偏头避开，第二下落了空。

"抱歉。"他想起方明曦不喜欢这种肢体接触，歉然笑了下正要收回手，动作一顿。

方明曦顺着他的视线回头看。

楼道前的灌木丛边站着一个人，隐在阴影下所以先前没发现。

"他是……"张承学不认识，她却清楚得很。

肖砚站在那儿，满面冷然，阴沉沉看着他们。

肖砚几乎是工作一结束就风尘仆仆往回赶，晚上才到申城，下班的时间方明曦家却没人，他在楼下等了两个小时，楼上窗户黑漆漆的，不见半个人影。她的电话也打不通，联系不上。

不着急是不可能的，就在他担心她会不会有什么情况的时候，她回来了。

从另一个男人的车上下来，和对方有说有笑，姿态亲昵。

先是医生，眼前又来一个，肖砚只觉心里燃起一团火，烧得越来越旺。

方明曦没想到肖砚突然出现，愣了一刹很快回神，没给张承学做介绍，三言两语送走他，待车开出视线才转身走向肖砚。

“这里风大。”她在他面前站了站，忍住细细端详的冲动，立刻提步，“上去再说吧。”

屋里灯一亮起，暖融融的光线仿佛照进人心里，盘旋不去的寒风立时被驱散。

“喝什么？”方明曦放下东西往厨房去，没等他答又自己道，“算了，晚上喝茶喝咖啡都不好，就喝热水。”

说着，她接了一壶冷水放到烧水壶座上，摁下手柄上的开关。

肖砚无言地在沙发上坐下，方明曦回房换衣服，身上的长裙行动不便，她换上冬天的睡衣，棉质的居家款，长袖长裤暖和又舒适。“你怎么今天就回来了？我以为还要过段时间……”

她趿着拖鞋走进卫生间，用皮筋束起披散的头发，随意绾了一个结，松松垮垮团在脑后。

没听到肖砚的答话，她理着头发走出来：“肖砚？”

“今天事情忙完了就回来了。”肖砚轻声回答，语气听起来似乎很平静。

“这样啊……”恰时，厨房传来水壶开关跳动的声音，她赶忙快步过去，没多久捧着杯热水出来，放到他面前。

“你不喝？”肖砚的目光落到她手上，从外面刚回来，手肯定是凉的，捧着暖手也好。

方明曦说：“我煮牛奶。”

她转身又去厨房捣鼓一阵才出来，锅里的牛奶在慢慢加热。

方明曦坐在他对面，眼神从他脸上下移到他胸膛，没说话。

肖砚瞥她：“看什么？”

“……受伤了没？”她抿抿唇，问得很轻。

“没有。”

她暗暗松气：“那就好。”

她还想说什么，肖砚忽地问：“送你回来那位是你朋友？”他忍了很久，还是忍不住想到刚才的人。

方明曦看他一眼：“啊，是啊。大学的学长。”

“也是医生？”

“不是，是律师。他跟我们不一样，不是医学院的。”

“认识很久了？”

“挺久的，一进大学就认识了，读书的时候他很照顾我们这些学弟学妹。”

是照顾他们还是她，怕是只有那个学长自己心里清楚。肖砚眼里沉了沉，难得腹诽，没有说出口。

“晚上和他去吃饭了？”他问。

她道：“陪他去了趟酒会。”

洪灾这段时间，方明曦嘴上不说，心里没少担忧。眼下肖砚平安回来，没伤没病，晚上遇上睿子又好好地磋磨了他一番，她情绪松快，不由得心情也好了。

“饿不饿？我煮点夜宵。”

她去冰箱里翻找能吃的东西，肖砚没说想吃什么，她习惯了他话少便没放在心上。

从冰箱里拎出一袋水饺，方明曦把热好的牛奶从电磁炉上端下来，朗声道：“找到水饺了，我煮水饺——”

客厅和厨房离得并不远，她的声音肖砚听得到，但此时他的注意力却完全不在其上。

他起身想去帮忙，不经意踢到茶几下的一个方形塑料盒。

粉色的外壳艳丽过头，盒盖上还系着一个蝴蝶结。

肖砚站了站，拿起盒子。盒子盖得并不严实，露出一角缝隙，借着“盖好”为契机，他抬指将缝隙顶开一些，垂眸一瞥——

一锅水在电磁炉上烧着，方明曦扬声问：“你吃几个？”

等了半天没听到肖砚回话，她扭头，提高声音：“你吃几个水饺——”

还是没人应她。

她只得估摸着下了二十五个饺子，调好火力，擦擦手走出去。

步入客厅，方明曦步子微顿。肖砚手里拿着那盒姚玥转送她的“奖品”，眉眼低沉。

“这个……”

她略感尴尬，伸手要接过来，还没碰到边缘，肖砚把盖子重重合上，往茶几上一扔。

“准备这么多打算跟谁用？”肖砚眸色越发沉，比先前在楼下时有过之而无不及。

他气都没喘匀，着急往回赶，就是怕她担心，想着早点见她。

谁知道他不在她依旧过得好好的，和别的男人有说有笑，过得滋润极了。

方明曦动了动唇，听出他话里的不善，皱眉：“你说什么？”

他盯着她，喉头发紧：“晚上喝茶的人多吗？是不是我没来，今天那位你也会让他上来坐坐，这里面有没有适合他的？”

“肖砚——”她气得胸口起伏，瞪着他，“你再说一遍？！”

其实话一出口肖砚就后悔了，他抿紧唇，不受控制的口不择言令他自己也惊讶，但就是一时气血上涌，控制不住。

这几年里，每次休假只要有空他就会来申城。

分开的时候，她没告诉他报的是哪个学校，可想要知道并不难。他没有打扰，看着她过得越来越好，和在瑞城时有着天壤之别。

她展示着属于她的那一份优秀，如鱼得水，徜徉在全新的世界之中。她身边有很多人，各式各样，但从没留下哪一个。

他知道的，从贫瘠土壤移栽到适合成长的土地，玫瑰果真开得越来越艳。

肖砚也说不清心里的感觉，他忘不了她拉着行李箱走出公寓门的背影，担心她过得不好。

最初时她只是个二十一岁的小姑娘，犯起倔来死都不低头，被乱糟糟的人事环境折磨得苦不堪言，如陷泥潭。

一开始帮她是出于帮邓扬收拾烂摊子的立场，后来是可怜她辛苦艰难。

由怜惜生出的那一丝丝好感，被她生命中的厄运催化，直至开始那一段稀里糊涂的感情，他自己都是不清不明。

分开的时候，他也曾以为过去就好了，一切归位回到正常的路线。

然而并没有。

她拉着行李箱头也不回，决绝又执拗。这五年里他躲在暗处偷偷地关注，作为一个旁观者注视她的生活。

事实证明，她过得很好，比他预期的还要好。

本该放心的。

为什么没有？甚至并不觉得轻松。他说不明白，直到那一句“好久不见”，他才后知后觉明白过来。

是了，这几年，等的不就是这个吗？

周围人当初都说，方明曦对他或许只是一种雏鸟情结，因为他帮她最多，在她最难的时候及时出现。

他很早就知道，也曾经这样猜测过，但现在却开始排斥这种可能。尤其在见到一个又一个不断出现在她身边的男人之后，焦灼和不确定，他第一次尝到了香烟烫手的感觉。

喉头艰难动了动，肖砚许久才出声：“方明曦……”

方明曦瞪眼和他对峙许久，本就怒火中烧，他沉默这么半天就挤出这三个字，更是把她气得不轻。

“你出去！”她不想跟他讲话，“现在马上离开我家，出去——”

她扭头就走，肖砚拉住她，一把拽进怀里。

“放手！放手！”

她使劲挣扎，脾气上来也不管三七二十一，用脚踢他，手肘抗拒试图挣出他怀里。

他不言语，只沉默着抱住她。

“滚！你有多远滚多远！”方明曦气得眼睛都红了，他说的那叫什么话？“你当我是什么？你当我是什么人……”

他以为她天天带人上楼喝茶，不管是谁都往家里迎；他以为她跟谁都可以发生任何事……他怎么讲得出这种话？

“对不起。”肖砚冷静下来，对那几句话深觉不该，眉头紧皱，“对不起，对不起。”

她斥骂不停，挣得脱力靠在他怀里，急促气息却平复不下来。

“你说得没错，我就是吃锅望盆，得陇望蜀！天天都眼巴巴盯着别人！”她红着眼咆哮，“我何止买了那一点，我买了几百个！你满意了没——”

“对不起……”

他埋首在她脖颈间，连声道歉：“别说了，别说这些，是我不好……”

方明曦脸都涨红了，吧嗒吧嗒掉眼泪，越哭越气，咬着牙哭出声。

肖砚抱着她迭声轻哄，她只想哭，看着他的脸更气，推他推不动，抬手打在他脸上。

他硬生生受了这一下，圈着她半点不肯松，手掌轻拍她的背：“不哭了。”

“你别用！这些你一个都不许用！”她哭得满脸是泪，冲他吼，“反正你也看不上我，爱怎样就怎样……”

“没有，不要乱想。我不该说那些，是我的错。”肖砚自作孽，只得自己收拾烂摊子。她的眼泪流个不停，他亲都亲不完。

好好的一双眼睛就这么哭肿了。

肖砚紧紧抱着怀里的娇柔，哄了半天，哭声好不容易停了。方明曦在他胸膛前抹了把眼泪，厨房里飘来一股烧焦的味道，她顿了一下，忽地又哭起来。

“都怪你！我的饺子煮煳了……”

肖砚头都大了，一向沉稳持重的大男人难得无措，只得不停拍她的背。

“没事没事，再煮，等会儿再煮……”

方明曦哭了很久，久到像是把这么多年积压的沉重郁结，统统哭了出来。

肖砚这段时间在康省奔忙，为救灾工作累得骨头像被拆分过一遍，事情一结束，没能好好休息就急着往回赶，和方明曦隔了一段时间没见，不想一碰面就把她气得大哭，她眼睛哭肿，最后他也没落着好。

方明曦收拾完烧焦的饺子，让他在书房住一晚，事情勉强翻篇，只是直至睡前都没给他好脸色。

第二天早早起床上班，肖砚送她到医院，两人在大门前分开。

两天后，黑豹一众队员各回各位，主力队员从首都总队出发，沿路返回。寸头几个主要跟在肖砚身边的则来申城找他。正事处理完，肖砚有的是空闲时间，常往方明曦工作的医院跑。一来二去，连手术室的那些同事也都认识他。

虽然不在一个科室，姚玥还是每天都会来找方明曦一起吃饭，碰见肖砚献殷勤的次数不少，每每总会忍不住偷笑。

许久没有一块逛街，难得方明曦下班早，两人约好去吃泰国菜。取车时碰见等在停车场的肖砚，姚玥安心看好戏，方明曦过去和他说了几句，没多久就回来了。

“走吧。”方明曦坐进驾驶座，副驾驶座是姚玥的位置。

姚玥看率先开出去的车：“他就这么走了？”

“不然呢？我自己开了车来，又不是认不得路。”

姚玥笑着摇头：“你跟他进展如何，到底成没成？你不知道，小柔和媛媛她们几个这两天在一楼碰见他，回来又在休息室聊。你真看不上？可当心点别被人撬走了。”

方明曦笑了：“撬得走那也是本事，尽管去。”

姚玥乜斜她一眼：“真这么不上心？人家条件不错的好吧，看看那身板，就这你还看不上？我说你……你看不上给我呀！真的是撑的撑死，饿的饿死……”

“你喜欢这个类型？你不是喜欢斯文的吗？”方明曦听她感叹不已，略惊讶。

“什么类型不类型。”姚玥嗤道，“优质的男人不分类型，就你挑！”

方明曦一边开车一边听姚玥念叨：“真的，你要是真没想法趁早吱一声成不成？肥水不流外人田。”

她在旁说个不停，方明曦听惯了她的胡话，知道她就是喜欢嘴上跑火车，任她说了半天没插嘴。

姚玥说到口干终于停下，方明曦挑眉：“说完了？”

“还没，先停一停，等会儿再说。”

“你看看我的包。”方明曦认真开车，“第一层的拉链，拉开看看。”

“什么东西？”姚玥不解，摸索拉开从里面掏出一样东西，是支口红。她眼睛一下亮了，“这是我喜欢的那个色号？我天，这个限量版好难买的，我都没买到。”

“送你了。”方明曦说。

姚玥瞪着眼看她："真的？"她是口红控，念大学的时候就开始收集口红，为了省钱买喜欢的色号，饭都可以少吃两口。

正好开到路口，方明曦停下等待绿灯，瞥了姚玥一眼："真的。这支本来就是买给你的。"

姚玥感动道："明曦，你真好！"

方明曦见怪不怪："口红随你拿。"她顿了顿，说，"但是男人不行。"

忙着研究口红的姚玥闻言扭头，立刻明白她的意思。

男人，哪个男人？除了肖砚，还有谁？

"还说你不在意，你就装——"姚玥一副抓到她小辫子的模样。

方明曦一脸平静地接受她的"指责"。

调笑几句，姚玥收好口红，拨拨头发，冲她抛了个媚眼："知道了知道了，你的男人打死我都不碰。谁敢碰我打断谁的手，满意没？"

晚上下班前，应贤来找方明曦。

她正结束一台手术，刚缓过劲来，见他来站起身："应医生？"

"有空吗？等会儿一起去坐坐。"

"等会儿？"

"等你下班，我差不多也是一样的点。"

"可是……"

他道："不去太远，就医院前面那家咖啡店。"

方明曦本想拒绝，见他似乎有话要对自己说，犹豫几秒同意了："好。"

"那等会儿我来找你。"他笑了笑没多留，讲定便回楼上。

之后又是一台手术，到下班时间，应贤如约而至，两人驱车到医院前几百米处的咖啡店，找了个位置坐下。

点单后，应贤去洗手间，方明曦正无聊，放在一边的手机响起。

肖砚的电话，方明曦接通，听他问她在哪儿，顿了顿，没隐瞒："在医院前面的兰香咖啡店。"

"好。"他没多言，应完便挂了电话。

方明曦看看跳回主界面的屏幕，放下手机。

应贤从洗手间回来，店员端上两杯热饮，他喝的是咖啡，说是晚上还有病历要研究，方明曦睡眠偏浅，睡前喝不得这种刺激性的东西，只要了一杯牛奶。

方明曦浅浅抿了一口热牛奶，问："你找我有什么事吗？"

"没什么事，就是挺久没见，想找你聊聊。你每次都要问一遍，难道我没事就不能找你？太生分了吧。"

她轻轻挑眉，未语。

应贤持小银匙搅动杯中咖啡，笑了下说："好吧，其实也算是有事。"

"你说。"

"上回吃饭——"他顿了下，"你提前走了，后来还为这个跟我道了歉。我想想都是因为我自作主张的行为令你不愉快，所以我觉得我也得跟你道个歉。对不起。"

他说的是约吃饭那次，他主动邀请肖砚，怕是还说了些别的内容。

事情都过去有段时间了，方明曦不打算追究，较真起来也显得小题大做。她轻笑："没关系，师兄你言重了，都是小事。"

应贤将歉意表达几遍，也不再揪着话题，说起别的："张学长又找你陪他参加酒会？"

"师兄，你们每天到底打几个电话？"方明曦失笑，"怎么互相之间这么清楚对方的近况？"

"碰巧在御隆广场碰到就聊了几句。"

她说是："张学长找不到女伴，所以我陪他去了一趟。"

"你跟他可比跟我好，好歹我们都是一个院的，也给我点面子成不成？"应贤假意埋怨。

方明曦和他说笑几句，应贤聊得正欢，忽地瞥见一个略有些熟悉的身影从店门进来，不声不响便在她身后不远的地方坐下，人被盆栽挡住，他只能隐约看见个大概。

应贤眉头跳了跳，话锋一转问起她的感情状况："我听护士们说，那位姓肖的先生一直在追你？"

方明曦抬眸，扯了扯嘴角："是吧。"

"进展如何？"

她无奈："师兄你怎么也八卦起这些？"

"好歹你也叫我一声师兄，我关心一下不是应该的？你不知道，有很多校友现在还会跟我提起你，想从我这儿打听你有没有男朋友……"

方明曦听着，但笑不语。

应贤端起咖啡喝了一口，认真问："那位先生最近来医院来得很勤，他是你男朋友吗？"

方明曦没怎么犹豫，答得干脆："不是。"

"哦？"应贤眸光一闪，"我还以为……没事。"他笑了笑，"那下次有校友再问我，我就有交代了。"

这个话题没聊多久，应贤今天找她主要就是为了上次吃饭的事道歉，方明曦和他说了会儿别的，他问："我送你回去？"

方明曦婉拒他的好意："不用了，我等人。"

应贤没强求，叮嘱她注意安全，结账离开。

方明曦安稳坐着，慢条斯理喝完一整杯凉透了的牛奶，而后拿起手机给肖砚打电话。

"你还要在那儿坐多久？"

那头默了默，两秒后挂断电话。

肖砚起身过来，在她面前坐下。应贤的杯子已经被服务员收走，他摇头回答服务员是否点单的问题，对上方明曦的视线。

她嘴角轻轻扯着笑，好整以暇地看着他："我不叫你，你打算在那儿一直坐着？"

"你怎么知道我来了？"他问。

"你从玻璃墙外走过的时候，我就看到了。"她暗暗翻白眼，"磨蹭这么久没打电话，不是走了就是进来了，应贤刚刚一直往我后面看，除了你还能是谁。"

原来她早就知道肖砚在后面听他们说话。

肖砚抿唇，想着刚才她和应贤聊的内容。方明曦轻笑："怎么？心里不舒服？"

他还未答，她压根没有想聊这个的欲望，直接起身："走了。你有时间，我还赶着回家睡觉。"

客厅里的立式空调开了，公寓里很快升温，脱下外套也不觉得冷。

省了煮牛奶这一步，方明曦直奔卫生间绑头发，刚一束好肖砚就进来了。

肖砚从背后揽住她，有力手臂紧紧箍住她的腰身。“刚才和他聊得很开心？”

“开心啊。”她微扭头，瞥他，“干吗不开心？”

“……没有男朋友？”

“没有。”她答得一点都不怵。

腰上的手力道加重，他的气息洒在她耳后，轻蹙的眉头显示不悦。

“不高兴？”方明曦轻笑，眼尾余光觑着他，“怎么，你能说，我不能说？”

肖砚哑口无言。

她一向记仇，在别人面前大方，只有他知道她私下有多小心眼有多爱计较——或者说这一面只对他一个人显露。

就像以前，行房事时偶尔不受控，他难免粗鲁了些。每回只要弄疼她，她就一定要把场子找回来，要么在他肩上咬出印子，要么在他背后挠出痕迹，反正说什么都不肯放过他。

方明曦懒得管他在想什么，挣了挣：“放手，我要出去。”

肖砚回过神，不仅不放反而搂得更紧。

“你……”

他不由分说地亲下来，余下的话全被堵住。

他像块滚烫的铁板，怎么推也推不开，大手肆无忌惮作乱，方明曦脚下一阵阵发虚。

不知道什么时候被他抱到客厅，空调似乎开得太热，只听得到粗沉的气息纠缠在一块，她热得昏沉，大脑一片空白。

事情发展得太快，她趁空喘气：“等……”

肖砚压在她背后，充耳不闻。

扔在茶几上的手机突然响起，她瞄了一眼，见是医院同事的电话，赶忙叫停：“电话……电话！”

方明曦伸手摸到手机，只来得及喘匀气，接听：“……喂？”

那头言简意赅：“半个小时后有手术，现在赶紧来，主任在路上。”没多说便挂了。

正事要紧，方明曦立刻推开肖砚，坐起身手脚利落地整理衣服。一瞧肖砚，她颇有些幸灾乐祸，光脚丫在他皮带下气势汹汹之处踩了一脚。

“我看你怎么办！”

肖砚喉头一紧，拧眉拽住她的脚踝，勉强平复粗重呼吸，松开手也站起身。

“我送你。”

能怎么办？忍着！

这台手术进行了两个多小时，等方明曦再从医院出来已是深夜。肖砚送她到门口之后没走，停在路边等她，闲着无事抽了几根烟。

方明曦累得不行，绷紧神经的高强度作业消耗体能，令人疲惫不堪。

她一上车，系好安全带没多久就歪靠着座椅睡着，看她这么辛苦，肖砚有再多心思也歇了。到公寓楼下也没叫醒她，轻手轻脚抱她上楼。

方明曦睡得人事不省，第二天一大早，被身后一股热意闹醒。腰上搁着一只沉重手臂，她扭头一看，才发现自己整个人窝在肖砚怀里，背贴着他的胸膛。

她迷迷蒙蒙还没完全清醒，手往后推他的小腹，不高兴地呢喃：“顶到我了……”

肖砚觉短，早已经醒得差不多，钳住她细白手腕，得寸进尺地挺腰磨蹭。

方明曦被他闹得没办法，揉着眼起床去洗漱。

肖砚自然也起了，洗漱完花了十分钟不到弄出一桌简单早餐。

“你最近没事做吗？寸头不找你？”方明曦吃着煎蛋问。

肖砚道：“不忙，该处理的都处理了，年前这段时间比较轻松。”

她略有些嫉妒地撇嘴，端起牛奶喝下一大口。

吃完早餐到医院，一天日常过去，快下班的时候姚玥趁空来找方明曦。

“明天去玩，去不去？！”

“去玩？去哪儿？”方明曦随意一问，没等她回答便道，“我不去了，你去吧。”

“哎哟，你怎么这样？”姚玥嗔她，“我朋友请客去马场骑马，人多才好玩，一起去嘛！”

“得了吧，我运动细胞不怎么样，还是算了。”

“你就陪我去呗——”

“不行。”方明曦拒绝得不留余地。

姚玥生气，又拿她没办法。恰好手术室的同事在内扬声喊了一句：“明曦！”

“来了——”方明曦忙应，拍拍姚玥的胳膊，“我忙去了，明天你自己去，多叫几个朋友，玩得开心点。”

姚玥铩羽而归，然而没死心，下班的点又来逮人。

方明曦在医院门口被姚玥拽住，姚玥求她：“你就跟我去嘛！”

“我真不行。这两天手术好多，我累得都不想动，吃完饭只想回家睡觉。”方明曦求饶，“你放过我吧。”

“你……”

姚玥话没说完，看到路旁停下一辆车，肖砚从车上下来朝医院大门走了几步，在不远处站定，摆明了来接方明曦下班。

“等你的？”姚玥挑眉。

“还有事没？我得走了。”

“我说呢。”姚玥哼了声，“难怪不肯跟我去玩，原来是老早就有约了。”她幽怨地朝不远处的人瞥了眼，“男人……哼，还是口红好，口红才不会管着我们不让我们去玩。”

方明曦失笑，姚玥大概是已经找到别的伴儿，没有非要她点头，大发慈悲放过她：“行了，你去吧，跟你家的‘口红’回吧，拜拜。”

方明曦笑着瞪她一眼，迈步过去。

到车上，肖砚问：“刚刚站在那儿说什么？”

“说你不如口红。”方明曦系好安全带，见他看过来，耸肩，“我朋友说的。”

她饶有兴致，眼神斜他，学姚玥的语气说给他听：“男人……哼，还是口红好。”

“口红？”肖砚眯了眯眼，“我可不止是口红。”

方明曦一顿，脸热了一刹，没好气地冲他翻白眼：“你能你能，就你了不起！”

他不以为意，舰着脸当成对他的夸奖收下。

车开动，方明曦说："刚刚我朋友问我明天要不要去骑马。"

"明天？"

"嗯，说是去马场。"

"你想去？"

"不想。"她看他，"你喜欢骑马吗？"

"骑马？"肖砚似笑非笑地勾了下唇，"骑你我倒是很有兴趣。"

方明曦恨不得踹他："你能不能好好讲话！"

肖砚将她送到家，如此殷勤自然不可能只是来做司机的。方明曦见他主动往厨房去，自觉将空间让给他。

食材准备好，下锅前肖砚出来转了转，习惯性挨到方明曦背后："在做什么？"

"你吓死人了！"她一震，被他抱住腰，肩上多了个下巴。

他抱着她低头就亲下来，吻得缠绵又缱绻，和蜻蜓点水的轻碰完全不同，是一不留神就容易擦枪走火的类型。

方明曦好不容易重获空气，偏头稍稍拉开距离，佯怒："你能不能告诉我一下，男人的发情期大概都在什么时候？"

肖砚垂眸，她以为他要回答，然而他定定看了她一会儿，捏起她的下巴不由分说地再次亲上去。

方明曦差点缺氧，许久，肖砚结束这一吻，拇指抹了下她的嘴角。

"没有发情期。"他说，"人对了，每天都可以是。"

方明曦正要斥他，口袋里手机响了。拿出来一看，是张承学的信息。

感觉到肖砚的视线，方明曦硬着头皮点开。张承学在短信里道："有空吗？我找你谈点事。"

她不知该怎么回，抬指半天没按下，背后传来肖砚的声音："怎么不回？"

方明曦只好点击屏幕，还没编辑内容，张承学又发来一条消息："我正好在你家附近，出来喝杯咖啡？"

她回道："有事情？很要紧吗？"

发出去十几秒，张承学回复："算是，挺重要的。"

方明曦一时无言，半晌道："我跟他说没空……"

“去吧。”肖砚道，“听听他说什么。”

方明曦抬眸看他，他表情淡淡，隐约带点不爽，但并不是对她。

“那……”

“我煮菜等你，晚饭得回来吃。”他说。

张承学没事一般不会突然找她，以她对他的了解，大概确实有事要跟她说。她犹豫了下，最后还是决定去：“我很快回来，谈完就回来。”

肖砚瞥一眼她手里的手机，对那个名字很不爽，将她摁在桌柜边，在她出去前又亲了一分多钟。

张承学约她在附近的咖啡店见，方明曦随便收拾了一下赶到，见他坐在靠墙的位置，快步过去。

“学长你找我？”一坐下，她便忍不住问。

“是啊。”张承学倒是不着急，“喝点什么？咖啡？”

她摆手：“不了，我喝了晚上睡不着。”抬头对等候的店员道，“一杯牛奶。”

店员拿着单子走开，方明曦挪了挪椅子：“找我有什么事？”

“你这么急？”张承学瞥她一眼，轻笑。

“没有，只是看你短信里说的好像有事……”

“我慢慢跟你讲。”他道。

她只能点头。

张承学端起咖啡：“先说个事。上次酒会你说和你有仇的那个人，我后来打听了一下，他们确实是想和程总合作，那个案子没交上去就黄了。”

他说的是睿子。方明曦眼里闪了闪，嘴角勾了一瞬：“是吗？”有点幸灾乐祸，却也并未有多高兴。

都是不重要的人，过得不好她冷眼看着，但并不会为了不值当的人付出过多心力。

他们不配。

张承学见她兴致缺缺，转而谈起正事：“不过我找你不是因为这个。”

她挑眉：“那是？”

张承学盯着她看了半晌，直看得她想检查自己是否有哪里不得体。

“学长？”

他笑了笑，看着她道：“你有没有想过结婚？”

方明曦微怔：“结婚？”

“对。”他点头，“和我。”

她以为是自己出现幻听，愣愣问：“不好意思，学长你说什么？”

张承学看她受惊的样子发笑，重复：“我说，你有没有考虑过结婚，如果没有特别想要结婚的对象，不如和我结婚？”

方明曦怔了好半晌，张承学不着急，静静等着她答复。

她消化完他说的话，良久才道：“学长你开什么玩笑……”

“不是开玩笑。”他十指交叉置于腿上，“你想，结婚是两个人过日子，和谁过不是过？既然和谁过都是过，不如挑一个价值观和生活观念相近的，且能彼此融洽相处的人一起。”

“你这样认可我，我很高兴，但是——”方明曦挑眉，“我拒绝。”

“为什么？”

“我还想问为什么？”她哭笑不得，“好端端的为什么突然想结婚的事情？学长你……”她不知该如何言语。

张承学道：“我父母一直在催，我本身也到了该结婚的年纪，再拖也拖不了几年。最近程总以及一些朋友都在和我聊这个问题，都说成家立业，我想我也应该解决一下——毕竟这不算一个小问题——之后才好进行下一个阶段。”

“所以你想到了我？”

“对啊。你不觉得我们很合得来吗？程总也觉得我们很合适……”

“我不觉得。”方明曦说，“很抱歉学长，陪你去酒会什么的没问题，结婚这个真的不行。”

张承学沉吟，而后道：“说实话，我非常不懂你为什么会拒绝。就条件而言我们彼此相当，职业合适，从认识到目前来看，我的生活圈你融入完全没有问题，我相信我也能很好地适应你的圈子。”

“结婚不仅仅是这样。”方明曦说，“没有感情的两个人生活在一起会很痛苦，时间久了就会变成一种折磨。”

她的话令张承学稍顿，他微微歪头似是在思考，意味不明地笑了：“我认识你这么久，根据我的了解，你并不是那种爱情至上的不理智的人——”

“对，我确实不是爱情至上的人。”方明曦接过他的话。

她深深看着他，弯唇一笑：“但很巧，我恰好碰到了……爱情。”

就像找到属于自己的那一种酒，闻也醉喝也醉，只有他才是对的，而世上其余所有佳酿从此都是白水一杯，再无滋味。

方明曦回到公寓，肖砚已经煮好晚饭。她脱下外套挂到衣帽架上，进卫生间洗脸。

擦干净脸时，手机响了响，张承学又发来消息。她点开一看，他道：“不着急，你好好考虑一下再给我答复。结婚不是小事，但我们确实非常合适。”

她蹙了下眉，还没回复，身后响起沉沉男声：“结婚？”

方明曦吓了一跳，扭头一看，肖砚不知什么时候进来了，就站在她身后。本该从镜子里看到的，她太过认真看手机，没发现他。

肖砚沉着脸从她手里拿走手机，又看了一遍：“结婚，跟谁结婚？”

“就……”她纠结得皱眉，理顺后简单讲给他听。

“就这样？”肖砚听完，脸色看不出端倪。

方明曦点头：“就这样。”

“你同意了吗？”

她瞥他一眼：“你觉得呢？我跟他说了不行。”有点烦，她甩了下头，“不说了，我会跟他讲清楚，吃饭吧。”

两人没再多谈这个话题，在饭桌旁面对面坐下，安静进食。

饭后洗漱冲澡，待到要睡时，方明曦才知道肖砚心里憋了多少火气。

本来就旷了许久，五年来全靠五指兄弟排忧解难，这几天因为她工作忙他一直忍着，被张承学这么一刺激，他发了狠，全然一副要把她弄晕在床上的架势。

……

大半个晚上，方明曦嗓子都哑了，被他翻来覆去折腾，到最后累得连手指都抬不起来。

方明曦浑身上下像被车碾过又拆解了一遍，整晚疲累和睡眠不足的

困倦让她产生起床气，持续到吃完早餐仍旧暴躁。

肖砚送她去上班，搭电梯的时候见她不适，伸手扶她："没事吧，难受？"

她拍开他的手，没好气道："别跟我说话！"

男人就是假惺惺，昨晚干吗去了？没见他轻着来为她着想，这时候装什么好心。

一早上，肖砚都是在方明曦的不悦中度过的。直至到达医院门口，她还是满脸恹恹，尤其看到他那副神清气爽的饱足模样就来气。

上午没有手术，方明曦慢慢缓过来，中午姚玥来邀她吃饭，本想着肖砚可能会来，毕竟这段时间他只要一有空，中饭和晚饭时间必定会往医院跑，然而手机始终没动静，她略奇怪，便答应了姚玥的邀请。

吃饭时，她心不在焉，姚玥看出来，难掩满脸八卦："你在等谁的电话？"

"没有。"方明曦收起手机，"专心吃。"

姚玥意味深长地瞧着她笑，她只当没看到，低头进食。

傍晚下班，肖砚也没来，提前给她打了个电话，说："有点事情，我处理一下，忙完就来找你。"

方明曦满不在乎地"哦"了声，挂断电话却盯着屏幕看了许久，忍不住撇嘴。

回到公寓，前一晚留下的痕迹还在垃圾桶里，用过的保险套昭然提醒她发生过什么。床单棉被都在早上被肖砚整理好，卧室里的靡欲气息虽然早已消散，她还是略觉不自在，把垃圾袋收拾出来，和厨房客厅里的垃圾一起拎到楼下扔了。

躺在被窝里，方明曦闭着眼神思飘远。

肖砚滚烫的身体和点燃后如火一般一发不可收拾的激昂情绪，一切的一切，十几个小时之前全都清晰地印在这张床上，他的反应直白又清楚地昭示他旷了多久。

她又何尝不是？五年，他没有睡过别的女人，她同样没有跟别人上过床，那种毫无保留的亲密久远得令人陌生。

鼻端似乎嗅到床单上属于他的味道，还有昨晚纠缠过后残留下的气息，尽管知道是错觉，方明曦还是感觉脸有点热。她侧躺着在棉被下蜷缩起身子，将脸埋向枕间。

冬天真的来了，一个人的时候，她开始觉得不够暖。

肖砚这一忙就忙了两三天，没见他出现，连方明曦的同事都觉得奇怪，私下里问她："那个每天都来找你的人呢？"

方明曦也不清楚他去忙什么，只能笑笑说："有事。"

"哦，原来是这样。"同事只是随便一问，得了回答，很有分寸地不往下深究。

肖砚并非完全没有和她联系，早中晚都会发消息提醒她吃饭。只是方明曦越看短信越烦躁，干脆不回。

拒绝了姚玥去逛街的提议，方明曦没什么兴致地回家，刚停好车，肖砚打来电话。

她稍作停顿，摁下接听："喂？"

那边肖砚声音沉稳："我在你家楼下，你到家了吗？"

方明曦说不上来但就是莫名不爽——对他消失几天后又突然出现，仍旧是这样一副沉稳有余的模样而烦躁。"没到。"

听出她语气里陡增的冷淡，他顿了顿说："我去医院接你。"

"不用了，你不是有事要忙吗？！"

"忙完了……"

"我挺忙的。"她打断，"估计也要忙个三五天，你有事就先回吧，不劳你等。"

肖砚沉默许久："你在生气？"

说不清是被说中心事，还是因为自己竟然会因他不出现而不开心这件事感到羞恼，方明曦语气有点不太好："你想多了。没什么事？没事我就挂了。"不等他说什么，她挂断电话。

从地下停车场搭乘电梯上楼，方明曦依照习惯先喝牛奶，刚换上睡衣，门铃响了。

她趿着拖鞋到玄关，透过猫眼一看，外面站着的赫然是肖砚。

"谁啊？"她明知故问。

他隔着门答："送外卖的。"

她道："我没点外卖。"

外头没了声响。她过会儿凑近猫眼再看，他站着一动不动，并未离开。

她最后还是把门打开，和他面对面，板着脸重复："我没点外卖。"

肖砚迈步进来反手将门关上，伸手就揽住她。她皱眉推他，被他抱住。

"谁让你抱我的？"她怒意上来，两手挡在他胸膛前做抗拒姿态。

肖砚低头亲她的额头，她偏开头，但没能完全避开，他又在她脸上亲了一下。

"对不起。我出去了一趟，下午刚到。"

她顿了顿，瞥他："去哪儿？"

他拿起手中的文件，方明曦这才发现他不是空手来的。"什么东西？"

他牵起她的手，反客为主："进去说。"

方明曦被肖砚牵到客厅，坐下后他拆开文件袋，将内里的文件拿出来交给她。

"这是……"她瞥了一眼，话音在看清纸上内容后湮灭，愣愣无言。

"我所有的财产都在这里。"肖砚说，"总队在首都，前几年大部分时间我都待在那儿，那里有两套房子。瑞城的公寓时间比较久，我入伍之前父母还在世，是那时候他们给我准备的。申城这一套是前年买的。"

肖砚给她交代家里的情况："我父亲是退伍转业的军人，后来从商做生意，年近四十的时候才生我，我退伍后没多久父母就双双去世了。

"瑞城的酒楼和一些别的小生意只是小打小闹，每一项都清楚列在上面。我有个朋友在澳城做生意，退伍之后我投资入股和他一起合伙，这也是队里基本经济来源。"

方明曦抬眸看他，略微有些发愣。

难怪还在瑞城的时候，她在夜场推销酒被人找麻烦，那一次是躲在他怀里才得以逃过一劫。当时找她麻烦的人在瑞城应该也是有头有脸的生意人，却一口一个"肖老板"叫他，最后还卖他面子，事情不了了之，原来是因为他的生意不止瑞城那些小产业。

方明曦粗略翻完手中的统计文件："你给我看这些干什么？"

"我所有的资产都在这儿。"

"所以？"

"结婚后就是两个人的共同资产。"肖砚看着她说，"在加上你名字之前给你过目，我有什么，看过以后你能清楚地做到心里有数。"

方明曦听得一愣，脸上微赧，又有些不知说什么好。“谁说要跟你结婚？！”

“你不想？”

“我……”她顿了下，合上文件，“不是这么回事。突然之间为什么谈起这个？”

“我想。”

她一时语塞。

肖砚沉着平静，眼里没有分毫的不认真：“我希望跟你结婚，如果你愿意嫁给我的话。”

方明曦缓了缓，半晌，她把文件放到茶几上：“你这几天就是去做资产证明了？现在没有这个必要。”她站起身，示意他冷静，“OK，你只是被那个说要和我结婚的朋友刺激到了。这件事我会处理，你放心好了。”

她不肯跟他谈这个问题，肖砚没有办法，瞥了眼茶几上的文件，跟在她身后进了厨房。

方明曦煮夜宵，他在她背后站了站，而后抱住她。“我想跟你谈以结婚为前提的恋爱。”

“走开一点，热气烫……”她用手肘顶他。

“我是说认真的。”他的嘴唇轻碰她的耳朵，“方明曦。”

拿着汤勺的手顿住，半晌，锅里冒泡，方明曦重新用汤勺搅开烧沸的热水。

她声音有点轻，但还是答了他：“……知道了。”

和张承学约在咖啡馆二楼的包厢见面，落座点完单，他开门见山：“怎么样，学妹你考虑好了吗？”

方明曦道：“考虑好了，我还是上次那个答复。”

张承学默了默，笑起来：“这么看来你还是没考虑好。”

“难道学长觉得我只有答应你才算是考虑好了？”

“当然不是。”他说，“但我觉得你还是没有想清楚。”

“我想得很清楚。”

“那么，你不觉得这对我们两个都是很好的一个选择吗？”

方明曦定定看他一会儿，也笑了："不觉得。"

"好吧。"张承学摊手，"既然这样，那我们还是过阵子再谈好了。"

"不用过阵子。"方明曦道，"不如我们现在就把事情理清楚。"

"你想怎么理？"他挑眉。

她笑道："你说我们结婚是对彼此都好的事情，但是上次我只从学长你的话里听出了对你有利的方方面面。没错，你没有想结婚的对象，我可以陪你出席很多场合，我的工作拿得出手……诸如此类，都是站在你的角度看问题。那么，我有什么好处？我为什么要和你结婚？"

张承学十指交叉，轻轻摩挲皮肤，一时陷入思考。

"简单来说，你要我和你结婚，那么你打算给我什么呢？"方明曦指尖敲了敲桌面，"你的资产打算给我多少？如果我们并非因为爱情而结婚，那在这段婚姻里你势必要给我什么……我能得到什么？"

张承学皱了皱眉，道："这一点我考虑过。我名下的几处房产，我可以拿出一套作为婚房以及夫妻共同财产，另外我再给你一套单身公寓以及一辆车作为结婚礼物，你意下如何？"

"那其他的呢？"方明曦勾起嘴角。他有多少钱，方明曦不知道，但跟着兴振程总的这几年，他挣得绝对不少。

"其他的……你的意思是？"

她眸光闪了闪："夫妻共有。"

"不可能。"

张承学答得毫不犹豫，方明曦一笑，往后靠。

"你看。"她摊手，"我们谈不拢。"

张承学试图说服她："夫妻间保留彼此的个人空间也是很重要的，在生活上以及将来有了孩子，这些费用我都会承担。只是在共同生活部分之外的，我希望做个婚前财产公证，这样将来万一出了什么问题，对两个人都好。你个人的资产也是一样……"

方明曦打断他："真的，我们合不来的，你信我。人和钱我总得要一样，我又不喜欢你，你的钱也不肯给我，我和你在一起图什么呢？"

"我……"

"而且——"她笑吟吟抬手示意他不用再说，"我有喜欢的人。就这一点，你给我再多的钱，我也没兴趣要。"

张承学的事终于搞定，说了半天，他总算是明白她的拒绝立场坚定不会动摇，且加上她提出如果结婚就要财产共享的要求，光是不肯做婚前财产公证这一点，就足以让张承学打消念头。从本质上来说，他们都是现实的人，但现实也有分别。她和张承学是不一样的，彻头彻尾的不一样。

谈了太久有点累，方明曦从出租车上下来，小高跟踩在地上，一下一下“叩”出声响。

到楼前脚步一停，肖砚等在花坛边。他不知在楼下等了多久，方明曦过去，闻到他身上浓重的烟味，眉头皱起：“抽了多少烟？”

“两根。”

她暗暗翻白眼，信他就怪了！

往前走一步，方明曦想起什么转身：“楼上没水了，陪我去便利店。”

肖砚没说二话跟在她身边。

一路上他也不讲话，只在快到便利店的时候问了一句：“见过那个学长了？”

“嗯，见过了。”她没说具体谈话情形，他抿了抿唇，也没问。

方明曦买好水，袋子拎在肖砚手上，回去的路上他仍旧沉默。她走得比他快一点，他照样不急不缓跟在后面。进了小区，离公寓楼还有段距离，她蓦地转身。

“你到底在烦什么？”她盯着他。

肖砚是知道她要去见张承学的，碰面之前她就告诉了他。

“你凭什么觉得我会想跟一个认识没几年的人结婚？！”她有点气，“你为什么认为我如果想结婚会考虑他？你到底在担心什么？”

方明曦越说越火大，瞪他一眼扭头就走。肖砚拽住她，一把将她扯进怀里。

背后是他宽阔的胸膛，怀抱一如既往的温暖。她深深吸气，任他抱着不动。

“对不起。”肖砚说，“我只是有一点……”

——怕。

怕她对他只是依赖不是爱，怕她对他没有了从前的感情，怕她记着以前的事情走不出来。

说到底分开的责任，他要承担一大半，所以他怕。

“我跟他讲清楚了。”方明曦长长舒出一口气，“他不会再找我纠缠这件事。”

她移开他的手，要松开的时候停了一下：“你难道不清楚？我如果喜欢别人想跟别人结婚，你就算缠到死，我也不会看你一眼。”

她迈开步子往前走，大步朝楼道走去。

肖砚有的不算少了，甚至比张承学多得多，但他还是愿意全部和她分享。

对她毫无保留不设防的人，她不知道这辈子还能遇上几个。

即使遇上了，也未必会是她中意的。

第九章 珀宁没有冬天

申城的气候不比北方，虽然离下雪还有一段时间，但冬天的氛围已经很浓。

肖砚在这儿的住所方明曦休息时去看过，后来也在那儿住了两回，装修风格和瑞城那套公寓差不多，是他一贯的审美。不过大多数时候他们都待在方明曦的住处，自己的地盘窝习惯了不是很想动弹，肖砚便由着她，反正对他来说在哪儿都一样。

冬至那天，肖砚和方明曦预备在家里包饺子。超市卖的速冻饺子满足不了方明曦，她硬是弄了些面粉回家，让肖砚给她手工包一锅。

和面擀皮是个技术活，好在肖砚不是生手，和队里一帮人过年的时候，偶尔也会给厨子们打下手，饺子是必须吃的东西，一回生二回熟早就有经验。

方明曦抱着热水袋窝在沙发上吃水果，电视节目看到一半，想起厨房里还有个劳动人民，拈着两颗草莓前去慰问。肖砚和面正忙，没空搭理她，方明曦见状也凑趣要动手。

“你看。”她捏了个肚大的，托在掌心给他瞧，“结实不？”

肖砚冷眼泼凉水：“你这个下锅就要破。”

“谁说的？”

“我说的。”

“不可能。”她不服气，“我又不是没包过饺子，以前都是这么包的。”

他偷偷噙着笑：“速冻饺子吃多了，手艺难免退化。”

方明曦越激越来劲：“打赌？”

“你想赌什么？”

“我包三分之一，等会儿下锅要是破了，我给你做一个星期的饭！”她已经好久没下厨，这些事情都扔给了他。

肖砚见她兴致高，应得干脆：“行。”

因打了赌，方明曦难得对这锅饺子上心，包完以后好好打量一遍，下水的事还非要自己办。肖砚往锅里扔了两个，她就咋呼起来：“干什么你？！专挑我包的扔，扔破了算你的！”

“你来你来。”肖砚无奈，将地方让给她。

锅里的水咕噜冒泡，方明曦动作细致，一个一个下锅放得极其小心。旁边手机铃响，她和他的铃声不同，听是他的电话，她头都没抬专心致志地忙着手里的事。

肖砚出去接电话，她隐约听到一个“喂”字，而后他似乎走到客厅，又接着走远不知去了阳台还是哪儿，说话声听不到了。

方明曦兀自专注倒腾那一锅饺子，皮不厚熟得就快，见一个个翻肚皮浮起来，是煮熟的模样，她将火调小，用漏勺捞进碗里。

尝了一个果真熟了，她霎时雀跃：“肖砚肖砚！饺子熟了，一个都没破！你快来——”

他不知是没听到还是怎么，没应声。方明曦向后探头，试探喊他：“肖砚？

“肖砚？！

“饺子熟了哎——”

肖砚的脚步声由阳台渐近：“来了。”

他走进厨房，方明曦稍稍收了目光："跟谁打电话？叫你也听不到。"

他没答，抬手在她脑袋上摸了一下。

方明曦紧着眼前的事，让他看碗里的饺子："瞧见没，一个都没破！"

肖砚挑眉："厉害，你赢了。"

她得意扬扬："跟你说了我是行家。"

嘚瑟完，方明曦一只手从碗里夹起一个，另一只手掌虚空在下托着："尝尝。"

筷子递到嘴边，肖砚微垂头，将饱满大肚的饺子吃进嘴里。她也尝了一个，吃得满足。

肖砚看着她，不知在想什么，她也没发觉他的出神。

半晌，方明曦正准备用碗将饺子盛两份，肖砚道："明曦。"

"嗯？"

"邓伯父打电话给我了。"

"说什么……"她笑吟吟说着，忽地停住，扭头问，"谁？"

他抿了下唇："邓扬的爸爸。"

方明曦若无其事地转头继续盛饺子："哦，他找你说什么？"

肖砚眉头微皱："邓扬来申城了，他爸让我多看顾点。"

她似是嗤笑了下，当着他的面也不加以遮掩："不知道的以为是你儿子呢。"

他知道她心里不高兴，没说话。方明曦分完饺子，站直身面向他："邓扬来了，所以呢？"

肖砚和她对视几秒，伸手揽住她："我知道你烦他，提前跟你说一声，万一碰上省得你心里不舒坦。"

"你告诉我，我也不舒坦。"她嗤笑，一只手环抱在身前，一只手直指他，"你听清楚了肖砚，这次我不管天塌下来还是地沉下去，你要是再为了他把我扔到一边，你就从我面前消失，有多远滚多远。"

肖砚抓住她的手指，将她整个拳头包在掌心里。

"再也不会了。"他拉她进怀里，下巴枕住她的头顶。"我对他哥过意不去，所以才管着他希望他学好，但他毕竟不是他哥。"

"哦，你的意思是，换他哥来你就会把我扔一边去？"

"不是……"肖砚皱了下眉，说不过她的歪理，只好将她抱得更紧了些，“如果发生危险，我会愿意用命换邓谦——也就是邓扬他哥的命，但这是因为除了兄弟感情之外，他救了我的命。”

方明曦稍稍沉默，道：“现在说这些都没意义了，假设是不存在的。”

“是啊。”人都已经死了。肖砚语气怅然了一瞬很快恢复，抬手摸她的头发，“可如果是你，你没救过我，不管你救不救我，我都愿意跟你以命换命。”

“你能不能说点好的……”她小声吐槽，却只是嘴上抱怨，没有真的不满。

或许是觉得这样的气氛太难受，方明曦猛地甩了下头，推开他：“脑子都被你带进坑里去了，什么命不命的？”她乜斜他一眼。

肖砚失笑，先前稍显沉闷的气氛倒是消散干净。

没多久，方明曦和肖砚真就碰上了邓扬，并非在两人住处楼下，而是在一个热闹的街区。

肖砚陪方明曦逛街，两人兜了一圈吃饱喝足，暖意融融正准备回家，在路口被人叫住。

邓扬正好从旁边的店里出来，在门前抽烟，好巧不巧碰上他俩。

“砚……砚哥？！”他惊讶地喊了一声，令两个人回头。

肖砚和方明曦手牵着手，说说笑笑好不温馨，就被突如其来的这一句哥打断。

他们双双回头，视线在定格到出声的邓扬身上之后，都顿了一刹。

肖砚先反应过来，颔首叫了句：“邓扬。”

肖砚和邓扬好几年没见了，自从方明曦离开瑞城以后，他们俩就基本断了联系。邓扬心里有怨，肖砚更是苦闷难当，久而久之关系就冷淡了。

对于邓扬的父亲，肖砚还是有几分尊敬的，毕竟那也是邓谦的爸爸。逢年过节，肖砚会让人送东西去给二老，他自己却只在春节后才登门。

一年就那么一次，头两年有和邓扬在他家碰上，不过没说话，当着二老的面简单问候两句过了过场面。后来的两年肖砚春节再去，正好赶上邓扬不在，于是连照面都没打。

这次邓扬来申城，如果不是他爸打电话给肖砚，肖砚完全不知情。人心都是肉长的，再是块茅厕里的石头也该打磨得差不多了，偏偏邓扬还是那个样子。

每年上门拜访都能从邓家二老那儿听到邓扬的荒唐事，肖砚那份替邓谦教育弟弟的心思早在这几年里淡了，对他来说，照顾好邓家二老就是对邓谦的交代。

“砚哥……你怎么在这儿？”许久没有这样叫他，这个称呼，邓扬自己都感觉陌生。

“在这边处理事情。”肖砚说，“你爸给我打了电话，说你这两天刚好过来这边。我正准备联系你，有空一起吃个饭。”

“好……”

“没什么事我们就先走了。”

“砚……”邓扬想叫他，然而开了口，却又不知道说什么。

肖砚倒是没有不耐烦：“还有事？”

邓扬愣愣地看着他和他身旁的方明曦，半晌挤出一个字：“……没。”

她还是那么好看，甚至比以前更好看，成熟，有风情，不似以前冷得像块冰，看人的时候嘴角隐约带笑。这几年他交过很多女朋友，但似乎只有方明曦，只是站在那儿什么也不说什么也不做，就能让他看得发愣。视线落到他们相握的手上，刺眼，又让人心里发涩。

“砚哥！”邓扬突然回神。

他们俩再次回头：“怎么？”

“你……你电话多少？等有空我打给你。”他找到一个话题，“对，存一下号码，我好打给你。”

肖砚默了默，道：“我的号码没变。”

邓扬愣了。

“时间不早，我们先走了。”肖砚不再多说，冲他点头，牵着方明曦走远。

邓扬在店门口站着，半天没有动。肖砚的电话没有变，但……自己已经五年没有打过。

是从什么时候开始的？是在肖砚公寓发现他们同居的那天吗？

好像是。

愤怒冲出公寓那晚，他被肖砚找到，肖砚在酒店守了一夜，后来亲自把他送上回程的车才放心离开。可从那之后，他就再没有联系过肖砚。

春节肖砚来拜年，也没有和他像从前一样说过话。

五年了，邓扬这才惊觉，他竟然已经这么久没有给肖砚打过一个电话，而肖砚同样也没有。

寒风吹得人有点难受。

他想，可能是酒喝多了，又或者申城这个地方，冬天原本就比瑞城要冷。

和邓扬的碰面比预期来得突然，在心里泛起的水花同样也比预期小得多。

肖砚依言和邓扬出去吃了一顿饭，方明曦没兴趣，当天宁愿选择跟姚玥逛街。回来后，肖砚和她聊了几句，说："邓扬这次来申城是参加婚礼来的。"

她随口问："婚礼？"

肖砚点头："嗯，那个唐隔玉的婚礼。"

许久未闻的名字令方明曦顿了顿，她并未说什么，只是沉默着拍匀脸上的精华液。肖砚知道她对唐隔玉心怀芥蒂，当初的火灾始终是卡在她心里的一根刺，便跳过这茬不再多言。

方明曦其实也没太往心里去，唐隔玉在当初的事件里究竟扮演了什么角色，没人知道，或许永远也不会被人知道。没有结果的事想了只是徒增烦恼，她惯会开解自己，毕竟曾经那么苦的日子都熬过来了，不懂得想开一点，根本撑不到现在。

很快，方明曦把这些事抛到脑后。医院里的工作日渐忙碌，她每天奋斗在手术台上，没有时间想别的东西。

星期三下午，结束一台手术，收拾完手术室的几个护士换好衣服刚坐下休息，救护车的声音从医院大门由远及近，一下子吸引了一堆人的注意。门前有些看热闹的病患，休息室里的几个护士却没工夫磨蹭，车后的门一开，推床下地，便飞快地直冲手术室而来。

众人立即进入状态，各个部门齿轮般运转起来。

"伤者腹部被捅了数刀，身上其他部位也有伤，来的路上做了紧急抢救，血还没控制住，伤势较严重——"推床滑轮在地上飞速摩擦，一群人急匆匆把伤者推进手术室，随救护车回来的医护人员简述要点，跟医生做交接。

方明曦在看见伤者面庞的时候愣了一刹，差点没跟上推床，还是职业素养提醒她，这才迅速回神回到工作状态。

躺在床上的人，是唐隔玉。

手术室一众护士和麻醉科医师都做好了完善的术前准备，方明曦虽然才来手术室不久，但一向是荀主任的得力助手。

唐隔玉被推进手术室后，她立即建立了三条静脉通道给予快速输液，护士们配合医生给唐隔玉做抗休克治疗并补充血容量。血回收装置准备好，主刀医生打开唐隔玉的腹腔，开始给她做脏器修复以及对损坏部分进行切除。

方明曦旁边的小照比她还晚来几天，之前做的手术都是预定好的，抢救还是头一次。不知是不是太过紧张，小照在医生伸手的时候，递去了一把止血钳。

方明曦一愣，反应比思维更快："不对！"

医生还没抬头，她已经飞快拿起大弯止血钳换下医生手中的那把。

小照面色僵了一刹，略微发白。她给医生的是直止血钳，而大弯止血钳是用于内脏止血，唐隔玉破裂的组织正是脾脏。这是基本常识，她们读书的时候都会学，本不该犯这样的错。

医生只瞥了小照一眼，无暇分心，全身心投入到抢救中。白色灯光打在手术台旁的一圈人身上，惨白惨白。小照出错以后越发紧张，之后每一次给医生递东西，脸色就更僵一分。

没多久，医生又一次伸手，她朝伤者血淋淋的腹腔看一眼，强作镇定地将钳子递去。

方明曦眼疾手快，一把捉住她的手腕，抿着唇将一块纱垫交给医生，这里需要做些隔离。她余光瞥了小照一眼，没碰小照手里的钳子，另拿了一把交给医生。

"肠腔。"方明曦小声说了两个字。

小照一僵，头皮都麻了。她手里的那把，先前用来检查过伤者肠腔，不留神就容易感染。

手术结束之后，小照势必要挨骂的，眼下谁也管不了这些。方明曦额头出了汗，眼睛紧盯着监测仪器。

医生那边顺利进行着，她看着几个屏幕画面，眉头微微皱起，随着图像变化越皱越紧。

看了半晌，方明曦终于发现哪里不对，蓦地双眼瞪大：“医生——”

几道视线朝她看来。她顾不上那么多，忙道：“血压！血压没下来！”

医生眼一凛：“不能加压！检查一下——”

他一声令下，众人立刻忙碌起来。

……

三个小时后，手术才算结束。伤者捡回一条命，被转至重点病房观察。

一干医护人员累得连话都说不出来，收拾完手术室时，小照一把拉住方明曦，眼圈暗暗红了：“谢谢。”如果不是方明曦几次阻拦，医生没注意到因她的疏漏而产生的错误，出了问题谁都负不起责任。

“没什么谢不谢的。”方明曦实在是没力气再多说什么，拍拍她的肩膀走开。

肖砚到医院接方明曦下班的时候，没在她平时经常待的休息室找到她。问过她的同事，有人道：“我刚刚好像在一栋和二栋连接处的拐角看到了她，应该在那儿。”

谢过对方，他提步就走。

身后几个护士聊天，抱着板子的问：“刚刚抢救的那个伤者叫什么？我做下记录。”

“唐隔玉。”

“名字蛮好听的，怎么搞成那样，被捅了那么多刀送来抢救，太吓人了……”

肖砚的步子停住，他回头问她们：“请问，你们聊的唐隔玉刚才在手术室抢救？”

她们顿了顿，点头：“是啊。你认识？”

他没答，只问：“刚才的手术，方明曦也在？”

“当然啊——”几人用不解的眼神看他。

肖砚眉头皱起，心下开始担心方明曦。没再跟护士们说什么，他加快速度去找她。

绕了一圈，果真在一栋和二栋连接处的拐角找到方明曦，她瘫坐在长椅上，神情颓然，不知待了多久。

“明曦！”肖砚过去。

她微微抬头，一见到他，眼睛慢慢红了。

肖砚环住她，方明曦握住他伸来的手，额头靠在他小腹上。

“怎么了？”他摸她的头发，一下又一下，声音放得很轻。

她不说话，似乎在哽咽，拽着他衣角的手越来越用力。

“我刚刚做了一台手术。”许久，她隔着衣物贴住他的腰腹，闷声说，“是唐隔玉。她流了好多血，我的同事中途出了好几个错误，都被我拦住。”

肖砚环着她的肩膀，静静听她说。

“我没办法当作没看到，我做不到……她伤得很严重，我从来没有这么紧张地对待过一台手术，因为她是到现在为止急诊抢救里，我碰到过的最严重的。”

她声音发颤，眼眶热热的：“中途手术出了问题，她被救回来了，现在好好地躺在病房里……我真的、真的没办法在能救她的情况下不尽力。”

肖砚抬手抚摸她的脸，感觉到温热的湿意，他喉头发紧。

方明曦还是没忍住哭了，“我妈妈的尸体一直出现在我眼前，从手术室走出来的时候，她被烧死的样子就一直往我脑袋里钻……你说，她会不会怪我……她是不是在怪我……”

她哭出声，哭声凄厉。当年金落霞尸体上的每一道烧伤痕迹全都烙在她身上，此刻旧伤疤沁出新血迹，火一样烧得她发疼。

肖砚站着，抱住她的肩膀，嗓子里堵得疼。他沉声，一遍又一遍安慰：

“不会。她一定不会。

“你很好，你做得没有错。

“别难过。”

他低头亲吻她的发顶，声音是前所未有的温柔：“你是个很优秀的护士，她一定以你为荣。”

方明曦闭上眼，脸颊贴着他的手掌，眼泪止不住，默默流泪。

她只是需要一个宣泄的地方，只是需要发泄一下。她并不后悔在自己的岗位上做到全力以赴，不管再来多少次，不管她面对的人是谁、要救的人是谁，她都会拼尽全力。

如果不能忠于自己的职责，那么她就不配穿这身制服。

她记得，从工作的第一天起就没忘过。

她是一名护士。

唐隔玉被送入病房后没多久，她的亲朋好友陆续赶到医院。护士询问后得知，病房外的几位都是她的朋友，她的家人正在赶来的路上。

“她和她未婚夫不在申城居住，也不在这儿工作，只是婚礼打算在这里办所以才提前来，原本打算婚礼后第二天就飞出国度蜜月。”肖砚从邓扬那儿打听来消息，正和捧着咖啡的方明曦交代。

“谁捅的刀？”她问。她对唐隔玉的事情兴趣不大，只是人进了医院，她又参与了抢救过程，所以才想知道出事的前因。

肖砚稍作停顿，道：“她未婚夫。”

“为什么？”

“吵架。”肖砚想起邓扬说话时死灰般的脸色，皱了皱眉，“争执中动的手。”

方明曦觉得不可思议：“她未婚夫得了躁狂症？”情侣吵架很常见，她跟肖砚也有拌嘴生气的时候，但吵到捅刀子……这哪像要结婚的对象，分明是两个仇人。

“大概和邓扬有关。”肖砚说到这个表情也不太好，“我问了一些，他没说多少，事情还在处理。”

唐隔玉被捅伤时正好被邻居碰见，对方拨打急救电话并报警才救下她，不然结局怎样很难说。她的未婚夫现在人在警察局，出了这种事情，婚肯定是结不了了。

方明曦喝完咖啡，没再多问。下午还要工作，肖砚陪她在食堂吃完饭后，离开医院。

没两天，有关唐隔玉的事情就在护士间传开了。方明曦从旁人嘴里听说了很多，说是婚礼筹备期间，两人本就产生了摩擦，后因女方一些感情纠纷，矛盾增加，最后闹到这个地步。

唐隔玉的未婚夫如今被抓，家属赶到申城，两家人就这件事正在掰扯。而唐隔玉在病房里，命是捡回来了，但情况时好时坏尚存变数。

这些话后来从肖砚那儿得到证实，基本属实，所谓的“感情纠纷”，自然和邓扬有关。

“都这么久了，她还惦记邓扬。”晚饭后，方明曦和肖砚窝在沙发上闲聊，“果然得不到的就是最好的？”

肖砚听着她局外人的口吻也不觉有什么不妥，没有对唐隔玉的不幸表达恶意，已经是她最大的善良。“邓扬他爸的意思是希望邓扬不要掺和，赶紧离开这儿。”

这事儿说来就是一笔烂账。唐隔玉的未婚夫家里条件和她相当，两人脾气都一样火暴，时不时有摩擦。会想结婚肯定是有感情的，但唐隔玉错就错在快要结婚了，却和许久不见的邓扬一碰面又起了旁的心思。她和别的男人纠缠不清，她的未婚夫自然不爽，在离婚礼没几天的时候发生这种事，硬是把一桩喜事弄到收不了场的地步。

方明曦问：“他让你去管邓扬？”

肖砚顿了顿，道：“我不太清楚他的意思，不过我说了最近比较忙，这几年还有别的计划，这些事情没有精力去管。”

她来了兴趣：“什么计划？说来我听听？”

肖砚乜斜她一眼，视线从她脸上移到她小腹上，意味深长。

她反应过来，抬脚往他腿上一踹。肖砚噙着笑翻身压上她，客厅里没了说话声。

……

完事后，方明曦累得直喘气，肖砚抱她到浴室洗了个澡，在床上给她吹头发。

很快又是一年春节，方明曦平时很少请假，排班的时候春节值岗首先排除了她。对于留在申城还是回瑞城他们讨论过一次，肖砚给她梳好头发，又提起这件事，这次她有了决定。

“年前回瑞城去给我妈扫墓。”她说，“我不想在那儿过年。”

“好。”

“也不想在这儿过。”

“嗯？”

她说："太冷了，想去暖和的地方。"

肖砚一听，说好："我陪你去暖一点的地方过，国内国外都可以。"

方明曦笑着往后靠到他怀里，他低头在她脖颈上亲了亲，手从下摆探进睡衣里。

良夜长久，还有很多有意义的事可以做。

进入病房观察的第五天，唐隔玉的情况恶化又进了一次手术室。这回方明曦没有参与手术过程，只知道问题严重，第二次手术对唐隔玉的器官进行了大面积切除。

等唐隔玉苏醒之后，将来生活会有很大问题，不能做剧烈运动、不能情绪激动，还要长期服用药物保持机能正常运行，基本已经丧失了独自生活的能力。

年前这段时间，方明曦在医院不止碰见了邓扬，还有睿子。她从肖砚那儿听说了一些睿子的事，睿子家的生意这两年做得不是很容易，日子不顺，人自然没了从前趾高气扬的锐气。

上一次酒会上落他面子的事似乎给睿子留下了不轻的阴影，他碰见方明曦，没有上前找麻烦冷嘲热讽，躲都躲不及。至于邓扬，他似是想和方明曦说什么，或许想到肖砚，又或许想到旧事，到底还是没有主动找她。

暖阳和煦的一个冬日，苏醒的唐隔玉在家人的陪同下办理手续出院，转去她父母目前居住的地方休养。方明曦正好下班，在医院大门外和他们碰上。

唐隔玉的父母去取车还未回，睿子和邓扬给唐隔玉推轮椅。她认出了方明曦，在轮椅上瞪大眼睛，一下子情绪激动。

对视几秒，他们几人的尴尬和方明曦悠然自得的模样形成鲜明对比。

方明曦慢慢走到唐隔玉面前，看着那张永远忘不了的脸，微微一笑："嗨，还记得我吗？"

睿子抿紧唇，捏了捏唐隔玉的肩膀让她冷静。

"我过得很好。"方明曦看着唐隔玉难看的脸色，笑得越发温和。

唐隔玉说不出话来，呼吸得太用力，残缺的肺部和其他器官阵阵作痛，只能攥起拳头。

“明曦……”邓扬低低出声，然而又不知该说什么。他有资格让她宽容一点吗？没有，谁都没有。

方明曦不搭理他，站在那儿静静将唐隔玉从上到下打量一遍，经过她上半身时停得格外久。她的下半辈子将会在轮椅上或者床上度过，不能跑，不能跳，不能再做从前她喜欢的一切事情。她需要人照顾，无法再拥有健康的生活。

一时间似乎觉得没意思，她决定走人。迈出两步，方明曦忽地又停下回身看向唐隔玉。

“对了，你知道吗？我妈妈去世已经有五年多了，时间快不快？你记得吧，她死在那场火灾里，被关在地下储物间活活烧死，我经常梦到她。她工作的那家店的制服是黑色镶红边的，我想你应该见过，烧焦以后是什么样子你晓得不？全都是黑的，没有一滴血，焦黑焦黑的。”

方明曦指指肋骨中间：“这里——她的这些地方全都烧坏了，肺，还有胃……她说很疼，你知道吗？她说烧得很疼很疼。”

一切该来的终于都来了，或许还会有更多善恶得到本应有的结果。唐隔玉的脸色白得吓人，她剧烈呼吸着，眼球微微上翻像是要昏厥过去，又疼得用手直捂住肚子。

“隔玉？隔玉！”睿子和邓扬立刻俯身查看她的情况。方明曦冷眼看着，心里毫无波动。

穿上护士制服，她是一名医护人员。作为医护人员，她会拼尽全力挽救病人的生命。

但此刻，她只是以一个普通人的身份站在这里，虽然她仍然不会对唐隔玉做出危及人身的事，可她有资格作为被害者的家属表达自己的情绪。

如果唐隔玉没有做过亏心事，方明曦说的这些想必对她不会有任何影响，她还是能够夜夜好眠；若是她真的做过亏心事，那么，祝她永远被自己种下的噩梦惩罚，承受良心的谴责。

邓扬和睿子给唐隔玉拍背顺气，好半天，她的情绪才稳定下来，只是状态比方才差了很多。

方明曦已经走了，邓扬扭头看她离开的方向，肖砚开着车来接她，不知何时到的，特地从驾驶座下来走到她身边。她穿的棕色小皮鞋有系带，鞋带散了，肖砚蹲在她面前给她系紧，而她低头和他说着什么。

方明曦和肖砚就在不远的前方，谁都没有朝这边看一眼，仿佛他们只是被甩在身后的旧垃圾。无所谓，不重要。几十米的距离，看起来却很遥远。

邓扬忽然想到很多年以前和肖砚第一次见面的时候，那是他哥哥入伍后第一次休假回家，于是他见到了这个他哥哥口中“最好的兄弟”和“最好的战友”。

肖砚很照顾他，不管是那时还是后来他哥去世之后。他和他爸吵架身上没钱，找肖砚拿；他跟流氓打架惹来地痞团伙被打到头破血流，肖砚二话不说带人把那些二流子收拾得服服帖帖扭送警局；他离家出走，肖砚把自己的住处让给他，给他和家里说和，帮他们缓解矛盾。

甚至连他高中毕业跑去澳城，差点出事，也是肖砚将他捞回来的。

或许肖砚心里有愧疚，所以不管他做什么都会帮他兜着善后，肖砚对他的那些好，一桩桩一件件都不是假的。

就像他亲哥一样。

肖砚对他真的就像亲哥对弟弟一样好。

邓扬喉头有些涩，风太大了，眼里被吹得发酸。

前段时间，他和肖砚吃的那顿饭，肖砚早早就走了。他知道肖砚要回去陪方明曦，他们住在一块，就像当初在瑞城被他发现的那样。

意识到这一点，他心里有些不舒服，有些微妙，还有种难言的痛苦。

直至开车来接肖砚的寸头，进店里来拿肖砚落在沙发上的围巾。寸头看到他发红的眼圈，停下和他说了几句话。

他永远也忘不了。

寸头说：“我以前觉得你跟你哥挺像的，你和邓谦不仅长得像，说话的神态、吃东西的口味都很像。不过你知道你们哪里不一样吗？

“如果是邓谦，他会努力公平竞争，争不到的，再大大方方放手。

“看到肖砚能安定下来，他一定会比谁都更高兴，他也从来不会强行要求别人跟自己一起痛苦失意。”

每一个字都戳中了他的心。

是啊。他喜欢方明曦，仅仅因为他喜欢，于是要求方明曦不能对肖砚动情，因为方明曦是他喜欢的人，因为肖砚对他好，所以他们不准对对方产生感情……凭什么？况且方明曦从最开始就说了，她不喜欢他。

寸头说得没错，如果是他哥……

他哥不会对朋友暴躁抓狂，不会半夜跑出去让朋友担心，不会纠缠不休让朋友为难，更不会将那么多年的感情说丢就丢。肖砚也一样，并没有因为爱情抛弃情义，在酒杯倒下的刹那做出的选择，对得起兄弟感情，也将之后数不清的纠结自己扛下。

邓谦如同肖砚，肖砚如同邓谦，他们都懂得承担。

那一晚，他终于反应过来。

与他邓扬无关，真正配得上这份感情，配得上一声“兄弟”的，从头到尾都是他们两个。

是邓谦和肖砚。

路旁开过许多辆公交车，小汽车飞驰而过，喇叭声、车轮碾过地面的声音，和行人说话声交织在一起。邓扬收回思绪，最后看了一眼相携驾车离开的两人。

从今往后，他将永远只是个被剔除的局外人，不配悲愤，也不配祝福。

假期的第一站，方明曦和肖砚回瑞城祭拜金落霞，年后清明节还会再回来扫墓，当下直接转道飞去国外准备过一个暖和的春节。目的地是珀宁，这个旅游小国温度怡人，一向以秀丽的风景驰名。不过去的并非珀宁的首都，而是其北部城市——涅桑。

一到入住的酒店房间，方明曦立即脱下厚重的冬装，换上简便舒适的春衫。肖砚整理好自身，对她拿出来待选的几身衣服很有意见，一律用“太薄了，晚上降温穿了会冷”打回去。最后她选定身上这套，他看了好几遍，亲自动手把她的扣子一一系上，这才满意。

他们计划在涅桑停留一个星期，足够他们放松地体验当地的风土人情。

“好暖和。”和肖砚牵手逛街，方明曦深吸一口带着暖意的空气，仿佛连毛孔都舒适张开。

肖砚说：“正常。这里地理环境特殊，一年到头几乎没有冬天。”

她晃着他的手，目不暇接，没空理会他的科普。

方明曦和肖砚逛了很多地方，傍晚时在一家门面不大但干净整洁的小店吃晚饭。

饭后继续散步，晚上的街道更加热闹，各国背包客手持相机穿梭在夜色中，金发、黑发、红发……不同人种齐聚于此。

走着走着，方明曦忽然扯了扯肖砚。

“怎么？”肖砚侧头。

“人好多。”

“累了？”

“不累，但是看东西不方便……”

肖砚明白她的意图：“要背？”

她含蓄地笑笑，抬指暗戳戳指了指斜前方路过的一对。一个金发碧眼的外国男人将女朋友架在肩膀上，走在热闹的人群中，他们大大方方面对旁人的打量，笑容洋溢。

肖砚诧异一瞬：“你想那样？”

“对啊。”她说，“我想。”

如此，肖砚没多言，到路边人少的地方蹲下，让她骑在肩头。

方明曦开心得眉眼都弯了，一口白牙遮掩不住，十指与他相扣，他的肩膀宽厚，结结实实地承着她，一路稳当。穿梭在游客之中，路边的招牌一伸手就能够到，肖砚给她买了一串甜食，她一口一口咬下果肉，闻着空气里陌生的香辛料味道，在他的肩上将大半条街尽收眼底，第一次体会到真正的轻松是什么感觉。

逛到街的尽头，宽阔石坛上有当地民众穿着传统服饰跳舞，方明曦和肖砚停在人群中看，她手里的甜食吃完，竹签早就扔进垃圾桶。音乐激昂唱至高潮，炫目的舞姿引起围观者一阵惊呼。

灯火大盛的时刻，方明曦扳起肖砚的下巴，俯身亲他。

姿势太危险，肖砚干脆将她扯下来稳稳接住，把她抱进怀里。

“小心摔。”肖砚皱眉，小声轻斥。

双脚落地，方明曦被他揽着站稳，笑嘻嘻说：“有你在，怕什么。”

他还要说什么，周围不少情侣相拥亲吻起来，见方明曦一脸跃跃欲试，他挑了挑眉。

“不能输。”方明曦冲他挤眼，脚一踮，勾着他的脖子加入阵营。

……

手牵手逛到另一条街，方明曦看见漂亮的饰品摊，雀跃上前挑选。肖砚慢悠悠跟在她后面，她选好两条鲜艳的长项链，朝他伸手要钱。

肖砚过去，付钱给老板。店主是个年纪大的老头，眼神不太好，方明曦虽然长相艳丽，但不施粉黛看起来年纪很小。

他随口一问：“Your daughter？”（她是你女儿？）

被问及的两人都是一愣，而后，方明曦扑哧一声笑出来。肖砚常年日晒风吹，皮肤棕黑，听着方明曦肆无忌惮的笑声，那本就不白皙的脸色此刻更是黑了一层。

瞥她一眼，揉乱她的头发，肖砚接过店主递来的找零，淡笑：“No，she is my girl。”（不，她是我的姑娘。）

……

在涅桑待了很久，第六天晚上，方明曦和肖砚出去散步。这回去的地方相比商业街，人少了很多，没了摩肩接踵的拥挤，一切都显得余韵满满。方明曦和肖砚在一处小庙里闲逛，逛至角落的小房间中，虽不认识神台上供奉的当地神明，还是虔诚地拜了拜。

此时天光正好，金色斜阳照在门外的石板上。方明曦拜了三下，忽觉手里空空十分不妥，胳膊肘轻碰肖砚：“帮我拿祭祀的东西进来，门口好像有庙里的人。”

肖砚说好，转身出去。庙里向游人供应祭祀物品，肖砚付过钱，从工作人员手中接过一份，对方沧桑的脸上浮出一抹笑，用带着口音的英文和他说谢谢。

肖砚微微弯腰，也道了一声谢。正欲提步，忽然响起一阵奇怪的骚动。

肖砚面色一僵，脚下停住。周围的建筑如画一般，此刻更甚——只不过这张画纸是抖动的。

“Earthquake——”（地震——）

不知从哪儿传来的一声呼喊，庙前坪地上的人们开始慌张逃窜。

伴随着尖叫，震动越来越剧烈，庙宇晃动频率加快，幅度增大。肖砚拔腿就往庙里冲，那个出售祭祀物品的工作人员想拉他，连一片衣角都没能碰到。“No……”（不……）

他对身后的声音充耳不闻，用最快的速度冲进庙中。

庙里的游客纷纷往外冲，也有的惊惧过度反应不及，傻站在原地或是蹲下发抖。

跑动的人群中有不少被晃得摔倒，又被人踩踏，尖叫痛呼声此起彼伏。逆行的肖砚和不同发色肤色的人擦肩，避开那些摔倒的人，稳健步伐只有一个目的地。肖砚冲进那间角落里的小屋，扶着栏杆勉强站稳的方明曦一看见他，惊慌的脸上闪过一丝委屈："肖砚……"

地晃动得太强烈，她还没往外跑就被晃得摔倒在地，膝盖上沾了灰，狠狠一下磕得特别疼。肖砚伸手，"别怕——"

方明曦扑到他怀里，还没抓住他的手，又是一阵更加剧烈的地动。

外头哭声骤起，与惊号混杂在一起。

"我带你出去……"肖砚护着她，往出口跑。空旷的地方是最安全的。然而地动已经强烈到让人走一步都艰难，他们还没到门边，神台上的神像"轰"的一声倒地。

地面陷落下沉，所踩之地霎时失去重力一般。

房梁砸落下来的瞬间，方明曦只记得自己抓紧了什么，又被巨大冲击冲散。

……

漫无边际的漆黑，一团又一团化开，静悄悄的环境中，呼吸沉重而清晰，一道一道划过意识。方明曦不知道自己睡了多久，嘴唇发干，心音太过有力仿佛敲在耳膜边，反而增加了恐惧感，令人害怕。

她动不了，浑身僵硬，骨头像是被冰冻了很久，一点点泛着痛感，什么都看不清，但能感觉到周围空间的狭小。

地震了。

唯有这个认知是清楚明了的。

时间在这时候被拉长，每一秒都似有无数个节拍，未知令等待充满空虚。

她不知道能不能活着，在这样的情况下，甚至连思考都显得万分艰难。

过了很久，她并不清楚具体时间。僵滞的手指似乎触碰到什么，她下意识想缩回，但动不了。

虫子或是别的什么？她有点害怕，可无能为力。

“明曦……”很轻很轻的一声，没了以往的稳重，醇厚声线只余沙哑。

她听出来了，是肖砚的声音。他们之间大概隔着什么，他在另一头，穿过隙缝探来的是他的手指。他的手冰凉不复温热，粗糙指腹沾满了灰。

方明曦用尽全部力气，艰难握住他的指头，喉咙干涩，想说话偏偏怎么都发不出声音。

她不知道他们埋在这里多久，昏了多久，她渴得无法思考，像是要干死在沙漠中。她试了一次又一次，始终叫不出他的名字。

手指传来感觉，他一点一点将她的指头回握住。

他同样没有过多力气，指节轻飘飘却固执地和她的缠在一起。“别……怕……”

她在全是灰尘的稀薄空气中，听到他的声音。想动，动不了。

有东西从眼角滑落，什么都看不清的眼里酸得发疼。

……

上方透进来一束微弱的光，仅仅只是这样的光线，就足以令方明曦难受得皱眉。

乱糟糟的声音中夹杂着英文和她听不懂的陌生语言，吵吵嚷嚷灌入耳里，随着上方光线越来越亮，小石子和灰尘扑簌往她身上掉。

有人在冲她喊话，问她是否还活着，听得到吗？她没有力气回答，嘴唇干得起皮，恍恍惚惚抬起身侧并未和肖砚相握的另一只手。救援的人来了，她知道。

她没力气，只是一下，手臂很快又无力垂下。但就这一个举动也令废墟上的人欣喜若狂，他们说着什么，声音纷杂。另一边也传来动静，似乎是肖砚身上的石块被掘开。

救援的人在废墟上冲他们俩说着什么，方明曦辨别不清，旁边问肖砚是否能听到的声音重复了几遍。握着她指节的手动了动，她听到隔着石板的肖砚，一声又一声回答：“Save her……（救她……）

“Save……her……”（救……她……）

混沌的大脑在这一刻慢慢清明，被压住的瞬间有一点痛，石板被移开，光线照进来的时候也有一点痛。但只有现在，方明曦觉得她每根神经都快要炸开，疼得她五脏六腑挤成一团。

肖砚让救援的人救她，他说，先救她。

从废墟里被救出来，方明曦被放上担架，眼睛上盖了一块布以防被光线刺伤。

医护人员有来自当地的，也有其他各国派出的。方明曦被抬到医疗帐篷里，护士给她输液、检查伤口。

正在清理，地面忽然又开始颤动。方明曦用力睁开眼睛。众人惊慌一阵，年长的护士长用英文说：“只是余震，别担心，专心工作！”

帐篷外传来呼喊声，有人边跑边操着英语和谁说着什么：“那边几个救援口刚挖好，人还没救出来又塌陷了……”

方明曦大脑仿佛滞了一刹，猛地伸手去拔手上已经插好的输液管，强行要坐起来。针管没能拔掉，她刚摸上输液管就被护士七手八脚摁住。

她身体虚弱，全力的挣扎对她们来说只是小打小闹。护士长下令给她用镇定剂，全力稳住她的情绪。

肖砚还在废墟下，她不知道他是否获救，是否已经被送往另一顶帐篷，还是又被埋得更深。

她想起他曾经说，如果发生危险，他愿意跟她以命换命。和对邓谦的感谢不同，她没有救过他，但他还是愿意。

再也不会有了。

如果肖砚不在，这世界上再也不会有人像他对她这么好。

方明曦被摁在担架上，奋力挣扎却动弹不得，整张脸涨红，额头上青筋凸起。

她张着嘴大哭，眼泪滑过太阳穴，哭不出一点声音。

如果没有遇到肖砚，她会在哪里？

这段时间方明曦时常想这个问题，想来想去却总也没有答案。

变数太多，是的，她自己也无法确定。

或许在金落霞去世的时候被击垮，或许对唐隔玉做出无法挽救的事下半生用来接受惩罚，或许仍旧是一身锐气和谁都相处不来，在医院里做一个不被同事不被病人喜欢的护士，按部就班过着普普通通的日子。

因为肖砚，所以方明曦才是现在的方明曦。

没有答案的问题她不再去想，但她想通了另一件事：

她的人生，不能，也不应该没有肖砚。

珀宁首都的医院设备挺齐全，因为国度周围都是山林，大多数地方也种满了树。从医院大门进来，穿过长廊，向阳的那一侧病房里每一间都光线充足。

穿白大褂的医生抱着病历走过，看见她时会扬起笑和她打招呼。这里多是震后送来的伤患，有本国人也有外国人。作为伤势较轻的那一批，方明曦本该早就跟随使馆的飞机回国，只是因为要照顾肖砚，所以选择留下。

快到病房前，遇上的人纷纷和她打招呼。有妻子推着丈夫，有大人牵着孩童，都是趁着阳光好出去散步。

因为伤患多，病房紧张，便没区分不同科室。

方明曦到 71 号病房外，推门进去，被单上都是洒进窗的光点，肖砚静静躺着，室内弥漫一股清新的味道，和太阳一样的温暖、纯净、生机勃勃。

她放下买回来的午餐，进卫生间洗完手出来，扯着椅子坐到床边和他说话。

“我买了你喜欢吃的肉，就是我觉得有一点点腥的那个，不过老板特意用酱汁调过，味道应该很好。”

“医院外的花树开花了，前天我说以为会是粉色的，没想到是黄色的哎，倒是也蛮漂亮的。”

“还有哦，今天尼韦尔医生又约我了，他问我有没有空和他一起去参加这周末的晚宴……好像是他们这里的一个什么节日庆祝活动吧，具体的我不清楚，听起来好像很有意思。”

她翻开放在桌上的书，就着上一次阅读到的部分继续，嘴里絮叨仍旧未停。

“不过我拒绝了，我说我未婚夫还躺在床上，我得照顾他没时间出去玩。”

“尼韦尔医生看上去好像很沮丧，好奇怪啊，我跟他说了好多次我不是单身，他怎么反应还那么大？”

“旁边几个病房的人都知道我有对象……说起来他们每次都叫我中国小姑娘，就是记不住我的名字……”

“……离他远点。”病床上突然传来一声。

方明曦一顿，抬头，立刻笑起来：“你醒啦？不再睡一会儿？”

肖砚没答她的话，只道：“离他远点，那个医生。”

方明曦微愣，见他真的对尼韦尔十分在意，只好笑道：“知道了，我会少跟他接触。”她起身替他掖了掖被角，抱怨，“怎么不多睡一会儿，这么快就醒了？”

肖砚无奈：“谁让你每次都在我睡着的时候跟我说话。”

她总是拿着本书坐在他床边絮叨，他醒着也好，睡着也罢，没人和她聊她也能独自讲上大半天，不知道的还以为她守在床边陪伴昏迷不醒的爱人。

画面是很动人，然而实际上，他在被救出废墟的当天晚上就醒了，只是因为余震砸伤头部，需要住院调养一段时间。

方明曦扯着椅子坐得更近了些，笑嘻嘻地趴在他床边：“睡吧，我在这儿看着你。”

他抬手，在她脸上摸了一下。方明曦握住他的手掌，另一只手在他被单上轻拍，状似哄他。等他恢复好，他们就能回国。

阳光照进屋里，金灿灿一层落在地上。

珀宁没有冬天。

他们的春天，也将要来了。

五月初气温刚刚开始升高，并不算太热，正好适合举办婚礼。方明曦工作繁忙，自定下婚期后，她每天都要抽时间去试婚纱，忙得脚不沾地。和她关系好的同事基本都收到了喜帖。

肖砚那边请的则是他队里那些兄弟，人太多，几个负责的队长每人带了两三个队友到申城集合，其他人留在各个基地里，由肖砚请客吃了一天丰盛的宴席，那位在澳城做生意的合作伙伴也特地赶来。

作为肖砚的得力左膀右臂，寸头这回挑起大梁，婚礼场地、酒席用料、婚宴布置……各项都是经他的手包办。队友们纷纷笑话他，“一回生二回熟，等你以后自己结婚的时候就样样上手，什么都有经验了！”

婚礼当天，寸头穿着一身西装忙前忙后，就差把调度的活全干了。

礼节部分完成，到开席时，几个队友跑来找寸头：“肖队不见了！”

“什么？”

“嫂子也不见了！”

“那……”话还没说完，手机收到消息，寸头拿出来一看，是肖砚发给他的。

肖砚说：“我们先走，剩下的你处理。辛苦了。”

寸头看得一脸懵逼，什么叫剩下的他处理，还“辛苦了”？结婚的又不是他！

拨号回去，那边迟迟没有人接，再多打两个，更是直接关了机。

他没办法，只好稳住队友们：“没事没事，不用找了，大家该吃吃该喝喝。”

“那肖队……”

他烦躁地摆手：“别管他们。”

一帮人听得一愣一愣，回到座位上，继续喝酒侃大山。寸头累了一天，到头还被肖砚撂挑子，只觉得自己命真苦。把领结一解，他就近找了张桌子坐下吃饭。

新郎新娘都提前退场了，还管他那么多。喝酒吃肉多惬意，走什么流程。

可惜，没等他继续惬意下去，其他几桌开始拼酒，纷纷喊他加入——

“于牵牛！来喝酒！”

“牵牛！喝酒，快来喝酒……”

“拼酒敢不敢？！于牵牛别以为你跟着肖队就能逃过这一关，是个男人就过来！”

寸头一口酒呛在喉咙里，咳得脸都红了。

他一抹下巴，猛地扭头嚷回去：“你们够了！说了别叫老子的名字——”

车上，方明曦的裙摆堆满了副驾驶座，“我们就这样走了，不要紧吧？”

“没事。”肖砚说，“寸头应付得过来。”

“真不厚道。”

“你没份？”

她没话说，干笑两声。换了个坐姿，方明曦扭头盯着肖砚看。

“看什么？”他目不斜视开着车。

“你好看啊。”她的目光在他身上流连，“你穿西装还挺帅的。”

肖砚没答，车直直往前开，大概半分钟的时间，他忽地在路边停下。她一愣，“干吗？”

“你还问我？”肖砚睨她，“你一直盯着我，我怎么开车？”

她笑着嘁了一声，眼里灼热不减，越发过分：“本来就帅啊……”

肖砚一言不发，踩下油门，在路口掉头开上另一条路。

方明曦问：“哎，不是去海边……”

“不去了。”他吊起眼，意味深长地瞥了她一眼，“先回家。”

……

住所楼下的停车场，肖砚把车开进去之后，两人并没立刻下车。

方明曦气喘吁吁捂着被扯乱的衣襟，小声抱怨：“你轻一点，我还想收藏婚纱的。”

他应得不太走心：“知道了……”

又是漫长的一个吻。在事情失控之前，她拦住他。“回家了，回家！”

“好，你说了算……”

“鞋子在底下，你找找。”

“哪边？”

“那，哎对，就是那……”

一阵窸窣嘀咕，声音暂时消失。

安静了几秒，忽地又听她问：“肖砚，跟我结婚你会不会后悔？”

“后悔什么？”

“说不定还有更好的啊，就这么跟我结婚了……”

“不后悔。”

“真的？”

“嗯。”

她弯唇乐得直笑，他给她把鞋穿好。他说：“你就是最好的。除了你，我谁都不要。”

方明曦定定看了他一会儿。

她何尝不是呢？

只要和他在一起，于她而言，每一天都是包着硬币的饺子。饺子在她碗里，硬币也在。

“我们吃了这么多苦。”方明曦眼里一片明毅，她摸着肖砚的脸，轻轻在他唇上亲了一下。“剩下的几十年，我们一定会有……很好，很好的人生。”

一定会有，一定会。

（全文完）

番外：人生有七饴

和肖砚结婚半年以后，方明曦怀孕了。三个月的时候开始休产假，隔年生下一个七斤八两的男孩，她怀相极好，孩子长得结结实实，藕节般的手脚十分有劲。

肖砚给他起名叫肖成。

方明曦从小吃苦，万不想孩子像她一样磕绊长大，拿出了十二万分的耐心教养。肖成被教得很好，虽然活泼好动又格外顽皮，但父亲的要求再严苛也能做到，有时被磋磨得实在难受，到母亲面前便是一番温馨的柔和仁慈，随着年纪渐长，根骨端方，不出意料的没有长歪。

黑豹队里人多，一帮大老爷们，结婚的没结婚的，年长的或是后来新进的年轻的，个个都把他捧在手心。一年到头难得见上一面，一旦见上，不是这个把他架在脖子上就是那个把他搂在怀里不松手，一天下来脚底都难沾地，更别提他要什么，一开口就没有不答应他的。

其中最疼肖成的还是要数寸头，他随着肖砚从队里退下来之后，就跟在肖砚身边帮忙打理生意，或是给各地训练场做后勤补给，最常和肖砚一家接触。

肖成六岁生日，肖砚答应要给他办个生日会，说是生日会，其实就是一群大人聚在一起吃饭，陪他吃蛋糕热闹热闹。肖成很高兴，一大早起床后穿上床头叠得整整齐齐的新衣服——方明曦给他买的，白色T恤上印着他最喜欢的豹子头。

他很小就开始一个人睡，房间在主卧隔壁，每晚肖砚夫妻俩会来给他关床头灯。早上起了也没惊动大人，自己费劲套上一身衣裤，光着脚在客厅里坐下。

坐了几分钟，肖成走到主卧门前，昂起小脑袋发呆。里面静悄悄的没有声音，他站了会儿，回到客厅坐下，没几分钟又走到门前发呆，然后再次走回客厅。

就这么来来回回，他转了好几次，直到第五回站到门口，主卧的门"唰"的一下开了。

穿着睡衣的肖砚板着脸，低头看他："你在门口走来走去干什么？"

"爸爸——"肖成作势要扑过去抱肖砚的腿，肖砚单手揽住他，比了个嘘声的手势："小声一点，你妈还在睡觉。"

肖成立刻收声，往里瞄一眼，小脸谨慎起来："妈妈还没起床吗？"

肖砚看着面前的小不点不知该说什么好。这才四点五十六分，天还没全亮，平时也没有起这么早的，更何况前一夜方明曦被他折腾到两点多，这个时候正睡得昏昏沉沉。

他揉了揉肖成的脑袋，声音很轻："回房间再睡一会儿，你妈没那么快醒。"

肖成不走，扭捏道："为什么还不起呀，妈妈不是说……不是说每天都要早点睡觉早点起床嘛……"

肖砚笑了笑："你过生日你妈还不能好好睡觉了？回房间去，天还没亮当心着凉。"见肖成磨蹭，拍了拍他的头，"赶紧的，今天你生日，我不想揍你。"

肖成垮着脸正要转身，昏暗的卧室里传来呢哝声音："……肖成？"

父子俩回头一看，被窝中的方明曦半起身探了个头，眼睛还没睁开就朝门口招手："怎么这么早就醒了，快过来……"

"妈妈！"

刚刚才答应要走的肖成扬声应道，兴高采烈地迈开小短腿跑进去。肖砚的话被远远抛到脑后，什么揍不揍的，他从小就知道谁说话最顶用的，当着他妈的面，他爸怎么也不敢揍他。

肖成手脚并用爬上床，钻进了方明曦的薄被窝。方明曦也没说话，抱着他躺下，阖眼轻拍他的背。母子俩依偎着入睡，肖砚站在门边没人管，朝儿子瞥去一眼，见刚才精神奕奕的人这会儿乖乖巧巧窝在他妈妈的怀里又要睡觉，十分想把他拎出去。

但也知道不可能，肖砚板着脸去了卫生间，再回来躺进被窝，方明曦的怀里抱着儿子，他的怀里自然就空了。

肖砚盯着儿子的后脑勺看了会儿，闭眼前决定等这小子过完生日再揍他一顿。

肖成的生日过得很热闹，寸头等几个和肖砚相持多年的兄弟，只要在申城的都来了。方明曦的同事里也有结了婚的，孩子有的比肖成年长，有的比他年纪小，左不过都是十岁以下的孩童，凑在一块没多久就打成一片。

大人说话聊天，小孩跑着闹着玩游戏，一屋子人热热闹闹。

肖成收了很多礼物，生日会结束回家，洗澡换上睡衣后还精神奕奕不想睡觉。放在往常肖砚肯定要揪着他的衣领把他拎回房间，奈何方明曦不让，一年一次生日，她希望肖成一整天都是高高兴兴的，哪可能让肖砚在入睡前折腾他。

于是本该在被窝里乖乖睡觉的肖成躺在爸妈中间，听方明曦念了一个又一个睡前故事，两只眼睛还是睁得大大的。

"从此，他们幸福地生活在森林里……"完美的童话结局念完，方明曦合上手里薄薄的故事书，手肘支在枕上侧躺着看向身旁的肖成。她笑得无奈，"你怎么还不睡呀？"

"我还不想睡。"肖成往她怀里靠。

方明曦轻拍他的后背："妈妈给你唱歌？"

肖成一听，眼睛立时亮了。肖砚靠在床头看书，有一行没一行地看着实则没读进去几个字，一直侧着耳朵听他们母子说话。听方明曦要给肖成唱歌，他合上书，不赞成道："太晚了。"低头看自己儿子，"闭眼睡觉。"

肖成在被窝里翻身钻了几圈，看看左边又看看右边："我睡不着……"

"过个生日，你晚上是不打算睡了？"肖砚对他的兴奋很是无言。

肖成扯着被子，抿嘴不说话。

"算啦。"方明曦道，"实在睡不着，你也不能逼他闭眼。"见肖砚有话说，她笑，"也就这一天。"

平时肖成很乖，睡觉起床定时定点，不用大人催就将一切乖乖做好，若是真的每天都皮，方明曦也不会迁就他。她发话了，肖砚只好由他。

肖成笑嘻嘻在被窝里拱了拱小身子，躺得规规矩矩："妈妈，我想听你再给我讲故事。"

"刚刚不是讲了吗？讲了好多呀。"

"还想听。"肖成说，"想听妈妈小时候的事情。我听瑞瑞说，他妈妈小时候很不听话，经常挨外婆的打。他外婆拿着棍子在后面追，他妈妈就一直跑一直跑到处躲……"

似是觉得很有趣，他笑了两声，抬眼问方明曦："妈妈你小时候听话吗？"

方明曦略显犹豫，不知该怎么开口和他讲小时候的事情。童年对她来说早已久远，父亲在记忆中面貌模糊，所谓生母更是从来没有见过，唯一印象深刻的便是将她养大的金落霞。

"妈妈。"肖成扯方明曦的衣袖，"我们什么时候去看外婆？什么时候去给外婆扫墓？要带外婆喜欢吃的盐水鸡吗？上次留在那里的东西，外婆吃完没有？"

像所有这个年纪的小孩，肖成有满肚子的疑问："为什么外公和外婆不在一起呢？瑞瑞的外公外婆就一直在一起……"

"好了。"肖砚及时制止他连绵不断的发问，"你想不想听爸爸小时候的事？"

肖成一愣，眼睛睁大几分："爸爸也有小时候？"

“……”肖砚无言，方明曦在旁忍不住笑出声。

方明曦偶尔会给肖成讲和金落霞有关的事，虽然说得不太多，但至少让肖成知道了他的外婆是一个有多温柔有多了不起的长辈。相反，肖砚甚少和肖成说起这些。

肖砚瞥了眼方明曦，开始学她以往的样子，给肖成讲故事。不过说的不是童话书里的内容，而是他小时候的经历。

他的父母、他的童年时光、他的成长经历，方明曦听他说过一些，但没有这么详细清楚。不仅肖成听得认真，方明曦也成了专注的听众。

在听肖砚说到和远房堂哥打架，年纪更小的他却把年长三岁的堂哥打翻在地，摁在地上暴揍的时候，肖成忽然激动起来，“那我的堂哥呢？我有堂哥吗？”

肖砚和方明曦没想到他的关注点在这儿，两人都愣了愣。给他掖好被角，肖砚道：“没有，你爷爷奶奶去世之后，那些关系很远的亲戚就都不来往了。”

肖成沮丧地撇了撇嘴。

方明曦问他：“怎么，你想要堂哥？”

“想要！”肖成认真道，“有堂哥就可以陪我玩了。”

“跟你打架你不怕？”肖砚问。

肖成犹豫了一秒：“说不定他不打我呢……”

“他要是打你呢？”

“那我……那我……”肖成纠结的小脸皱成一团，忽地想到什么，音量高了些，“那我要个弟弟！”

他霎时兴奋起来：“对！要个弟弟！”伸手去晃肖砚的胳膊，“爸爸我有堂弟吗？”

“没有。”肖砚毫不留情打碎他的幻想，“没有堂哥，也没有堂弟。”

肖成垮着脸想了想，扭头去看方明曦：“妈妈，你给我生个弟弟好不好？”

方明曦冷不防听他说起这个，一愣：“啊？”

“瑞瑞说他妈妈要给他生弟弟了，也有可能是妹妹！他老跟我炫耀……”肖成脸上满是遮不住的艳羡，“他妈妈能生弟弟，妈妈你也能，对不对？给我生个弟弟好不好？”

瑞瑞是他同学，两个男孩经常玩在一块。

方明曦哭笑不得，不知该怎么接他的话。肖砚却饶有兴致地问：“弟弟？妹妹不行吗？”

肖成略一思考，很大方地点头：“行啊！”

他一溜烟坐起来，兴奋不已地对方明曦和肖砚道：“就要一个妹妹……不，不要妹妹，还是要弟弟……妹妹好像也可以……”

他一边念叨一边纠结起来。方明曦忍着笑，肖砚严肃的眉眼间也隐约露出笑意。

“这样！”肖成盘算半天，终于想出满意的答案，“先要一个弟弟！再要一个妹妹，然后要两个弟弟，或者……或者一个弟弟和一个妹妹也行！可不可以要哥哥？其实我还想要一个哥哥……姐姐也可以……”

他掰着手指数，沉浸在即将拥有好多玩伴，每天都有人陪他同吃同睡一起长大的喜悦中，方明曦听着他稚气的声音，早就笑倒在枕上。

肖砚看看犯傻的儿子，看看乐不可支的方明曦，伸手抚上她柔软的长发，弯唇浅笑。

怀肖成的时候，方明曦吃了不少苦。她身体素质一向很好，谁知孕期反应严重得不得了，不管吃什么，入腹半个小时后必定都会吐出来。

一个月的时间，方明曦不仅没长肉，反而瘦得肖砚一只手就能抱起她。

就算方明曦是个优秀护士，早早就对孕吐做足功课，然而等她真的进入这个阶段，反应一上来什么应对方法全都抛到脑后，只一个劲吐得昏天黑地。为此，肖砚心疼得直发愁。

待肚子渐渐大起来，孕吐终于停止，方明曦食欲大增，口味也变得刁钻。

原先吃东西偏好还算正常，不知是不是应了那句老话，她疯狂地喜欢上了吃酸的。腌制的酸萝卜、酸豆角，她能就着吃光两大碗粥。

她胃口好了，肖砚总算放下心来，却也开始了格外辛苦的日子。

无他，孕妇容易饿，想吃的东西比较多。白天还好，要吃什么随时都能买，肖砚不方便去，还能让寸头送来。晚上，尤其是大半夜的时候就比较麻烦，肖砚不好意思让寸头跑腿，只得一趟一趟地点外卖。

方明曦精神奕奕地等着吃，他就得陪着一起等，从下单到外卖送来，再到看着她吃完，等老婆吃饱，心满意足躺下睡觉，他才能睡。

有的东西外卖还买不到，比如有些瑞城的小吃，他们身处申城，就是变也变不出来。作为瑞城人的肖砚就只能自己撸袖子上阵，进厨房给她煮东西吃。

到怀孕后期，方明曦的体重终于有所增加，而肖砚却辛苦得瘦了好几斤。

挨过和吃有关的阶段，方明曦又陷入情绪剧烈波动的状态。时常因为一句话或者一件事，甚至有时候什么都没发生，她整个人就进入垂泪模式。一开始是偷偷地哭，后来藏不住，干脆每天定时定点掉眼泪。

可把肖砚愁坏了。

方明曦也说不出理由，就是想哭，动不动就难过，然后陷入悲观的情绪之中。越是临近生产，这种情况就越严重，那阵子肖砚放下了手头所有的事情，每天的重心就是陪着她，防止她胡思乱想。

如此九个月下来，肖砚对方明曦肚子里这个冤家，切切实实地惦记上了。

等他出来一定要好好打一顿！

方明曦不晓得肖砚的念头，到预产期前半个月，状态终于正常，每天热情高涨地坚持走路运动，为临盆做准备。

直到生孩子那一天，方明曦被推进产房，宫口开得顺利，三个小时不到，生下一个七斤八两重的孩子。名字早就定好，她和肖砚一起商量决定的：肖成。

肖成的哭声格外响亮，在同一天降生的新生儿里，他是最有劲儿的一个。

肖砚先关心老婆，之后才仔细注意儿子。等他从护士手里接过襁褓，在指示下学习抱孩子姿势时，肖成还在哭。

初为人父的喜悦和新奇，还有一种难言的微妙感觉夹杂在一起，是肖砚的第一感受。

不过肖砚也没忘，在这个冤家出生前，自己有多想揍他。

回忆了一番方明曦和他受的累，肖砚心里暗暗盘算，谁知眉头刚一皱，襁褓中的婴孩儿忽然停下哭声，撇了撇嘴，安静地沉入梦中。那委屈的小模样，像极了方明曦。

于是，就这么一瞬间，肖砚大度地决定“原谅”儿子。

懵懂中的肖成并不知道，自己逃过了一顿揍。但在之后成长的路上，还有许多个堪堪被父亲放过的瞬间，肖成渐渐琢磨出味儿来——全都是因为他和方明曦相似的这一点细微之处。

他爸这辈子，算是彻彻底底栽在了他妈手上。

肖成用一整个成长时光，深刻地领会了这个道理。

肖成是个很喜欢和人交流的孩子，他有个叫瑞瑞的朋友，一碰面两个人就头挨头聚在一块，一玩就是一下午，谁也拉不开。每次回家后，肖成就会跟方明曦分享他在外的所见所闻——主要内容大多来自于他和瑞瑞的谈话。

初冬的一个周五，和瑞瑞告别回家的肖成，晚饭后腻在方明曦怀里，开始了每日一闲话。

“妈妈，你和爸爸是怎么结婚的？”他昂着头，亮晶晶的眼里写满好奇。

方明曦一愣，好笑道：“你怎么突然好奇这个？爸爸和妈妈结婚……上个月林阿姨办婚礼我不是带你去吃喜酒了吗？爸爸妈妈的婚礼也是那样的。”

肖砚默默瞥她一眼，没拆台。哪里一样，别人的婚礼都是正常按照流程来办，他们结婚，交换完戒指以后就跑了。整场婚宴撒手不管，留下负责办婚礼的寸头被灌酒，喝到神志不清吐了整整一晚上。

“那、那……”肖成掰着手指道，“瑞瑞说，爸爸妈妈都是要先追着跑才能在一起的，他爸爸就是追着他妈妈跑，跑了好久，然后才结婚的。”

方明曦知道他想说的大概是恋爱追求，童言天真，只噙笑听着，没有打断他。

肖成歪头看她：“妈妈你和爸爸是怎么追着跑的？”

“这个嘛……”方明曦略作思忖。

往常大多数时候都做听众听他们母子谈天的肖砚，这会儿来了接话的兴趣。他道：“我跟你妈，是你妈妈追着我跑。”

方明曦一怔，愕然看他。肖砚一脸坦然，眉头轻挑，回她一个“难道不是吗”的表情。

其实稍稍想一想……确实也可以这么说。最开始是她比较主动，他犹豫不决，还未思考清楚，她就已经先捅破了那层窗户纸，将彼此“逼”到了恋人的关系上。

弯唇一笑，方明曦默认了他的说法。肖砚接着给儿子讲述：“那时候妈妈喜欢爸爸喜欢得不得了，说什么也要追着爸爸跑，一着急还差点急哭了。后来……”他停顿了一下，跳过中间漫长的那一段，“后来爸爸妈妈就结婚了。”

方明曦对他讲故事的能力实在不敢苟同，但有些事情，不对孩子说确实更妥当。

肖成听得一愣一愣的，那双大眼睛眨巴眨巴，手指塞进嘴里，无意识地咬着。不知是咬疼了还是怎么，他忽地把手一收，回过神来，冲肖砚道：“我不信！”

“……”

“……”

夫妻俩双双沉默。肖砚问：“你不信什么？”

“我不信是妈妈追着爸爸跑的。”肖成做了个前两天在电视里学来的质疑表情，夸张又好笑，“才不可能。”

方明曦对他的态度好奇：“为什么不可能？爸爸从来没有说谎骗过你呀，对不对？”

家庭教育对孩子的成长非常重要，他们俩这么多年始终贯彻“不能欺骗孩子”这一方针。

肖砚也等着他道出理由。

谁知肖成嘴一撇，看看爸爸，再看看妈妈，轻轻“哼”了一声：“明明爸爸天天都追着妈妈跑，妈妈在哪儿爸爸就在哪儿，我都看见了的！”

他一副“别想骗我”的小模样，看得人直想发笑。方明曦愣了片刻，切实笑出了声。她抱住肖成，摁在怀里好一顿捏脸，连亲三四口才放开他。肖砚面沉如水，隐隐约约还有些赧意。

方明曦学他先前挑眉的样子嘚瑟，用眼神询问：怎么样，还有话说吗？

把肖成哄睡着，方明曦和肖砚回房继续夜话。

肖砚看着书，方明曦窝在他怀里玩手机，两人不时说上几句话。

想到儿子刚才提的话题，方明曦不知记起什么，忽然叫他："肖砚。"

"嗯？"

"我们分开的那几年里，你都是怎么过的？"

肖砚的目光从书页移到她脸上："好好的怎么问这个？"

"就是突然想知道。"重新开始，以及到后来结婚、生儿子，他们都没有认真地聊过这个。没有好的时机，也没有适合的氛围，再者就是他们两个谁都不想主动去回忆那些不愉快的过往。

不过倒也不是什么讳莫如深的东西，对曾经分开一事，他们都很坦然且大方。如果不是有那段时间给他们缓冲，让他们在感情中成长，或许他们也不一定会重新走到一起。

方明曦这时候想聊，肖砚当然愿意陪她聊。"那时候就和认识你之前一样，每天和他们训练，早起早睡，偶尔跟他们一起出去吃饭消遣。"

"没啦？"

"没了。"

"这么无趣。"她啧声。

"你想要有多丰富？"肖砚盯着她近在咫尺的脸，忽然扳过她的下巴，狠狠亲了一口。

等被放开，方明曦气喘吁吁，翻身趴在他胸膛前，问："寸头和我说，那个时候你脾气很差，是不是真的？"

"还好。"肖砚不承认。

"真的？"她满脸不信。

轻咳一声，肖砚承认："是有一点。那阵子事情太多了，人比较暴躁。"主要还是和她分开。睡眠时间越来越短，吃什么都不香，越是想她越是烦躁，越是烦躁越是想她。

不过一开始就连他自己都没意识到，还是随着日子渐久，一点一点察觉并且有了清楚的认知。也就是从那一年起，他明白了自己的心。他爱她，他爱方明曦，不论他们怎么开始，又因为什么而分开，这是不可改变的既定事实。

他也并不想改。

“寸头说你那个时候老是体罚他们。”方明曦眯了眯眼。

“训练任务完不成，质量不达标，本来就该罚。”肖砚一脸坦然，心里却暗暗想着，寸头这个大嘴巴，太久没找他切磋，是时候联络一下增进增进感情。

方明曦盯着肖砚的脸，愣愣地看，看着看着忽然笑起来。

“笑什么？”肖砚扳她的脸，她不让，闷头往他怀里钻。

“没笑什么。”她说，“就是……高兴。”

“高兴？”

“对。”她抬起脸，脸颊笑得绯红，眼睛盈亮地看着他，“你爱我，我很高兴。”

肖砚同她对视，夜下寂静，灯光柔柔笼罩着满室安宁。

他低下头，额头和她相抵，轻轻啄吻她的唇瓣。

能够影响他，让他失控，让他不再持成不再稳重，这辈子，也唯有一个她而已。

肖成比同龄人更早学会写字，却不是从简单的一二三四学起，而是从方明曦的名字开始。

在这一点上，他展现了前所未有的执拗，不管方明曦和肖砚，又或是老师如何劝说他，他都执意坚持要学“方明曦”这三个对幼儿来说并不简单的文字。

究其原因，肖成又说不出什么来，只是一句：“我就是想写妈妈的名字。”

尽管肖砚告诉他：“等你学会写很多字，一样可以写妈妈的名字。”

肖成就是不停，手捏着笔在纸上颤巍巍地练习一笔一画。

谁也拗不过他，只好由着他去。等学会写方明曦的名字后，肖成学的另两个字便是“肖砚”。虽然对儿子这一行为百思不得其解，但见自己和方明曦一样受到重视，肖砚心里多少还是觉得熨帖。

在花了比别人更多的时间和更多的精力以后，肖成终于学会了写父母亲的名字，一笔一画端正无比，有模有样。那之后的新学期，肖成用上了自己所学。

方明曦去学校领了肖成的报名表回家的当天，只一个转身去厨房的工夫，再回客厅就见肖成趴在茶几上，握着笔认认真真在表格上写着什么。

她下意识一惊，堪堪忍住阻止的话语，疾步过去看他在写什么。

肖成低着头，那张肖似肖砚的脸认真专注，在表格处父母栏写下几个大字：肖砚、方明曦。

写完后，肖成抬起头，见方明曦站在面前也不惊不怕，咧着嘴对她一笑。

“妈妈，我写得好看吗？”肖成趴在茶几上晃荡着腿，指着名字给她看，“妈妈，还有爸爸，我们一家人……”

然后，他又把笔递给她：“我的名字你来写。”

方明曦一时说不出话来，莫名觉得眼热。她接过儿子手中的笔，字迹娟秀，在学生姓名栏写下他的名字。而后轻轻俯身，在肖成的额头轻吻。

肖砚，方明曦，肖成。

他们是一家人。

又一年生日，方明曦不让肖砚在蛋糕上点蜡烛，不过倒是依照惯例许了愿。

和之前每一年的愿望都一样：阖家美满，长长久久。

和丈夫、儿子一块欣赏夜景的时候，她想起小时候常听大人感慨，生活辛苦，事事不易。

从前她也这么觉得，但后来不了。

人生在世，长则百年短则瞬间。能得一人相伴，纵使柴米油盐酱醋茶，亦四字尔——

甘之如饴。

■ 方明曦从不渴望爱人的吻
只因她的世界里
没有容许她有爱的余地

直到
遇见肖砚